Klaus Sl

Wolken über

Klaus Skibowski

Wolken über weitem Land

Eine Familiengeschichte aus Masuren

Langen Müller

Besuchen Sie uns im Internet unter:
http://www.herbig.net

in der F. A. Herbig Verlagsbuchhandlung GmbH, München

Schutzumschlag: Wolfgang Heinzel
Herstellung und Satz: VerlagsService Dr. Helmut Neuberger
& Karl Schaumann GmbH, Heimstetten
Gesetzt aus der 11,3x13,5 Punkt Sabon
auf Apple Macintosh in QuarkXPress
Druck: Jos. C. Huber KG, Dießen
Binden: R. Oldenbourg, Heimstetten
Printed in Germany
ISBN 3-7844-2863-0

1

»Spann den Schlitten an, den guten! Nimm die Schimmel und pass auf, dass sie sich nicht die Mähnen abknabbern!« Karl, dem diese Aufforderung seines Chefs, Joachim Brodowski, galt, wandte sich zum Stall. Für die Pferde war er zuständig als Faktotum, seit Jahren der Familie Brodowski verbunden. »Den neuen Schlitten«, er schüttelte heftig den Kopf. Der war doch gerade erst vom Lackieren zurück. Er glänzte wie Speck. Und sah aus wie eine Hofequipage des Kaisers. »Fast zu schade zum Fahren«, murmelte er in seine mit Eiskristallen bestickten grauen Bartstoppeln. An diesem Vormittag schien die Sonne gleißend in den Wintermorgen. Fünfzehn Grad Kälte hatten den Schnee zu einer festen, weißblauen Fläche gefrieren lassen. Kein Matsch gefährdete den neuen Lack des Kutschschlittens.

Er war erst vor drei Tagen von Hans Kirsten abgeliefert worden, der Schlitten und Kutschwagen stets im Winter lackierte. Dann war die Luft staubfrei, und er brauchte die verschiedenen Lackschichten nicht immer wieder neu zu schleifen. Ein Kutschwagen musste nach seiner Malerphilosophie ein Paradestück sein, der Lack am Ende aussehen wie gemaserte Eiche oder besser Nussbaum, denn aus Eiche war der Schlitten ohnehin.

Joachim Brodowski drehte sich um und ging aufs Wohnhaus zu, das die Schmalseite des Hofes abgrenzte. Beide Daumen in den leicht ausgebauschten

Westentaschen. Dabei streifte der rechte die goldene Taschenuhr, die den Knöcheln den Platz streitig machte. Automatisch zog er die Uhr heraus, ließ den Sprungdeckel auf- und wieder zuklappen. Die genaue Zeit hatte er nicht registriert. Warum auch. Er wusste, wie spät es war – eben hatte er erst zum zweiten Mal gefrühstückt. Die Sonne stand bei elf Uhr Vormittag. Und »der Säger« war nicht nötig. Brodowski, der Herr, wie Karl ihn nannte, öffnete die Haustür und klopfte den Schnee von den Stiefeln.

In der Küche am anderen Ende des Flures arbeitete Anna, das »Hausmädchen für alles«. Sie steckte ihren mit einem Dutt gekrönten Kopf in die Diele und verschwand blitzschnell wieder, als sie den »Herrn« sah. Joachim streifte die Stiefel auf die Fußmatte ab. Dabei musste er sich an der Garderobe festhalten, sonst wäre er hingeschlagen. Regelmäßig rutschte der Herr des Hauses auf dem glatt gebohnerten Boden aus. »Verdammte Weiber, immer diese Putzerei.« Er ging mit leichtem Schritt die Treppe hoch, öffnete die Tür zum Herrenzimmer, wie sein Arbeitsraum von Familie und Gesinde genannt wurde, riss das Fenster auf, weil der Kanonenofen glühte. Joachim sah hinunter auf den Marktplatz der Stadt, in der sich angeblich Fuchs und Hase gute Nacht sagen, jedenfalls gaben solche Ansichten Besucher aus Berlin von sich.

Der »Platz« war eigentlich eine breite Straße, über einen Kilometer lang und fast hundert Meter quer gemessen, dabei nicht einmal der größte in Ostpreußen. Der von Magrabowa war mindestens doppelt so groß. Allerdings war er nicht von dreistöckigen Häusern eingegrenzt und durchgehend gepflastert wie der in Lyck. Wenn am Samstag die Bauern ihre Pferdewagen abstellten, die Gäule verkehrt herum angebunden, mit den Köpfen zum Wagenkasten, dann reichte selbst die Straße nicht immer, um alle aufzunehmen.

An diesem Tag war kein Markt, sonst hätte Joachim nicht das Fenster öffnen können. Der Lärm der quietschenden Schweine, die um ihr Leben fürchteten, wenn sie kopfunter möglichen Käufern präsentiert wurden, das Rufen der Marktschreier, vom Verkäufer für original Brüsseler Klöppeleien bis zum Fellhändler und Fleischer, war an jedem Markttag auch für abgehärtete Ohren fast unerträglich.

Joachim schloss das Fenster. Bei fünfzehn Grad minus genügten Minuten, um überschüssige Hitze aus dem Zimmer zu lassen. Er riss auf dem Schreibtisch ein Kalenderblatt ab, Samstag, der 28. November 1894. »Die Zeit vergeht«, murmelte der Kaufmann und Färbermeister, der eine grüngraue Lodenjoppe zu Stiefelhosen trug wie Gutsbesitzer, und legte das Kalenderblatt auf die schräge, mit Leder bezogene Platte des Pultes. Ob ihm gegenwärtig war, dass das Jahrhundert bald zu Ende ging? Hier im äußersten Südosten Preußens – des Reiches – raste die Zeit nicht. Sie wanderte gemächlich. Man hatte genug von ihr und musste nicht nach Minuten rechnen, kaum nach Stunden. Und Jahre – das ist lang hin. Aber manchmal hat ein Tag Bedeutung.

Joachim Brodowski würde heute den ersten »Chemischen Betrieb« in Masuren eröffnen. Vorbild war eine Färberei in der Schweiz, die er auf seiner Hochzeitsreise besichtigt hatte. Ihr war eine Reinigung angeschlossen, die mit Benzin arbeitete. Ohne Wasser konnte man damit Flecken entfernen und selbst Brokate wieder sauber bekommen, die nach einer Behandlung mit Wasser und Seife unweigerlich verdorben waren.

Joachim hatte anspannen lassen, um den Dekan abzuholen. Die neue »Fabrik«, die Färberei, war in neuen Räumen hinten im Hof installiert und bedurfte des Segens. Schließlich war Joachim einer der wenigen Katholiken in dieser protestantischen Stadt. Und an den Segen glaubte nicht nur seine Frau Maria. Auch er war sich dessen gewiss, dass alles Gute von oben käme, wie in der Schule gelernt. Außerdem: Mit einem priesterlichen Segen war sicher so etwas wie Zauberei verbunden. Warum wohl legte der Pfarrer eine Stola dazu um, und warum murmelte er Latein.

»Zauberei« – das durfte man allerdings nur denken, auszusprechen wagte es Joachim nicht. Er wollte nicht als »dummer Masure« gelten, der an uraltem Aberglauben festhielt. Dabei war Joachim echter Masovier, in Lyck geboren, in Masurens Hauptstadt. Sie nannte sich so wegen des Landgerichtes, das die preußischen Könige eingesetzt hatten. Eine zu kleine Stadt für solch einen Titel, dachte nicht nur Brodowski. Sie zählte nur knapp achttausend Einwohner, die Insassen des staatlichen Gefängnisses auf der Insel im See mit einbezogen.

Joachim Brodowskis Vorfahren waren Pruzzen. Er stammte nicht von eingewanderten Salzburgern, Elsässern, Schlesiern, Pommern, und wer sonst noch aufzuzählen wäre, ab, die irgendwann ihren Weg in Deutschlands östlichste Provinz gefunden hatten. Hier waren sogar auch einige Franzosen hängen geblieben. Fußmüde geworden nach ihrem Rückzug aus Moskau im Napoleonkrieg. Etliche Jahrzehnte davor hatten sogar Tataren und einige Mongolen hier Heimstatt gefunden – jedenfalls die Nachfahren von denen, die nicht mehr bis an den Baikalsee zurückreiten wollten, nachdem sie im schlesischen Liegnitz geschlagen worden waren.

Im Hof scharrten die beiden Schimmel ungeduldig den Schnee von den Steinen. Am Geschirr klirrten die versilberten Kettenstränge gegeneinander. »Nimm die Decke runter, ich komme!«, rief Joachim aus dem anderen Fenster in den Hof. »Maria, mach das Essen fertig. Ich hole den Dekan«, befahl er, bevor er im Hausflur den Pelzmantel überzog und den Sonntagshut, einen englischen Bowler, aufsetzte. »Fahr nicht zu schnell«, antwortete Maria aus der Küche und murmelte eine Tonart leiser: »Der Braten ist noch nicht gar.«

Brodowski schwang sich in den tiefen Polstersitz des Schlittens. Die Ledergurte, in denen der Wagenkasten hing, knarrten. Über die Knie zog er die Pelzdecke – Zobel, die er bei russischen Offizieren von der anderen Seite der Grenze eingehandelt hatte. »Schwer, das Zeug, aber warm«, knurrte er in den vom Frost langsam weiß werdenden Bart. »Hühh!« Die Gäule zogen an. Sie ruckelten etwas, bis sie gleichmäßig im Geschirr gingen. Der Schlitten glitt geräuschlos aus dem Hof. Erst als die Schimmel in Trab fielen, begann das Schellengeläut zu warnen. Joachim Brodowski ließ die Zügel hängen. Rhythmisches Schellengeläut war fast so schön wie ein Orgelkonzert – jedenfalls für seine Ohren. Schnee stob ihm ins Gesicht. Die Pferde traten ganze Placken los vom Straßenpflaster. Die Schlittenkufen bügelten sie wieder fest. Die Einfahrt zum Kirchgarten – zu groß der Garten, zu klein die Kirche im Verhältnis zur evangelischen – hatte Brodowski einmal an einen Freund geschrieben – nahm er mit Schwung, ohne den massigen Prellstein auch nur anzuvisieren. Geräuschlos glitt er vor das Pfarrhaus, das direkt hinter der Kirche stand.

Brodowski hatte sich noch nicht ganz von der dicken Pelzdecke befreit, als Elise, die Haushälterin des Pfarrers, schon die Tür öffnete. Man sah ihr an, dass sie sich freute. Der Pfarrer wurde zum Mittagessen abgeholt. Nicht kochen zu müssen, war für sie Erholung, denn Dekan Fox aß gut und viel und auch häufig. Der zölibatäre Pfarrer lebte nach dem griechischen Motto: Gutes Essen ist die Erotik des Alters. Und Trinken auch, obwohl er das nie zugeben würde.

Fox stand in der offenen Tür, als Brodowski die kleine Treppe hochkam. »Gelobt sei Jesus Christus – was machen die Fische?« »Noch nichts, das Eis ist zu dünn zum Buhnenangeln. Sind Sie denn noch gar nicht zum See gekommen?«, antwortete Joachim. »Aber es wird noch werden, bis Weihnachten beißt schon noch ein Hecht.« – »Dann wollen wir mal«, der Dekan kam im schwarzen Umhang die Treppe herunter und setzte sich auf die Schlittenpolster.

Auch für ihn war dies ein besonderer Tag. Außer bei Trauungen wurde ein Pfarrer in Lyck fast nur zum Abendessen eingeladen – selten zu Mittag. Und über den Segen, den er der neuen Fabrik spenden sollte, hatte er einige Zeit nachdenken müssen. Chemischer Betrieb – was war theologisch? Oder was war das überhaupt? In seiner oberschlesischen Heimat hatte es Chemie nicht gegeben. Kohle ja – aber sonst? Im pfarramtlichen Konversationslexikon von 1837, herausgegeben von Brockhaus in Leipzig – und weil aus Sachsen kommend, in Ostpreußen glaubhafter als etwa Berliner Druckerzeugnisse – war sie als Zweig der Physik ausgewiesen. Und Physik konnte man mit Lehre von der Natur erklären.

Also hatte der Dekan beschlossen, dass man hier auch, eben weil es sich wohl um Natur handelte, den Segen für Wald und Feld nehmen konnte. Und weil die Fabrik in einem Gebäude untergebracht war, kam noch der Segen für das Haus hinzu. Das einzige Problem, dass Fox noch nicht überdacht hatte, war die Möglichkeit, dass sich das vorgesehene Essen nach dem Segen zu lange hinziehen konnte. Am Samstag Nachmittag nahm er in der Regel ab drei Uhr Beichte ab. Aber man konnte vielleicht auch erst später beginnen – ein besonders eiliger bußfertiger Sünder war Fox in seiner Gemeinde nicht bekannt. Die Pferde vor ihm begannen zu dampfen in der Kälte und gingen ruhiger. Nach all der Gedankenarbeit lullte ihn das Schlittengeläut ein. Dekan Fox verglich es mit den Glocken, die seine Messdiener schwangen, wenn er zur Ehre Gottes und zum Wohle seiner kleinen Gemeinde am Altar das Gedächtnis des Abendmahles feierte. Das Schlittengeläut war nur melodischer. Zehn Minuten Trab und Geläut und fast schwereloses Gleiten auf dem Schnee, bis Brodowski in das Hofgeviert einbog. »Brr!« Die Schimmel stemmten sich gegen das Geschirr des weitergleitenden Schlittens.

Karl kam gemächlich angestiefelt. Noch nie hatte einer ihn laufen sehen. Nicht einmal, wenn der Herr Bischof kam, der regelmäßig die Brodowskis besuchte, wenn er die Pfarrei visitierte oder wenn er außerplanmäßig Geld brauchte für einen guten Zweck oder auch Kohlen zur Heizung seines Domes in Frauenburg am Haff. »Immer mal herein, Herr Dekan. Hier geht's lang, bittschön.«

Zum Fabrikeingang führten ein paar Stufen hinunter. Der Brodowski'sche Betrieb, früher ein größerer Bauernhof, der durch seine Lage mitten in der Stadt zum Geschäftskomplex geworden war, war der Stadt und dem See zugewandt. Die Rückfront am Seeufer war es, die Brodowski vor zwei Jahren dazu bewogen hatte, alle seine Ersparnisse in den Kauf dieses Anwesens zu stecken. Eine Färberei braucht Wasser. Der See hatte genug davon, noch dazu weiches, das eine hohe Ausnutzung der Farbküpen ermöglichte.

Seine Frau Maria, die mit den fünf Arbeitern im größten Raum der Färberei auf den Herrn und den Pastor – in dieser Reihenfolge – wartete, brauchte Joachim dem Gast nicht vorzustellen. Maria war jeden Morgen, im Sommer und im Winter, zur Frühmesse in der Kirche. Oft die einzige Mitbeterin, wenn Fox schon um sechs Uhr früh zelebrierte. Seine Arbeiter, auch den Meister, nannte Brodowski beim Vornamen. Und so stellte er sie auch vor – mit dem Nachsatz: »Die sehen Sie nachher noch.« Das »beim Essen« verschluckte er, denn Dekan Fox hatte bereits die grüne Stola um und den Weihwasserbesen in der Hand.

Mit »Dominus vobiscum« begann die Handlung. Dass dies »Der Herr sei mit euch« hieß, wussten alle im Raum, auch die Evangelischen. Dann aber begann der »Zauber«. Fox las die lateinischen Segensformeln für gute Ernte und gegen Blitz und Hagel in so schnellem Singsang, dass nicht einmal ein sehr guter Lateiner ihm hätte folgen können.

Er schlug das Kreuz, sprengte tüchtig Weihwasser auf die kleine Gemeinde – der Lehrling Hans schüttelte sich, als ob er im Regen stünde – und war auch schon fertig. »Gelobt sei Jesus Christus!«, schloss er. »Die anderen Räume besichtigen wir später.«

Maria war es recht. Der Braten wäre sonst zu trocken auf den Tisch gekommen. Sie eilte voraus und empfing dann die beiden Männer an der Wohnungstür. Zehn Zentimeter größer als Joachim, hatte Maria niemals versucht, dies optisch zu verschleiern. Die weiße Bluse mit den gesteiften Stehbündchen streckte ihre schlanke Gestalt noch wie der dunkle fast bodenlange Rock. Der Steckkamm, der ihre dunkelbraune Haarpracht zusammenhielt, ließ sie noch größer erscheinen. Maria Brodowski, geborene Wegner, hielt nichts vom Verschleiern von Tatsachen. Sie fühlte sich ihrem Mann allerdings auch nicht überlegen mit ihrer Figur, die sie von ihrem Vater, einem Rittmeister aus dem »Allensteinischen« geerbt hatte. Umgekehrt hatte Joachim nie wirklich bemerkt, dass Maria und er zumindest äußerlich ein ungewöhnliches Paar in einer Zeit waren, in der der Mann ganz selbstverständlich der Hervorragendere sein musste – auch körperlich. Schließlich hatte Joachim um seine Frau geworben, und sie hatte ihn genommen, ohne Zögern und selbstverständlich trotz seiner Figur. Maria musste auf den ersten Blick erkannt haben, dass sie zumindest einen gleichwertigen Partner heiratete.

Sie streckte dem Pastor ihre rechte Hand hin: »Herzlich willkommen nochmal! – Sherry oder Portwein?« In anderen Häusern waren die Getränke Sache des Hausherrn. Dem Pastor fiel darum die Frage auf. »Trinken Sie nichts?«, wandte er sich an Joachim. »Maria weiß schon, mir einen Port«, war die Antwort. Maria schenkte ein, sich selbst einen weißen Sherry – etwas Seltenes in einer Gegend, die für Bärenfang und Machandel bekannt war und deren »Klarer« sechzig Prozent Alkohol hatte.

Beim anschließenden Essen kamen für Masuren auch ungewöhnliche Weine auf den Tisch: ein trockener Mosel und ein sehr strenger spanischer roter Rioja. Beides Erinnerungen an Joachims Wanderjahre. »Wozu gibt es Eisenbahnen«, pflegte Joachim zu antworten, wenn er gefragt wurde, wie er so weit habe herumkommen können. Maria ging voran ins Esszimmer, das der große ovale Tisch fast vollständig ausfüllte. Es war für zehn gedeckt. Wie immer aßen der Meister, die Gesellen und der Lehrling mit, außerdem die Mamsell. Sie besorgte auch das Comptoir, wenn Maria sich einmal nicht ums Geschäft kümmern konnte.

Die Köchin Erna und das Dienstmädchen Anne trugen die bis oben gefüllten Schüsseln auf, stellten sie in die Mitte des Tisches. »Rindfleischsuppe«, sagte Maria und füllte den Teller des Pastors mit dem Schöpflöffel, der aus schwerem Silber war wie das ganze Tafelbesteck. Dann kam ihr Mann an die Reihe. Wenn keine Gäste da waren, war er immer der Erste. Die anderen am Tisch warteten, bis Maria sich selbst aufgetan hatte, bevor sie auch zugriffen. Joachim kredenzte den Wein. Der Pastor formulierte sein erstes Kompliment. Aber erst beim folgenden Schweinebraten kam ihm ein »großartig« über die Lippen und: »Ihre Weine sind besser als alle meine Messweine.« Da es noch in der Woche war, der Samstag zählte selbstverständlich als voller Arbeitstag, gab es nur einen Nachtisch. Der Fischgang vorher fehlte, der an Sonn- und Feiertagen zusätzlich auf den Tisch kam. Die Herrentorte zum zweiten Nachtisch fehlte auch. Sie wurde nur am Geburtstag des Hausherrn serviert oder zu anderen mindestens ebenso wichtigen Anlässen wie einem Bierabend mit dem Vorstand des Handwerker- und Gewerbevereins.

Dekan Fox kam so an diesem Samstag doch noch pünktlich in den Beichtstuhl und Maria, die sich um Abwasch und Tischabräumen nicht zu kümmern brauchte, ins Comptoir, um sich den täglichen Abrechnungen zu widmen. Vorher zog sie schwarze, bauschige Ärmelschoner über ihre Bluse und schürzte den Rock etwas höher, denn zum Comptoir musste sie gut zehn Stufen hinabsteigen. Hier war Marias Reich. Jedenfalls verbrachte sie in dem dunkel getäfelten Raum mit dem kleinen Fenster, das auf den Hof führte, mehr Zeit als in der Wohnung. Ihre klare Schrift mit lang gezogenen Buchstaben, die nur an Satzenden etwas kleiner wurden, füllte die Spalten des Hauptbuches, das sie »Journal« nannte. Maria hatte Buchführung zugleich mit Haushaltsführung gelernt auf der Fortbildungsschule für Bauerntöchter. Die Grundlagen des Kaufmännischen hatte sie beim Zugucken bei ihrer Tante erworben. Die hatte ein Hutgeschäft in Insterburg. Die Familie hatte es ihr eingerichtet, als der Mann gestorben war und Emma mit drei Kindern mittellos dastand.

Maria lehnte sich in dem bequemen Holzsessel zurück. Das Fellkissen fiel herunter. Sie ließ es, in Gedanken versunken, liegen. Jochen – so nannte sie ihren Mann in Erinnerung an ihr erstes Zusammentreffen, denn sie hatte damals seinen Namen nicht richtig verstanden. So war aus Joachim das kürzere Kosewort geworden. »Jochen – mit seinen neuen Ideen«, simulierte sie vor sich hin. »Was daraus wieder werden soll.« Sie hätte neben der Färberei lieber einen Textilhandel ins Leben gerufen. Die Bauern des Kreises waren bereit, nicht nur Stoffe, sondern auch die in Königsberg gerade in Mode gekommenen fertigen Jacken, Hosen und Kopftücher zu kaufen. Handeln musste Maria jetzt schon. Warum also nicht in einem Geschäft.

Die Bauern, die regelmäßig ihre Wollstränge zum Färben ablieferten, zahlten nur selten bar. Sie brachten im Sommer Gemüse als Entgelt, im Herbst Enten und Gänse und im Winter Schweinehälften und ab und zu ein geschlachtetes Kalb. Diese Nahrungsmittel wieder zu Geld zu machen, war nicht einfach. Die Farbenfabriken in Bitterfeld oder im noch weiter entfernteren Höchst lieferten nicht für Naturalien. Geld war knapp in Masuren. Die Frankenflut aus den Kriegsentschädigungen von 1870/71 hatte das preußische Kernland Ostpreußen kaum noch erreicht. Vielleicht waren die Ausläufer des Geldstromes gerade noch bis Königsberg und Elbing gekommen. Bis nach Masuren hinunter hatte der Kapitalfluss sich zu einem kaum noch bemerkbaren Rinnsal verdünnt.

Man darf sich nicht auf Lyck beschränken, dachte Maria. Man muss seine Kunden und Auftraggeber in der ganzen Provinz suchen. Man muss das Land jenseits der Grenze mit einbeziehen. Lyck lag nur fünfzehn Kilometer von dem einzigen Stück Grenze entfernt, das Preußen und seit 1871 das Deutsche Reich mit dem Zarenimperium gemeinsam hatten. Eine Grenze, die bei Prostken nicht einmal eine Schranke über die Straße aufwies. Bauern in den deutschen Grenzdörfern ackerten hüben und drüben. Wenn es Probleme gab, dann höchstens der Sprache wegen, obwohl die meisten Russen und Polen im russischen Kreis Grajewo auch deutsch sprachen. Übrigens galt auch Jiddisch als Verständigungsidiom. Auch wenn es auf preußischer Seite nur wenige Juden gab. Aber Jiddisch wurde schon deswegen verstanden, weil es dem ostpreußischen Tonfall des Deutschen nahe kam. Und Worte wie »meschugge« kannte ohnehin jeder bis nach Berlin.

Maria sprach übrigens gut Russisch. Wenn zaristische Ulanen vorbeikamen, um Pelze gegen Geld zu tauschen, das sie zum Einkaufen in Lyck brauchten, reichte es sogar zu einem kleinen Flirt in der fremden Sprache. Und dann beherrschte die junge Frau mit den schönen braunen Augen auch das Polnische. Schließlich lebten auf der anderen Seite unter der Zarenherrschaft vor allem Polen. Auch sie kamen nicht nur an Markttagen in die Stadt am See, die über zweiunddreißig Kneipen verfügte und zwei Kolonialwarenläden und eine Apotheke. Sogar einen Hutmacher gab es, der Stremel aufputzen konnte, mit kostbarem Fell und auch mit Maulwurfbesatz für die weniger begüterten strenggläubigen Juden auf der anderen Seite der Grenze. Noch wichtiger als Polnisch war aber das Masurische. Ein Dialekt des mittelalterlichen Polnischen Krakauer Herkunft. Gesprochen wurde es fast nur in der ehemaligen pruzzischen Provinz Pomesanien, besser dem ehemaligen Herzogtum, das erst vom Ritterorden seiner Selbstständigkeit beraubt worden war. Die, die Masurisch sprachen, waren Preußen. Sie dachten weder wie Polen, noch fühlten sie sich als solche. Und darüber dachte man nicht einmal nach.

Maria schreckte auf. Sie musste ein wenig eingeduselt sein. Schuld daran waren das gute Essen und die Sonne, die immer tiefer sinkend jetzt durch den oberen Teil der Fensterscheibe Kringel auf die Eisblumen an der Scheibe zeichnete, violett, rot und grün glitzerten die zerfransten Eisornamente. Gold und silbern schimmerten die blattartigen Zeichnungen. Vor Maria auf dem Schreibtisch lagen Abrechnungen der Färberei-Annahmestellen in Lötzen, Gumbinnen, Rastenburg, Bartenstein, Borschimmen und Magrabowa. Sie waren meist in Kolonialwarengeschäften angesiedelt. Die Bauern kamen sowieso dahin. Dabei brachten sie ihre Wolle, Stoffe und Kleider, manchmal sogar einen Männeranzug oder Mantel zum Färben oder Umfärben mit. Die Masuren liebten Farben. Sonst wäre Brodowskis Geschäft nicht so gut gegangen. Maria begann ein neues Hauptbuch für die chemische Reinigung einzurichten. Die Ausgaben hatte sie noch unter Färberei-Chemikalien verbucht: drei Fässer Leichtbenzin, Talkum und Tran, mit dem Jochen Felle behandeln wollte.

Der neue Maschinenpark bestand aus einer Trommelwaschmaschine, einer Schleuder und einem Destillierapparat. Er war unter »Anlagen« im Hauptbuch zu finden. Als die drei kupferglänzenden Geräte vor einem Monat angekommen waren, hatten sie Aufsehen erregt. »So schöne Packkisten haben wir noch nie gehabt«, sagte der Meister. Und Heizer Max, der außer dem Dampfkessel und der Dampfmaschine auch die gesamte Technik betreute, schließlich verfügte er über einen Schraubstock, Hammer und Schraubenschlüssel, knurrte: »Neumodisches Zeug!« Dann aber half er dem Werkmonteur, der aus München angereist war, die drei Komponenten der chemischen Reinigung auf Betonfundamente zu schrauben. Und er montierte auch die Wellen und Räder der Transmission, deren Riemen die Trommeln treiben sollten. Zuletzt nähte er eigenhändig die verschieden langen Lederriemen zusammen, schön straff, und steckte sich befriedigt eine vom Chef spendierte Zigarre an, als die Anlage zum ersten Mal Probe lief.

»Wird ganz schön Kohlen fressen«, kommentierte er an seine Dampfmaschine denkend, die nun viel mehr leisten musste als vorher, wo sie nur zum Antrieb der Färbekufen aus Holz diente. »Und mehr Dampf brauchen wir auch«, fuhr er fort. Dabei hatte er noch gar nicht bedacht, dass das Destillieren, um das Benzin immer wieder zu reinigen, wenn es benutzt war, auch noch Energie verbrauchte. Vom ersten Probelauf waren übrigens alle begeistert. Es roch so interessant. Und man fühlte sich, wenn man lange genug in der neuen »Chemischen«, wie man die Anlage bald nannte, aufhielt, so beschwingt – wie leicht angetrunken, Leichtbenzin. Nur rauchen durfte man nicht mehr in diesen und den Nachbarräumen. »Sonst fliegen wir alle in die Luft«, hatte der Chef gesagt.

Ob die Mund-zu-Mund-Werbung genügen würde?, überlegte Maria und schloss das neue Hauptbuch mit den noch leeren Spalten. Joachim wollte es erst einmal so versuchen. Erst dann sollten Anzeigen im Masurenboten erscheinen und vielleicht sogar in der »Königsberger Zeitung«, die die ganze Provinz erreichte.

Die Sonne auf dem Fenster spiegelte immer mehr nach Blau hin. Hier im Osten wurde es früh dunkel im Herbst oder besser im Winter. Der begann weit vor dem festgeschriebenen Kalenderdatum. Auch der Frühlingsanfang in Masuren stimmte nicht mit den Kalenderdaten überein. Und der Sommer kam fast immer früher als am 22. Juni. Maria zog die dicken gewebten Vorhänge vor die Fenster. Das sparte Heizung. Sie schob die untere Tür des Kachelofens ganz zu. Dann hielt die Glut über Nacht. Anschließend hob sie das heruntergefallene Kissen auf, schob den Sessel an den Tisch heran und schloss hinter sich die Tür.

Jochen war noch in der Färberei. Anna deckte den Abendbrottisch. In der Küche werkelte Erna. Auch abends gab es immer etwas Warmes. Meist Bratkartoffeln mit Fleisch, Ei oder am Freitag Hering. Zweimal in der Woche kochte Erna auch eine Milchsuppe mit Keilchen, kleinen Klößen. Im Winter wurde schon um sechs gegessen, im Sommer ein halbe Stunde später. Die Essenszeiten bestimmten den Rhythmus des Tages. Terminkalender kannte man nicht. Der einzige Monatskalender im Comptoir genügte. Dass in der Küche noch ein zweiter hing, war Luxus. Erna hatte ihn im Kolonialwarengeschäft geschenkt bekommen. Sie liebte ihn wegen der einfachen Sprüche unter den Landschaftsbildern. »Sich regen, bringt Segen«, hieß es da zum Beispiel. Oder »Morgenstund hat Gold im Mund«.

Nach dem Abendbrot gingen Jochen und Maria ins Wohnzimmer, die Stube. Jeder hatte seinen Sessel. Neben dem von Maria stand ein Korb mit Flickwäsche. Auf Joachims Sessellehne lagen zwei Zeitungen. Die kamen immer mit der Mittagspost. Erst am Abend fand er Zeit für die Nachrichten des Tages. Was ihm wichtig erschien, las er laut vor, während Maria eine Stopfnadel einfädelte. »Im Reichstag schon wieder Krach wegen des Flottenprogramms des Kaisers. Ein Mönch prophezeit für die Jahrhundertwende den Weltuntergang, und in Pobeten ist ein Kalb mit zwei Köpfen geboren worden. Das wars«, schloss Jochen und bestaunte die präzisen Bewegungen der Finger seiner Frau. »Die kann auch alles.« Maria blickte auf. Keiner hatte Scheu, den anderen genau zu betrachten. Sie sahen gleichaltrig aus. Und doch war der fünfundzwanzigjährige Joachim fast auf den Tag fünf Jahre älter als seine Frau.

Joachims Vater besaß einen Hof im Kreis Johannisburg von hundertachtzig Morgen. Die Hälfte davon war Sand, aber die andere reichte für einen fundierten Wohlstand. Als zweiter Sohn musste Joachim sich einen Handwerksberuf suchen nach bestandener mittlerer Reife am Lycker Gymnasium. Er wurde Färber, lernte in Allenstein, Berlin und Dresden. Dann ging er, mit Bargeld aus Vater Ottos Tasche, auf Wanderschaft, ohne auch nur einen Tag zu Fuß marschieren zu müssen. Die Schweiz und Italien besuchte er. Nur bis Rom kam er nicht. Aber er hatte sich vorgenommen, das nachzuholen. Gerade für einen Diasporakatholiken war Rom mehr als nur ein Reiseziel. Aber Venedig hatte er gesehen, war über den Canale Grande gefahren und hatte seiner Mutter ein Glas aus Murano mitgebracht, glutrot mit Goldrand. Einige Wochen hatte er dann in München verbracht. »Des Bieres, aber nicht nur des Bieres wegen«, wie er wiederholt sagte, ohne zu wissen, dass ein fast gleichaltriger München-Besucher, der später einmal Oberbürgermeister von Köln und deutscher Bundeskanzler werden sollte, wörtlich die gleiche Begründung für seinen München-Aufenthalt gab.

In München hatte sich der fahrende, wandernde Masure auch zum ersten Mal ernsthaft für Politik interessiert. Daran dachte Joachim Brodowski an diesem Samstagabend. Er hatte sich einem Kreis um die Bayerische Volkspartei angeschlossen. Auch vor allem des Bieres wegen, wie er sich selbst eingestand. Denn das Wort Politik war ihm eigentlich zu abseitig vom Alltag und nicht seinem Denken adäquat. Er hatte nur gespürt, er würde sich auch mit Politik beschäftigen müssen, wenn er sich selbstständig machte. Dem König und Kaiser konnte man das bei allem Respekt nicht allein überlassen. Schließlich hatte er Bismarck in die Wüste des Sachsenwaldes geschickt.

Schon gar nicht kam man in Masuren an der Politik vorbei. Berlin war weit. Königsberg zwar etwas näher. Aber wann ließ sich Wilhelm II. schon einmal in Königsberg sehen, bestenfalls ging er genauso wie Bismarck in Pommern oder Rominten zur Jagd. Und dann, in der Provinz, gaben die Dohnas und Lehndorffs den Ton an. Was wussten die schon vom Leben an der Grenze und von Betrieben, die auch hier die Steuern verdienten. Landwirtschaft hin, Landwirtschaft her, die Güter machten nicht Ostpreußen aus. Die meisten zehrten vom Bestand. Nur sein Freund Baron von Tiedemann hatte es als Gutsbesitzer zu etwas gebracht, als er sich auf Gut Rymcken ganz auf Pferdezucht verlegte, das war einträglicher als Kartoffeln und Korn. Wenn Tiedemann klagte, dann nur darüber, dass die Ulanen in Insterburg ihm nicht mehr alle »miesen Krücken« abnahmen, und darüber, dass die Bereiter auch nicht mehr das waren, was er aus seiner Jugendzeit in Erinnerung hatte. Sie schliefen zum Beispiel nicht mehr im Stall. Und anstelle eines Taschengeldes verlangten und bekamen sie mindestens den Lohn eines Handwerksgesellen.

Bei dem Stichwort Stall vergaß Joachim das Simulieren, den Zustand zwischen Träumen und Nachdenken. »Ich sehe mal nach den Pferden«, sagte er ziemlich unvermittelt, stand auf und verschwand im Flur. Den Gehpelz warf er nur lose über. Bei Temperaturen um zehn Grad lohnte es sich nicht, die Pelzmütze aufzusetzen. Leichter Grimmelschnee war in der letzten Stunde gefallen. Gefrorener Hochnebel. Die Nacht war sternenklar. Der halbe Mond hatte sich mit einem Schleier wie mit einem Wattebausch umgeben. Die Sterne blinkten unruhig durch die feuchte Luft. Joachims Schritte knirschten in der schneestillen Nacht. Nur eine Lampe brannte im Hof, eine elektrische. Strom gab es schon in Lyck, wenn auch nicht im Kreis. Joachim war mit Schuld daran. Für seine Färberei war das Elektrische nötig. So hatte er den Stadtrat angestiftet, ein eigenes Elektrizitätswerk zu bauen, dampfbetrieben. Jetzt war er im Vorstand des E-Werkes und musste die Beschwerden der Lycker zur Kenntnis nehmen, dass der Strom zu teuer sei.

Im Stall war alles ruhig. Die beiden Schimmel wandten die Köpfe dem späten Besucher zu. Der Braune hatte sich gelegt und sah nur kurz auf. Joachim öffnete den Pelz. Die Wärme der Tiere wurde spürbar. Er roch das Heu und bekam ein paar Spelzen vom Stroh in die Nase. Das Niesen konnte er gerade noch unterdrücken. Der Braune hätte sich sonst hochgemacht, die Nachtruhe wäre gestört. Beim Rückweg über den Hof drehte Joachim den erdverkrusteten Lichtschalter. Die Lampe über der Einfahrt erlosch. Die Nacht war jetzt dunkelblau. Der Schnee funkelte violett überall dort, wo ihn der verdeckte Mondschein traf, bis immer mehr silbern glitzernde Spitzen zu erkennen waren.

Allmählich gewöhnten sich Joachims Augen an die Dunkelheit. Die Milchstraße, ein breites Band wie vergossenes Quecksilber, fing seinen Blick ein. Und wieder der wattig fahle Mond. »Es wird Schnee geben«, murmelte er.

Im Haus war Maria im Schlafzimmer verschwunden. Sie lag schon im Bett, als Joachim die Türe aufmachte, den Rock auszog und das Hemd. In der Porzellanschüssel wusch er Gesicht und Hände. Maria las ein paar Seiten Fontane. »Macht müde«, meinte sie, als Jochen fragte, wie ihr denn der Berliner Dichter gefalle. Das Buch hatte er aus Königsberg mitgebracht. In Lyck führte die Buchhandlung Piepereith vor allem Schreibwaren. Und dann natürlich den Masurenkalender, Lesestoff fast für ein ganzes Jahr. Es gab auch den »Redlichen Ostpreußen«, ein jährlich neu erscheinendes Sammelwerk mit unterhaltenden Beiträgen, die mehr oder minder im Milieu der Gutsbesitzer und des Adels spielten. Nur der Lycker Schriftsteller Skowronek schilderte dörfliche Szenen aus Masuren. Maria löschte die Nachttischlampe und kuschelte sich zu Jochen herüber. Ohne ein Wort zu sagen, streichelte sie seine Schultern, seinen Nacken. Dann rutschte sie energisch zu ihm und wartete nicht, bis er sie küsste. Sie liebten sich ohne Worte und schliefen ineinander verschlungen ein. Dabei gab Jochen Acht, dass die Bettdecke nicht verrutschte. Es konnte sehr kalt werden heute Nacht.

Der Sonntagmorgen begann um sieben. Irgendetwas polterte im Hof. Maria stand auf, zog die Vorhänge beiseite. Es sah nach Schnee aus. Das Poltern hatte anscheinend keine Ursache. Jedenfalls konnte sie nichts erkennen durch die gefrorene Scheibe. Das Wasser in der Blechkanne unterm Waschtisch hatte eine dünne Eisschicht. Sie fuhr sich mit dem feuchten Waschlappen einmal über das Gesicht. Eingehüllt in den Morgenmantel wie in einen Wickelrock, verschwand sie, die Tür bewusst leise öffnend und schließend, in der Küche. Hier war es warm genug zur gründlichen Morgenwäsche. Während das Kaffeewasser langsam zu sieden begann, kämmte sie die Haare. Anna brauchte an Sonntagen erst um zehn zu erscheinen. Erna, die Köchin, kam ohnehin immer erst gegen acht. Sie versorgte vorher ihre fünfundsiebzigjährige Mutter, die im früheren Instleutehaus eine Zweizimmerwohnung gegen fünf Mark Miete im Monat bewohnte.

Jochen und Maria frühstückten zusammen. Zum Kaffee gab es mehrere Sorten Brot, selbst gebacken, dazu Butter, Honig und Käse sowie geräucherte Gänsebrust und Schinken. Das Fleisch lag in großen Stücken in Porzellanschalen auf der Anrichte. Nur das Brot stand auf dem Tisch und die Butter. »Es ist schön mit dir«, sagte Jochen und nahm das von Maria mit Butter bestrichene Brot so an, dass er ihre Hand minutenlang in seiner hielt. »Gehen wir nachher aufs Eis?« – »Nach dem Essen. Vielleicht spielt die Gymnasiastenkapelle. Und dann laden wir noch die Erdmanns ein und wer sonst noch da ist«, antwortete Maria.

Jochen zog die Hausjacke aus, den Gehrock an, öffnete das Hoftor, um zu Fuß in die Kirche zu gehen. Die Pferde hatten auch Sonntag. Hinzu kam, dass Karl bestimmt noch benommen war von seiner Sonnabend-Zechtour, die ihm keiner abgewöhnen konnte. Außerdem waren die Einstellplätze im Pfarrhof für Pferd und Schlitten an jedem Sonntag voll besetzt von den Gespannen der Bauern. Die Tiedemanns kamen zum Beispiel die dreißig Kilometer von ihrer Klitsche regelmäßig vierspännig und brauchten dann zwei Boxen. Und Schimkats aus Sybba hatten Pferde, die alle anderen blutig bissen, wenn man sie nicht ganz alleine stellte.

Die Kirche war ungeheizt. Wenn es noch stärker fror, stellte der Pfarrer den Kelch während der Messe auf ein Stövchen, das von zwei Kerzen beheizt wurde. »Da hat doch wirklich mal einer eine Arbeit im Priesterseminar geschrieben, ob der Wein noch Wein ist, wenn gefroren«, hatte der Pastor wiederholt Besuchern aus dem Reich berichtet, die so kalte Kirchen nicht gewöhnt waren. Eis sei kein Wein mehr. »Kälte aber tut gut«, pflegte er fortzufahren. »Tötet die Krankheiten. Tuberkulose gibt es bei uns nicht.« Die Kälte war sicher nicht in erster Linie Schuld daran. Auch in Ostpreußen gab es die Schwindsucht. Allerdings selten in masurischen Städten und Dörfern. Dabei galt sie nicht als Hungerkrankheit wie später in den Kriegsjahren 1917 und 1918. Gegen die Schwindsucht verordneten die Ärzte auf Gutshöfen in der Regel einen Aufenthalt in Davos. Das war von Ostpreußens Gütern aus gesehen gar nicht so weit, wie es die Entfernung in Kilometern scheinen ließ. Davos lag als Erholungsort noch im Blickfeld der Königsberger. Für einen Masuren allerdings kamen eher Rauschen und Cranz infrage, Badeorte in der Provinz an der Ostsee, die man aber nur im Sommer aufsuchte. Sie halfen gegen Bleichsucht oder Appetitlosigkeit vor allem bei denen, die sich Krankheiten einbildeten. Zu Hause wartete nach dem einstündigen Gottesdienst das zweite Frühstück. Erna hatte Spiegeleier in die Pfanne geschlagen, Bücklinge aufgebraten und die Fleischbrühe mit Eierstich verfeinert. Dazu gab es Gänseklein in Sülze. »Alles zu viel für einen, aber für zwei gerade ausreichend«, sagte Jochen und sah Maria an, die das zweite Frühstück eingeführt hatte, das sie von zu Hause her gewohnt war.

Joachim, der als Einjähriger in Koblenz bei den Jägern und später in verschiedenen Lehr- und Arbeitsstellen andere Esssitten kennen gelernt hatte, war froh, dass Maria die Bräuche ostpreußischer Gutshöfe in die Ehe eingebracht hatte. Er hatte keine Last mit der Figur. Maria auch nicht. Beide arbeiteten mehr als zwölf Stunden körperlich am Tag. Das brauchte seine Grundlage. Und von Kalorien sprach noch keiner.

Vom See her erklang ganz leise gedämpft durch den Schnee Musik. »Du, die spielen, komm, beeil dich.« Maria stand auf und ließ den Rest der Brühe in der Tasse stehen. Zum Eislaufen hatte sie schon in ihrer Aussteuer ein eigenes Schlittschuhkleid mitgebracht mit schwingendem Glockenrock, besetzt mit Fuchsschwanz und am Kragen eingefasst von einer schmalen Hermelinborte. Die beiden winterweißen Wiesel hatte ihr Vater vor Jahren geschossen. Hermeline waren selten in Masuren, vor allem schwer auszumachen. Und da sie scheu und klug waren wie Ottern, wurden sie fast nur durch Zufall erlegt.

Maria hakte Jochen unter. Die Schlittschuhe hatte er über die Schulter geworfen. Den »Nudler«, um sie an die Schnürstiefel zu schnallen, fand sie in der Schublade der Flurgarderobe. Ein Schlüssel mit Vierkantöffnung, wie sie Eisenbahner benutzten, um Abteiltüren zuzusperren. »Es weht«, sagte Maria und kuschelte sich tiefer in ihren weißen Pelzkragen. »Komm, ich wärm dich«, flüsterte Jochen und gab ihr einen Kuss. Auf dem See hatten Jungen unter der Leitung von Schornsteinfegermeister Müllerhahn wie in jedem Jahr eine Eisbahn freigeschaufelt. Warum das Aufgabe des Schornsteinfegermeisters war, wusste keiner. Er selbst auch nicht.

Aber in jedem Jahr, wenn das Eis etwa acht Zentimeter Dicke erreicht hatte, ließ er die Eisbude, eine Hütte aus dicken Bohlen, auf kufenähnlichen Balken von den Kaltblütern der staatlichen Domäne auf den See ziehen. Dann scharte er die Jungen der Seeanlieger um sich, verteilte Schneeschieber und schritt, ganz Amt und Würde, die Außenseiten der zu fegenden Bahn ab. In die Mitte kamen ein Platz zum Eishockeyspielen und eine viereckige Kunstlaufbahn für die Zirkeldreher, wie die wenigen geübten Kunstläufer genannt wurden. Außen herum wurde die große, an jeder Seite fast hundert Meter lange Rundlaufbahn vom Schnee befreit. Sie wurde im Verlauf des Winters immer schmaler. Die Schneewälle um sie herum wuchsen, nicht nur in die Höhe, sondern auch in die Breite. Das freigefegte Eis war dunkelgrün mit eingesprenkelten weißen Luftblasen. Die glasharte Oberfläche knirschte, wenn Jochens genagelte Stiefel aufsetzten. Die Musik begann einen Walzer. Drei Trompeten spielten heute, eine große Trommel und zwei Klarinetten. »›Petersburger Schlittenfahrt‹, komm schnell, dann erwischen wir noch den Schluss.«

Jochen hob Maria auf die abgewetzte Holzbank, kniete sich vor ihr aufs Eis und begann die Schlittschuhkufen an ihre Stiefel zu schnallen. Vorn hatten sie Lederriemen und hinten die Drehmechanik mit den beiden Backen, die in den Absatz eingriffen. Wegen der meist zerfetzten Absätze hielten Stiefel in Masuren übrigens kaum zwei Winter. Die Schlittschuhe mussten fest sitzen, egal wie viele Absätze es kostete. Jochen brauchte etwas länger mit seinen Gleiteisen. Maria war schon auf und davon, als er auf beiden Schlittschuhen stand. Er zog die Handschuhe über und folgte seiner Frau. Schlittschuhlaufen konnte er genauso gut wie sie, obwohl seine Figur nicht gerade sportlich wirkte. Einmal ganz herum musste er mit langen Bogenschritten ausholen, bis er Maria von hinten an der Schulter fasste. Beinahe wäre sie gestolpert. »Walzer«, sagte Jochen, ergriff Marias Arme über Kreuz und begann mit rechts außen den ersten Bogendreier im Takt der Musik.

Das Gequietsche und Gerufe der sich jagenden Jungen und Mädchen übertönte die Trompeten. Nur die große Trommel gab immer hörbar den Takt. Maria und Jochen wechselten auf die Kunstlaufbahn und begrüßten dort mit gleichzeitigem Kopfnicken die Grundmanns und Meyers, die Lörtzers und Silbermanns. Alle waren sie paarweise auf dem Eis, versuchten sich in Schlingen und Dreiern. Es wurde nachdrücklich übersehen, dass einige Paare neu zusammen waren. Die Eisbahn gehörte noch mehr als der Tanzboden zum Freigebiet derjenigen, die zusammen sein wollten ohne Verlobungsring und Trauschein. Und das bei der Petersburger Schlittenfahrt mit großer Trommel und Trompeten. Gesprochen wurde so gut wie nichts. Bei inzwischen vierzehn Grad unter Null kein Wunder. Selbst Händchenhalten war mit den dicken Handschuhen nicht besonders anregend. Allein das Zusammensein schien zu genügen, um die Jungens befangen an vorbeilaufenden Fremden vorbeisehen zu lassen und den Mädchen den Glanz des Erfolges in die Augenwinkel zu zaubern. Die Kälte war aber nicht nur mit verdeckter Erotik zu meistern. Man musste sich auch bewegen, schnell und wenn möglich sicher.

»Wie ich laufen gelernt habe«, antwortete Maria auf die nur halb gestellte Frage von Jochen. »Na, mit sechs Jahren auf dem Weiher vor dem Hof. Und die Jungen konnten es schon früher!« Damit versuchte sie Jochen in den Takt des nächsten Walzers – ausgerechnet »Die schöne blaue Donau« – hineinzubekommen. So ganz glückte es nicht. Maria stolperte über einen Ast und wäre gefallen, wenn Jochen sie nicht mit beiden Armen hochgezogen hätte. Das fiel keinem anderen Paar auf, denn bei ihnen ging es nicht anders. Oft war das Stolpern sogar gewollt. Und nicht immer stolperte der weibliche Teil zuerst. Auf der Eishockeybahn tobte eine Horde Jungen hinter einer mit Zement gefüllten Blechdose her, von einer Schmalseite zur anderen. Der Behelfspuck wurde mit umgedrehten Spazierstöcken geschlagen. Regeln gab es bei diesem Spiel nicht, das irgendwo in Kanada zu Hause sein sollte oder in Schottland. Vielleicht auch in Schweden, wo man sogar schon Skilaufen kannte.

Einfache Schneeschuhe und Schneereifen hatten sich übrigens schon bei einigen masurischen Bauern durchgesetzt. Schließlich konnte man auch im Winter nicht alles Stroh in der Scheune haben und musste aufs Feld an die planenbedeckten Schober. Die Sonne stand inzwischen dicht über dem Horizont. Sie war in den letzten Minuten immer weißer geworden. Die Luft roch nach Kälte. Dabei war es wohl mehr der Abendnebel, der sie mit Feuchtigkeit und Schneekristallen auf die empfindlichen Nasen einwirken ließ. »Lass uns gehen«, meinte Jochen als Erster und steuerte noch mit angeschnallten Schlittschuhen die Klättka, den kleinen Steg am Ufer, an, der vom Wind schneefrei geblasen war. Hier schnallte er zuerst Maria die Eisen ab. Hand in Hand gingen sie etwas steif davon. Da sie nicht mehr auf den schmalen Kufen voranglitten, kam ihnen der Weg zum Haus besonders holprig vor. Es waren aber nur die getauten und wieder gefrorenen Schlittenspuren auf Schneeunterlage, die zur Vorsicht zwangen.

Maria ging noch im Schlittschuhkleid in die Küche. Mit dem Schürhaken hob sie das Mittelstück und drei Ringe, die die Feuerstelle abdeckten, legte sie auf die schwarze Herdplatte und schob einen gusseisernen Topf auf das Feuer. Fast gleichzeitig öffnete sie mit der anderen Hand die Lufttüre unterhalb des Rostes. Die Glut wurde hellgelb und an den Spitzen der Kohlenstücke weiß. »Du willst doch sicher einen Glühwein«, rief sie in den Flur, in dem Jochen seine Schnürstiefel auszog und in die Filzstiefel stieg. »Natürlich, aber mit Rum, bitte!« Das Rezept war einfach: Rotwein, Nelken, Lorbeerblatt. Dazu Rum. Wenn nötig wurde das Getränk mit etwas heißem Wasser gestreckt.

Aber heute schien das nicht nötig. Alkohol, auch wenn einiges davon verdampfte, wärmte besser als Wasser, das Jochen beim Grog nicht besonders schätzte. Viel konnte er allerdings nicht vertragen. Er bekam schnell einen schweren Kopf. »Prost!« – »Auf den neuen Anfang!« Maria hob das Glas. Jochen stützte sich auf die Sessellehne. »Hoffentlich wird die Versicherung nicht zu teuer. – Benzin brennt schnell, aber bis die Provinzial das mitkriegt?« – »Vielleicht sollten wir doch lieber das Textilgeschäft beginnen«, antwortete Maria. Mit Versicherungen hatte sie so wenig im Sinn wie mit der Benzinchemie. »Das wäre auch was – aber die Grenze. Nach Königsberg sind es zweihundert Kilometer. Nach der Grenze nur zwanzig. Wir liegen am Rande, und wenn die Russen nicht kommen? Von den Bauern leben hier die Geschäfte jetzt schon mehr schlecht als recht.« Jochen trank sein Glas leer. »Aber die Russen kommen einkaufen. Und dann – man sollte Konfektion bieten wie in Königsberg«, blieb Maria beim Thema. »Selbst in Allenstein geht es nur schlecht«, erwiderte Jochen. »Allenstein ist zu katholisch, da wollen sie noch alles selbst schneidern. Aber hier!« Maria zog ein seidenes Taschentuch aus der über der Sessellehne hängenden Handtasche. »Die Landratsche hat mich schon zweimal gefragt, wo ich das herhabe.« »Nu die«, fiel ihr Joachim ins Wort. »Von der allein können wir nicht leben, und von den Gütern auch nicht«, wobei er die Gutsbesitzer meinte und ihre Frauen. »Hast Recht, aber hier leben auch andere: die Zimmermanns mit ihrem Sperrholz oder die Hirschfelds, die wollen doch nicht immer zu ihren Eltern nach Schweden fahren, wenn sie mal Lust auf etwas Gutes haben.«

Die Beispiele überzeugten Joachim nicht. Wenn die Russen mehr Soldaten an die Grenze legen würden – die wären gute Kunden. Oder wenn die neue Eisenbahn mit ihrem Endpunkt Lyck Kundschaft aus dem Norden bringen würde. Bisher war die neue Verkehrsverbindung mehr für private Lustreisen gut gewesen, wie Joachim meinte. Gebracht hatte sie dem südöstlichsten Kreis Preußens nicht viel. Nicht einmal der Kaiser hatte die Gelegenheit benutzt, um auf seinen Jagdausflügen nach Rominten zu seinen exponiertesten Untertanen vorzustoßen.

Auch der Oberpräsident der Provinz Ostpreußen war erst ein halbes Dutzend Mal dazu gekommen, Lyck zu besuchen. Nur zweimal war er im Rathaus gewesen, sonst nur zur Saujagd in Klausen. Dabei hatte er im Lycker Bahnhof immer den Krümperwagen der Domäne zur Weiterfahrt bestiegen, ohne die neu gepflasterte Bahnhofstraße in Augenschein zu nehmen, obwohl sie die Provinz bezahlt hatte. Ihren Bau hatte übrigens Joachim in Königsberg durchgesetzt. Schließlich war er seit einem Jahr Stadtverordneter, zuständig für Straßen und Bauwesen. Sein Argument: Das Gewerbe brauche die gepflasterte Straße zum Bahnhof, weil sie so lang sei, gut einen Kilometer vom Marktplatz aus gemessen.

Die Provinzial-Verwaltung hatte es fertig gebracht, sich das Geld von der Eisenbahnverwaltung rückerstatten zu lassen. Warum hatte die auch den Bahnhof so weit vom Stadtzentrum entfernt gebaut. Auch diese Idee war in Joachims Kopf entstanden. Die Stadt übernahm die Gestaltung des Bahnhofsplatzes, die entsprechend unaufwendig ausfiel. Auch dafür war übrigens ein privater Finanzier gefunden worden. Der Besitzer des Bahnhofshotels. Schließlich sollten seine Gäste auch bei Regenwetter einigermaßen sicher vom Bahnsteig zum Hoteleingang gelangen können. Und er konnte das Ganze wieder beim Finanzamt geltend machen. Wozu aß Steueramtmann Meier jeden zweiten Tag bei ihm zu Mittag.

»Wenn wir eine Hypothek bekommen, könnten wir vorn den Laden einrichten, wo jetzt das Kontor ist«, griff Maria ihre Lieblingsidee wieder auf. »Und dann bauen wir das Dach aus und haben eine größere Wohnung, denn Kinderzimmer brauchen wir doch auch.« – »Kinderzimmer?«, fragte Joachim ganz direkt und sah Maria in die Augen. »Ja, im nächsten Jahr. Das werden die letzten Weihnachten allein.« Joachim stutzte: »Dann hättest du aber nicht aufs Eis mitkommen sollen. – Wenn du gefallen wärst.« – »Ich fall schon nicht«, stand Maria auf und setzte sich Joachim auf den Schoß. »So empfindlich bin ich nicht.«

Joachim wusste nicht, was er sagen sollte. Kinder! Darum hatte man ja geheiratet, oder auch darum. Und jetzt war es so weit. »Bist du sicher?«, fragte er ganz leise. »Meinst du, ich habe keine Ahnung«, antwortete Maria. »Dass du dich ja schonst. Lass die Anna mehr machen und hol' die Gesellen, wenn was zum Tragen ist, und komm her«, schloss Joachim sie eng in seine Arme, nahm sie auf die Hände, stand mit ihr auf den Armen etwas schwerfällig auf und trug sie ins Schlafzimmer nebenan. »Du hast gesagt, Küsse gehörten nur ins Schlafzimmer«, sagte er. »Ich will dich küssen, und wie – darum«, fuhr er fort und ließ sie aufs Bett gleiten. »Ich bin doch nicht müde.« – »Ich auch nicht«, beschloss Jochen die Diskussion und den Tag. Morgen begann eine neue Woche, ein neuer Lebensabschnitt – ja fast ein ganz neues Leben für sie beide. Joachim spürte das mehr, als dass er es vom Verstand her registrierte. Und es würde noch schöner werden als bisher mit Maria. Er ahnte es mit einem sechsten Sinn, den er vom Vater geerbt hatte. Masuren waren Spökenkieker. Joachim hatte sich bei Vorausschauen noch nie getäuscht. Vor allem dann nicht, wenn er Glück oder Unglück erahnte.

2

»In Preußen, da kann man noch was werden«, sagte Hermann Tanzberger und legte seine breite Hand flach auf den Tisch. Die Petroleumlampe rußte. So war es in der Gastwirtschaft in Lauterburg an diesem Novemberabend fünf Jahre vor dem gefürchteten Jahrhundertwechsel noch dunkler als sonst. »Wer weiß das schon«, antwortete Karl, sein Bruder. »Aber zurückgekommen ist noch keiner, der da hingemacht hat!« – »Und geschrieben hat auch niemand. Ob es da keine Post gibt, im Preußischen?«, fuhr er nach einer Denkpause fort.

»Aber das heißt doch gar nichts. Und Glas kaufen sie auch, jedenfalls Weihnachtskugeln«, fiel der kleine hutzelige Egon ein, der mit seiner Kiepe durch ganz Europa gewandert und gerade wieder daheim angelangt war nach seiner vorweihnachtlichen Verkaufsreise, die er in diesem Jahr mit Pferd und Wagen machen konnte. Er hatte schließlich geerbt, wenn auch spät. Der hügelige Wald mit zwei Wiesen machte die Anschaffung eines Pferdes möglich.

»Ob man nach Preußen machen soll? Und wenn, dann nach Ostpreußen, da gibt es weniger Menschen«, versuchte Hermann das Gespräch am runden Tisch zu beenden. »Dann mach mal zu, warum denn nicht nach Ostpreußen. Sind ja schon viele los. Versuch's doch!« Ähnliches hatten viele in Thüringen gesagt, die sich mit Holzschlag im Wald oder Schinderei vor der Bunsenflamme mit den Glasröhrchen in der Hand und dem fahlen Glasbläsergeschmack im Mund durchschlagen mussten.

Hermann wusste schon seit einigen Monaten, dass er auf Wanderschaft gehen würde. Tischler wurden daheim auf dem Dorf nicht gebraucht. In den Städten Thüringens auch nicht. Wer noch in den siebziger Jahren viele Neubauten vorausgesehen hatte, der musste jetzt feststellen, dass die Wirtschaftskrise bis in das Handwerk durchgeschlagen war. Neue Häuser wurden nicht gebaut, obwohl viele Familien mit drei und mehr Personen in einem Raum leben mussten. Die Kinder krochen auch nach der Heirat im Haus der Eltern unter. Zu etwas Eigenem reichte es nur selten. In vielen Dörfern hatte man dazu kaum noch satt zu essen. »Versuch's doch mal in Ostpreußen.« Der Rat eines Glasbläsers hatte sich festgesetzt.

Hermann Tanzberger begann sich ernsthaft damit zu befassen, aus der Heimat auszuwandern. Ins Preußische waren viele gezogen. Und manchen musste es gut gehen – gerade weil man nichts wieder von ihnen hörte. Wer seinen Beruf gelernt hatte, sein Handwerk, dem konnte es wohl auch im kalten, weit entfernten Ostpreußen nicht schlecht ergehen. Zumindest musste Platz sein in dem Land hinter der Weichsel. Hermanns Eltern hatten gehört, dass die Pest dort Tausende das Leben gekostet hatte. Aber die Städte und

Dörfer begännen wieder zu wachsen. Salzburger, die durch Thüringen unter dem großen Friedrich nach Ostpreußen gezogen waren, hatten dasselbe erzählt. Ihnen war von preußischen Werbern versichert worden, dass sie alle Land erhielten, wie vorher die Hugenotten. Diese Nachricht hatte sich gehalten. Hinzu kam, die Preußen waren evangelisch. Schon darum war dies Land besser als Bayern, wenn man als Protestant schon die Heimat verlassen musste.

Hermann Tanzberger ging mit schwerem Kopf heim. Allein der Gedanke, mitten aus Deutschland weit nach Osten zu gehen, bedrückte ihn. Als Tischlergeselle war er über Sachsen im Norden und Franken im Süden nicht hinausgekommen. In seinem Beruf hatte er immer schon nach ein bis zwei Tagen Wanderschaft Arbeit gefunden. Im Gegensatz zu anderen hatte er nur wenige Schuhsohlen verbraucht.

Übrigens war er nicht Soldat geworden wegen seines leicht versteiften Knies, das ihn das rechte Bein ein wenig nachschleifen ließ, wenn er schnell gehen musste. Man war großzügig beim Mustern. Schon einfache Plattfüße genügten, um zurückgestellt zu werden. Ehrenvoll war das in keinem Fall. Viele versuchten darum im Musterungsbüro – meist war es der Schulsaal im Ort –, ihre Gebrechen zu verstecken.

Zu Fuß kam man nicht nach Ostpreußen, vor allem nicht im Winter. Also musste Hermann versuchen, die fünfunddreißig Mark zusammenzubekommen, um die Eisenbahn über Frankfurt/Oder bis nach Königsberg benutzen zu können. Ein paar Mark hatte er gespart. Sie würden für die Bahnfahrt reichen. Doch man musste auch einige Taler haben zum Anfangen. Selbstverständlich als Tischler, vielleicht auch als Stellmacher, obwohl es in der Zunft nicht gern gesehen wurde, wenn man nicht streng im eigentlichen Beruf blieb. Hermann konnte aber auch als Wagenbauer gelten. In Franken hatte er wiederholt ausgeholfen. Sogar Speichenräder für Kutschwagen konnte er zusammenfügen. Auch wenn die Speichen ganz dünn aus Eschenholz geschliffen werden mussten. Mit feinen Dingen umgehen, das konnte man in Thüringen.

Das wussten sicherlich auch die Fremden, dahinten im Preußischen, wo sich Fuchs und Hase gute Nacht sagten, wie Hermanns Mutter meinte, als sie von den Plänen ihres Sohnes hörte. Sie hatte übrigens kein Wort darüber verloren, dass auch noch ihr drittes Kind in die Fremde wollte. Es war ganz einfach kein Platz in dem kleinen Haus am Hang, zu dem nur drei Morgen Land gehörten.

Hermann musste wenig packen. Die Mutter überließ ihm den einzigen Koffer der Familie. Er stammte noch vom Großvater und war aus derbem Schweinsleder. »Der hält was aus«, meinte Hermann, als er ihn mit einem nassen Tuch ausgewischt hatte. Nur einen der beiden Lederriemen, die das schwere Stück zusammenhielten, musste er flicken. Dazu reichte Vaters Schuhflickzeug mit der großen Ledernadel aus. »Nimm warme Wäsche mit«, riet die Mutter. Sie hatte von einem reisenden Händler gehört, in Ostpreußen sei es kalt, und das auch im Sommer. »Wird schon nicht so schlimm sein«, meinte Hermann. Aber sicherheitshalber packte er doch gestrickte Unterwäsche ein und die langen wollenen Strümpfe. Dazu Parchenthemden und die neumodischen Taschentücher, die ihm seine älteste Schwester aus Leinen genäht hatte. Auch ein Laken und Handtücher wurden gefaltet und ordentlich in den Lederbehälter gelegt. Und dann kam noch die Sonntagsjacke dazu, schwarz mit Samtaufschlägen. Bisher hatte Hermann sie nur an Weihnachten und Ostern angehabt und zweimal bei Beerdigungen im Dorf.

Mit Frühlingsanfang wollte er abreisen. Doch in diesem Jahr kam der Frühling nicht mit dem Kalender. Der 5. März brachte noch Frost und Schnee. Die Kutsche der Post zum Bahnhof in Eisenach konnte wegen des Schnees erst am 15. fahren. Nach seinem Plan wollte Hermann da bereits bei seinem Schulfreund Karl sein. In Königsberg, wo Karlemann schon seit zwei Jahren war. Er hatte eine Stelle bei der Eisenbahn gefunden. In einem Ausbesserungswerk, einer neuen Einrichtung, die, wie Karl geschrieben hatte, die Güterwagen der preußischen Bahn reparierte, wenn sie in Ostpreußen beschädigt worden waren. Für Tischler gab es eben überall zu tun. Beruhigend, wenn man Arbeit suchte.

Der Abschied ging ohne viele Worte dahin, wie der eiskalte Wind an diesem Morgen. Der alte Schimmel vor der Kutsche trabte nicht gerade lustig, bis die Kutsche hielt. »Na, denn mach's mal gut und schreib, wie es dir in Preußen geht«, knurrte mehr, als dass er sprach, Friedhelm, der Kutscher. »Grüß alle noch mal«, erwiderte Hermann, bevor er in das weiß gekalkte Bahnhofshaus ging, wo sich im Flur vor der Türe zum Bahnsteig ein Dutzend Männer und Frauen in der Kälte zitternd drängten.

»Noch jemand ohne Fahrkarte?«, fragte der stellvertretende Bahnhofsvorstand, dem man ansah, dass er eben erst aufgestanden war. Wozu sollte er sich auch an diesem Morgen rasieren. Und in Pantoffeln konnte man auch Fahrkarten verkaufen, und sie knipsen schon allemal. Letzteres war mehr ein Hoheitsakt, bei dem die chromblitzende Lochzange das Zepter darstellte, als etwa eine Kontrollentwertung von Fahrscheinen, damit sie nicht noch einmal benutzt werden konnten. Endlich schloss der Muffel das Gatter zum Bahnsteig auf. »Langsam, einer nach dem anderen«, sortierte der verhinderte Unteroffizier die kleine Menge. »Gott sei Dank, hier riecht es nicht mehr nach Lysol«, bemerkte Hermann, als er endlich auf dem Bahnsteig stand. Der Koffer war doch ganz schön schwer. Aber nun schien die Reise wirklich zu beginnen.

Eine dicke dunkelbraune Rauchwolke in den kalten Morgen blasend, schnaufte, anders konnte man es nicht sagen, die Lokomotive auf den stahlblanken Gleisen in den Schottergraben neben dem Bahnsteig. Sie zog drei Personenwagen. Einer hatte an jedem Abteil eine eigene Tür, die anderen beiden nur jeweils am Ende, von einer Plattform aus zu begehen. Aus dem ersten Wagen sprang der Schaffner mit roter Lederschärpe auf den Bahnsteig. Er guckte nach vorn und nach hinten – drei Wagen waren anscheinend schwer zu überwachen. Endlich half er der Glashökerin mit ihrer schweren Kiepe durch die enge Abteiltür, die noch dazu einen halben Meter über ihr lag. Einen Sack hatte sie schon hochgehievt, aber er versperrte ihr jetzt den Einstieg.

»Na endlich«, setzte sich Hermann auf die Holzbank, als der Zug anruckte. Er war durch den mehr Auf- als Einstieg ins Schwitzen gekommen. Es lohnte sich, die Jacke auszuziehen. Drei Stunden bummelte der Zug bis Erfurt. Dort würde er den Anschluss nach Berlin erreichen. Hermann fuhr vierter Klasse. Um einen großen freien Raum in der Mitte des Wagens zogen sich an den Wänden Holzbänke hin. Reisende mit Traglasten konnten so ihre Kiepen und Weidenkörbe abstellen. Und wenn Platz war, ließ es sich auf den langen Bänken einigermaßen bequem liegen. Jacke oder Mantel als Kopfkissenersatz. »Wollen Sie nicht mal probieren«, fragte ihn nach einiger Betrachtungszeit und längerem Nachdenken ihrerseits, ob sich die Einladung auch lohnen würde, die Besitzerin der Glaskiepe. Sie bot gleichzeitig auf der Hand ein Stück Fladen an, der sich als süßer, bienenstichähnlicher Honigkuchen herausstellte.

»Das schmeckt«, dankte Hermann. »Wo machen Sie denn hin?« – »Ei – nach Berlin, da sind Muster drin für Geschäfte«, berichtete die schmale, blonde Frau mit blitzenden Augen. »Und Sie?«

Hermann sah sich erst um, bevor er sein Reiseziel nannte. »Nach Ostpreußen, auf Arbeit, vielleicht für eine lange Zeit.« – Die Glashökerin sah ihn bedauernd an. »Haben Sie denn nichts Gutes gelernt, Glasmachen vielleicht?« – »Tischler«, entgegnete Hermann, wissend, dass auch Glasmacher hungerten. Sein Beruf war in jedem Fall etwas Ordentliches und gut schon allemal, auch wenn er in Thüringen seinen Mann nicht ernährte. »Das ist eine weite Reise, unser Kurt war da auch schon mal. Aber gefallen hat's ihm nicht. Zu wenig Menschen und alles so weit weg – nein besser auseinander. Kannst nicht mal schnell zum Nachbarn gehen, hat er gemeint«, fuhr die Reisende fort. »Aber Arbeit soll es geben«, erwiderte Hermann. »Und die Preußen zahlen gut.« »Wenn sie zahlen. Ich bekomm' in Berlin noch Geld vom vorigen Jahr – aber vielleicht ist Berlin nicht Ostpreußen – weiß nicht«, beendete die Thüringerin das Gespräch, um sich in ihr Umschlagtuch zu wickeln und einzuschlafen.

Hermann dachte nach. Er wollte ja nicht nach Berlin. Da konnte ihm die Zahlungsmoral in der Hauptstadt egal sein. Er rückte näher zum Fenster und ließ sich vom Rhythmus der auf- und abschwingenden Telegrafendrähte einfangen. Auf und ab und wieder auf und ab, und immer wieder huschte schattenhaft ein Pfahl vorbei. Da hinten winkten Kinder auf dem Feld. Warum die nicht zu Hause waren? Man lässt doch Kinder nicht allein in die Nähe der Eisenbahn.

Mit jedem Schwingen der Drähte vor den Wagenfenstern kam Hermann mehr ins Träumen, bis auch er eingeschlafen war. Er schreckte trotz vieler Zwischenhalte erst auf, als der Zug in den Erfurter Bahnhof einrollte. »Alles aussteigen«, schrie der Schaffner den Zug entlang. Hermann packte Koffer und Tasche, zog seine Jacke an und kletterte die hohen Stufen von der Wagenplattform auf den Perron hinunter. Es war der Bahnsteig Nummer zwei. Es gab auch noch einen dritten. Die Gleise zum Perron eins und zum Bahnhofsgebäude hin konnte er erst überschreiten, als der Zug nach gut zehn Minuten weitergefahren war. Leer ins Depot, wie Hermann annahm. Er sah sich um und fand eine Tafel »Abfahrt in Richtung Berlin«.

Eine Stunde und zehn Minuten hatte er Aufenthalt. Dann konnte es weitergehen. Spät am Abend würde er in Berlin ankommen. Aber schon jetzt war er müde, obwohl er doch geschlafen hatte. »Wartesaal vierter Klasse« stand über der Tür, durch die er sich hindurchzwängte, sie klemmte. Dahinter waren einige Bänke und der Zugang zu einer Theke, die sich auf der anderen Seite dem Wartesaal dritter Klasse öffnete. Ob er ein Bier trinken sollte? Nein, lieber nur Wasser aus der Leitung über dem Ausguss. Neben dem Hahn hing ein Blechbecher an einer Seite, blank vom Gebrauch.

Im Raum hatten zwei Dutzend jüngere und ältere Reisende Platz genommen. Nur zwei Frauen waren darunter. Alle hatten müde Gesichter. Drei spielten in einer Ecke Schafkopf auf einem Pappkarton, den sie auf ihren Knien hielten. Bis einem von ihnen die Karten aus der Hand fielen. Da lehnten sich auch seine Partner zurück und schlossen die Augen. Geweckt wurden sie durch einen Eisenbahner mit dem Ruf: »Zug nach Magdeburg in zehn Minuten« und »Einsteigen nach Gera, Eisenach«. Endlich kam auch der Aufruf nach Berlin, Bahnsteig zwei. Über dreißig Wartende rafften ihre Gepäckstücke zusammen, drängten sich durch die zu enge Tür. Hermann bekam ein paar blaue Flecken ab, auf den Beinen durch eine Kistenkante, die ihm ein bärtiger, älterer Mann, wie es schien, aus Versehen gegen das Schienbein rammte.

Der Bahnsteig hatte ein Kontrollhäuschen und eine Barriere, wie er sie auf den Bildern in der Gartenlaube gesehen hatte. Hermann nahm den knipsenden Beamten nicht zur Kenntnis. Er sah nur den Zug, mindestens acht Waggons waren es, alle blitzsauber. Drei davon hatten eine römische Vier neben der Treppe aufgemalt. Sechs Passagiere drängten sich am Einstieg. Hermann erwischte einen Eckplatz. Schließlich hatte er nur seinen Lederkoffer. Und der passte in den Lattenrost über der Sitzbank. Fast sieben Stunden würde er in seiner Ecke bis Berlin verbringen müssen. Es war ja nur ein beschleunigter Eil- und kein D-Zug. Den konnte Hermann sich auch vierter Klasse nicht leisten.

Es war dunkel, als der Erfurter Zug im Anhalter Bahnhof in die noch immer junge Reichshauptstadt, früher die Mitte Preußens, einlief. Ein Lichtermeer sollte die Stadt sein, so hatte Hermann es in einer Beschreibung Berlins gelesen. Davon war in der dunstigen Bahnhofshalle nicht viel zu bemerken. Vom Rauch der Lokomotive war Hermann ganz benommen. Er konnte mehrere Minuten nicht richtig atmen. Die Augen tränten, bevor er mit seinem Koffer die Richtung zum Ausgang fand. Am Bahnsteigende musste er wieder durch eine Sperre. Ein Freund, der durch Frankreich und die Schweiz gefahren war, hatte ihm erzählt, dort gäbe es solche Hindernisse nicht. Hermann nahm sie als selbstverständlich hin. Ordnung musste sein in Deutschland.

Der Bahnhofsvorplatz war durch Gaslaternen erleuchtet. »Ein schönes Licht«, stellte Hermann fest. Noch nie hatte er diese neue Errungenschaft gesehen. Dabei gab es in Berlin in einigen Straßen sogar schon etwas ganz Modernes: Elektrische Lampen, die man nicht mehr mit einem Zündholz anstecken musste.

Auf den Stufen, die vom Bahnhof zum Vorplatz herunterführen, saßen ein paar junge Männer. Hermann behielt sie im Auge, knöpfte seine Jacke auf, um an die Innentasche zu gelangen. Dann zog er seinen Reiseplan heraus und las ihn im Licht der nächsten Laterne. Der Zug nach Frankfurt an der Oder und weiter nach Königsberg ging von einem anderen Bahnhof ab. »Wo ist der Schlesische Bahnhof, bitte?«, fragte er den nächsten Treppensitzer. Der schob seine Schlägermütze ins Genick, sah den offensichtlich aus der Provinz Kommenden lange an und wies dann mit dem Daumen in eine unbestimmte Richtung: »Da.«

Hermann stutzte. So kurz angebunden war man in Thüringen nicht. Aber vielleicht – den Gedanken konnte er nicht zu Ende bringen. Ein Schutzmann mit Bart und einem Hut auf dem Kopf, den Hermann erst nach genauem Hinsehen als stoffbezogenen Helm identifizierte, sprach ihn an. »Was wollen Sie – was gibt's?« Das war weniger Frage als Achtung gebietende Feststellung. »Bitte schön, wo ist der Schlesische Bahnhof?« – »Sie wollen weiterfahren?«, fragte der Beamte mit Blick auf Hermanns Koffer.

»Ja, bitte schön, nach Königsberg.« – »Da haben Sie was vor. Also zum Schlesischen nehmen Sie am besten eine Droschke.« Zu dieser Antwort schien der Lederkoffer den Ordnungshüter verleitet zu haben. »Bitte schön, komme ich da auch zu Fuß hin?«, fragte Hermann zurück. »Aber nicht im Dunkeln. Und allein.«

Hermann drehte um und ging die Treppen zur Bahnhofshalle wieder hinauf. Im Wartesaal übernachten wollte er, da war es wenigstens warm. Und der Zug ging sowieso erst um sechs in der Früh vom Schlesischen Bahnhof. Es war schon gut gewesen, sich alles genau aufzuschreiben. Die Nacht im Wartesaal war nicht unangenehm. Es war warm. Hermann erwischte einen Liegeplatz auf einer Bank. Im Sitzen zu schlafen, war übrigens nicht schlimm. Hermann hatte darin einige Übung aus der Zeit, als er auf Wanderschaft war.

Um vier Uhr wurde er geweckt. »Aufstehen, wir müssen sauber machen. Der Saal wird geräumt«, posaunte ihm die Stimme einer resoluten Reinemachefrau ins Ohr. »Waschen da drüben«, fügte sie hinzu und zeigte auf den Eingang zum Männerklosett.

Kurz nach fünf machte sich der Eisenbahnreisende zu Fuß auf zum neuen Abfahrtsbahnhof. Er hatte noch einmal gefragt. Diesmal einen verschlafenen Droschkenkutscher, der seine Arbeit gerade begonnen hatte. »Da nimmste die erste links, dann die zweite rechts, dann immer geradeaus – nee, kannst auch die zweite links gehen und dann geradeaus, und wenn ein hohes Haus kommt, rechts.« Hermann war leicht verwirrt. Marschierte los und bog die erste Straße links ein. An der Ecke war ein Kolonialwarenladen. Vor der Tür spielten zwei Mädchen und ein Junge. Mit Peitschen schlugen sie abwechselnd auf einen hölzernen Kreisel, der sich drehend die Straße entlangtanzte. Gewonnen«, rief das kleinere Mädchen, warf die Peitsche weg und griff den Kreisel mit beiden Händen, sodass er sich in einer Handfläche noch weiterdrehte.

»Wie komme ich zum Schlesischen Bahnhof?«, fragte Hermann den Verkäufer, der in der Ladentür stand. Der wischte erst einmal seine Hände an der grauweißen Schürze ab. Sah nach links und rechts, als ob er den Weg da finden würde, und meinte: »Also, da sind Sie falsch – aber gehen Sie geradeaus und dann beim Kaufhaus rechts und dann wieder zweimal links. Ich glaube, da liegt der Bahnhof.« – »Dankeschön«, konnte Hermann nur murmeln. Die Berliner schienen ihre Stadt nicht zu kennen. Schon dass sie mehrere Bahnhöfe hatten, war zumindest unpraktisch. Aber dass sie nicht einmal wussten, wie man dahin kam!

Das Pflastergehen ermüdete. Eine Pause wäre schön. Aber auf den Randstein wollte er sich nicht setzen. Und eine Bank war nicht in Sicht. Er fand das Kaufhaus. Zehn Schaufenster hintereinander und mehrere Stockwerke hoch repräsentierte es die Hauptstadt. Die Schaufensterauslagen konnte man noch nicht klar erkennen. Die graue Morgendämmerung – so grau war sie ihm zu Hause nie erschienen – ließ Stoffbahnen und Preisschilder im Hintergrund verschwimmen. Aber anders als in Erfurt, wo er Schaufenster schon gesehen hatte, schienen die hier in Berlin zu sein. Jedenfalls fiel auf, dass sie nicht so voll gestellt waren wie die Auslagen in der thüringischen Hauptstadt.

Hermann bog noch einmal um eine Straßenecke. Hier stand eine gusseiserne Pumpe, allerdings ohne Schwengel. Doch aus dem blank geriebenen Hahn floss ein dünner Wasserstrahl. Hermann war nicht neugierig genug, um herauszubekommen, warum hier aus einer Pumpe, ohne dass der Schwengel bewegt wurde, Wasser kam. Das Handrad zum Aufdrehen der Leitung hatte er nicht wahrgenommen. Aber einen Schluck Wasser gönnte sich der Wanderer zwischen den Bahnhöfen.

Da war dann endlich der Schlesische Bahnhof. Seine Fassade längst nicht so mächtig wie die des Anhalter. Aber doch eine Halle. Berlins Tor zum deutschen Osten. Hier ging auch der Zug nach Warschau in Russisch-Polen ab. Aber wer fuhr schon dahin. Hermann zog die Fahrkarte aus der Tasche. Da stand wie gemalt mit der Hand kursiv: »Königsberg über Frankfurt/Oder, Posen, Marienburg.« Auf der Abfahrtstafel, oben an der Stirnwand der graubraunen Bahnhofshalle, suchte er »Frankfurt/Oder«. Bahnsteig drei. Der war gleich vor ihm. Aber der Zug war noch nicht eingelaufen. Viele warteten nicht auf dem Bahnsteig. Allerdings hatten alle, die hier standen, mehrere Kisten, Körbe und Kartons um sich herum abgestellt. Auf dem größten Korb saßen meist Kinder. Und je ein Handkorb, aus dem in weiße Tücher eingeschlagene runde Brote herausragten und Kannen mit verschlossenen Blechdeckeln, gehörte auch zum Gepäck jeder Gruppe.

Die Reise nach Königsberg sollte fast vierzehn Stunden dauern. Gott sei Dank musste man nicht umsteigen. Der Zug, der jetzt langsam rückwärts in den

Kopf-Bahnhof hineingeschoben wurde von einer schwarz qualmenden Lokomotive, hatte Kurswagen für jede Klasse. Das Einsteigen geschah ohne Hast und ohne Gedrängel. Wer so weit reisen musste, ließ sich Zeit. Auch ein volles Eisenbahnabteil war immer noch besser als die Postkutschen, die die älteren Reisenden aus ihrer Jugend kannten. Und vor allem: Die Eisenbahn war viel, viel schneller. In Hermanns Geburtsjahr brauchte man bis nach Königsberg von Berlin aus mit der schnellsten Post noch über eine Woche. Jetzt fuhr die Eisenbahn in vierzehn Stunden die gleiche Strecke.

Hermann konnte sich wieder auf einem Eckplatz einrichten. Der Wagen der preußischen Bahn war komfortabler als die der thüringischen. Es gab breite Gepäcknetze auch in der vierten Klasse. Und die Bänke waren bequemer.

Gegenüber richtete sich eine Familie ein. Vater, Mutter und drei Kinder. Das jüngste war ein Jahr alt, konnte kaum gehen. Hermann stieg noch einmal aus, um sich auf dem nun leer gewordenen Bahnsteig die Füße zu vertreten. Ein fliegender Händler bot Bier und warme Wurst an. Dazu Gebäck zum Mitnehmen. »Sie bekommen vor Frankfurt keinen Halt mit Essen«, wandte der sich direkt an den vermeintlichen Kunden. »Hab genug mit«, entgegnete Hermann. »Na wenn schon, aber Selters kostet nur ein Dittchen.«

Was war ein Dittchen?, überlegte Hermann. Eine Flasche Selters wäre schon ganz gut, vielleicht wurde es warm. »Eine möcht ich schon«, sagte er und hielt dem Verkäufer die offene Geldbörse hin. Der nahm einen Groschen heraus. Also das war ein Dittchen. Hoffentlich sprechen die in Ostpreußen nicht alle so unverständlich, dachte Hermann und stieg ein.

Die Trillerpfeife des Bahnhofsvorstandes schrillte. Die Lokomotive pfiff. Der Wagen ruckte erst zurück und begann dann langsam vorwärts zu gleiten über den ersten Schienenstoß und dann den zweiten und dritten. Schon wenige Minuten später wurde daraus ein regelmäßiger Rhythmus, langsamer und wieder schneller, der einen einlullte wie die große Trommel in einer weit entfernt musizierenden Kapelle. Die Reisenden musterten sich. Draußen sahen sie eine langweilige Vorstadtlandschaft, unterbrochen von Kleingärten, Pferdeställen mit Wagenremisen und Kohleöfen. Die gegenübersitzende Familienmutter begann den Proviantkorb auszupacken. Neben dem üblichen ovalen Brot kamen ein Schinken zum Vorschein, einige schrumpelige Äpfel und zwei gebratene Hühner.

»Wollen Sie auch«, hielt sie Hermann ein Hühnerbein hin. Der dankte und wies auf seine gerade gekaufte Seltersflasche, was so viel heißen sollte wie: »Ich bin versorgt.« Hermann versuchte die Augen zuzumachen und wenigstens so zu tun, als ob er schliefe. Er legte erst ein Bein auf die Bank. Dann das zweite – und dann war er wirklich ins graue Dunkel des Schlafes abgeglitten. Schon sein Vater hatte immer wieder gesagt, der Junge könne überall und immer sofort schlafen, wenn er nur in Ruhe gelassen würde. Die Fahrt wurde zum ersten Mal in Frankfurt an der Oder unterbrochen. Langsam glitt der Zug über die Flussbrücke nach einem Aufenthalt von zwanzig Minuten. Die Weichsel würde der nächste Fluss sein, der überquert werden musste. Die Oder sah beinahe so ordentlich aus wie die obere Elbe. In eine Wildnis fuhr man wohl doch nicht.

Hermann träumte, er bewegte seine Arme, als ob er Tiere verscheuchen wollte, und den Kopf, so als ob ihn Wespen zu stechen drohten. Es waren wohl keine Albträume – sein Gesicht schien entspannt. Und das Kopfnicken schien fast dem Takt eines Musikstückes zu folgen. Als ihn Monate später eine Bekannte fragte, was er denn auf der Fahrt nach Ostpreußen geträumt habe, denn Träume in solchen Fällen gingen in Erfüllung, behauptete er mit Überzeugung: »Nichts habe ich geträumt, ich träume nie.« Dieser Irrtum begleitete ihn übrigens sein Leben lang. Weil er seine Träume beim Aufwachen regelmäßig vergessen hatte, blieb er also bei der Meinung, nie zu träumen. So galt er im Land hinter der Weichsel bald als Tatmensch, dem der Sinn für Hintersinniges wohl fehlte.

Der Zug hielt in Bromberg und überquerte die Weichsel, die nicht mehr ein so ordentliches Gewässer war wie der Rhein oder die Elbe. Breite Sandbänke machten aus dem Fluss eine nur schwer zu überschauende Wasserfläche, die immer wieder von Inseln, Bäumen und Gebüsch geteilt wurde. Nur ein einziges Fischerboot näherte sich der Brücke. Das sah Hermann nur blinzelnd aus den Augenwinkeln. Er schlief gleich wieder fest ein. Erst in Thorn wachte er auf. Der Zug bekam ruckend eine neue Lokomotive.

Vielleicht musste die in Berlin eingesetzte auch nur Wasser tanken oder Kohle. Von Lokomotiven verstand Hermann nichts. Auf dem Bahnsteig stand ein langer Tisch, weiß gedeckt. In großen Schüsseln lagen Speckstreifen, warme Würste und ein aufgeschnittener Braten. Daneben ein Tonfass mit Butter. Am anderen Ende schwarzes Brot, daumendick geschnitten. Einen Sechser kostete das Fleisch, mit Brot einen weiteren Sechser. Den alten Namen »Sechser« hatte er noch aus der Wandergesellenzeit behalten als das Fünfpfennigstück der jungen Reichsmarkwährung, die von der Memel bis zum Rhein und darüber hinaus, wenn auch nicht bis zur Maas, galt.

Hermann verspürte zum ersten Mal auf seiner Reise Hunger, den er mit zwei Portionen Braten und Brot stillte. »Schmeckt nach mehr«, war sein Kommentar, den keiner hörte, weil er ihn in den nicht vorhandenen Bart hineinmurmelte. Gegen den Durst half Selters. In Thüringen hatte er den Sprudel als Brause gekannt, wissend, dass dies eigentlich eine Berliner Bezeichnung war. Als der Bahnhofsvorstand »Einsteigen nach Preußisch-Eylau, Wormditt, Königsberg« mehr brüllte als rief, begann auch Hermann seine Mitreisenden, die nach der Stärkung ebenso wach waren wie er, zur Kenntnis zu nehmen. Rund um das in der Mitte des Abteils zusammengestellte Gepäck saßen auf den Bänken ringsum mehr Frauen als Männer.

Die meisten mussten in Bromberg zugestiegen sein, denn Hermann konnte sich an kein Gesicht erinnern, das er schon in Berlin gesehen hatte. Gegenüber in fast drei Metern Entfernung sahen ihn zwei blaue Augen eines Mädchens mit Kopftuch an, das nicht älter als zwanzig Jahre war, wie er unbewusst taxierte. »Na, Sie sind wohl nicht von hier«, sprach sie ihn an. Sie war blond, wie eine Haarsträhne an der Seite des Kopftuches vermuten ließ. Dabei sang sie die einzelnen Worte des Satzes mehr, als dass sie sie akzentuierte.

»Nein«, murmelte Hermann und wiederholte, als sie den Kopf zur Seite bog, um besser hören zu können. »Nein.« Dabei meinte er »Ja« oder besser »Frag weiter«. Der Zug ratterte und quietschte. Das Mädchen stand auf und setzte sich resolut neben den schweigsamen Fahrtgenossen. »Wo machen Sie denn hin? Ich fahr nach Bartenstein. War auf Arbeit bei meiner Tante in Posen – jetzt brauchen sie mich zu Hause.« Hermann blickte ihr voll ins Gesicht. Und sie wich nicht aus, auch wenn sie die Augen leicht zusammenkniff.

»Wo kommst du her?«, wurde die Blonde direkt. »Und was machst du?« Sie sah Hermann voll in die Augen. Er blickte zur Seite. Keiner der Mitreisenden nahm von dem sich anbahnenden Kontakt Notiz.

»Also Tischler bin ich, Stellmacher. Und daheim bin ich in Thüringen, am Berg.« Vor dem Abteilfenster schwangen die Telegrafendrähte über einer flachen Landschaft, die nur wenige Zentimeter den unteren Rand des Fensters füllte. »Das ist weit«, dachte das Mädchen laut. »Über die Oder bin ich noch nicht gekommen.« Den letzten Satz wiederholte sie noch etwas lauter. Er klang nicht resignierend, sondern eher selbstbewusst. Vielleicht sollte er sagen: Ostpreußen müssen nicht verreisen. Sie haben die Welt in ihrem Land. Minuten vergingen. Jetzt sahen sie gemeinsam dem Schwingen der Drähte vor dem Fenster zu. Von Zeit zu Zeit erschienen am oberen Fensterrand kleine weiße Wolken. Plötzlich fanden sich ihre Augen wieder. Ihre sind blau, registrierte Hermann. Und ohne zu denken, fragte er: »Wie heißt du?« – »Johanna, und du?« – »Hermann«, knurrte er. »Hermann Tanzberger.« – »So'n Namen habe ich noch nicht gehört. Bergers haben wir auch im Dorf, aber Tanzbergers keine.«

Vielleicht dachte Johanna an eingewanderte Salzburger, deren für Preußen ungewöhnliche Namen meist mit der Silbe »er« endeten. Thüringer gab es nur sehr wenige im nördlichen Preußen. »Woran denkst du?«, fragte Hermann nach einer minutenlangen Gesprächspause. »Ich simulier – einen Tischler könnten wir brauchen in Pobeten.« – »Wo ist Pobeten?« – »Na, da komm ich her, vom Hof. Wir sind vier.« Kinder meinte sie, aber das brauchte man ja nicht zu erklären.

»Ich schneidere – auch Männersachen.« Johanna nahm langsam das Kopftuch ab. Ihre Haare waren zum Zopf geflochten, der lose am Hinterkopf gesteckt war, blond und voll. Das Gespräch – wenn es denn überhaupt eines war – stockte erneut. Der Zug fuhr langsamer. Die Räder ratterten über Weichen. Johanna hatte sich nicht festgehalten. In der nächsten Biegung ruckte der Wagen hart, und sie fiel Hermann gegen die Schulter. »Entschuldigung«, dann reckte sie sich sekundenschnell gerade. Da ruckte der Waggon nach der anderen Seite, und Hermann landete an ihrem Busen. »Nei, die Bahn – können die nicht aufpassen«, schob Johanna die Schuld für die Annäherung dem Zug in die Schuhe. Diesmal murmelte Hermann »Entschuldigung«, so als ob er betroffen wäre. Aber er meinte das sicher nicht ernst.

Der Zug hielt. Beide saßen aufrecht und warteten still, bis drei Mitfahrer aus- und nur einer neu eingestiegen war. Der Bahnhof hieß Marienwerder, die Stadt gleichen Namens war nicht zu sehen. »Nächste Station ist Ostpreußen«, erklärte Johanna sachlich, nachdem der Zug wieder angeruckt war und der gleichmäßige Rhythmus der Schienenstöße das Quietschen in den Bahnhofskurven abgelöst hatte. »Wird Heiligenbeil sein«, sagte Hermann, der eine gefaltete Landkarte aus der Joppentasche zog. »Ist auch«, bestätigte seine Reisepartnerin. »Und dann kommt Königsberg und ich muss umsteigen. Fahr mit dem Prostker Zug weiter bis Bartenstein. Da werd ich abgeholt, am Abend.«

Johanna hatte alles gesagt, was zu sagen war. Was das aber bedeutete, wusste sie selbst nicht genau. Hermann kam gar nicht darauf, in den Worten mehr zu sehen als das, was sie direkt aussagten. »Aber vielleicht haben Sie Durst«, führte er die Unterhaltung weiter. Er holte eine Thermosflasche aus seiner Reisetasche. Schraubte den Aluminiumbecher ab und zog den heißen Korken aus dem Glashals. »Kaffee tut immer gut.« Ohne ein Wort zu sagen, griff Johanna nach dem Becher: »Heiß«, rief sie. Fasste dann aber beherzt zu und schlürfte das braune Getränk.

Hui – quietschte der Wagen in der Kurve. Und – platsch, der Kaffee war auf dem Schultertuch gelandet. »Erbarmung«, entfuhr es Johanna. Sie schüttelte das Tuch. Da quietschte es wieder, sie landete bäuchlings auf der Holzbank, und in der Mitte des Wagens polterten Kisten und Körbe durcheinander. Hermann stand breitbeinig im Gang und stemmte sich gegen einen Tragkorb. Als der Zug nach den Weichen wieder geradeaus fuhr, schob er mit Schulter und Oberkörper den Gepäckstapel zurecht. »Da kippt jetzt nichts mehr.« Von der anderen Seite hatte Johanna ebenfalls angefasst. Ihr Schultertuch lag auf dem Boden. Hermann hob es auf.

»Mein Gottchen, dank' schön auch«, kam es von der gegenüberliegenden Bank herüber. »Ist mein Korb, das Geschirr für die Tant ist drin. Dank' schön nochmals.« Wo war die Thermosflasche? Hermann bückte sich. Sie rollte unter der Bank hin und her. Aber der Stopfen hatte gehalten und das Glas auch. »Kommt aus Thüringen, ist stark«, erklärte er, als Johanna den Blechkorpus schüttelte, um festzustellen, ob die Innenflasche nicht zersplittert sei.

»Also, ich nehm noch ein Schlubberchen«, sah sie ihren Hermann voll an und goss sich noch einen Becher ein. Hermann hielt sie fest. Es hätte ja wieder eine Kurve kommen können. Dann ließ er los, nahm das auf der Bank liegende Tuch und legte es ordentlich zusammen. »Ist schon ganz trocken.« Bis zur Einfahrt in den Bahnhof Königsberg passierte nichts mehr.

Es war kaum zu bemerken, dass der Zug sich der größten Stadt Ostpreußens näherte, der Stadt, in der das Königsreich Preußen ausgerufen worden war, in der die älteste preußische Universität internationalen Ruf und die Industrie fast schon die Handelshäuser am Pregel in ihrer Bedeutung eingeholt hatte. Das Land blieb flach. Nur wenige Häuser waren vom Zug aus zu sehen. Eine Straße verlief parallel zur Bahn, ein Weg zwischen hohen Bäumen. Nur die halbe Straßenbreite war gepflastert, die andere Hälfte Sand. »Sommerweg, für die Pferde«, erklärte Johanna. Sie sah geradewegs nach draußen. Hermann betrachtete sie noch einmal von der Seite. Ob und was er dabei dachte, sah sie ihm nicht an.

Plötzlich waren neben der Landstraße weitere Schienen. Der Zug rumpelte über die Weichen und Gleiskreuzungen. Johanna und Hermann fielen unfreiwillig auf die Holzbank. Zwei Getreideschuppen tauchten auf und verschwanden. Eine einstöckige Häuserzeile folgte. Die Häuser wurden zahlreicher. Und auch ein zweistöckiges erschien im Abteilfenster, dann braune Fachwerkhallen. Der Bahnhof Königsberg. Viele Gleise lagen nebeneinander. Über ihnen wölbte sich ein Glasdach, gestützt von einer Eisenkonstruktion, wie in Berlin. Der Zug hielt. Gedränge an der Tür. Wo die vielen Menschen nur herkamen. Das Abteil wurde leer. Johanna schob ihren Reisekorb mit dem Fuß bis zu Tür. Hermann hatte seine Tasche und seinen Koffer schon in den Händen.

»Wenn du mich magst, ich heiße Schneidereit in Pobeten, brauchst nur zu fragen. Vielleicht schreibst auch.« Das war wohl der wichtigste Satz, den Johanna je gesagt hatte. Hermann brachte sie noch zu ihrem Zug nach Prostken über Bartenstein. Mit einem »War schön« verabschiedeten sie sich.

Hermann blieb zuerst bei Verwandten in Königsberg. Dann hatte er Arbeit in Insterburg und Gumbinnen gemacht. Wie ein wandernden Geselle, obwohl er über seine Wanderjahre hinaus war. »In Masuren soll es Arbeit geben«, hatte ihm dann ein Meister in Rastenburg gesagt. Mit Masuren meinte er dessen Hauptstadt, von der Hermann in Thüringen nie etwas gehört hatte: Lyck.

Allein der Name erschien ihm sehr, sehr fremd. Und als er hier mit dem Zug von Rastenburg ankam, war der Bahnhof wie in Königsberg fast einen Kilometer vor der Stadt. Nur hatte er kein Glasdach. Und die Bahnsteige bestanden aus festgetretenem Sand. Zum Pflastern hatte es wohl nicht gereicht. Man hat auf Zuwachs gebaut«, erklärte ihm ein Mitreisender, der Hermanns Verwunderung über die Breite bemerkte. »Außerdem – der Baron kommt immer mit dem Vierspänner zum Zug, da kann er direktemang vorfahren.«

Hermann stellte erst einmal Koffer und Tasche ab. Ein Mensch mit Mütze kam auf ihn zu. »Mannchen, wo wollse hin? Wohl fremd hier!« Hermann nickte. »Drüben im »Kronprinz« kriegen Sie ein Zimmer. Sagen Sie schönen Gruß vom Bahnhofsvorstand. Sind der einzige Fremde heute. Kommen nicht viele an bei uns.«

»Der Kronprinz« war ein schmalbrüstiges Hotel. Zwei Stockwerke hoch überragte es das niedrige Bahnhofsgebäude. Hermann überschlug seine Barschaft. »Wissen Sie nicht eine Pension?« Der Vorstand wandte sich ihm wieder zu. »Na, da gehen Sie die Bahnhofstraße runter rechter Hand beim Fleischer Jakubzik. Der hat zur Zeit keinen Gesellen, oder Stück weiter beim Tischler Potzkowski, der hat vielleicht auch noch eine Kammer frei.« Tischler, das klang gut, trotz des kaum schreibbar erscheinenden Namens. Aber die heißen wohl alle hier so ähnlich, ging es durch Hermanns Kopf.

Seine Beine setzten sich automatisch in Bewegung. Die Bahnhofstraße lang. Schnurgerade ging sie auf eine Anhöhe, den Kirchberg hin. Genau einen Kilometer war sie lang. Dicke Kastanienbäume säumten die breiten sandigen Trottoirs. Dafür war die Fahrbahn kopfsteingepflastert. An der Seite gab es Rinnsteine mit Abflüssen, die auf eine unterirdische Kanalisation schließen ließen. Hermann kam zu dem Schluss, dass die Stadt modern und vielleicht sogar wohlhabend sein müsse. Wer hatte schon eine Kanalisation. Nicht einmal in Königsberg soll es so etwas geben – jedenfalls hatte er nichts darüber gehört. Und daheim in Thüringen flossen die Straßenabwässer an der Oberfläche den Berg hinunter.

Der Weg zog sich hin. Vorn die Kirche. Davor ein großes Gebäude. Dass es das Gymnasium war, erklärte ihm später sein Meister. Denn Hermann fand bereits beim Tischler – bei dem er nur ein Zimmer suchte – nicht nur Unterkunft, sondern auch Arbeit. Stellmacher wurden gesucht, wenn sie auch Tischlerarbeiten verrichten konnten, und umgekehrt. Auf die

Frage, ob er auch etwas von Schlitten und Wagen verstand, hatte Hermann nur genickt.

Noch am gleichen Abend – ein warmer Sommertag im Juni – bummelte Hermann zum ersten Mal durch Masuren. Das war die Stadt Lyck für ihn. Er hatte kein Ziel. Die Bahnhofstraße mündete in den Marktplatz. Aber wo war hier ein Platz? Und wenn, dann sah er so ganz anders aus als die Marktplätze im Westen. Kein Viereck mit Rathaus und Kirche. Eine lange Straße mit breiten Randstreifen, die mit runden Steinen gepflastert waren, während der Fahrweg in der Mitte glatte, fast viereckige Kopfsteine sehen ließ, Bäume an beiden Seiten, Buchen und Ahorn, vor mehreren zweistöckigen Häusern auch einige Apfelbäume, die sogar schon kleine Früchte trugen. An einer Breitseite dieses ungewöhnlichen Marktes die Kirche. Dass sie ursprünglich auf einer Anhöhe stand, sah Hermann erst, als er eine Stunde später unten am Seeufer den Kopf heben musste, um ihren Turm erfassen zu können. Das war fast ein Berg, der Kirchhügel. Auch wenn er mit seinen dreißig Metern mit einem in Thüringen niemals konkurrieren konnte.

Groß war auch die Kirche nicht. Von außen tippte Hermann auf drei Schiffe. Der Turm war gedrungen. Eine hohe Hecke schützte die Mauern. Einen Kirchhof gab es nicht. Die Gemeinde hatte ihn schon Jahre zuvor ausgelagert vor die Stadt. Auf Zuwachs eingerichtet. Die Kirchentür war verschlossen. Erst am nächsten Sonntag konnte Hermann die Empore im Innern besichtigen, die noch der Vater seines neuen Meisters gezimmert hatte. Dann endlich die Schlossstraße. In leichtem Bogen führte sie hinunter zum Lycksee, zum früheren Schloss. Mitten auf der Insel ein hoher weißer, vom Ritterorden in zwanzig Jahren geschaffener Bau, jetzt umgeben von einer glasscherbengespickten Mauer.

»Das Gefängnis«, erhielt Hermann auf seine Frage an einen Angler am Seeufer, was das wohl sei, zur Antwort. Das war aus dem Ordensritterbau im sparsamen Preußen geworden. Schließlich hatte Lyck ja nicht nur ein Amts-, sondern auch ein Landgericht. Ein Gefängnis musste sein. Praktisch, dass es auf einer Insel lag. Auch wenn diese schon lange mit einer Brücke an das Stadtufer angeschlossen und mit einem Damm an der anderen Seite zum Domänenufer hin verbunden war. Auf der Brücke hatte Ernst Moritz Arndt vor fast hundert Jahren nach seiner russischen Emigration preußischen Boden betreten, nachdem Napoleon geschlagen war. Das neue Gymnasium trug daher seinen Namen. Die Brücke war nach einem früheren Bürgermeister der Stadt benannt.

Die tief stehende Sonne ließ die Wälder rings um den See fast schwarz erscheinen. Das Wasser glitzerte braungold und dort, wo die Schwäne winzige Bugwellen gezogen hatten, glitzerten rotgelbe Streifen. Der Himmel war tiefblau und färbte sich nur am unteren Rand gelbrot. Zwei kleine Wolken setzten silbergraue Punkte. Die Sonne neigte sich immer tiefer herunter auf den schwarzen Wald, und das Wasser begann zu glühen in der Abendröte. Wie ein weicher gelber Ball verformte sich die Sonne zu einem liegenden ovalen Smaragd, ehe sie Stück für Stück hinter dem Horizont verschwand.

Mit einem Mal wurde der ganze Himmel hell, golden und purpurrot und wieder gelb und ganz oben am Zenit sogar prächtig grün. Und dann blitzte auch bald der erste vorlaute Stern in diese Farbenpracht. Über die Wasserfläche strich eine Brise, die ein paar Wellenspritzer aufs Ufer trieb. Ohne Grenzen ging der Blick über die niedrigen Baumwipfel am Ufer, über die Wasserfläche hoch auf zum Himmel, der jetzt immer dunkler wurde. Kein Berg unterbrach diese Weite oder gab ihr Maß. Für die Menschen in Masuren war dies selbstverständlich, ein tägliches Erlebnis, das sie kaum zur Kenntnis nahmen. Nur wer von ihnen weit gereist war und dann wieder zu einem der vielen Seen zurückkam, spürte, dass diese unbegrenzte Weite einmalig war im beengten Europa.

»Zwischen hier und Moskau ist kein Berg – die Zarenburg müsste man sehen können, wenn die Erde nicht rund wär«, erklärte Kadritzki, Hermanns Hilfsarbeiter, den alle in der Werkstatt nur »den Knecht« nannten. »Dabei hatte ich gedacht, das sei hier bergig wie bei uns«, führte Hermann das Gespräch in der Werkstatt fort. »Aber nur nach der Königsberger Seite«, meinte Kadritzki, der gerade Wagenradspeichen schliff. »Sollen morgen lackiert werden«, murmelte er, um die Anstrengung, einem Fremden Heimatkunde-Unterricht zu geben, zu beenden.

3

Mitten auf der Bahnhofstraße blieb er stehen, erstarrt wie Lots Weib. Beinahe hätte er die Hände hochgehoben, wie bei einer Bedrohung, als Johanna ihn ansprach: »Hermann, wie geht's?« Es dauerte eine kleine Weile, bis er zurückfragte: »Wie kommst du nach Lyck und aus Pobeten?« Hermann staunte später über seinen Mut, Johanna so direkt zu fragen. Es schickte sich nicht. Aber die junge Frau im dunklen Kleid mit Kopftuch war sofort bereit zu antworten.

Sie hatte sich eines Tages in den Zug gesetzt und war von Bartenstein nach Lyck gefahren. Bei Willuzky war eine Stelle als Schneiderin frei. Die Arbeit hatte sie bekommen, weil sie mit »bitte Rückfragen beim Verlag« im Masurenboten eine Anzeige aufgegeben hatte. Johanna war ihrem Hermann hinterhergefahren. Hinter dem Hermann aus Thüringen, den sie nur ein einziges Mal in der Eisenbahn gesehen hatte.

Dass sie sich an seine Schulter gelehnt hatte, als der Zug in die Kurve ging, hatte sie nicht vergessen. Als er sie jetzt wie versteinert von oben bis unten betrachtete, hakte sie sich ein, schob ihn vorwärts die Bahnhofstraße hinunter. »Wo wohnst du?« Sie: »Nu, bei Willuzkys. Und du?« – »Möbliert, aber Wohnungen gibt's genug.«

Das war so etwas wie ein Heiratsantrag. Jedenfalls meinten später beide, dass sie sich bei dieser Begegnung und mitten auf dem Trottoir der Bahnhofstraße einander versprochen hatten. Sie fuhren schon am nächsten Wochenende vierter Klasse nach Bartenstein und von dort zu Johannas Eltern.

Hier war für Hermann alles anders als zu Hause in Thüringen, als er auf der Terrasse, die von dicken Johannisbeerbüschen eingerahmt war, mit Johannas Vater sprach. Der Bauer, der auf fruchtbarem Boden im ertragreichen Teil der Provinz Ostpreußen, der um Bartenstein herum sogar Zuckerrüben trug, die der alte Fritz einmal hierher gebracht hatte, arbeitete, fragte nicht viel.

Mit den Worten: »Also, wenn Johanna dich will, Tischler ist ein guter Beruf«, gab er seine Zustimmung. Johannas Mutter, Anna, hatte nur Ja und

Amen zu sagen bei ihrer resoluten Tochter. Das Einzige, was noch fehlte: »Du musst mir noch helfen beim Stachelbeerpflücken. Sonst schaffe ich das nicht. Die müssen nächste Woche eingekocht werden.« Von Liebe sprach an diesem Wochenende keiner. Auch die beiden Brautleute nicht.

Hermann musste erst fertig werden mit dem Hof, von dem seine Johanna stammte. Siebzig Morgen schwerer Boden, ein zweihundert Jahre altes Wohnhaus, eine riesige Scheune und sogar einen Dampfpflug gab es. Er bestand aus zwei hochbeinigen eisernen Geräten, die zwischen sich ein Seil mit dem angeschraubten Pflug zogen und Linie für Linie, gegenüberstehend, den Acker bearbeiteten. Das sparte Pferde und vielleicht sogar Menschen. Feste Dienstleute gab es nur wenige. In der Erntezeit wurden mehrere Kolonnen polnischer Erntearbeiter angeheuert. Die Scheune war deswegen so groß, damit sie hier übernachten und wohnen konnten.

Die Familie war wohlhabend, das sah man auch daran, dass die Kinder alle einen Beruf gelernt hatten, auch die Mädchen. Im Reich, wie die deutschen Länder außerhalb der Provinz von den Ostpreußen genannt wurden, war das noch lange nicht üblich. Jede größere Stadt hatte als Gegenstück zum Jungen-Gymnasium auch ein Lyzeum für Mädchen. Und in jeder Kreisstadt Ostpreußens gab es höhere Handelsschulen, in denen die jungen Frauen Buchführung und Schriftwechsel lernten, der allerdings noch mit der Hand geführt wurde, obwohl es schon erste Schreibmaschinen gab. Das allerdings nicht auf dem Land, sondern meist nur in den Kontoren des Land-Handels der Städte, der alles das kaufte und verkaufte, was nicht lebendes Vieh oder Pferd war.

Zur Hochzeit der Tanzbergers zwei Monate später wurden nicht sehr viele Gäste geladen. Hermanns Familie konnte ohnehin nicht kommen. Thüringen war zu weit. Die Reise zu teuer. Und da Hermann in Pobeten fremd war, kamen auch nicht viele aus dem Dorf. Es gab nur fünfunddreißig Gäste, in der Kirche ein paar mehr. Aber der Pastor und seine Frau kamen und der Apotheker aus Bartenstein. Es war auch nicht vergessen worden, den Lehrer und seine Frau einzuladen. Die Hauptsache, außer der kirchlichen Trauung und der standesamtlichen, die in Preußen schon offiziell Gesetz war, aber von jedermann nur als unnötiger Verwaltungsakt angesehen wurde – in Thüringen nahm man es noch weniger ernst damit –, war das Festessen am Nachmittag. Es gab zwei Suppen, Maränen als Fischgang und Huhn, dann Hase und Reh und natürlich noch eine Schweinskeule. Zum Nachtisch wurde fünferlei Kuchen aufgetischt. Alle Gäste erhielten am Abend ein Paket mit Backwaren »für die Kinderchen« mit. Und wenn einer etwas für den Hund haben wollte vom Schweinebraten, wurde ein gehöriges Stück »Fettes« in Pergament gepackt. Der große Knochen blieb zu Hause für Hasso, der ihn hinter der Scheune vergrub und erst nach Jahren wiederfand.

Die Hochzeitsreise führte zur Tante Amalie nach Königsberg auf den Sackheim. Sie hatte dort ein kleines Lebensmittelgeschäft und damit in diesem Arbeiterviertel ein gutes Auskommen. Sie wohnte in einer Hinterstube mit Guckloch zum Laden. Die Hochzeitsnacht von Hermann und Johanna war nicht ihre erste, aber man sprach nicht weiter darüber. Was zur Liebe gehörte, wusste man in Masuren wie in Thüringen. Es wurde praktiziert, ohne auf einen »Freifahrtschein« zu warten. Ob das Liebe war oder nicht. Warum darüber simulieren? In Lyck waren die beiden über den »Verlobungsweg« gegangen. Im »Wäldchen« am Rennplatz hatten sie zueinander gefunden, unter grünen Birken im hohen Gras versinkend. Johanna hatte nur gefragt: »Kommt auch keiner?« Aber das war hier nicht zu befürchten, außer wenn einmal im Jahr Pferderennen war.

Königsberg, das war vor allem der Schlossteich, an dem man spazieren gehen konnte und auf dem man einmal im Boot gerudert sein musste. Das waren die Frachtkähne im Hafen und die Fischweiber, die Hering und Aal den Käufern nicht nur anboten, sondern aufnötigten. Und wer nicht kaufte, wie Hermann und Johanna, wurde als »Krätsches-Paar« beschimpft. Als Johanna es gar wagte, einen Fisch für nicht frisch zu halten, hätte ihr die resolute Fischerfrau den beinahe um die Ohren geschlagen. In Königsberg gab es übrigens schon elektrische Straßenlaternen und nicht nur solche mit Gasbrennern wie in Lyck. Und vom Sackheim bis zum Zentrum fuhr eine eingleisige Straßenbahn, auch elektrisch. Später gab es nur noch eine weitere in Ostpreußen in Allenstein.

Das einzige Geschäft, das beide besuchten, war Gräfe & Unzer, die legendäre Buchhandlung Ostpreußens. Johanna suchte ein Liederbuch mit Noten. Sie hatte auf der Schule Klavierspielen gelernt. Hermann forschte vergeblich nach einem oder vielleicht sogar zwei Büchern, die über den »Redlichen Ostpreußen«, den altbekannten Kalender, hinausgingen und mehr über die Geschichte des Landes, in dem er leben wollte, erzählten.

In einem kleinen Uhrenladen kaufte Hermann seiner Johanna einen tropfenförmigen Anhänger für ihre

Goldkette. Er bestand aus einem großen Stück Bernstein. Irgendwo am Rande war eine Fliege eingeschlossen, wie der Verkäufer sagte. Auch bei näherem Hinsehen war nur ein schwarzer kräuseliger Fleck zu erkennen. Doch der Anhänger wurde dadurch wertvoller, auch wenn er nur einige Groschen kostete.

Bernstein war in Ostpreußen nichts Besonderes. Wenn man es auf sich nahm, nach Rauschen oder Palmiken zu fahren, eine Tagesreise mit dem Pferdewagen von Königsberg aus, konnte man pfundschwere Stücke am Strand oder an der Steilküste finden. Wenn man die rieb, wurden sie schön blank und außerdem zogen sie Papierschnipsel an wie ein Magnet. »Das ist Elektrizität«, erklärte Hermann, als Johannas Anhänger, der auf dem Busen hin- und herschwang, sich dabei an der Wollweste auflud und knisternd kleine Blitze von sich gab.

Eine Wohnung in Lyck in der Steinstraße, genannt nach dem Freiherrn, der vor hundert Jahren auch in Masuren den Bauern ihre Selbstständigkeit gab und die Gutsbesitzer entmachtete, hatten sich beide leicht besorgt. Johanna beschritt den gleichen Weg wie bei ihrer Arbeitssuche: Eine Anzeige im »Masurenboten«. Ein halbes Dutzend Angebote bekam sie. Alles Wohnungen mit fließendem Wasser, eine sogar mit Badezimmer und einem Kohleofen für das Duschwasser. Immer aber war das Klosett auf der halben Etage, so wie man es in Berlin hatte, allerdings mit Wasserspülung.

Lyck hatte schon zur Jahrhundertwende ein zentrales Abwassersystem mit Röhren unter den mit Kopfstein gepflasterten Straßen. Es endete am Töpferende der Hauptstraße im Lycksee mit einer vorgeschalteten einfachen Klärstufe, die im Wesentlichen aus großen

Sieben und Gittern bestand. Aber es war doch schon mehr als in der Universitätsstadt Bonn, wo es noch keine Sammelkanalisation gab und alles Abwasser in den Rhein floss. Dass Lyck, die einzige Stadt des Reiches, die direkt an der russischen Grenze lag, eine moderne Stadt war, nahm niemand zur Kenntnis. Nicht einmal der Magistrat pochte darauf. Er hatte nur ehrenamtliche Stadträte. Die Politik allerdings bestimmten die wichtigsten Gewerbetreibenden, die Besitzer der Kaufläden am Ort und der Fabrikant von Günther, ein Nachfahre des berühmten Generals, für den man in der Stadt ein Denkmal errichtet hatte, als Besitzer der Holzplattenfabrik. Sie war der größte Steuerzahler und produzierte immerhin sechzig Prozent aller in Deutschland verkauften Zigarrenkisten.

Hermann erhielt den gleichen Lohn wie der Altgeselle. Er lernte nebenbei für die Meisterprüfung. Er wollte sie allerdings erst ablegen, wenn er genügend gespart hätte. Die Frage war nur, was er herstellen wollte, Wagenkästen oder Möbel, oder ob er gar die Produktion von Fenstern beginnen sollte. Es wurde ja immer mehr gebaut in Masuren, und Bautischler schienen Zukunft zu haben.

Johanna war bei Willuzky Direktrice. Das heißt, sie machte alle Änderungen an zu weiten oder zu engen Kleidungsstücken. Oft arbeitete sie abends, manchmal bis in die Nacht hinein noch dazu als Hausschneiderin. Vor allem Anzüge und Kleider für Jungen und Mädchen mussten einzeln genäht, angepasst und geändert werden. In Lyck hatte fast jeder Haushalt eine Nähmaschine, Patent Singer. Ein kleines Schwungrad wurde mit der Hand gedreht. Die Nadel ging auf und ab und brachte Nähe zustande, die man mit der Hand nicht so akkurat fertigen konnte. Johanna sparte auf ein größeres Gerät, das sie mit einer Fußwippe über einen langen runden Lederriemen in Bewegung setzen konnte. Dabei hatte man die Hände frei und konnte so durch Verschieben der Stoffteile auch Bogen nähen und sogar doppelt durch Hin- und Zurückschieben des Stoffes.

Das Sparen war mühsam. Pfennigbeträge, bestenfalls Groschen, mussten aufeinander gelegt werden. Nicht immer zahlten die Kunden bar mit der neu eingeführten preußischen Mark. Oft waren der Lohn eine Wurst, eine halbe Gans, eine Ente, häufig ein Huhn und einmal sogar ein Spanferkel. Im Winter konnte dies alles über Wochen aufbewahrt werden. Bei minus zehn Grad war das Fensterkreuz außen im Freien die beste Tiefkühltruhe. Man musste nur ein dickes Pergament über die Lebensmittel binden, damit sich nicht die Krähen ihren Teil aus dem tiefgefrorenen Fleisch holten oder sogar die Ratten, die immer wieder versuchten, auch senkrechte Wände zu überwinden. Spatzen konnten nicht so viel anrichten, obwohl es sie in hellen Scharen auch im Winter gab. Im Sommer wurde das Fleisch eingepökelt in einer dicken Salzlake. Wenn Johanna ein Stück aus dem Tonfass holte, dann brannten ihr die Finger und die Handgelenke, die von Mal zu Mal rauer wurden. Da half auch kein Schweineschmalz. Eher schon eine Salbe aus Hirschfett, die es in der Apotheke gab.

Hermann schleppte jeden Abend einen Eimer mit Kohlen für den Kachelofen die Treppen herauf und an jedem Morgen die Asche und die Schlacke hinunter. Im Winter wurde sie zum Streuen auf der Straße gebraucht, im Sommer hinten im Hof aufgeschüttet, Schlacke war wertvoll, und sei es zum Befestigen von Gartenwegen.

Das junge Ehepaar fand nur wenig Zeit für Gemeinsames. Bei jedem dauerte der Arbeitstag vierzehn Stunden, mindestens. Und das sechs Tage in der Woche. Auch der Sonntag war nicht frei von Verpflichtungen. Der Vormittagsgottesdienst dauerte fast zwei Stunden, denn Pfarrer Radtke predigte lang, langsam und bedächtig. Schön war nur die Orgelmusik und das gemeinsame Singen der alten Lieder, auch wenn Hermann fand, dass sie doch ganz anders im Rhythmus waren als die, die er noch im Lande Martin Luthers als Kind gesungen hatte.

Doch das lag nur daran, dass in Masuren schnelle Passagen ganz langsam gesungen wurden. Vielleicht, weil der Organist schon über sechzig Jahre alt war. Aber sicher auch aus Tradition. Immer noch erzählte man sich, wenn man nach der Kirche auf dem Marktplatz zusammenstand, Geschichten vom verstorbenen Pfarrer Michael Pogorczelski, der in Kalinoven beerdigt lag, wo er zuletzt Pfarrer gewesen war nach seinem Weggehen von Lyck. Auf seinen Grabstein wurde der Satz aus einer seiner Predigten gemeißelt: »Nun liegt er da auf Gottes Acker, pfui Tod, du Racker.« Von seinen Gleichnissen, die er in allerdings nicht so langen Predigten wie die von Pfarrer Radtke anbrachte, wurde das von der Teerpaudel immer wieder zitiert. Pogorczelski verkündete: »Menschliches Leben ist wie Teerpaudel an Wagen, macht klicker-die-klacker-die-klack, fällt ab. Menschliches Leben ist aus, Wagen bleibt stehen, Ende.«

Bei schönem Wetter ging ganz Lyck auf den Wegen am See spazieren. Kinder durften am Sonntag angeln und taten es auch. Am Nachmittag konnte man Segelboote bewundern, die bis an die Schlossinsel heranfuhren und dann fast halsbrecherisch wendeten, wenn sie der Brücke über dem See zu nahe kamen. Segler galten dabei nicht als Sportler. Aber die Ruderer waren es. Sie mussten sich während des Trainings, und das war stadtbekannt, verpflichten, abstinent zu leben. Wenn sie sich im Vierer oder gar Achter mit Kraft in die Riemen legten, dann meinte man das Wasser des Sees rauschen zu hören, wenn die schmalen Boote die Wellen zerteilten.

Ab und an kippte auch mal eines um, was selbst im Frühjahr oder Herbst, wenn das Wasser unter zehn Grad Celsius hatte, kaum Aufsehen machte. Kälte hatte ein Masure auszuhalten. Und schwimmen, nun schwimmen musste man eben können. Es gab keinen Schulanfänger, der nicht das Grundwissen über paddelndes Hundchenschwimmen oder sogar Brustschwimmen schon vor Schulzeitbeginn intus hatte.

An jedem Samstag nahm sich Johanna eine Stunde frei, um auf den Markt zu gehen. Mit Pferd und Wagen kamen die Bauern aus den Dörfern des Kreises und darüber hinaus in die Stadt. Sie holten von den Wagen quietschende Schweine, flatternde Hühner und strampelnde Kaninchen. Nebenan gab es dazu noch den Buttermarkt. Abseits vom Wagengetümmel boten die Bauersfrauen selbst gemachte Butter, Käse und Milch an. Mit einer Haarnadel als Behelfslöffel schmeckte fast jede Madame, gefolgt von ihrer Köchin, die Butter ab, ob sie frisch genug war. Um die Eier zu prüfen, hatten einige Kerzen eingesteckt, die sie zum Durchleuchten benutzten.

Aber das half nicht immer. Das Kerzenlicht reichte in der Regel nicht aus, um schlechte Eier sicher von guten zu unterscheiden. Bei der Butter kam es auch gar nicht so selten vor, dass nur eine dünne Schicht einen Klumpen von Talg umhüllte, der wesentlich weniger wert war als das Milchprodukt. Man musste auf einem masurischen Markt schon sehr aufpassen, um nicht hereingelegt zu werden. Die besser gestellten Familien ließen sich darum die frischen Produkte von ihnen bekannten Bauern nach Hause bringen. Da wusste man immer, wer etwas lieferte und was man bekam. Der Markt bot aber noch mehr. Spitzen- und Klöppelwerk aus Schlesien wurde meterweise verkauft. Im Sommer auch frische Erd- und Blaubeeren, die die Sammler nicht nach dem neumodischen Kilo abwogen, sondern nach Litern aus angeblich geeichten Bechern austeilten. Wenn die Verkäuferin die Früchte nicht hoch aufhäufelte, über den Rand hinaus, hatte sie keine Chancen, etwas loszuwerden.

Und dann gab es Pilze. Und natürlich auch Fische. Menschentrauben zog an einem Septembersamstag ein fast ein Zentner schwerer Wels an. Den hatte Paul Kutzka an der Flussmündung in den Lycksee mit einer einfachen Angel gefangen. Welse lagen hier, wie der Fischmeister sagte, auf dem Boden und ließen sich das Wasser durch das Maul spülen. Sie waren nur schwer zu fangen. Aber wenn, dann reichte ihr Fleisch für eine ganze Weile. Dazu gab es Hechte und jede Menge Barsche, die bei den Hausfrauen allerdings nicht in hohem Ansehen standen. »Zu viele Gräten«, erklärte Johanna ihrem Hermann. Außerdem brauchte man Barsche nicht gegen Geld zu kaufen. Man konnte sie selbst angeln. So etwas wie Angelscheine oder eine Angelerlaubnis gab es nur in der Theorie, obwohl ein preußischer Fischmeister darüber wachen sollte, dass in den Seen nicht zu viel gefischt wurde.

Und Krebse wurden gehandelt, den ganzen Sommer über. Das Stück kostete einen Sechser. Wenn sie allerdings nicht groß genug waren, bekam man drei für fünf Pfennig und sieben für einen Groschen. In der Regel aber wurde ein ganzes Schock umgesetzt, sechzig Stück, die für ein Familienessen ausreichten, außer bei Johannas Vater. Der vertilgte zwei Schock. Krebse gab es in jeder Menge, obwohl Gerüchte von einer Krebskrankheit in Frankreich umgingen, die den Bestand in den Flüssen und Seen Europas zu gefährden drohte. Wenn die älteren Jungs und die Lehrlinge in Sommernächten die Flüsse entlangmarschierten, mit einer Fackel in der Hand und besenbewaffnet, die sie am Ufer entlangzogen, konnten sie jede Menge der Tiere mit den großen breiten Scheren an Land werfen. Sie brauchten nur die Besen ruckartig hochzuheben. Es hatten sich fast immer Krebse festgebissen. Nur aufpassen musste man beim Aufsammeln, dass man den Scheren nicht zu nahe kam. Ein großer Krebs konnte einem den Finger bis auf die Knochen durchquetschen.

Aber das waren Genüsse, die Hermann und Johanna sich nur selten leisteten, es sei denn, sie bekamen Fleisch und Fisch als Lohn für zusätzliche Arbeit. Das Alltagsessen bestand aus Brot, im Winter mit Speckscheiben belegt, dazu eine Suppe mit Keilchen oder Grieß, ab und zu einmal ein Gericht aus Brot-Brei und immer wieder Kartoffeln, am Abend meist gebraten. Gar nicht so selten gab es einen Hering dazu. Salzheringe waren billig und kamen via Königsberg in Holzfässern nach Lyck. Johanna konnte sie in Essig marinieren. Frisch wurden sie gebraten. Dann roch die ganze Wohnung und das Haus und manchmal sogar die Straße nach gebratenem Ostseefisch. Der Tranmief war tagelang nicht aus den Kleidern zu bekommen. Hermann kannte den Salzhering auch aus Thüringen. Nur, dass es ihn hier so häufig gab, war ungewohnt. Und dass man Klöße vor allem aus Kartoffeln machte und nicht aus Mehl, war auch etwas, was ihm nicht so ganz zupasse kam.

Das Mittagessen bereitete Johanna immer schon am Abend vorher. Es wurde in einer Kochkiste warm gestellt und mit einem Federkissen zugedeckt. Am Morgen wurde das Essen in einen Henkelmann gefüllt, wie man die dreistöckigen Essensbehälter nach Berliner Art auch in Masuren nannte. Hermann musste dann das Mittagessen gegen zwölf Uhr zum dritten Mal warm machen. Die Kartoffeln waren in der Regel zu Mus geworden. Der Grießbrei, den es oft als Nachtisch mit Milch gab, hatte jeden Biss verloren.

Die Arbeit bei Potzkowski wurde nicht interessanter. Türen und Fenster gab es kaum zu tischlern, Möbel kamen in der Regel nur zum Reparieren in die Werkstatt. Kurz vor der Jahrhundertwende stagnierte die Wirtschaft, wie selbst der Masurenbote schrieb. Die Preise fielen. Die Bauern mussten sich einschränken. In der Stadt wurde wenig gebaut. Und auch geheiratet wurde nicht so häufig wie früher. Das heißt, man brauchte nur wenige Aussteuermöbel und dadurch hatten die Tischler viel weniger Arbeit.

Nur Wagen waren immer wieder zu reparieren in der Abteilung Stellmacherei. Neue wurden allerdings kaum noch gebaut. So ein Kutschwagen hielt ja auch lange. Ein normaler Kastenwagen war überhaupt nicht kaputtzubekommen. Schlitten hielten ohnehin ewig, denn ihre Eichenkufen waren eisenbeschlagen, und Radlager, die schon mal ersetzt werden mussten, gab es bei ihnen nicht. Bestenfalls ging ab und an einmal die gabelartige Aufhängung für die Deichsel zu Bruch, oder es musste eine neue gefertigt werden, weil der dicke Eisenbolzen die Führungslöcher ausgeschlagen hatte.

Die Hauptarbeit gab es mit den Wagenrädern. Sie bestanden in der Regel aus zwölf Speichen, in der Mitte das gedrechselte Radlager und außen die so genannten Felgenteile, fünf oder sechs an der Zahl. Ein Eisenring, geliefert vom Schmied Podgorny musste genau angepasst werden. Dazu wurde er heiß gemacht, nicht zu heiß, damit das Holz nicht verbrannte. Potzkowski war bekannt dafür, leicht laufende Wagenräder zu liefern. Aber auf Vorrat wurde auch dann nicht gearbeitet. Hermann war zufrieden. Sein Stundenlohn wurde nach Pfennigen abgerechnet. Die Abzüge für die Pflichtkrankenversicherung, die es in Thüringen noch nicht gegeben hatte, waren auch nur Pfennige. Dass die Abzüge auch eine Altersversorgung abdeckten, eine Rente, wie viele das nannten, war Hermann nicht bewusst. Nur, dass seine Frau mit krankenversichert war, »auf Schein«, den man in der Yorckstraße abholen musste. Krankheit war Schicksal. Die Arbeitgeber zahlten dann keinen Lohn mehr aus, außer für Angestellte. Und diesen Status hatten weder Hermann noch Johanna erreicht. Man musste wohl in ihn hineingeboren sein. Aufsteigen aus dem Arbeiterstand war so gut wie unmöglich. Dabei waren Gesellen nach Handwerksverordnung Angestellte. Aber wer konnte sich schon auf eine solche höchst theoretische Definition berufen.

Pünktlich neun Monate nach der Hochzeit bekam Johanna ihr erstes Kind. Hermann freute sich, dass es ein Sohn war, Johanna hätte lieber ein Mädchen gehabt. Mädchen können leichter in der Familie mithelfen und später auf jüngere Geschwister aufpassen, wie sie aus ihrer Jugend wusste. Sie halfen den Müttern mehr als die Jungen. Und sie waren auch insgesamt friedfertiger und stellten nicht so viel an wie Jungens, wenn sie in die Flegeljahre kamen. Über den Namen machte man sich nicht viel Gedanken. Der Täufling erhielt den Namen Erich, was zwar kein Heiligenname war, aber diese Tradition aus Thüringen hatte in Ostpreußen nie recht Fuß gefasst, außer im katholischen Ermland.

Hermann fasste sich ein Herz und bat um eine Lohnerhöhung, weil er jetzt Frau und Kind zu versorgen hatte. Zehn Pfennig die Stunde wurden gewährt. Johanna hatte nicht mehr erhofft. Hermann sicher auch nicht. Sie hatte ihre Arbeit auch nach Erichs Geburt nicht aufgegeben, sondern nur ins Haus verlagert. Sie schneiderte jetzt in der Wohnküche vor allem Knabenhosen und Mädchenkleider. Das ging sehr gut, solange Erich noch in der von Hermann gebauten Wiege lag. Die Bretter hatte Potzkowski ihm kostenlos gegeben. Nach Thüringer Art hatte Hermann als Glückssymbole Herzen und auf der anderen Seite Sonne und Mond hineingeschnitzt, die ein langes Leben versprachen.

Erich war im Ehebett von Johanna und Hermann zur Welt gekommen. Die Hebamme hatte sich vierzehn Tage vorher zum ersten Mal sehen lassen und dann nach der Geburt noch jeden zweiten Tag. Doktor Wichmann, der praktische Arzt und Geburtshelfer, musste nicht in Anspruch genommen werden. Es wäre auch etwas schwierig geworden, denn am gleichen Tag war er zu einer Wöchnerin nach Stradannen gerufen worden. Immerhin acht Kilometer außerhalb, was mit Pferd und Wagen fast eineinhalb Stunden Fahrzeit kostete.

Eine Familie zu haben, war für Hermann etwas ganz Selbstverständliches. Er bedauerte aber, dass seine Geschwister und seine Mutter nicht zum Aushelfen kamen, während die Wöchnerin sich noch schonen musste. So war es in Thüringen eigentlich Sitte. Und in Masuren auch. Auch Johannas Mutter war unabkömmlich. Sie kam gerade einen Tag nach der Geburt mit dem Zug nach Lyck und fuhr schon zwei Tage später wieder ab, weil sie in Pobeten für die zur Heuernte gekommenen Polen aus Westpreußen kochen musste. In ihrer Küche wollte sie möglichst niemanden anders wirtschaften lassen.

In Lyck richtete man sich langsam auf die Feier der Jahrhundertwende ein. Eines Tages wurden Flugblätter unter die Türen aller Wohnungen hindurch geschoben mit der Aufforderung, Buße zu tun, zu beten, denn das Ende sei nahe. Unterschrieben waren sie nicht. Auch der Superintendent konnte nicht sagen, von wem sie stammten. Jedenfalls weder aus der evangelischen noch aus der katholischen Pfarrei. Aber die Sekte, die an den Weltuntergang glauben machen wollte, schien über opferbereite Mitglieder zu verfügen.

Es blieb nicht bei dem einen Flugblatt. Bald brachte die Post einen Brief, den man an zehn andere weiterschicken sollte, um nicht Unglück zu erleiden. In ihm stand, dass ein Komet die Erde zerstören würde, genau in der Silvesternacht von 1899 auf den 1. Januar 1900. Auf das vergangene Unwetter im Mai wurde hingewiesen, als ein Wirbelsturm Dächer abgedeckt hatte und Heuschober umgekippt waren. Auch den zu trockenen Sommer des vergangenen Jahres führte die Sekte darauf zurück, dass der Komet schon in der Nähe der Erde durch das Weltall rase.

Nicht zuletzt sollten die winterlichen elmsfeuergleichen Lichterscheinungen am Himmel auf den Weltuntergang hinweisen. Diese Nordlichter gab es aber in jedem Jahr in Masuren. Aber das vergaßen viele.

Es entstand ein ganz eigentümliches Gefühl unter den Bürgern von Lyck. Viele erinnerten sich daran, dass es in ihrer Familie mindestens einen gab, der »zaubern« konnte oder mit Geistern in Verbindung stand oder gar wie der Rechtsanwalt Dr. Müller bei jeder Beerdigung wusste, ganz einfach wusste, wer der nächste sein würde von den Trauergästen, den man zu Grabe tragen würde. Dr. Müller hatte selbst nie darüber öffentlich geredet. Aber es hatte sich rumgesprochen, dass er einen sechsten Sinn hatte, der ihm offenbarte, was andere nicht wussten. Da es ihm selbst bewusst geworden war, dass er damit gestraft war, die Zukunft von Menschen, zumindest ihren Tod, voraussagen zu können, ging er zu keiner Beerdigung mehr. Und doch wachte er schweißgebadet nach einem Beerdigungstag auf, auch wenn er nicht dabei gewesen war, und wusste immer, wer als Nächster sterben würde, plötzlich oder auch nach längerer Krankheit, aus dem Kreis derer, die zu den Leidtragenden gehörten.

Er sprach mit dem Sanitätsrat Meyer darüber und mit Paul Willuda, seinem Freund, der ihm eines Tages den Rat gab, doch einmal nachzuprüfen, ob sein sechster Sinn ihn nicht trüge. Denn schließlich war ja erst eine Todesnachricht die Bestätigung für die Vorausschau. Man konnte nicht genau sagen, ob man das eine oder andere vorher gewusst hatte. So belästigte Dr. Müller seinen Notarkollegen Nolde. Er hinterlegte fünfmal hintereinander an Beerdigungstagen in einem verschlossenen Umschlag Namen der nächsten

Todeskandidaten, so wie er es voraussah. Und immer stimmte es. Geholfen hat Müller diese Dokumentation überhaupt nicht. Jetzt wusste er zwar, dass er immer Recht hatte, wenn er voraussagen konnte, was andere nicht ahnten. Aber fertig werden musste er mit dieser Tatsache doch ganz allein. Er begegnete nach jeder Beerdigung immer einem Menschen, von dem er wusste, dass er nicht mehr lange leben würde.

Zurückziehen, etwa in seine eigenen vier Wände oder auch nur in seine Familie, konnte er sich nicht. Schließlich war er Anwalt, und er lebte in einer ostpreußischen Kleinstadt. Man musste Beisetzungen zur Kenntnis nehmen. Man sah sich, auch wenn die Straßen breiter waren als in den Städten des Mittelalters, gewissermaßen in die Fenster. Man traf sich an jedem Werktag, entweder auf dem Weg zur Bank oder zur Sparkasse oder recht häufig auch zu einem Schoppen in einer der besseren Kneipen der masurischen Hauptstadt. Kurz, jeder wusste von jedem alles. Man war auch mindestens Mitglied eines Stammtisches und dreier Vereine. Was blieb da schon vertraulich oder in den eigenen vier Wänden oder gar nur im eigenen Kopf? Dr. Müller schwieg über seine Ahnungen, bis er selbst bei einem Unfall starb – doch das sollte erst in vielen Jahren sein.

Dabei war das Leben in Lyck auf der einen Seite kleinstädtisch, auf der anderen ergab der direkte Kontakt mit dem großen Russland an jedem Markttag eine ungewöhnliche Großzügigkeit. Die Grenze schloss nicht ab. Sie öffnete den Horizont in die Weiten des Ostens. Wer aus dem Reich Ostpreußen besuchte, der fuhr vielleicht darum nicht nur nach Königsberg, nach Insterburg, Allenstein und Gumbinnen, sondern auch nach Lyck. Zumindest ließ keiner der neumodischen Handlungsreisenden, die zu den Handwerkern und Kaufleuten kamen, einen solchen Besuch aus. Seitdem die Stadt an das Eisenbahnnetz des Reiches angeschlossen war und zur anderen Himmelsrichtung sogar direkt an das Eisenbahnnetz Russlands, das nach Moskau führte, in die Ukraine, ja bis zum Schwarzen Meer, war es mit der beschaulichen Abgeschlossenheit zu Ende. Die Bahn fuhr übrigens in Russland auf einer anderen Spurbreite. In Prostken musste man umsteigen, bis nach dem Ersten Weltkrieg Polen seine Eisenbahnen auf europäischer Spur fahren ließ.

In der masurischen Hauptstadt mit ihren achttausend Seelen wusste man auch, was in Königsberg vor sich ging, sogar welche Mode gerade in Berlin vorherrschte. Und die Offiziere der Garnison in der Yorckstraße wurden, wenn sie zur Kavallerie gehörten, nicht so hofiert wie anderswo in Preußen. Hermann erschien das Leben insgesamt sehr norddeutsch. Die Menschen waren ihm oft nicht offen genug. Die junge Familie konnte sich nur mit wenigen anderen befreunden. Und auch diese Freundschaften pflegte nicht so sehr Hermann als vielmehr seine Johanna. Sie kam leichter ins Gespräch mit anderen, wohl auch weil sie durch die Schneiderei direkt in viele Häuser und so mit den Familien in Kontakt kam.

Zwei Jahre darauf folgte dem ersten Sohn eine Tochter, Elma genannt. Es wurde eng in der Wohnung, aber wer hatte schon eine größere. Bei den Handwerksmeistern war es zum Beispiel eng, weil auch die Gesellen bei ihnen wohnten. Und nicht einmal die Bauern oder Gutsbesitzer im nahen Stradannen konnten sich mehrere Zimmer leisten. Im Winter wurde ohnehin der Lebensbereich durch die Wärme des Kachelofens, in anderen Wohnungen des eisernen Koksofens begrenzt. Und im Sommer lebte man auf der Straße, im Juni, Juli fast wie in einem südlichen Land.

4

Ein Komet war nicht auf die Erde gestürzt. Die Welt war nicht untergegangen. Seuchen waren nicht aufgetreten. Es erschienen nur knatternde, stinkende Wagen in den Straßen. Sie wurden nicht mehr von Pferden gezogen. Mit Benzin angetriebene Explosionsmotoren trieben sie vorwärts.

Am 31. Dezember 1899 hatte es im Königlichen Hof, dem Hotel mit dem größten Saal der Stadt, einen Silvesterball gegeben. Die Kapelle der Ehemaligen, mit denen die Soldaten des 1870/71-Krieges gemeint waren, war am Morgen des 1. Januar bei schneidender Kälte schon um sechs Uhr durch die Stadt marschiert. Sie wollten die Bewohner zum Beginn eines neuen Lebensabschnitts wecken. Hermann und Johanna waren im Bett geblieben. Nur die Kinder hatten zum Fenster hinausgesehen, so weit man das bei den Eisblumen konnte, die die Scheiben bedeckten. Joachim und Maria Brodowski allerdings waren bis zum Wecken aufgeblieben. Sie hatten an der Ballnacht teilgenommen und waren morgens durch die sternklare Nacht über den knirschenden Schnee nach Hause gegangen. Joachim hatte im Pferdestall ein paar Hände voll Hafer in die Krippen geworfen. Am nächsten Morgen begann der Alltag, wie im vergangenen Jahrhundert.

Zehn Jahre nach der Zeitenwende erinnerten sich Joachim und Maria aber immer noch an ihren Neujahrsspaziergang, an den Gottesdienst und an das große Familienessen, an dem damals drei Kinder teilnahmen. Jetzt waren es schon sieben, die an jedem Nachmittag durch das Haus tobten, durch die Ställe und über den Hof. Einige begannen sich in der Fabrik nützlich zu machen. Der älteste Sohn, der den gleichen Namen wie sein Vater trug, damit man später, wenn die Firma und ein mögliches neues Geschäft vererbt würden, nicht neue Briefbögen drucken lassen müsste, besuchte das Gymnasium. Seine älteste Schwester Hedwig hatte bereits die mittlere Reife erreicht auf dem Lyzeum der Stadt.

Auch wenn man die Schule nicht sehr ernst nahm, so waren die Eltern doch stolz darauf, dass ihre Kinder die vorderen Ränge in den Klassen besetzten. In Preußen wurden nicht nur Zensuren verteilt, sondern jedem Kind in der Klasse ein Platz nach der Leistung angewiesen. Primus allerdings wollte keiner werden. Der Erste oder die Erste waren immer verschrien dafür, dass sie Einzelgänger waren. Streber vielleicht, und meist auch Angeber. Joachim jun. war Anführer einer Horde, die in jedem Winter, wenn es früh dunkel wurde, durch die Straßen zog und sich mit anderen nicht nur Schneeballschlachten lieferte. In den Schneebällen waren oft Steine versteckt, die ganz schöne blaue Flecken hervorrufen konnten. Wenn es hart auf hart ging, dann benutzten die Jungens auch schon mal eine Gummischleuder. Es ging immer um die Vormacht über Straßen und Plätze. Auch waren die Pennäler des Gymnasiums verfeindet mit den Schülern der Handelsschule. Nur wenn es darum ging, in jedem Winter die Eisbahn zu fegen, waren sie alle eins, überboten sich bestenfalls darin, wer größere Eisflächen vom Schnee befreien konnte und wer schneller war.

Hermann war immer gut im Bilde darüber, was die Jungenhorde auf der Hauptstraße vorhatte. Sie versammelte sich jedes Jahr im Winter vor seiner neuen Werkstatt am Töpferende. Mit ersparten einhundertfünfzig Mark hatte er sich endlich eine eigene Werkstatt eingerichtet, in einem früheren Lagerraum einer Töpferei. Er hatte auch den begehbaren Brennofen mit angemietet, der jetzt dazu diente, Bretter, bevor sie gehobelt wurden, einzulagern. Hermann hatte sich spezialisiert auf Türen und Fenster. Wie man Doppelfenster baute, hatte er schon in Thüringen gelernt. Auch solche mit zwei Fensterläden konstruierte er, die sehr genau eingepasst werden mussten, damit auch beide gleichzeitig zum Lüften zu öffnen waren. Dass die Fenster in Ostpreußen immer nach innen aufgingen, war ihm allerdings neu. In Thüringen öffnete man die Fenster nach außen.

Zehn Jahre nach Beginn des 19. Jahrhunderts begann sich in Süd-Ostpreußen die Wirtschaft wieder zu beleben. Es wurden neue Häuser gebaut. Und an dem Großbauwerk des Kreiskrankenhauses, das ähnlich aussah, wenn auch nicht so großartig wie das um die Jahrhundertwende eingeweihte neue Rathaus in Hamburg, war Hermann mit über einem Dutzend Türen und einer Reihe Fenster in der oberen Etage beteiligt.

Johanna blieb weiter bei ihrer Schneiderei. Erstens war sie es gewohnt, und zweitens wollte sie selbstständig sein. Der Tag wurde ihr ohne Arbeit zu lang, wenn Hermann in seiner Werkstatthöhle wirkte. Das meiste musste er da selbst machen. Er hatte nur einen Hilfsarbeiter und einen Laufjungen, der mit seinen vierzehn Jahren alle Wege besorgte und natürlich auch die Bretter hielt, wenn sie zum Hobeln eingespannt wurden.

Das neue Jahrhundert war gerade ein Dutzend Jahre alt. Tochter Elma wurde Elli genannt und fieberte mit ihren sechs Jahren danach, auf die Schule zu kommen, um lesen zu lernen. Es hatte in den zwölf Jahren eiskalte Winter gegeben mit Temperaturen bis zu minus achtunddreißig Grad, in denen man kein Eisengeländer anfassen konnte, ohne sofort festzukleben. Wenn man Handschuhe anhatte, riss nur der Handschuh, bei bloßen Fingern blieb die Haut in Fetzen am Metall zurück.

Heiße Sommer hatten zweimal die Felder verbrannt und die ohnehin nicht sehr schwere masurische Erde fast zu Staub werden lassen. Dazu gab es zweimal hintereinander jeweils in der ersten Maiwoche Gewitter mit Windhosen, die Dächer, Bäume und einmal sogar Pferdewagen mit in die Luft zogen, um sie dann zerschmettert am Boden zurückzulassen. Der Lyckfluss war in jedem Advent über die Ufer geschwappt und dann bei Tauwetter im Frühling noch einmal. Dass die Wiesen dann unter Wasser standen, störte niemanden, schon gar nicht die Störche, die, wenn sie aus dem Süden wiedergekommen waren, sich über die Frösche freuten. Einige Keller waren voll Wasser gelaufen und die eingelagerten Kartoffeln verfault. Einmal waren im Winter Wölfe gesehen worden. Ziemlich dicht kamen sie an Kalinoven heran, dem Kirchdorf in der Nähe der Grenze. Mehrmals hatten sich sogar Elche bis in den Klausener Forst verirrt, die eigentlich im Norden Ostpreußens zu Hause waren. Förster Kadereit hatte in den letzten zehn Jahren sogar

Silberfüchse geschossen. Wie die nach Ostpreußen gekommen waren, konnten auch die ältesten Jäger nicht sagen. Aber sie müssen den Weg von Norwegen über die Ostsee gefunden haben. Dort, wo sie ihre Bauten hatten, wurden die Rotfüchse vertrieben.

Sonst hatte es nicht viel Neues gegeben, jedenfalls wenig, was sich aus der Lage der Stadt, dem Mit- oder Gegeneinander seiner Bewohner, dem Widerstreit der drei Sportvereine des Kreises und den vielen Stammtischgruppen, zu denen jedermann in Lyck gehörte, der etwas gelten wollte, entwickelt hätte. Man räsonierte über die Weltlage, vor allem über die Engländer, die immer mächtiger wurden. Man kritisierte den Kaiser, den man hier in der Nähe der russischen Grenze, die er nie besuchte, sowieso nicht ganz verstand, obwohl oder vielleicht weil er mit dem russischen Zaren verwandt war. Seine Reden las man nur in Auszügen im »Masurenboten«. Das gute Dutzend Lycker, das die Königsberger Zeitungen kannte oder sogar die Parteizeitung des Zentrums, die »Germania«, die in einem einzigen Exemplar aus Berlin im Lycker Postamt jeden Tag eintraf, regte sich über Politik nicht auf.

Bestaunt wurden von Jahr zu Jahr mehr die Sommerfrischler, die sich nach Lyck verirrten. Sie redeten von glasklaren Seen und tiefdunklen Wäldern. Sie mieteten bei Fligges Garten Kutschwagen und gingen nicht in der Badeanstalt ins Wasser und nicht an entlegenen Stellen des Lycksees. Sie sprachen dazu noch ein furchtbares unverständliches Deutsch. Entweder waren es Berliner, und die waren jedem Lycker allein wegen der Hektik der Sprache unangenehm, oder sie kamen gar aus Sachsen. Diese Singsang-Sprache war den Masuren noch weniger vertraut als etwa das Oberschlesische oder das Bayerische.

Sommerfrischler sahen dabei meist von oben herab auf ihre masurischen Gastgeber, die sich, selbst wenn sie Hoteliers waren, genierten, sich für Zimmervermietung und Essen und Trinken bezahlen zu lassen. Nur Schukies, der Bootsverleiher an der Brücke, hatte da gar keine Hemmungen. Sommerfrischlern nahm er mindestens doppelt so viel ab wie den Ortsansässigen, wenn sie für Stunden Ruder- oder Paddelboote mieteten. Er fand auch immer eine Schramme, die angeblich vorher nicht am Boot gewesen war, um ein besonderes Trinkgeld für das Ausbessern zu erpressen.

Manchmal, dieses Manchmal war im Sommer recht häufig, schmierte er die Dollen so dick mit Wagenfett ein, dass man unweigerlich nicht nur mit den Händen drankam, sondern auch Rock, Hose, Bluse und Jackett beschmutzte. Schließlich war Schukies befreundet mit Joachim. Er empfahl dann auch immer sofort die Sachen zur Reinigung zu bringen, gleich um die Ecke, auf der Hauptstraße gegenüber dem Günther-Denkmal. Joachim zahlte keine Prozente für diese Kundenvermittlung. Aber natürlich musste er beim Doppelkopf am Samstagabend die Getränkekosten seines Freundes übernehmen.

Hermann kannte inzwischen beide, den Bootsvermieter und den Färber. Er hatte sich im Gesangsverein engagiert. Sein mittlerer Tenor war zwar nicht besonders gefragt, aber er konnte, da man das in Thüringen auf der Schule schon gelernt hatte, Noten lesen. Ganz passabel begleitete er am Klavier, wenn die einzelnen Stimmen des Chores getrennt probten. Der Handwerkerchor war nicht der einzige in Lyck und auch nicht der beste. Seit Jahren hatte das Gymnasium eine Gesangsgruppe, die nur aus Jungen bestand, also einen klassischen Knabenchor. Seine Vorbilder waren die Regensburger Domspatzen und die Wiener Sängerknaben. Dazu gehörte ein Männerchor aus Sekundanern und Primanern, der sich gar nicht erst mit der Interpretation von Volksliedern aufhielt, sondern gleich Lieder aus Opern sang.

Am Lycker Gymnasium hatte sich dazu noch ein Sängerkränzchen gebildet nach dem Muster von Studentenverbindungen. Hierzu hatten nur Gymnasiasten Zutritt und an besondern Festen deren Eltern und Geschwister. Die rund einhundertfünfzig Gymnasiasten an Preußens zweitältestem wenn auch kleinsten Gymnasium genossen großes Ansehen, und sie erfreuten sich trotz gepflegter Exklusivität auch einiger Toleranz. Auch dann, wenn die Abiturfeiern in jedem Jahr nicht nur zu alkoholischen Exzessen führten, sondern wenn die Absolventen das Günther-Denkmal zum Schreckgespenst verkleideten. Eine besondere Freude für sie war es auch, bereits im Frühherbst den Berg zum See mit Schmierseife zur Rutschbahn zu machen. Dass die Gymnasiasten mit Stolz ihre farbigen Mützen trugen, die Primaner schwarz, man sagte, aus Trauer darüber, dass sie die Schule bald verlassen müssten, und die Sextaner grün wegen der Hoffnung, erweckte weder Neid, noch führte es zur Ablehnung dieser Lokalelite. Man war ja schließlich in der Volksschule in der Yorckstraße vier Jahre lang mit allen anderen gleichaltrigen Lyckern zusammen gewesen. Nur Jungen und Mädchen gingen in Preußen bis zum Ersten Weltkrieg in getrennte Schulen. Dabei durften Jungen über die Stränge schlagen, während Mädchen auf ihren Ruf zu achten hatten.

Wenn Hermann am Abend nach Hause über die Bahnhofstraße ging, begegnete er immer wieder

Gruppen von gleichaltrigen Rockträgerinnen, die zwar nicht schnell, aber auch nicht zu langsam die neunhundert Meter lange Straße auf- und abflanierten. Sie wollten gesehen werden, aber eben nicht allein. Meist trugen sie auch ein Paket unter dem Arm oder die Schultasche, die man am Nachmittag sicher nicht mehr benötigte, um geschäftig auszusehen. Nur wer aus Lust und Laune oder weil er Aufmerksamkeit erwecken wollte, an Markttagen spazieren ging, dessen guter Ruf war beschädigt. Zumindest bei den Lehrerinnen und Lehrern. Sie hatten auf ihre Zöglinge auch nach dem Unterricht ein sorgsames Auge. Wenn es auch offiziell nicht zu ihrem Beruf gehörte, Tadel wegen außerschulischen Lebenswandels zu erteilen, so taten sie es doch. Und sei es dadurch, dass sie beim abendlichen Treff im Gasthaus mit dem Vater andeuteten, dass er wohl auf seine Tochter ein wenig mehr Acht geben müsse.

Es blieb aber nicht aus, dass Sekundanerinnen etwa ab siebzehn Jahren und fast schon erwachsene Primaner wegen angeblicher Nachhilfe-, Klavier-, Blockflöten- oder Gesangsstunden zeitweise aus dem Blickfeld der Erwachsenen verschwanden. Verschwiegene Orte gab es auf dem Friedhof, hinter großen Hecken oder rund um den See im Schilf. Man durfte nur nicht an Wochenenden dort hingehen, weil dann die Familien die Gräber besuchten oder sich am See zu einem Picknick trafen. Fahrräder, um weiter wegzufahren, gab es noch selten, und sie hatten sogar etwas Anrüchiges an sich, weil die Mädchen oft darauf in Hosen zu sehen waren. Aber im Winter konnte man, den Rodelschlitten hinter sich herziehend, bis auf die andere Seite des Sees marschieren und dort, wenn auch in eisiger Kälte, mit seiner Angebeteten alleine sein.

Im Sommer gab es übrigens noch eine andere Art möglicher Zweisamkeit: bei der Erntehilfe bei Verwandten im Umkreis von Lyck und auf Höfen und Gütern von Onkeln und Tanten, die weiter weg lagen. Nach vorausgeplanter Einladung konnte es gelingen, dass Hans und Annette zusammen, obwohl nicht verwandt, in den Ferien bei der Heuernte gebraucht wurden und im Herbst bei der Kartoffelernte. Dass man dann zusammen, wenn auch nicht in gleichen Zimmern, aber im gleichen Haus wohnte und sich am Tag und auch in der Nacht unbeaufsichtigt zusammenfinden konnte, gehörte dazu.

Aufgeklärt waren Jungen und Mädchen ohnehin. Und irgendwie mussten sich durch die Jahrhunderte alte pruzzische Sitten vererbt haben und Geheimtinkturen und Rituale, die zur Folge hatten, dass es ganz wenige uneheliche Kinder oder ungewollte Kinder in diesem Teil des Deutschen Reiches gab. Weise Frauen, wie sie viele Jahre später der Dichter Paul Fechter in seinem »Zauberer Gottes« beschrieb, hatten zwar keinen Einfluss mehr, aber ihre Geheimrezepte waren – von Frau zu Frau – vererbt worden. Historiker behaupteten, dass die ausgebliebene Hexenverfolgung im südostpreußischen Teil des Römischen Reiches mit dazu beigetragen habe, diese Rezepturen und Anwendungen zu erhalten. Sei es, wie es sei. Es war Annette, die ihren Hans verführte. Und er vertraute darauf, dass sie, obwohl jünger, aber ein ganzes Stück reifer, auch wusste, wie man Folgen vermied.

Johanna mit ihren zwei Kindern wurde von Jahr zu Jahr mehr zu einer Persönlichkeit, die die Mode im Umkreis der Lycker Kirchtürme wesentlich bestimmte. Sie hatte nicht nur wie andere die ›Gartenlaube‹ und den ›Masurenboten‹ abonniert, sondern sogar eine französische Zeitschrift, die jeden zweiten Monat mit der Post kam und ahnen ließ, was in der weiten Welt modern zu werden begann. Den Jugendstil konnte sie nach Lyck nicht importieren und wollte es wohl auch nicht. Und doch brachte die von Jahr zu Jahr wechselnde Damenmode einige Aufregung mit sich – mal wurde der Busen betont, mal der Po, und auch die Rocklänge variierte von bodenlang bis knöchellang. Dabei war das Hauptbekleidungsstück in Masuren im Sommer wie im Winter das Kopftuch. Im Winter gestrickt aus Wolle mit vielen Fransen, im Sommer aus Seide, die über die Grenze irgendwoher aus Russland kam. Einige Tücher waren auch aus ganz feiner Baumwolle, die angeblich in der Nähe der Pyramiden gewachsen war.

Da zumindest Johanna immer wissen wollte, woher Stoffe und Garne stammten, mit denen sie umging, hatte sie sehr schnell herausbekommen, dass die Baumwolle über Sheffield in England und Schweden nach Lyck exportiert worden war. Englische Stoffe galten als besonders fein, selbst wenn sie, wie das wellblechartige Manchester, aus dem Hosen und Jacken für die Männer geschneidert wurden, hart und damit dauerhaft für die Ewigkeit zu sein schienen. Eine gute Manchester-Hose musste man jahrelang tragen, bis man sie zum Beispiel zum Reiten benutzen konnte, damit man sich nicht wund scheuerte. Hermann ließ sich übrigens einen Cut machen, als er als Trauzeuge bei Emil, seinem Freund aus dem Handwerkerchor, auftrat. Es wurde ein Anzug für viele Anlässe, die meisten traurig. Zuletzt landete das auf die Flucht mitgenommene gute Stück mit gestreifter Hose bei einem jüdischen Trödler in der bayerischen Hauptstadt München.

Johanna als berufstätige Ehefrau galt nicht nur wegen der modischen Anregungen in Lyck als etwas Besonderes. Wo gab es schon Frauen, die einen eigenen Beruf hatten und dazu noch Kinder im Jahre 1913? Gewiss, zwei Mädchen aus Lycker Familien studierten, die eine in Halle und die andere in München, beide Wirtschaftswissenschaften. Sie hatten keine Brüder und versuchten sich schon früh darauf vorzubereiten, das Geschäft der Eltern zu übernehmen. Aber sie waren Ausnahmen und natürlich unverheiratet. Sonst ging man nur auf die pädagogische Hochschule, aufs Konservatorium, um später Lehrerin zu werden. Und eine Lehrerin heiratete nicht und hatte keine Familie.

Der Winter 1913 war kalt. Es gab nur wenige Tage, an denen die Sonne klar auf den schneebedeckten Feldern gleißte. Meist lag ein Raureifdunst über der Landschaft. Erst als der zweite und dritte Schnee im Februar kam, hörte man es in den Wäldern knacken und knistern, die ersten Äste brachen unter der Last. In Joachims Haus brannte der Kachelofen vierundzwanzig Stunden lang. Am Morgen war es immer mühsam für die beiden Dienstmädchen, ihn neu in Gang zu bringen. Aber dazu hatte man in der Fabrik gute Steinkohle, die die ganze Nacht immer etwas Glut hielt. Im Büro stand ein hoher gusseiserner Koksofen, denn auch Koks gab es in der Fabrik genug. Der Brand wurde damit über Nacht eingedämmt, damit er vorhielt. Zudem brannte Koks rauchfrei.

Dabei war das seit zwei Jahren nicht mehr nötig. Joachim hatte sich entschlossen, einen Dampfkessel mit einem zweiunddreißig Meter hohen Schornstein zu bauen, der den Kirchberg überragte. Er war übrigens der höchste Schornstein in ganz Masuren. Gemauert hatten ihn Spezialisten aus Dortmund, die gleichen, die auch in Bitterfeld die Schornsteine der Farbenfabriken hochgezogen hatten. Im Schornstein mündeten alle Abgase. Gleich nach Neujahr wurde aber in jedem Jahr die Dampfkesselanlage stillgelegt. Ein Königsberger Ingenieur vom Dampfkessel-Überwachungsverein ließ es sich nicht nehmen, Dichtigkeit und Sicherheit zu überprüfen. Auch wenn es Stein und Bein fror. Das Wichtigste dabei war allerdings die gute Ölung mit französischem Kognak und russischem Wodka, der aus Grajewo geschmuggelt war. Der Schornstein musste alle fünf Jahre überprüft werden. Man benutzte dazu die innere Steigleiter. Während des Baues war sogar Joachim einmal auf ihr senkrecht in den Himmel gestiegen. Auf die Idee, den Sicherheitshaken, den ihm der Schornsteinfegermeister umgeschnallt hatte, zu benutzen, war er dabei nicht gekommen.

Nur langsam zog in diesem Jahr der Sommer ins Land. Zu Ostern war der See noch meterdick zugefroren. Eine Gruppe von Kellnern und Hilfsarbeitern des »Königlichen Hofes« zersägten die Eisdecke und zogen die viereckigen Schollen an Land. Sie wurden im Vorhof des Hotels aufgeschichtet, dick in Sägespäne verpackt und in Tannenreisig. Obendrauf kam Sand. Das Eis hielt in der Regel bis zum nächsten Frost den ganzen Sommer über, auch wenn es Hitzegrade von fünfunddreißig Grad und mehr gab. Die ausgesägten Flächen im See froren übrigens über Nacht immer wieder zu. Nach drei Tagen konnte man auf ihnen besonders gut Schlittschuh laufen, weil sie spiegelglatt und ohne Schnee waren. Zu Pfingsten war das Ganze vorbei. Man konnte im selben See schwimmen. Zwar zeigte ein Celsius-Thermometer, das Optiker

Kuntze in Lyck eingeführt hatte, nachdem man früher mit Fahrenheit rechnete, nur fünfzehn Grad, aber das reichte den Jungens, die den flachen Strand an der Stadt als ihr Revier betrachteten.

Unruhe verbreiteten neuerdings nur Schießereien an der deutsch-russischen Grenze. Sie galten Schmugglern, wenn man den zaristischen Offizieren glauben wollte, die jeden Samstag nach Lyck zum Einkaufen kamen. Allerdings verfolgten russische Grenzer die Grenzgänger, die Pelze, Tabak und Tee transportierten oft bis auf deutsches Gebiet. Eine deutsche Grenzwache gab es nur in Prostken, an der offiziellen Station an der Straße, die nach Grajewo und weiter ins Russische hineinführte.

Ein Jahr später wurden diese russischen Offiziere als Spione betrachtet. Sie sollen das Grenzgebiet genau ausgekundschaftet haben, die Lebensgewohnheiten und die Garnison des Lycker 147er-Infanterie-Regiments. Doch wer mit ihnen im Sommer 1913 zusammenkam, hatte nicht das geringste Misstrauen. Joachim, den man nicht leichtgläubig nennen konnte, hatte sogar Freunde unter den auf den Zaren Vereidigten. Die Zobel, die in der Schlittenkammer lagen, waren Geschenke von Offizierssoldaten von jenseits der Grenze, die allerdings jeweils ein Gegengeschenk in Geld einforderten.

Der Kaiser hatte sich immer noch nicht in Lyck sehen lassen. Im Februar war er in Königsberg. Es gab Bälle und Empfänge. Aus Lyck reiste man nicht extra dahin, selbst wenn man geladen war. Schließlich hätte Wilhelm zuerst die masurische Hauptstadt besuchen müssen. Nur der Landrat konnte nicht umhin, seiner Frau eine neue Abendrobe zu spendieren und auf drei Tage in die Provinzhauptstadt zu verschwinden. Die

Lycker lachten am gleichen Tag über eine Meldung, die im »Masurenboten« erschien. Danach habe man den Kaiser in Straßburg an der anderen Seite des Reiches falsch angekündigt. Sogar sein zweitjüngster Sohn hatte sich mit dem dort stationierten Regiment zu seinem Empfang in Paradeaufstellung eingefunden. Die Ankündigung des Kaiserbesuches war, wie sich herausstellte, die »Köpenickiade« eines Postbeamten, der ein fingiertes Telegramm bei der Stadtverwaltung abgegeben hatte. Ob Wilhelm oder die Straßburger mehr blamiert waren, wurde nicht berichtet. Was Wilhelm II. darüber dachte, stand auch nicht in der Zeitung. Das Ganze hätte aber auch in Lyck stattfinden können.

Das Blickfeld der Lycker Bürger weitete sich ein Dutzend Jahre nach der Jahrhundertwende. Günther Martini, Diplomingenieur der technischen Hochschule Danzig, war zum Aufbau der Sperrplattenfabrik vor zwei Jahren nach Lyck gekommen, wo für den Holztransport bewegliche Schienentrassen in die umliegenden Wälder gelegt werden mussten. Nun erhielt er einen Ruf in die Türkei zum Eisenbahnbau. So wurde die Bagdad-Bahn, ein weltpolitisch bedeutendes Objekt, Mittelpunkt vieler Gespräche in Lyck. Emma Martini wohnte direkt neben der Sparkasse. Sie konnte sich ein Hausmädchen leisten und sogar einen Halbtagsdiener. Der aß jeden Tag im »Kronprinz« oder im »Königlichen Hof«. Und Frau Martini war Mittelpunkt eines Kaffeekränzchens der Handwerker- und Akademikerfrauen der Stadt. Ihr Mann schrieb lange Briefe, die nur wenige Wochen brauchten, bis sie in Lyck ankamen, manchmal sogar nur Tage, wenn sie den Landweg über Russland nahmen. Als Schiffspost über Venedig aufgegeben, dauerte das natürlich länger. An einem Montag lieferte der Postbote dazu ein Päckchen ab, eingenäht in dicke Jute, die nach Wüstensand roch. Günther Martini hatte ein goldbesticktes Mieder, das er in Basra im Basar gekauft hatte, geschickt. Dazu ein paar gefundene Glasscherben, die mehr als dreitausend Jahre alt sein sollten.

Das Kaffeekränzchen redete gern über alle, die nicht anwesend waren. Eingehend wurden Liebes- und Freundschaftsverhältnisse besprochen. Um Politik kümmerte man sich nicht. Bestenfalls versuchte man die verwandtschaftlichen Beziehungen europäischer Dynastien, die alle miteinander versippt waren, zu ergründen.

Dass der Oberst von Seatos bei einer Inspektion im Stall des 147er-Regiments von einem ausschlagenden Pferd ausgerechnet an der Stirn getroffen wurde und nicht mehr recht wusste, was links, rechts, oben und unten ist, gab Redestoff für viele Nachmittage. Seatos galt als Frauenheld. Er war auf jedem Ball und auf jeder Reunion zu finden. Im Sommer sah man ihn mit unbekannten Schönen auf der Terrasse der »Konditorei Stamm« Torte essen. Wie verlautete, waren die Damen jeweils aus Königsberg und einmal sogar aus Berlin angereist. Dass der Obrist in der Kaserne wohnte, gab den Gerüchten weitere Nahrung. Was hinter den Klinkermauern der Remontenanstalt geschah, konnte man nur ahnen. Genaue Informationen bekam man nicht. Die Wachsoldaten schwiegen, wahrscheinlich weil sie auch nichts wussten. Die jungen Leutnants, die ebenfalls in der Kaserne wohnten, durften nichts sagen. Und die anderen Offiziers-Soldaten wohnten mit ihren Familien in der Regel in der Siedlung hinter der Bahn, und das war in

Luftlinie fast einen Kilometer von der Kaserne entfernt.

Die Bürger der Stadt hatten nichts gegen Seatos' Leben und das der Offiziere einzuwenden. Die Bürgerinnen auch nicht. Seatos störte nicht den gemächlichen Alltag. Was wollte man mehr. Und da er sein Monokel mit großer Eleganz trug und es nur wie erschreckt fallen ließ, wenn er einen der Honoratioren im Vorbeigehen grüßte, galt er sogar als gebildet. Der Begriff »intellektuell« war noch nicht geläufig.

Die Nachricht vom Ereignis, das Europa veränderte wie kein anderes in diesem Jahrhundert, erreichte Masuren mit zwanzigstündiger Verspätung. Der Extra-Ausgabe des »Masurenboten« in Wirklichkeit nur ein früher Andruck, entnahmen die Bürger Lycks, dass in Sarajewo der österreichische Thronfolger einem Attentat erlegen war. Die Meldung war zehn Zeilen lang. Die Überschrift nahm mehr Platz ein als der telegrafierte Text. Erst in der darauf folgenden Zeitungsausgabe konnten die rund sechshundert Abonnenten den Tathergang nachlesen. Schon nach der ersten Meldung bildeten sich Grüppchen auf dem Markt und diskutierten leise und verhalten. Im Vorraum der städtischen Sparkasse überlegten einige Bürger, was diese Tat wirtschaftlich mit sich bringen würde und ob man etwa Bargeld abheben sollte – für alle Fälle.

Hermann Tanzbergers Kommentar war kurz: »Der Kutscher war schuld an dem Attentat, der Kutscher der Staatskalesche. Warum ist er nicht schneller gefahren in so einer Situation.« Johanna sagte, ohne gefragt zu werden, nur: »Der arme Kaiser.« Und sie meinte den österreichischen Herrscher, denn Wilhelm II. war ja gewissermaßen im Urlaub auf Nordland-Reise, um, wie Hermann immer wieder sagte,

»Admiral zu spielen«. Laut wurde nur sehr wenig über Sarajewo und mögliche Folgen gesprochen. Nicht einmal die Serben oder gar die Russen wurden verdammt, denen man das Attentat zurechnete. Und dass die Engländer dahinter stehen könnten, wie man ein halbes Jahr später überall lesen und hören konnte, auf diese Idee kam damals noch niemand, zumindest nicht im abseits gelegenen Masuren.

Bis zum 28. Juni 1914 blieb die Welt trotz dieser Untat, die den meisten unbegreiflich erschien, in Ordnung. Sie blieb es noch einen ganzen Monat lang. Dabei spürten, ohne dass sie es aussprachen, die meisten in Lyck, dass mit diesem Tag doch eine Zeitenwende eingesetzt hatte. Die Bürger schliefen nicht mehr so ruhig wie zuvor. Was würde passieren, wenn Russland den Serben helfen würde und das Ganze in einen Krieg einmündete? Hier an der Grenze hieß das, dass man um Haus und Hof, wie man vereinfacht sagte, auch wenn man eine Fabrik meinte oder eine Tischlerwerkstatt, fürchten musste. Beim Doppelkopf in Gasparis Gaststätte wurde jeweils zwischen zwei Spielen darüber gesprochen, ob man beim Einmarsch der Russen, denn mit dem rechnete man im Kriegsfall, in Lyck bleiben oder per Eisenbahn nach Königsberg reisen sollte. Verwandte gab es ja in der Provinz genug, auch im Norden, bei denen man unterkommen konnte. Aber warum sollte man eigentlich im Kriegsfall die Stadt verlassen? Die Russen waren doch Menschen von »zivilem Wesen«. Und von Soldaten war man gewöhnt, dass sie sich ordentlich benahmen, vor allem Zivilisten gegenüber.

In der Prima des Gymnasiums wurde allerdings anders diskutiert. Hier ging es darum, Möglichkeiten ausfindig zu machen, um, falls es zum Krieg kommen würde, so schnell wie möglich Soldat zu werden. Joachims ältester Sohn war gerade achtzehn Jahre alt geworden. Joachim II., wie er in der Familie einfachheitshalber hieß, oder Otto, wie sein zweiter Vorname lautete, nutzte schon am Tag nach Sarajewo das Telefon seines Vaters. Als begabter Mathematiker wollte er im Kriegsfall unbedingt zur Artillerie. Von den 147ern in Lyck, den Infanteristen, hielt er nicht viel.

Außerdem würden die sich ohnehin im Kriegsfall mindestens bis Lötzen oder noch weiter zurückziehen müssen. Der Schlieffen-Plan war den meisten bekannt, vor allem den Gymnasiasten. Und danach sollte Ostpreußen bei einem Zwei-Fronten-Krieg nicht verteidigt werden. Deutsche Divisionen sollten erst im Westen siegen und dann den Osten befreien. Das Ganze würde klappen, denn wo gab es schon bessere Soldaten als in Preußen.

Joachim sen. kam gar nicht auf die Idee, dass er sich freiwillig melden sollte, wenn es ernst werden würde. Er war, wie man später sagte, ein ›weißer Jahrgang‹. Im Krieg 1870/71 war er zu jung, um Soldat zu werden, und jetzt war er halt schon zu alt. Bestenfalls bei der Landwehr könnte er noch eintreten. Aber als Fabrikbesitzer hatte er wichtigere Aufgaben und war mit den unabkömmlichen Domänenpächtern und Gutsbesitzern im Kreis gleichzustellen.

Im Juli wurden die Debatten in der Stadt heftiger. Die Professoren am Gymnasium hatten kaum noch Autorität und konnten selbst mit dem Hinweis, dass das Abitur vor der Tür stehe, nicht mehr die Aufmerksamkeit ihrer Klassen gewinnen. Die Stadtverwaltung hatte sicherheitshalber die Stadtkasse ausgelagert nach Allenstein. In der Grenzstadt Prostken begann man die russischen Sprachkenntnisse aufzufrischen, denn dass hier im Ernstfall russische Regimenter auftauchen würden, darüber gab es kaum noch eine Diskussion. Die Frauen packten Weidenkörbe mit Bettwäsche und Kleidern. Die Puppen der Kinder wurden eingepackt und die Fotoalben der Familien. Wer ganz vorsichtig war oder sehr hellhörig, der schickte schon Ende Juli diese mit Eisenstangen und Schlössern versehenen Reisekörbe auf die Güter ins Ermland oder sogar ins Samland hinter Königsberg.

Glücklich waren die, die Sommerhäuser an der Küste hatten, in Rauschen oder in Cranz. Sie schickten ihre Dienstboten voraus, um die Häuser herzurichten, wie eigentlich in jedem Sommer, obwohl sie diesmal ahnten, dass sie länger darin leben müssten. Auch schickten sie mehr Gepäck als sonst hinterher. Gerüchte schwirrten durch das Land. Russische Patrouillen habe man gesehen. Am Bahnhof seien Spione aus Russland angekommen und weitergefahren nach Königsberg. Aber auch die Russen würden mit den Deutschen zusammengehen, und Sarajewo sollte allein Sache der Österreicher sein. Nicht zuletzt wurde von Überläufern gesprochen, die jetzt schon aus Ostpreußen nach Polnisch-Russland übergewechselt seien, weil sie die Dampfwalze im Osten, wie die russischen Heere, schon bevor sie zum Einmarsch in Deutschland antraten, genannt wurden, für unüberwindlich hielten.

In Lycker Hotels tauchten die ersten Försterfamilien aus der Johannesburger Heide auf, die nicht allein im Wald in ihren Förstereien einen möglichen Russenansturm erleben wollten. Die meisten fuhren sehr schnell weiter mit den nächsten Zügen nach Korschen und Allenstein. Zurück blieben Gepäckstücke, untergestellt bei Freunden, die allerdings den späteren Russeneinmarsch nicht überstehen sollten.

Joachim Brodowski jun. fuhr schon einen Tag, bevor die Generalmobilmachung ausgerufen wurde, stehend im überfüllten Zug nach Königsberg. Er meldete sich beim Provinzial-Schulkollegium. Am 1. August hatte der Kaiser die Mobilmachung unter dem Jubel der Berliner in der Reichshauptstadt verkündet. Joachim wollte jetzt sofort sein Abitur machen, um sich dann freiwillig zur Artillerie zu melden.

Das Provinzial-Schulkollegium in Gestalt zweier betagter Professoren, von denen einer vom Heldenmut der Jugend schwärmte, fragte nicht einmal in Lyck nach, ob Joachim Primaner war. Man erteilte ihm das Abiturzeugnis, ohne auch nur eine einzige Prüfungsfrage zu stellen. Schon am nächsten Tag, vierundzwanzig Stunden nach der Kriegserklärung Deutschlands an Russland und Frankreich, meldete Joachim sich in der Artillerie-Kaserne am Sackheim zusammen mit zweihundert anderen Freiwilligen. Da er aus dem gefährdeten Masuren kam, wurde er bevorzugt behandelt. Das heißt, er wurde sofort eingekleidet und als Rekrut zur Grundausbildung nach Metgehten abgestellt.

Sein Vater fuhr am gleichen Tag mit der Bahn nach Allenstein. Seine Frau und die Kinder hatte er mitgenommen. Er wollte nicht riskieren, den Russen in die Hände zu fallen. Nicht, weil ihm der Mut dazu fehlte, sondern weil er, vielleicht durch seine engen Kontakte mit russischen Offizieren, eine andere Meinung vom russischen Soldaten hatte als die meisten seiner Mitbürger. Soldaten wurden in der Zaren-Armee im Grunde wie Gefangene gehalten, und wenn man sie im Krieg losließ, so vermutete Joachim, würden sie sich wohl nicht wie zivilisierte Bürger verhalten. Die Familie kam bei zwei Tanten und einem unverheirateten Onkel unter. Joachim hatte die Sparbücher mitgenommen, seine Aktien und die gefüllte Kasse mit Goldmünzen, die er für sicheres Notgeld hielt. Die Töchter besuchten sofort in Allenstein das Lyzeum. Der jüngste Sohn Paul als Nesthäkchen blieb bei der Mutter, die nicht ein einziges Mal die schweren Zeiten zitierte, Hauptthema in jedem Leitartikel der Zeitungen.

Auch Hermann konnte nicht Soldat werden. Zum Kriegsfreiwilligen war auch er zu alt. Er war mit seiner Frau, seiner 13-jährigen Tochter und dem 15-jährigen Sohn sofort auf das Gut der Schwiegereltern gefahren. Die brauchten ohnehin Hilfe, denn ihre Dienstleute waren am ersten Kriegstag bereits eingezogen worden, wenn sie sich nicht freiwillig gemeldet hatten. Sie mussten vorher noch die Pferde nach Heiligenbeil bringen, wo sie neu aufgestellten Regimentern zugewiesen wurden. Für den Einsatz der zwei Dampfpflüge, die im Herbst eingesetzt werden sollten, kam Hermann gerade recht, denn man brauchte einen Maschinenführer.

Die Wohnungen in Lyck hatten beide Familien Nachbarn anvertraut. Bei den Pferden von Joachim war Karl zurückgeblieben. Er sollte sie betreuen, zumindest so lange, wie sie noch nicht für den Krieg gebraucht wurden. Die Werkstatt hatte Hermann ganz einfach abgeschlossen. Mit Bestellungen konnte er jetzt ohnehin nicht rechnen. Im Krieg brauchte keiner Fenster und Türen.

Die »Königsbergische Hartungsche Zeitung« wurde jetzt das wichtigste Informationsmedium in Ostpreußen. Sie schrieb, überall im Lande sei das deutsche Gefühl zum Durchbruch gekommen, selbst bei den Sozialdemokraten, die in Ostpreußen eine Minderheit darstellten. Man zitierte den Kaiser: »Ich kenne keine Parteien mehr, ich kenne nur Deutsche.« Und fett gedruckt brachte das Blatt die Nachricht, dass der Reichstag Kriegskredite in Höhe von fünf Milliarden Mark genehmigt habe.

Deutsche Truppen marschierten in Luxemburg und Belgien ein. Der Schlieffen-Plan begann anzulaufen. In Lyck fand sich die Stadtverwaltung in den ersten beiden Augusttagen zusammen, um zu bestimmen, wer von den Stadtoberen bei einer russischen Besetzung bleiben sollte. Das Anrollen der »russischen Dampfwalze« erlebte Joachim jun. aus Zeitungsberichten, in denen allerdings nicht stand, wie weit sie eigentlich in das Land hineingekommen war. Aber dass Lyck besetzt worden war, stand auch in den Blättern in Königsberg und Elbing.

Joachim sen. musste Mitte August mit dem größeren Teil der Familie von Allenstein aus noch einmal aufbrechen. Bis kurz vor die Grenzen des Stadtkreises waren nicht nur russische Patrouillen, sondern auch größere Truppenverbände vorgedrungen. Aus Lyck gab es keinerlei Nachrichten. Das Telefon ging nicht mehr, weil die Handvermittlung zerstört war. Und wer sollte auch am anderen Ende an den Apparat gehen. In der Stadtverwaltung saßen wahrscheinlich russische Offiziere. Auch zu Pfarrer Rathke und den anderen Honorationen, die in Lyck bleiben wollten, um die Stadt zu schützen, gab es keine Verbindung.

Im Westen marschierten die Armeen bis zur Marne, wo dann das von Frankreich später immer wieder beschworene Wunder passierte: der Einhalt des deutschen Vormarsches und der anschließende Rückzug. Gleich darauf verlor der Generalstab des deutschen Heeres wegen des weiten Vordringens der Russen in preußisches und österreichisches Gebiet die Nerven. Truppen aus dem Westen wurden abgezogen und nach Osten geschickt. Sie kamen dort erst an, als der neue Oberbefehlshaber Hindenburg, kein Ost-, aber ein Westpreuße, bei Hohenstein die russischen Divisionen eingekesselt und geschlagen hatte. Inzwischen war England in den Krieg eingetreten. Man grüßte sich auch in Ostpreußen mit »Gott strafe England«. Nur konnte keiner sagen, wofür es eigentlich gestraft werden sollte. Weil es gegen den Einmarsch deutscher Truppen in das neutrale Belgien protestiert hatte, oder weil es eine größere Flotte besaß als der deutsche Kaiser?

Der Weltkrieg ging an Joachim Brodowski, dem »gnädigen Herrn«, wie er im Unterschied zu seinem Sohn nicht nur von seinen Arbeitern, sondern auch von Freunden genannt wurde, vorbei als eine verworrene und verlorene Zeit. Er erlebte Wiederkommen und Abschied, und es gab ständig die Sorge für Kinder, Verwandte, Freunde. Wichtig war das Organisieren von Lebensmitteln, Zement und das Beschaffen aller möglicher Genehmigungen, mal von russischen, mal von deutschen Behörden. Dabei erfuhr Joachim, was ihn am meisten betraf, erst Monate nach dem Ereignis: Sein Sohn hatte als Richtschütze bei der Artillerie die eigene Fabrik zerschossen. Der Schornstein war das Ziel. Auf dessen Spitze sollten russische Beobachter gesessen haben.

Die Flüchtlinge aus Lyck kamen sofort nach der Schlacht von Tannenberg zum ersten Mal zurück in die Stadt. Da standen fast noch alle Häuser. Nur gut ein Dutzend waren beschädigt. Allerdings waren alle Speisekammern ausgeräumt. Die Wasserleitung funktionierte nicht mehr, weil im Wasserwerk die Brunnen zugeschüttet worden waren. Aus den von Russen requirierten Häusern mussten, wie nach einem Elbe-Hochwasser, nicht nur Trümmer, sondern Schutt und riesige Schlammberge beseitigt werden.

Dabei waren in Lyck nur wenige russische Einheiten einquartiert. Es hatte auch kaum Übergriffe gegeben. Pfarrer Rathke und ein paar andere ältere Bürger, die sich als deutsche Stadtverwaltung den Russen zur Verfügung gestellt hatten, konnten sie verhindern, auch als die vertriebenen Einwohner zur Zahlung einer Kriegskontribution aufgefordert wurden. Als aber der erfolgreiche Befreier Paul von Hindenburg, von Ludendorff hatte man damals noch nichts gehört, die Narew-Armee so schnell geschlagen hatte, wie niemand es erwartet hatte, brauchte das gesammelte Geld nicht mehr abgeführt zu werden. Dennoch, die Besetzung dauerte fast vier Wochen. Dabei wurden über hundert Lycker Männer und zwei Frauen getötet und fünfhundertsechsundachtzig Männer und Frauen verschleppt. Einige waren unter sechzehn Jahre alt. Niemand wusste, warum und wieso gerade sie in Viehwagen oft bis weit hinter die Ostgrenze Europas verschickt wurden.

In Balabay in Sibirien starben zum Beispiel der Mann und die beiden kleinen Kinder einer Frau aus Johannesburg, die man in Lyck aufgegriffen und deportiert hatte. Nur ein Brief kam nach Wochen in Lyck bei Bekannten an. Er schloss: »Es ist die ganze Welt ein Leichenfeld. Die Sehnsucht nach der Heimat ist groß. Wir leben von Pilzen und Beeren, die wir im Sommer sammeln.« Die meisten Verschleppten kamen schon 1916 frei. Viele mussten aber bis zum Ende des Krieges ausharren, bis zum Waffenstillstand mit Russland 1917.

Im Oktober 1914 fielen die Russen zum zweiten Mal in Masuren ein. Die siegreichen Truppen der Tannenberg-Schlacht waren an die Westfront transportiert worden. Ostpreußen war schutzlos. Fast dreihundert Zivilisten aus Lyck mussten jetzt als Geiseln den Weg nach Sibirien antreten. Wenige Familien blieben in ihren eigenen Häusern. Die meisten Lycker waren gerade noch geflohen. Manche hatten sich in den Sumpfgebieten um Lötzen versteckt, viele auf Gehöften, in Strohschobern, oder sie waren, wenn sie Verwandte hatten, im nördlichen Ostpreußen untergetaucht. Da die Russen Ende Oktober wieder hinter die Grenze zurückgeworfen wurden, kam man dann noch vor dem Winter zurück. Man wollte die kalten Monate zu Hause verbringen. Doch das war wieder nicht möglich. Im November griffen russische Regimenter erneut an, besetzten Lyck, zerstörten dabei die noch erhaltenen Teile der Stadt. Die evangelische Kirche wurde zur Ruine, über zweihundert Häuser lagen in Trümmern. Insgesamt wurden bei dieser letzten Besetzung im Kreis Lyck achttausend Wohnungen geplündert. Fast alles Vieh wurde von den Soldaten geschlachtet, Frauen vergewaltigt, manchmal sogar Kinder. Viele konnten auf der Flucht nur ihr nacktes Leben retten. Die gepackten Weidenkörbe fanden in der Regel ihre Besitzer nicht wieder.

Zur Befreiung Masurens begannen deutsche Truppen im Dezember 1915 die Winterschlacht, bei eisiger Kälte und hohem Schnee. Im Dörfchen Grabnik bei Lyck richtete Kaiser Wilhelm II. sein Hauptquartier ein. Später wurde hier ein Ehrendenkmal gebaut, der so genannte Kaiserstein, der nach dem Zweiten Weltkrieg hier zum Gedenken errichtet wurde. Die »Hartungsche Zeitung« zitierte Kaiser Wilhelms Ausspruch vom 17. Februar in Lyck: »Unser schönes Masurenland ist eine Wüste. Unersetzliches ist verloren. Aber ich weiß mich mit jedem Deutschen eins, wenn ich gelobe, dass das, was Menschenkraft vermag, geschehen wird, um neues frisches Leben aus den Ruinen entstehen zu lassen.«

Die Lycker, die wiedergekommen waren, richteten sich schnell in ihren Häusern ein. Auch Joachim hatte wieder begonnen, den Dampfkessel heizen zu lassen mit einem Rohr als Behelfsschornstein. Gefärbt wurde nur noch in Schwarz, Trauerkleidung und Wolle zum Stricken. Die chemische Reinigung wurde ganz eingestellt. Woher sollte das Benzin kommen, das man als Lösungsmittel brauchte?

Der masurische Dichter Fritz Skowronek erlebte diese Wochen und Tage mit. Er fand allerdings nicht die Kraft, detailliert darüber zu schreiben. »Die Worte sind zu groß«, sagte Joachim, als er später die Berichte über das masurische Kriegselend 1914/15 las. »Wir haben ganz anders gedacht und geredet. Es ging nicht um Ehre und Ruhm und um die Größe der Helden.« Die Häuser mussten repariert werden, die Wohnungen gesäubert, Holz für den Winter war zu beschaffen, Futter für die wenigen verbliebenen Pferde. Als Erstes wurde von der Stadt der Schulunterricht wieder eingeführt. In der Volksschu-le genauso wie im Gymnasium. Es kam tatsächlich Hilfe aus dem Reich für das einzige deutsche Gebiet, das im Ersten Weltkrieg zerstört wurde. Freiwillige gründeten eine Ostpreußenhilfe. Der Kreis Lyck wurde vom Regierungsbezirk Oppeln in Schlesien betreut.

Trotz Krieg begann der Wiederaufbau der Stadt. Die Kirche erhielt Glocken aus dem Reich, die bis zum Ende des Jahrhunderts läuteten, mit der Inschrift: »Dies Land bleibt deutsch.« Am Seeufer entstand aus den Trümmern der Häuser eine neue Freizeitanlage, Velthusenplatz genannt nach einem Lycker Bürger. Die Idee, den ganzen Trümmerschutt am Ufer in den See zu kippen und darauf Grünanlagen anzulegen, kam von Joachim. Er hatte freiwillig auf sein Zugangsrecht zum See verzichtet, das ihm verbürgt war als Inhaber des originären Wasserrechts am Lycksee. Das Seewasser wurde in der Fabrik nur zum Kühlen der Destillierapparate gebraucht und als normales Brauchwasser. Nach Erfahrungen aus Bitterfeld und Leverkusen hatte Joachim schon vor dem Krieg eine eigene Kläranlage gebaut, um letzte Farbreste abzuscheiden, bevor das Wasser in den See zurückgeleitet wurde. Übrigens baute die Stadt nach Kriegsende das zentrale Klärwerk mit komplizierten Pumpen und biologischen Vorklärbecken aus. Lyck war damals bei der Abwasserentsorgung eine der modernsten Städte Preußens, wenn nicht sogar des Deutschen Reiches.

Joachim jun., jetzt immer häufiger vor allem von seinen Freundinnen nach seinem zweiten Vornamen Otsch genannt, landete 1916 an der Westfront. Er machte, obwohl er eigentlich nicht vorhatte, Reserveoffizier zu werden, Karriere. Er erfand das indirekte Schießen nach Schallmessungen, das er so weit verfeinerte, dass sein damaliger Kommandeur dies in die Ausbildung der höheren Artillerie-Offiziere einführte. Nur zweimal während des Krieges kam er auf Urlaub. Beide Male war er länger in Königsberg als in Lyck, wo er wohl keine gleichaltrige weibliche Begleitung fand.

Bei Kriegsende kümmerte sich der entlassene Reserveleutnant um seine berufliche Zukunft. Er vergewisserte sich, dass seine vier Schwestern ihren Weg gingen. Eine studierte in München Volkswirtschaft, was zumindest im südlichen Ostpreußen kritisiert wurde. Wie konnte man als Frau erstens in München leben und zweitens so etwas studieren. Eine jüngere lernte bei einem Fotografen in Leipzig. Joachim jun. sah, dass Vater und Mutter das Geschäft gut führten. Selbst ein neuer Schornstein war schon 1919 gebaut worden. Und es gab als neuen Dampferzeuger jetzt einen Zweiflammrohr-Wellrohr-Rauchrohrkessel, der für irgendein deutsches Kriegsschiff produziert und in Schichau auf der Werft liegen geblieben war.

Otsch nahm Urlaub von Ostpreußen und volontierte bei IG Farben in Leverkusen, wo er zum Leidwesen seiner vorgesetzten Meister viel Zeit mit den hübschen Damen von Köln verbrachte, wie man ihm in seiner Beurteilung bescheinigte. Er erfand aber ganz nebenbei eine Farbenreihe für echtes Färben von Seide und Wolle, und als man ihm sagte, das sei nicht patentfähig, rechnete er diese Leistung zur Ausbildung. Ein angefangenes Studium an der Universität Köln brach er dann sofort ab, als er 1920 zur Volkstumsabstimmung nach Ostpreußen gerufen wurde.

Im Friedensvertrag war bestimmt worden, dass Masuren entscheiden sollte, ob es zu Deutschland oder zu Polen wollte. Ihre Stimme konnten theoretisch alle abgeben, die in diesem Gebiet geboren waren. Das galt auch für den Kreis Lyck. Nun wohnten aber viele Lycker nicht mehr in Ostpreußen. Masuren hatten das Ruhrgebiet im vorigen Jahrhundert mit bevölkert. Die meisten Ausgewanderten wohnten darum zwischen Essen und Köln und noch weiter weg. Sie waren aber abstimmungsberechtigt.

Otsch besann sich auf seine organisatorischen Fähigkeiten aus dem Krieg. Er organisierte Sonderzüge nach Stettin, von wo die Abstimmungswilligen mit dem neu gegründeten Seedienst Ostpreußens nach Pillau verfrachtet wurden. Durch den polnischen Korridor, neu geschaffen im Friedensvertrag, um Polen einen Zugang zum Meer zu ermöglichen, war zwar theoretisch die Eisenbahnreise möglich. Aber Kontrollen, oft sogar willkürliche Verhaftungen und Festnahmen schreckten ab. Erst Mitte der zwanziger Jahre unter dem polnischen Marschall Pilsudski gab es ein unkontrolliertes ordentliches Durchreiseverfahren von Elbing im Osten nach Schneidemühl im Westen und umgekehrt.

Joachim, jetzt fünfundzwanzig Jahre alt, blieb nach der Abstimmung, bei der nur vierundvierzig Personen im ganzen Kreis Lyck, eingeschlossen alle Insassen des Gefängnisses auf der Insel im See, für Polen gestimmt hatten, in seiner Heimatstadt. Schon beim Großvater hatte er gesehen, dass die Sorge um andere zum normalen Leben gehörte und auch Freude machen konnte. Sein Vater war Stadtrat und zeitweilig sogar Bürgermeister gewesen, bis er seine öffentlichen Ämter abgeben musste. Bei ihm brach zum ersten Mal nach zwei Generationen eine Krankheit aus, die in der Familie latent vorhanden war, die multiple Sklerose. Fünf Jahre nach Kriegsende musste Joachim bereits den Rollstuhl benutzen. Die Sorge für die Familie überließ er dann seiner Frau und seinem ältesten Sohn.

5

Eine der ältesten natürlichen Grenzen in Europa blieb auch nach dem ersten europäischen Weltkrieg, den man später den Ersten Weltkrieg nannte, um ihn vom Zweiten abzuheben, noch lange undurchdringlich. Urwälder, die die südliche Grenze Ostpreußens bildeten, hatten wie Gebirge oder Flüsse und Meere immer schon verschiedene ethnische Gruppen getrennt. Sie trennten sie weiterhin. Zwischen Masuren und Masoviern, Deutschen und Polen gab es, auch wenn ihre Bauernhöfe dicht an der karthografierten Grenze lagen, kaum einen Austausch. Nur der übliche Handel oder besser der Schmuggel überwand die Moore und unwegsame Forsten.

Man heiratete auch nicht über die Grenze. Selbst polnische Landarbeiter, die ins Masurische kamen, um bei der Ernte zu helfen, wurden nicht integriert. Sie blieben unter sich, obwohl zum Beispiel die polnische Küche der masurischen ähnelte und man sich meistens in einem dem polnischen angenäherten masurischen Dialekt unterhielt, den man auf beiden Seiten der Grenze verstand.

Das russische Element war nach 1918 auf der anderen Seite der Grenze bei Prostken völlig verschwunden. Nicht nur die polnische Sprache, auch polnische Gebräuche wie zum Beispiel die Wallfahrten in ein aus dem 16. Jahrhundert stammendes polnisches Kloster in Grenznähe setzten sich durch. Und auch die Geschichtsstreitigkeiten polnischer Güter wurden neu belebt. Alte Gutshäuser wurden restauriert, neue Wohngebiete in Form von Mietshäusern gebaut. Masovien war ja anders als Masuren nicht durch den deutschen Ritterorden oder eingewanderte Salzburger oder Elsässer besiedelt worden, sondern vom polnischen Adel und seinem Gefolge, bis nach drei Teilungen Polens der russische Einfluss sich durchsetzte.

Joachim der Jüngere, jetzt auch von seinen Freunden Otsch genannt, um ihn vom Vater zu unterscheiden, behielt nach 1918 seine Artilleristen-Uniform. Er trug sie in den ersten Nachkriegsjahren mindestens jede Woche einmal auch öffentlich. Otsch ging zur »Schwarzen Reichswehr«, einer freiwilligen Truppe, die sich aus Offizieren und Soldaten des Heeres gebildet hatte, um polnische Übergriffe an der Grenze abzuwehren. Man grub Schützengräben aus und legte Maschinengewehrstände an. Geschütze wurden der alliierten Abrüstungskommission unterschlagen, in Scheunen unter Stroh versteckt. In Grenznähe entstanden Beobachtungstürme, getarnt als Jägerhochsitze.

Ein Einmarsch der Polen wurde noch 1920 trotz international kontrollierter Abstimmung und der vom Völkerbund eingesetzten italienischen Beobachter immer wieder befürchtet. Ein großes Freikorps wollte man aber nicht bilden, aber so etwas wie eine Heimatverteidigung. Die schwarzen Reichswehrgruppen trafen sich in Schulen oder in abgelegenen Scheunen. Aus dem Heiligenbeiler Dreieck, dem kleinen Gebiet in Ostpreußen, das durch den Versailler Vertrag nicht entmilitarisiert worden war, wurden die Schutzeinheiten versorgt. Sie verfügten nicht nur über Platzpatronen. Einzugreifen brauchten sie nie. Es gab zwar Überfälle auf Forststationen. Aber das waren immer Diebesbanden, die es auf Wildbret abgesehen hatten und die in der Regel auch von den durch ihre Hunde alarmierten Förstern mit Schrot abgewehrt werden konnten.

Die Kriegsschäden waren in Masuren schon Mitte der zwanziger Jahre beseitigt. Zurück blieb allerdings ein Gefühl des Alleingelassenseins. Ostpreußen war durch den von Danzig bis Posen reichenden Korridor eine Insel geworden, umgeben von Polen und Litauen. Man konnte die Provinz ohne Kontrollen nur über See erreichen. Und ob die Regierenden in Berlin diesem östlichsten Teil des Reiches auch nur annähernd die gleiche Beachtung schenken würden wie dem Ruhrgebiet, Oberschlesien und Bayern, das wagten nicht nur die Doppelkopf spielenden Stammtischpolitiker in Lyck zu bezweifeln. Es klang durch jede öffentliche Verlautbarung hindurch, durch jeden Zeitungskommentar. Der Oberpräsident in Königsberg war die einzige Behörde, die für Ostpreußen zu sorgen schien. Und der preußische Landrat in Lyck wurde für fast alles, was nicht nur im Landkreis, sondern in ganz Masuren passierte, verantwortlich gemacht. Fast so wie ein regierender Fürst.

Wie alle anderen Städte in Preußen druckte während der Inflation auch Lyck Notgeld. Anstelle von Kommunalabgaben verlangte man während der Inflation Hand- und Spanndienste. Alle Handwerker in Lyck waren verschuldet, als das neue Geld eingeführt wurde, die Rentenmark. In die ersten Neubauten an der Hindenburgstraße, wie die Bahnhofstraße jetzt hieß, zogen aus dem Reich nach Lyck gekommene Banken. Wer für wen welchen Wechsel unterschrieb, wurde immer wichtiger.

Jede Woche wurde beim Amtsgericht am Luisenplatz mindestens ein Konkurs zu Protokoll gegeben. Und doch arbeiteten die Betroffenen auch danach weiter, als ob nichts geschehen sei. Die Gläubiger gewöhnten sich daran, ihr Geld nur in kleinen Raten zu bekommen. Das galt auch für die größeren Landwirte und die Gutsbesitzer, die als Einzige ihres Standes in Deutschland nicht zu den Kriegsgewinnlern gehörten. Grund: die Besetzung Ostpreußens und die Kriegsschäden.

Hinzu kam, dass die Preise verfielen. Ein Zentner Kartoffeln kostete Pfennige. Nur die kleinen Zuckerrübenflächen um Bartenstein herum, in der Mitte Ostpreußens, waren einigermaßen rentabel. Im masurischen Sandboden wuchsen die Rüben nicht. Immer mehr Güter wurden von Industriellen aus dem Reich aufgekauft und als Sommersitze umfunktioniert. Sogar die Trakehner-Pferdezucht, obwohl staatlich, musste sich einschränken. Doch jeder brauchte etwas zum Anziehen, nicht nur im eiskalten Winter. Und so florierte die Färberei und auch die wieder in Gang gekommene chemische Reinigung von Brodowskis mit dem neuen Geld. Hinzu kamen Erfolge des Kaufhauses am Markt. Von Maria kräftig unterstützt und mit starker Hand geleitet, begann es Gewinne zu machen.

Maria hatte ein Gespür dafür, was gebraucht wurde und welche Preise man nehmen konnte. Bei ihr kauften vor allem die Bauern am Markttag. Mit den drei Schneidern in Lyck hatte sie Sonderkonditionen ausgehandelt, sodass die Stoffabteilung gute Umsätze hatte. Und mit der ersten in Lyck angebotenen Fertigwäsche und kurz darauf sogar mit den ersten Konfektionsjacken, grün mit großen Taschen und Einschüben, in denen man auch im Winter die Hände in Fausthandschuhen zusätzlich wärmen konnte, hatte sie Erfolg. Eines ihrer Geschäftsgeheimnisse war, dass alles, was wieder zu verwenden war, nicht weggeworfen wurde. So ließ Maria die Lehrlinge das Packpapier aus den Kisten, in denen die Stoffe und Jacken aus dem Reich kamen, mit einem heißen Bügeleisen glatt streichen und als Einwickelpapier für die Kunden verwenden. Holzkisten wurden sorgfältig auseinander genommen, Nägel gerade geklopft zum Wiederverwenden. Die Bretter holte gegen Bezahlung ein Tischler von der Morgenstraße ab. Stecknadeln wurden sorgfältig aufgehoben und, wenn verbogen, gerade gerichtet. Mit zehn Büroklammern kam die Buchhalterin ein ganzes Jahr aus, weil sie nie weggeworfen wurden.

Otsch machte dies alles mit, jedenfalls so lange, wie er gewiss sein musste, dass Mutter ein Auge auf ihn hatte. Sonst brauchten er und seine sechs Geschwister nicht auf den Pfennig zu achten. Die Mädchen kauften in der Regel Kleiderstoffe in Königsberg, vor allem aber ihre Hüte. Die einzige Putzmacherei in Lyck war angeblich immer Jahre hinter der Mode zurück. Und Hüte waren in dieser Zeit wichtig, auch für Männer, wenn sie Herren sein wollten.

Otsch bestellte seine Anzugstoffe bei den Großhändlern, die zweimal im Jahr mit ihren Kollektionen vorbeikamen. Er hatte erprobt, dass einer der beiden Herrenschneider in Lyck Hosen schneidern konnte, der andere dagegen die Jacketts, passgerecht und ohne dass der Kragen hinten am Hals weit abstand. Beide Schneidermeister kamen viele Jahre lang nicht dahinter, warum der junge Chef von Brodowskis nur Jacken oder nur Hosen bestellte. Sie merkten nicht einmal, wenn sie ihm begegneten, wenn er den Anzug komplett trug, dass immer ein Konkurrent daran mitgeschneidert hatte.

Otsch war fast ein Jahr in Leverkusen geblieben,

der Frauen aus Köln wegen, wie seine Meister vermutet hatten. Auch wenn sie ihn bei möglichen Veranstaltungen als hervorragenden Tänzer von Frauen umgeben sahen, konnte keine ihn festbinden. Schon als Soldat hatte Otsch nicht viel mit Frauen anfangen können. Vielleicht sah er in jeder zuerst einmal das Abbild seiner alles beherrschenden Mutter. Oder er war ganz einfach schüchtern. Ausgerechnet in Galizien blieb das einzige Mädchen zurück, das Otsch als Neunzehnjähriger geliebt hatte. Sie war zu ihm ins Zimmer gegangen, als er in einem der niedrigen strohgedeckten Häuser 1917 als Vorgesetzter einer Schallmessbatterie der Artillerie einquartiert war. Mit ihren großen grünen Augen hatte sie ihn angesehen, ihm beide Hände auf die Schulter gelegt und ihn geküsst, so wie er vorher noch nicht geküsst worden war. Und das ohne ein Wort zu sagen. Eine Woche dauerte dieses Kriegszwischenspiel, dann musste Otsch weiter nach Russland hinein. Als er versuchte, wieder in das kleine Dorf zurückzukommen, wurde er mit der gesamten Batterie an die Westfront versetzt zur Vorbereitung der letzten Schlacht des Jahres 1918.

Übrigens war das Frauenbild, das er hatte, auch durch seine fünf Schwestern bestimmt. Die waren »sakrosankt«. Das heißt, sie durften nicht verprügelt werden, auch wenn sie noch so frech waren. Seit vielen Jahren der Grund für großen Frust. Außerdem klauten sie ihm, ohne bestraft zu werden, zurückgelegte Bonbons und die Schokoladen-Ostereier, die er gern bis in den Sommer hinein aufbewahrte.

Als Otsch aus dem Krieg zurückgekommen war, gingen die Geschwister, ohne irgendeine Achtung vor persönlichem Besitz, auch an andere Schätze, die er im Schreibtisch aufbewahrte. Dies waren vor allem litauische Zigaretten, Papyrrossy, deren Mundstück man erst mit Daumen und Zeigefinger in die richtige Form bringen musste. Otsch rauchte mit Genuss, zeitweise auch Pfeife, und das nicht, weil es Mode war. Seine Eineinhalb-Zimmer-Wohnung im Hause der Eltern erstickte im Qualm. Die Konturen der Bücher waren dann nicht mehr so scharf. Die alte Standuhr, deren Schlagwerk er außer Betrieb gesetzt hatte, war auch nicht mehr so deutlich zu erkennen und mahnte nicht an die vergehende Zeit. Brodowskis Junior zog sich gerne in seine Höhle zurück, wenn er Probleme hatte. Und er hatte einige. Vor allem sah er, dass irgendwann einmal die Auseinandersetzung mit den sechs Geschwistern kommen müsste über das Erbe. Er war zwar der Älteste, aber wie er seinen Vater kannte und natürlich auch seine Mutter, würden sie Fabrik und Kaufhaus aufzuteilen versuchen.

Es gab, wie ihm Franz Zimmermann, ein Studienfreund, der sich gerade zum selbstständigen Rechtsanwalt hochdiente, erklärte, ein Testament seines Vaters, in dem er jedem Kind eine Million Mark vermachen wollte. Nur – dieses Vermögen war nach der Zerstörung der Fabrik 1915 beim zweiten Russeneinfall nicht mehr vorhanden. Durch die Inflation war man gerade auch nur so durchgekommen, plus minus null. Der neue Betrieb war unterkapitalisiert und damit ungesichert.

Otsch rechnete hin und her und beschloss, die Färberei vom eigenen Vater zu kaufen, um unabhängig von der Familie zu werden. Wie das zustande kommen sollte, wusste er allerdings nicht. Er wollte unter keinen Umständen, gewarnt von einigen Kriegskameraden, in familiäre Auseinandersetzungen gezogen werden, die kommen mussten, egal wann. Geschwister konnten dann zu Feinden werden. Auf Distanz halten wollte er sie, aber Feinde in der eigenen Familie, das kam nicht infrage. Zimmermann leitete schließlich die Fabrikübernahme ein. Joachim senior stimmte zu, weil er nicht mehr in der Lage war, selbst nach dem Rechten zu sehen. Seine Krankheit band ihn ganz an Rollstuhl und Bett.

Vier Jahre nach Kriegsende wurden die Sorgen ums Überleben des Betriebes und des Kaufhauses weniger. Es wurde erkennbar, dass das neue Geld bleiben würde. Die jahrelange Tauschwirtschaft ging zu Ende. Wolle war gegen Farbe getauscht worden, Gänse gegen Stoffe, und selbst der einzige Buchhändler im Ort hatte Bücher gegen das Reinigen von Anzügen und Kleidern getauscht. Otsch saß jetzt oft stundenlang am Klavier. Er hatte sich ein eigenes Instrument bauen lassen. Als Soldat lag er mit Richard Tauber zwei Wochen im Lazarett. Durch ihn lernte er eine entfernte Verwandte der Bechsteins in Berlin kennen. Dort baute man ihm einen Stutzflügel um zu einem Klavier, mit ganzer Klangfülle, aber ebenso gedrungen, dass es in Otschens Wohnung hineinpasste. Immerhin wog das Ganze dreizehn Zentner.

Der Älteste der Brodowski-Kinder spielte gut Klavier. So gut, dass er mit seinem Freund Kaunitz vierhändig Konzerte geben konnte. Aber noch besser sang er. Im Chor des Gymnasiums war er als Sextaner Sopranist gewesen und hatte in Schumanns »Zigeunerleben« die Solopartie gesungen, um dann nach erfolgtem Stimmbruch als Bassbariton seine ersten Opernarien einzustudieren. Nach dem Krieg nahm Otsch sich Loew'sche Balladen vor. Er fand einen Gesangslehrer, der zwar diese Tätigkeit als Hobby ausübte, aber doch sehr viel von Musik und Gesang verstand.

Er lernte bei einem Besuch in Berlin den Sänger Heinrich Schlusnus kennen und bekam durch ihn noch mehr Lust, ganze Opernpartien zu studieren. Sein Freund Kaunitz begleitete ihn bei Konzerten. Kleinste Unebenheiten in der Stimme konnte er mit dem Klavier geschickt überspielen.

Die Lycker Industriellen, eigentlich nur drei an der Zahl, neben Joachim der Besitzer der Spannplattenfabrik und dessen Freund, der Inhaber einer Wollweberei, sowie drei Gutsbesitzer, die immer noch von den Verdiensten der letzten Kriegsjahre zehrten, beschlossen gleich nach der Inflationskrise, in ihrer Heimatstadt ein Theater zu gründen. Joachim entsandte Otsch in den Vorstand des Vereins. Das Haus gab es schon. Es wurde zu einem Rangtheater ausgebaut für rund dreihundertfünfzig Besucher mit einer Bühne, die einen echten Orchestergraben hatte und eine Nebenbühne, in die die Kulissen verschoben werden konnten. Die Akustik war so gut, dass sich das bald herumsprach bei reisenden Gesangsstars. Und so kamen fast alle, die gut und teuer waren in der damaligen Zeit, als Gäste nach Lyck und wurden dann auch Gäste bei Brodowskis. Künstler wohnten damals gern privat. Dabei waren die beiden Lycker Hotels, »Der Kronprinz« und »Der Königliche Hof« durchaus geeignet, auch anspruchsvollere Auswärtige aufzunehmen.

Otsch wurde in der Musik-Szene bekannt. Er gab in jedem Jahr im Theater zwei Gesangsabende mit ausgefallenen Programmen. Er sang zum Beispiel als Erster in Lyck Hugo-Wolf-Lieder. Ihm fehlten allerdings die Partnerinnen für Duette, Terzette oder gar für das berühmte Quintett aus dem Rosenkavalier, das Otsch sehr gerne aufgeführt hätte. Die Sänger des Lycker

Stadttheaters – man spielte hier auch Operetten und Opern mit kleiner Besetzung – reichten ihm nicht. Aus einer Laune heraus meldete er sich in Danzig zum Musikstudium an. Warum sollte er nicht? Fabrik und Kaufhaus arbeiteten erfolgreich. Er hatte keinerlei Bindungen, und Danzig war als Studienort geeignet. Für die Eltern war es ein Physikstudium, das Otsch absolvierte. Das war in ihren Augen ernsthafter, als sich nur mit Musik zu befassen.

Der verhältnismäßig alte Student, der bereits Kriegsheimkehrer war und noch dazu aus dem einzigen im Krieg zerstörten Gebiet Deutschlands kam, trat in eine katholische Studentenverbindung ein. Vielleicht weil er sich in Danzig einsam fühlte und Freunde suchte. Frauen gab es damals in Verbindungen noch nicht. Aber schließlich hatten Chorbrüder auch Schwestern und die wurden entsprechend herumgereicht.

Kurz darauf sah Otsch ein blondes Mädchen, ihr Anblick traf ihn wie ein Blitz. Dies geschah allerdings nicht in Danzig und auch nicht in Königsberg, wo er sich für das nächste Semester eingeschrieben hatte, sondern auf der Hindenburgstraße in Lyck. Auf der anderen Straßenseite ging sie mit wehenden Haaren, weit ausschreitend. Er hatte sie vorher nie gesehen oder ganz einfach nicht bemerkt. Sie bog in die Morgenstraße ein. Da wohnte man ja eigentlich nicht. Otsch folgte ihr ein kurzes Stück. Dann traf er einen Laufjungen aus Mutters Geschäft. Den beauftragte er festzustellen, wer denn das Mädchen sei. »Schülerin, Handelsschule am Wasserturm. Und sonst, hat keinen Vater«, berichtete der Junge und schüttelte den Kopf, wohl um zu sagen, das sei nichts für den jungen Chef. Aber der wurde nur noch neugieriger.

Mehr von ihr konnte Otsch schon in der Woche darauf beim Sommerfest der Handelsschule erfahren. Er hatte sich selbst eingeladen. Als einer der größeren Arbeitgeber der Stadt musste man sich ja die Schülerinnen ansehen, ob man ihnen eine Chance bieten konnte. Jedenfalls machte er das der Direktorin klar, die übrigens die erste weibliche Direktorin in der Provinz war und das sicher auch nur, weil es sich um eine Handelsschule handelte, nicht um ein Lyzeum und nicht um ein Gymnasium.

Otsch saß unter einem Sonnenschirm bei den Honoratioren als Jüngster, aber als zukünftiger Arbeitgeber von den Schülerinnen mit Respekt behandelt. Das Mädchen, nach dem er sich beiläufig erkundigte, war die Tochter einer Schneidermeisterin, die allein lebte. Was es mit dem Vater auf sich hatte, wusste keiner so recht. Es gab ihn zwar, aber in keinem Fall in Lyck, und geschieden war die Mutter wohl auch nicht.

Viel interessanter war die Geschichte von ihrem Bruder. Und jetzt wusste Otsch auch mit einem Mal, aus welcher Familie die Elli kam, wie sie mit Vornamen hieß und auch, warum er bisher noch nie mit ihr zusammengetroffen war. Mutter Johanna und Elli hatten in den letzten zwei Jahren zurückgezogen gelebt. Beide waren mehr auf dem Friedhof anzutreffen als an anderen öffentlichen Orten. Das Schulfest war das erste Vergnügen, an dem die Tochter seit Jahren teilnahm. Dabei trugen weder Mutter noch Tochter Trauer, wie noch immer sehr viele, die Kriegsgefallene in der Familie zu beklagen hatten.

Ellis Bruder Erich war auch gefallen, aber nicht im Krieg und eigentlich nur so, wie man in Ostpreußen als Zwanzigjähriger umkommen konnte, wenn es nicht auf dem Schlachtfeld war. Er hatte sich um ein

Mädchen mit einem Mitstudenten der technischen Hochschule duelliert, draußen auf dem Rennplatz am Birkenwäldchen, und das nach allen Regeln preußischer Offiziersarroganz. Dabei war er nie Soldat gewesen, weil er noch zu jung war. Es ging um Eifersüchteleien. Getarnt waren sie als Ehrenhandel. Wer wen beleidigt hatte, wussten nicht einmal die beiden Sekundanten, Studenten, die aus Insterburg kamen und später nie wieder in Lyck auftauchten. Der Arzt, der bei dem Duell anwesend war, der alte Sanitätsrat Mitschuleit, früher Militärarzt, hatte nicht bemerkt, dass die beiden Duellanten mit scharfen Pistolen aufeinander schossen, und das bei fünfzehn Schritt Entfernung. Er sagte später immer wieder und immer leiser: »Ich habe doch geglaubt, das Ganze sei ein Spiel.«

Aber es war keins. Das Mädchen, um das es ging, war Gerda, Tochter aus dem Restaurant in Sybba. »Hier können Familien Kaffee kochen« stand auf dem großen Schild gleich unter dem Firmenschild. An jedem Sonntag versammelte sich hier die halbe Stadt. Gerda trauerte ihr Leben lang um Erich. Sie heiratete nicht. Den Sieger im Duell ließ sie stehen. Man sah sie immer dann, wenn Mutter und Tochter das Grab von Erich auf dem Friedhof draußen vor der Stadt nicht besuchten, dieses Grab pflegen. Sie hatte sogar eine Bank aufgestellt, damit sie länger dort bleiben konnte. Sie sprach weder über das Duell noch über Erich und über das, was vorangegangen war, schon gar nicht. Sie wurde immer unscheinbarer und war nach wenigen Monaten eigentlich nur noch ein Bestandteil des Restaurants, ein Mädchen hinter der Theke ohne Gesicht, ohne Stimme und ohne Lächeln. Ja, man sah kaum ihre Augen, selbst dann nicht, wenn sie aufsah.

Über das Duell hatte die »Lycker Zeitung« drei Zeilen gebracht. Duelle waren weder neu noch etwas Besonderes. Eigentlich war nur ungewöhnlich an der ganzen Sache, dass einer der Duellanten schon beim ersten Schusswechsel schwerstverletzt zu Boden stürzte und auf dem Weg ins Krankenhaus starb. Eine Sache von jungen Leuten. Liebeshändel galten als normal, und ein Verbrechen war es auch nicht, denn es geschah alles nach einem Ehrenkodex, auch wenn nicht nur die Gesetze von Weimar, sondern schon das zur Jahrhundertwende eingeführte neue Strafgesetzbuch des Deutschen Reiches das Duell verbot. Der Staatsanwalt beim Landgericht in Lyck kam gar nicht auf die Idee, Anklage gegen den Todesschützen zu erheben, und sei es auch nur wegen Totschlags. In den Polizeiakten tauchte das Ganze als Unfall auf, wie Otschs Recherchen ergaben.

Aber wo war der Vater, der einmal aus Thüringen nach Ostpreußen eingewanderte Hermann Tanzberger geblieben? Aus dem Krieg zurückgekehrt, konnte er sich mit Ostpreußen, mit Masuren, mit den eiskalten Wintern und auch nicht einmal mehr mit der Arbeit in seiner Werkstatt abfinden. Und außerdem war seine Frau Johanna von ihm unabhängig selbstständig geworden.

Sie hatte sich schon 1914 auf ihre Ausbildung in der Haushaltsschule besonnen. Mitten im Krieg wurde sie die beratende Direktrice des einzigen wiederaufgebauten Kaufhauses in Lyck. Es ging vor allem darum, Kunden zu beraten, wie viel Stoff sie für ein Kleid oder einen Mantel brauchten. Später war sie damit beschäftigt, die Fertigjacken, die angeboten wurden, an den Ärmeln zu kürzen oder die Taschen so zu verändern, dass man bequem hineinschlüpfen konnte. Zusätzlich ging sie als Schneiderin von Haus zu Haus. In der Regel blieb Johanna immer eine Woche in einer Familie, allerdings nur halbtags, denn Tochter und Sohn wohnten zu Hause und mussten betreut werden, am Abend kochte sie. Im letzten Kriegsjahr konnte sie eine neue Nähmaschine eintauschen gegen einen Anzugstoff, den sie schon seit längerem auf Vorrat gekauft hatte. Die Arbeit wurde wesentlich leichter. Johanna hatte beide Hände frei, um den Stoff unter die auf- und abgehende Nadel zu führen. Jetzt konnte sie auch Rüschen mit der Maschine nähen und sehr präzise Ziernähte in den Chemisetts der Oberhemden, die sie auch anfertigte.

Johanna hatte nebenbei eine richtige Schneidermeisterprüfung auf der Haushaltsschule gemacht, jedenfalls wurde ihr Abschlusszeugnis so bewertet. Bald entwickelte sie ein Gefühl dafür, wie man nach Modeheften, die in Berlin und Leipzig erschienen und immer erst sehr spät Lyck erreichten, so etwas wie moderne und doch seriöse Mode schneidern konnte. Die Stoffe kaufte sie nach dem Krieg nicht mehr bei Kühn an der Ecke zur Hindenburgstraße, sondern bei Brodowskis. Das war auch der Grund, warum Otsch genauer erfuhr, um welche Familie es sich handelte, deren Tochter ihm so gut gefiel.

Er wusste, dass er der begehrteste Junggeselle von Lyck war. Er hatte mit Stolz seine Meisterprüfung als Färbermeister absolviert, so ganz nebenher vor der Innung in Allenstein. Über Färben und Stoffbehandlung wusste er Bescheid. Dazu hatte er in Danzig studiert und galt als wohlhabend, wenn auch die Fabrik, die Färberei, die chemische Reinigung aus Trümmern neu aufgebaut werden musste. Aber sie war erfolgreich. Ein neuer Dampfkessel kam aus Berlin und der neu erbaute Schornstein rauchte, wenn auch noch nicht alle Gebäude nach der russischen Besetzung wiederhergestellt waren.

Otsch trug seine Leutnantsuniform aus dem Krieg nicht nur bei Aufmärschen der Schwarzen Reichswehr. Schließlich war er Adjutant beim Kommandeur dieser Truppe in Masuren, der übrigens auch ein späterer Bundesminister angehörte. Der wollte das allerdings als Mitglied der SPD nicht so recht wahrhaben. Die Uniform zog er auch bei offiziellen Vaterlandsfeiern an. Immer am jährlichen Abstimmungsfest, das an 1920 erinnerte und bis in die dreißiger Jahre hinein gefeiert wurde.

Otsch wurde Mitglied im Seglerverein, obwohl es ihm zu mühsam war, selbst ein Segelboot zu halten. Aber er war gern gesehener Mitsegler. Eine kleine Yacht kaufte er erst in späteren Jahren. Er war auch Mitglied im Ruderverein, aber nur als Beitragszahler. Vor allem aber war er einer der führenden Vertreter des Sängerkränzchens der Lycker Prima, der seit hundert Jahren bestehenden Schülervereinigung, die studentische Gebräuche kopierte. Von den Lycker Abiturienten wurden nur etwa jeweils fünf bis sechs Prozent Akademiker, die dann einer echten studentischen Vereinigung angehören konnten. Die anderen wurden Landwirte, Handwerker oder Lehrer.

Und dann galt Otsch als ein hervorragender Tänzer. Ab und an fuhr er nach Königsberg und gewann dort mit der Frau seines Freundes Schmidt, der Tanzlehrer geworden war, Tanzturniere. Manchmal hatte er sogar Glück in der Tombola, die bei solchen Bällen ausgeschrieben war. Seine Junggesellenbude war voll von gewonnenen Scheußlichkeiten. Dazu hatte Otsch sich, da er regelmäßig Gesangsstunden nahm und sein Bass sich verfestigte, den Ruf erworben, nicht nur bei Konzerten in Lyck erfolgreich zu sein, sondern auch als Aushilfsbass an deutschen Opernhäusern. In Lyck konnte das zwar niemand nachprüfen. Aber es war sicher, dass er in Berlin den Sarastro in der »Zauberflöte« zweimal gesungen hatte und in Köln den Philipp in »Don Carlos«. Sein Begleiter, Pappchen Kaunitz, der Rechtsanwalt, war immer davon angetan, dass Otsch auch schwierige Partien und Liederzyklen ohne große Mühen bewältigte.

Die Mädchen liefen Otsch nicht nach, und schon gar nicht in Lyck, wo das aufgefallen wäre. Aber wenn er im Sommer in blitzblank gewienerten polnischen Stiefeln und im Winter in einem Mantel mit großem Kragen durch die Stadt ging, zog er neugierige Blicke, verborgen hinter vorgehaltenen Händen, Schultaschen oder dem Marktkorb, auf sich.

Elli war diesem schmucken Kerl vom ersten Moment, als sie ihn auf dem Schulfest unter dem Wasserturm wahrgenommen hatte, verfallen. Dabei war ihr bewusst, dass aus der Verbindung nicht viel werden konnte. Sie war evangelisch, er katholisch. Sie kam aus einer Familie, die nicht nur belastet war durch den Tod ihres Bruders, sondern auch durch das Verschwinden des Vaters, der irgendwann später einmal in München auftauchen sollte. Otsch stammte aus der angesehenen Familie Brodowski, wo der älteste Sohn zumindest gleichwertig, und das galt auch für das Finanzielle, heiraten würde.

Seine Geschwister konnten tun und lassen, was sie wollten, obwohl auch sie nicht ganz ohne Familieneinfluss in ihre späteren lebenslangen Verbindungen gingen. Aber der älteste Sohn, nun, der sollte doch nicht außerhalb der guten Gesellschaft heiraten. Übrigens war Otschens ältere Schwester Maria nur gerade so um einen Liebesskandal herumgekommen. Aber das wusste damals noch niemand in Lyck. Auch später wurde das Ganze verschwiegen. Ja, aus ihrer Familie gab es sogar Dementis, als Otsch davon erzählte. Maria hatte sich als Primanerin des Lycker Lyzeums in ihren Studienassessor, der Englisch und Latein unterrichtete, verliebt. Und der, nur sechs Jahre älter als Maria, hatte dem tiefen Blick seiner Schülerin nicht widerstehen können. Es wäre sicher zum Eklat gekommen – ein Lehrer durfte sich unter gar keinen Umständen in eine Schülerin verlieben –, wenn nicht, ja wenn nicht 1914 der Krieg ausgebrochen wäre.

Der Studienassessor meldete sich freiwillig zu einem Truppenteil nach Schleswig-Holstein, den Marinefliegern, um möglichst weit weg von Lyck zu sein. Seine heimliche Verlobte folgte ihm unerkannt nach. Sie heirateten in Travemünde, wenige Wochen nach Kriegsbeginn. Kriegsheiraten waren ehrenvoll. Und daran, dass der Assessor eine Schülerin heiratete, dachte man eigentlich kaum noch und wenn, dann billigte man Maria zu, dass sie sich in einen zukünftigen Helden verliebt hatte. Übrigens hielt die Ehe bis zum Tod von beiden. Sie hatten fünf Kinder, derentwegen er sogar Mitglied der NSDAP wurde. Sie wurden im Westen ausgebombt und vertrieben. Aber eigentlich ging es allen recht gut. Nur, wie gesagt, an den Beginn ihres Zusammenlebens wollten sie nicht erinnert werden.

Eine andere Schwester von Otsch begann 1916 in München Volkswirtschaft zu studieren. Sie wurde eine der wenigen Frauen, die zum Doktor rer. pol. promovierten. Sie trat in die Deutsche Bank ein und wurde später Lehrmeisterin von Adenauers späterem Außenpolitiker in besonderer Mission, Hermann Josef Abs, dem Bonner Musikliebhaber und einflussreichen Bankier in Deutschland. Allerdings in den Vorstand ihrer Bank konnte sie nie hineinkommen. Sie war eben eine Frau. Dass sie dann nach dem Zweiten Weltkrieg in Frankfurt eine Refinanzierungsbank mitaufbaute und dann dort im Vorstand war, konnte sie als Erfolg empfinden, obwohl sie lieber in eine Führungsposition der größten deutschen Bank gekommen wäre. Sie hat nie geheiratet. Auch das gehörte dazu, wenn man 1916 als Frau einen männlichen Beruf ergriff. Auch Lehrerinnen heirateten nicht. Und bei mehreren Töchtern gab es immer eine, die schon deswegen nicht vor den Traualter ging, weil ihr die Aufgabe zufiel, ihre Eltern im Alter zu pflegen.

Elli hatte eine gestochen schöne Handschrift. Darauf wurde man in ihrer höheren Handelsschule gedrillt. Sie konnte mit allen Rechenarten umgehen und sogar bilanzieren, was sie dann nach dem Zweiten Weltkrieg dazu benutzte, Schwarzgelder beiseite zu schaffen, um ihre Kinder zu unterstützen. Steuern zahlen wollte sie zu allen Zeiten möglichst wenig. Sie war der Meinung, sie habe dem Staat genug geopfert durch den Verlust der Heimat und des gesamten Vermögens in Masuren. Otsch erfuhr von diesen Vorzügen erst später. Für ihn war Elli eine junge Frau, die ihn faszinierte durch ihre Figur, ihr hübsches Aussehen, durch ihre blauen Augen und nicht zuletzt dadurch, dass sie sich von ihm nichts gefallen ließ und ihm schon gar nicht nachlief. Otsch musste um Elli, eigentlich Elma, werben.

Der erste Schritt dazu war eine Einladung in Fligges Garten, um dort im Sommer auf der Halbinsel am Badestrand zu schwimmen. Erst als sie von hier aus zusammen über den See geschwommen waren zum Birkenwäldchen gegenüber, kam man sich näher. Dann lud Otsch Elma zu einem gemeinsamen Besuch bei Freunden im Samland ein, nachdem er bei Johanna, ihrer Mutter, einen in der Stadt nicht registrierten Antrittsbesuch gemacht hatte, den diese allerdings nicht ernst nahm. Offiziell war er in Königsberg bei einer Fachveranstaltung, denn es war mal wieder Messe in der Hauptstadt Ostpreußens. Im Samland kannte Otsch mehrere Gutsbesitzer. Paul, einer von ihnen, gab den beiden Quartier für ein langes Wochenende im Sommerhaus in Palmincken.

Für Elli war Otsch der erste Mann, der sie in die Arme nahm, ganz und ohne Rückhalt. Otsch spürte dies. Er machte ihr schon in der ersten Nacht einen Heiratsantrag, etwas, was er bisher immer vermieden hatte bei nicht gerade wenigen Freundinnen. Beide fühlten sich von dieser Nacht an heimlich verlobt. Für sie begann allerdings, mehr für Elma als für Otsch, ein Spießrutenlaufen in Lyck. Die gute Gesellschaft der Stadt musste das Verhältnis ganz einfach missbilligen. Aber Otsch begann Schritt für Schritt die Basis zu legen für eine Ehe, die eigentlich – wie es die Tradition wollte – nicht möglich war. Er überzeugte zuerst einmal seine Mutter.

Maria hatte Joachim, wie sie sagte, auch aus Liebe geheiratet. Sie war dabei immer die Dominierende gewesen. Im Grunde hatte sie sich Joachim ausgesucht, um mit ihm eine Familie zu gründen. Jetzt musste sie Otsch zubilligen, dass er eine Frau aus ganz anderem Milieu für sich und seine Zukunft gewählt hatte. Joachim hatte in dieser Zeit schon nicht mehr sehr viel zu dieser Diskussion beizutragen. Er fühlte sich nicht wohl. Er war kraftlos geworden durch den Aufbau seines Betriebes, aber noch viel mehr durch den Krieg, den er als Unglück im Osten Europas wertete. Und er musste es hinnehmen, dass eine tückische Krankheit, die in seiner Familie vererbt worden war, von ihm Besitz ergriff.

Über die multiple Sklerose hatte er gelesen und mit Freunden, Medizinern, gesprochen. Er ahnte mehr, als dass er präzise wusste, dass ihn diese Krankheit, die ihn an den Rollstuhl und ans Bett fesselte, dazu verdammen würde, eines Tages nicht mehr sprechen zu können. Aber Joachim wusste auch, dass eine Auflehnung gegen diese Nervenkrankheit des Rückenmarks nichts nützte, ja im Gegenteil nur noch die Krankheitssymptome verschlimmerte. Er ergab sich in ein Leiden, das in immer dichteren Schüben auf ihn zukam. Nur ein einziges Mal hatte er sich mit seiner Frau über den möglichen Verlauf ausgesprochen. Sie konnte ihn danach nur zärtlich streicheln, auch wenn er kaum Worte fand, um seiner Hoffnungslosigkeit Ausdruck zu geben.

Ihre Reaktion bestand darin, dass sie das Geschäft noch stärker als bisher in die Hand nahm. Sie vernachlässigte die Familie, kümmerte sich um das Kaufhaus und redete offen auch mit Otsch über mögliche wirtschaftliche Krisen, die durch den Wegfall der Initiative von Joachim, seinem Einfallsreichtum, seiner Cleverness, aber auch seinem Gefühl für das, was in der Zukunft nötig sein würde, entstehen könnten.

Otsch wollte monatelang die auf ihn zukommende Verantwortung nicht sehen. Sein Vater regierte ja noch, auch wenn er kaum noch aus dem ersten Stock des Hauses aus der Privatwohnung in das Kontor herunterkam. Er zog sich allerdings auch aus allen Ehrenämtern zurück bis auf seinen Sitz im Kirchenvorstand. Worauf er sich noch freute, waren die Familienfeste, auf die er sich lange vorbereitete und bei denen er mit strahlenden Augen Kinder, Schwiegerkinder und Enkel durch Witz und persönliche Zuwendung beeindruckte. Bei solchen Festen spielte er mit allen »Gottes Segen«. Ein offiziell verbotenes Kartenspiel um Geld, bei dem es Joachim immer so hinbekam, dass er immer der Verlierer war.

Elma nahm inzwischen katholischen Religionsunterricht bei Pfarrer Fox, der aus Schlesien stammte und schon seit mehreren Jahren die Gemeinde betreute. Sie lernte, dass ein Katholik an Freitagen Fisch isst, was in Masuren ohnehin Sitte und Gebrauch war. Sie erfuhr die Regeln der Fastenzeit, die man in Masuren einhielt, um dem Winterspeck ein wenig abzuhelfen. Pfarrer Fox erläuterte ihr die lateinische Messe und verzichtete sogar darauf, sie vorsichtshalber erneut zu taufen, als sie offiziell zum katholischen Glauben übertrat. Er kannte den Superintendenten Radtke und wusste ganz genau, dass der regelrecht und gültig auf Christus getauft hatte. Zwischen evangelischer und katholischer gültiger Taufe gab es keinen Unterschied. Schon gar nicht in Masuren, wo auch evangelische Gläubige Marienverehrer waren.

Otsch hatte in der Färberei und in der chemischen Reinigung das Regiment angetreten. Schließlich war er ja Färbermeister geworden, wenn auch mit Abitur und Studium. Aber er war stolz auf diesen Titel und darauf, dass er immer wieder neue Möglichkeiten zur Ausweitung dieses auf Textilverarbeitung, Wollfärberei und Fleckenentfernung spezialisierten Betriebes fand. Er fuhr fast jede Woche in eine andere Stadt in der Provinz, von Lötzen nach Bartenstein, von dort nach Gumbinnen, nach Insterburg und Treuburg, das diesen Ehrennamen bekommen hatte, weil es bei der Abstimmung 1920 mit fast allen Stimmen für den Verbleib bei Deutschland war. Er errichtete in Allenstein eine Filiale und sogar in Elbing, der Industriestadt am Haff.

Als er mit seinem Vater den Kaufvertrag abgeschlossen hatte, der ihn zum Alleinbesitzer der Fabrik machte, hatte Maria zugestimmt. Ihr genügte das verbleibende Kaufhaus. Annahmestellen für Färberei und die chemische Reinigung gab es bald in jedem größeren Dorf Ostpreußens, in Baitkowen genauso wie in Koppelbude, obwohl dies schon nahe bei Königsberg lag. In Königsberg gab es die einzige Konkurrenz für den Lycker Betrieb. Mehr instinktiv als nach Absprache kam man sich nicht in die Quere. Es wuchs sogar so etwas wie eine Freundschaft zwischen Otsch und seinem Königsberger Kollegen. Sie wurde vermittelt durch einen Reisevertreter der IG Farben.

Vertreter fuhren damals überall durchs Land. Sogar einen Professor Dr. Pohmer gab es, der Farben anbot, Lösungsmittel für Flecken und Hilfsmittel für Fell- und Textilveredlung. Er brachte jedes Mal eine große Tafel Schokolade für die verehrte gnädige Frau mit, manchmal sogar einen frischen Blumenstrauß und Neuigkeiten, Neuigkeiten von Betrieben aus dem Reich, wie das Gebiet jenseits des polnischen Korridors in Ostpreußen hieß. So ein Vertreterbesuch war immer ein Ereignis, ein ganz besonderes für die ganze Familie. So erhielt Joachim stets eine Kiste Moselwein mitgebracht, den er schätzte, obwohl der Vertretersitz nicht westlich des Rheins war, sondern in Dramburg in Pommern. Über neue Möglichkeiten der Werbung wurde gesprochen und auch über den wachsenden

Einfluss der Nazis, die man in Lyck in den zwanziger Jahren nicht ernst nahm.

Silvester 1924 beschloss Elma, dass es Zeit sei zu heiraten. Sie stellte ihre Mutter, die man bis dahin nicht so recht zur Kenntnis genommen hatte, Otschens Familie vor. Mit Charme und natürlicher Würde gewann sie alle. Nur zwei von Otschens Schwestern nicht, die auf die Schwägerin bis zu deren Tod eifersüchtig waren. Zu Maria, der künftigen Schwiegermutter ihrer Tochter, blieb Elmas Mutter, nur Grossi genannt, lange auf Abstand. Joachim hatte sie, jetzt schon an den Rollstuhl gefesselt, nur zweimal gesehen. Der alte Herr, der sich immer weniger bewegen konnte und doch geistig völlig klar war, hatte sich mit der Heirat seines Sohnes abgefunden. Schließlich hatte auch er seine Maria aus Liebe geheiratet und sich von seinen Eltern nicht dreinreden lassen. Ihnen genügte die Aussteuer, die im Wesentlichen aus Tischwäsche für zwölf Personen und sechs Satz Federbetten bestand.

Joachim wollte in den folgenden Jahren immer häufiger allein sein. Maria hob ihren Mann morgens aus dem Bett. Sie half ihm beim Waschen und Anziehen. Sie setzte ihn in den Rollstuhl. Später musste einer der Lehrlinge aus dem Ladengeschäft helfen, als sie das Gewicht ihres Mannes nicht mehr heben konnte. Dann ließ sich Joachim an das Fenster, das zum Marktplatz hinausführte, fahren und beobachtete Tag für Tag von dort aus das Geschehen. Besonders aufmerksam war er an jedem Mittwoch und Samstag. Dann kamen die Bauern in die Stadt mit ihren Kastenwagen, darauf alles, was sie anzubieten hatten, von lebenden Schweinen bis zu Gemüse, Butter und Eiern. Die Wagen wurden am Rinnstein abgestellt, die Pferde nach innen zum Marktplatz hin ausgeschirrt an der Deichsel festgebunden. Schon ab sieben Uhr morgens wurde es laut. Die Ferkel quiekten, wenn man sie an den Hinterläufen hochhob, um sie den Einkäufern zu präsentieren. Die Landfrauen priesen ihre Butter, meistens mit der Aufforderung, sie doch einmal zu schmecken. Auch die Eier wurden als ganz frisch angepriesen, selbst wenn sie schon einige Tage, manche sogar Wochen, zusammengesammelt in der Scheune des Bauern aufbewahrt worden waren.

Joachim beobachtete aber nicht in erster Linie dieses immer gleiche Handelsgeschehen. Er sah ganz genau hin, in welche Geschäfte und Kaufhäuser die Bauern gegen Mittag gingen, wenn sie ihr erstes Geld eingenommen hatten, um es dort wieder auszugeben. Neben sich hatte er einen Spazierstock stehen, der unten keinen Gummischutz trug. Mit ihm klopfte er, wenn er etwas entdeckt hatte, auf den Boden, um Maria oder einen seiner Angestellten ins Zimmer zu beordern.

»Da sind schon mindestens dreißig Familien zu Kühns gegangen, und bei uns ist nicht viel los. Schick doch mal einen rüber. Der soll sehen, was die dort kaufen.« Meist wurde dann ein weiblicher Lehrling zum Spionieren losgeschickt. Wenn der mit dem Bemerk wiederkam, man kaufe bei Kühns Mantelstoffe oder Spitzenbordüren, veranlasste Joachim, dass sofort Ähnliches in die vier Schaufenster von Marias Kaufhaus gelegt wurde. Und das mit möglichst großen Preisschildern, die ein paar Pfennige unter den ermittelten Preisen der Konkurrenz lagen. Jeden Abend kontrollierte Joachim die tägliche Kassenabrechnung, selbst wenn seine Frau an der Kasse gesessen hatte. Damit man hier keinen Schmu machen konnte, hatte er übrigens die erste Registrierkasse der Stadt angeschafft, die die eingehenden Beträge ausdruckte. Sie wurde mit einer Kurbel in Betrieb gesetzt, nachdem man vorher den Betrag in Zahlentasten eingedrückt hatte. Erst nach dem dritten Drehen ging das Schubfach mit dem Wechselgeld auf. Joachim ließ sich auch alle Wareneingänge mit Lieferscheinen zeigen und behielt sie im Kopf. Bei Anzugstoffen wusste er ganz genau, wie viel Meter noch da sein müssten, wenn einige komplette Anzüge oder Hosen verkauft worden waren, jeweils à 3,20 Meter. Er wusste eher, was nachbestellt werden musste, als sein jüngster Sohn, der später das Geschäft übernahm. Und er war es auch, dem auffiel, dass die masurischen Bauern allmählich größer wurden, wenn sie auch nicht Gardemaß erreichten. Das hing sicher damit zusammen, dass sie sich besser ernährten und manche Feldarbeit körperlich nicht mehr so anstrengend war wie noch im vorigen Jahrhundert. »Die Joppen muss man jetzt größer einkaufen, sonst zwicken sie unter den Armen, und dann ist keiner zufrieden«, erklärte er Maria seine Bobachtung. Sie richtete sich danach, weil sie sich wie immer auf das Urteil ihres Mannes verließ.

Die Hochzeit von Elma und Otsch wurde nicht in der Wohnung von Elmas Mutter gefeiert, sondern wie es sich zwar der Sitte nach nicht gehörte, aber doch als selbstverständlich verstanden wurde, im Haus der Schwiegereltern. Die Trauung fand in der kleinen katholischen Kirche statt, in der Kirche, in der Otsch als Erster getauft worden war, Ende November 1895 bei klirrender Kälte. Der große Kanonenofen, der neben dem Altar stand, sorgte immer noch für Wärme. Übrigens wurde noch bei der Hochzeit davon gesprochen, dass bei dieser Taufe der neue Taufstein eingeweiht worden war, den bemerkenswerterweise die protestantischen Steinmetze der Stadt gestiftet hatten.

Elma heiratete in Weiß mit dichtem Schleier und einer langen Schleppe. Das Kleid hatte Grossi genäht. Otsch trug einen Frack mit schwarzer Weste, die er von seinem Vater entliehen hatte. Joachim hatte sie im heiligen Jahr 1900 machen lassen, als er nach Rom gepilgert war mit der Eisenbahn. Er war im Frack vom Heiligen Vater empfangen worden und hatte den schriftlich bestätigten Segen des Papstes nach Lyck mitgebracht. Der hing gerahmt im Arbeitszimmer und nicht in der Privatwohnung. Da zur Hochzeit die ganze gute Gesellschaft der Stadt geladen war, insgesamt vierundachtzig Personen, wurde eigens ein Lehrling abgestellt, der Joachims Rollstuhl hin und her bewegen musste in der großen Wohnung. Und immer einmal wieder mussten befrackte Gäste das Gefährt über Schwellen und Treppenstufen hinwegheben helfen.

Joachim hatte für jeden ein Sonntagslächeln, mit dem er früher einmal seine Geschäftspartner überzeugen konnte, um den eigenen Vorteil wahrzunehmen. Jetzt setzte er es ein, um seinem Sohn und dessen Frau Freunde zu gewinnen. Das Familienoberhaupt hielt bis Mitternacht durch. Das Brautpaar war schon zwei Stunden vorher aufgebrochen. Sie fuhren mit der Eisenbahn über Königsberg nach Rauschen, dorthin, wo sie als heimlich Verlobte ihre ersten gemeinsamen Nächte verbracht hatten. In Lyck nahm man an, sie seien nach Venedig aufgebrochen oder nach Karlsbad, vielleicht auch nach Basin an der Ostsee. Aber das alles war den beiden zu weit. Sie wollten nur unter sich sein. Schließlich hatten sie am Johannistag geheiratet, dem höchsten Feiertag in Masuren, dem wärmsten Tag des Jahres und dem Tag mit der kürzesten Nacht. Später feierten sie in jedem Jahr dieses Fest als ihren privaten Feiertag mit Freunden.

Die Feier des Johanni-Festes in Masuren, der alten Sudauer-Siedlung, ging auf vorchristliche Zeiten zurück. Man gedachte nicht so sehr des heiligen Johannes, sondern hielt sich an Gebräuche, die aus der Pruzzenzeit herrührten. Völkerkundler zogen schon im 19. Jahrhundert Initialgebräuche von Urvölkern zum Vergleich heran. Die Vorbereitungen zum Johanni-Fest begannen Monate vor dem 24. Juni. Junge Männer sammelten bei den Dachdeckern Teer und im Ölhandel Fässer. In den Wäldern wurde Bruchholz zusammengetragen. Die Bergkuppen, auf denen die Sonnwendfeier abgebrannt werden sollten, wurden abgesperrt und zu geheimen Treffpunkten erklärt.

Wie die einzelnen Gruppen sich zusammenfanden, blieb bis zum Fest offen. Es waren aber in jedem Fall einmal die Gymnasiasten, zum anderen die Handelsschüler und zum Dritten »die aus der Steinstraße«, meist Lehrlinge. Sie versuchten, was die Höhe der abzubrennenden Feuer und ihre Dauerhaftigkeit anbetraf, einander zu übertreffen. Auch die Rudervereine, der gymnasiale Ruderclub und der allgemeine hatten sich vorbereitet. Und natürlich die Segler. Nicht zuletzt begann die Stadtverwaltung nach dem Krieg damit, zwei Wochen vor dem Johanni-Fest die drei Kilometer lange Seepromenade und die Seebrücke zum früheren Schloss hin, das jetzt Gefängnis war, mit farbigen Glühlampen zu bestücken. Man bereitete sich auf eine lange Nacht vor, eine Nacht, in der vieles, fast alles erlaubt war.

Die Nächte um die Juni-Mitte waren warm. Ganz dunkel wurde es auch nie, aber dunkel genug für Pärchen. Ältere Mädchen übernahmen die Aufgabe, die Jungens in die Praktiken der Liebe einzuführen. Das Wort Sex kannte man noch nicht. Und umgekehrt fand jede Mariell einen erfahrenen Jungen, wenn sie nur wollte, und sie wollten alle.

Neun Monate nach Otschens Hochzeit kam der Stammhalter zur Welt. Der Hausarzt war nicht nüchtern bei der Geburt. Man hatte schon vorher zu feiern begonnen. Bei der Taufe, acht Tage darauf, in derselben kleinen Kirche, in der auch Otsch getauft worden war, preschte Moritz, der Dobermann, aus reiner Eifersucht mitten in die Handlung hinein, durch die Schwingtür in die Kirche. Er brachte den Dekan zu Fall und konnte erst eingefangen werden, als Otsch, der zur Taufe seines Sohnes Orgel spielte, von der Empore herunterkam und mit einem Pfiff den wild gewordenen Hund zur Ordnung rief. Der Feierstimmung tat dieses Intermezzo keinen Abbruch. In die örtliche Anekdotensammlung ging dies Ereignis aber sofort ein. Auch wenn man schon wenige Jahre später nicht mehr wusste, bei welcher Feier welcher Hund in welche Kirche eingebrochen war und ob der Pfarrer dabei zu Fall gekommen war oder gar das Taufwasser oder den Wein verschüttet hatte.

Otsch baute sein Geschäft um. Bis zum Ende des Ersten Weltkrieges war es auf russische Zulieferer von Wollen und Fellen hin orientiert, die weiterverarbeitet nach Leipzig und Frankfurt verkauft wurden. Russische Offiziere beherrschten als Einkäufer bis 1914 den Marktplatz von Lyck an jedem Wochenende. Polen gab es selten. Sie kamen gar nicht mehr oder nur noch im Herbst, um Gänseherden über die Grenze zu treiben, die sich dann auf den masurischen Stoppelfeldern bis zum Martinstag voll fraßen. Doch der Lycker Bahnhof gewann an Bedeutung. Er wurde, obwohl die Grenze fünfzehn Kilometer weiter ostwärts bei Prostken verlief, für alle Güter Grenzbahnhof, die im Ostwestverkehr zwischen Warschau und Königsberg ausgetauscht wurden. Der Lycker Güterbahnhof musste erweitert werden. Otsch erreichte sogar bei der Reichsbahn, dass ein Schlafwagen in Lyck eingesetzt wurde, der an verschiedene Züge angekoppelt über Marienburg und den polnischen Korridor am nächsten Morgen Berlin erreichte.

Aber die Grenze nach dem Osten war doch für die Lycker gedanklich weiter weggerückt. Das lag vor allem auch an der Abstimmung von 1920. Unter italienischer und französischer Kontrolle arteten Wahlversammlungen oft in Tumulte aus, wenn wenige polnische Abgesandte mit Störtrupps einbrachen. Umgekehrt behaupteten polnische Nationalisten in der Warschauer Presse, die Deutschen würden so genannte polnische Masuren erpressen oder bedrohen, um sie von der Abstimmung fern zu halten, wenn man meinte, sie würden für Polen stimmen.

Der Abstimmungskampf schuf Vorurteile, die auch fünfzig Jahre später noch nicht abgebaut waren. Vielleicht wurden masurische Bauern, die Altmasurisch, also einen polnischen Dialekt sprachen, der aus der Krakauer Gegend stammte, als Polacken bezeichnet. Kleine Pferde wurden Panje-Pferde genannt, obwohl sie mit denen gar nichts zu tun hatten, sondern eine besondere Zucht ostpreußischer Rassetiere waren. Und wenn Jungens sich in der Schule stritten, lautete das schärfste Schimpfwort »polnische Drecksau«.

Die Lycker orientierten sich immer mehr nach Königsberg, Allenstein und Insterburg, den drei Regierungspräsidentensitzen in der Provinz. Man fuhr auch eher fünfzehn Stunden mit dem Zug nach Berlin, um Großstadt zu erleben, als nach Warschau zu einem kulturellen Ereignis wie vor dem Krieg.

Auf dem Marktplatz in Lyck lagen jetzt täglich frische Blumen auf dem Grab des Generals Günther, der sich im 19. Jahrhundert in Masuren für die Stärkung der deutschen Sprache gegenüber der masurischen eingesetzt hatte. Die Gedenksteine, die an die Abstimmung von 1920 erinnerten, wurden – allerdings erst nach der nationalsozialistischen Machtergreifung – auf den Marktplatz versetzt. Vorher standen sie am Bahnhof, dort wo die Abstimmungsberechtigten aus dem Reich in den Entscheidungstagen in Lyck angekommen waren. Über dem Günther-Denkmal wurde fast zur gleichen Zeit ein großes beleuchtetes Hakenkreuz angebracht, das erst im Oktober 1944, als die russische Front schon vor der deutschen Grenze stand, abgebaut wurde.

Joachim, der Ende der zwanziger Jahre täglich auf einen Pfleger angewiesen war, der ihn morgens in den Rollstuhl hob und abends ins Bett, beobachtete die wirtschaftlichen Expansionsversuche seines Sohnes zuerst skeptisch, aber dann doch mit Zustimmung. Otsch hatte den Betrieb dahin verändert, dass er ganz auf die Provinz ausgerichtet war. Die Stückfärberei erhielt neue Maschinen und immer kleinere Kupferkessel, um auch Einzelpartien, und seien es nur zwei Paar Strümpfe, in modischen Farben nach Kundenwünschen zu veredeln.

Otsch trug sich sogar mit dem Gedanken, den Führerschein zu machen, um selbst mit einem Auto die neuen Filialen abfahren zu können. Doch dann entschloss er sich auf Rat eines in der Kavallerie groß gewordenen Freundes doch wieder dazu, Trakehner der staatlichen Domäne zu reiten. »Ein Masure reitet, macht keinen Führerschein.« Und dann hatte Otsch ja immer noch Gustav, das Faktotum, das im Betrieb für die Chemikalien und die Farbkammer verantwortlich war, um ihn mit einem gemieteten Brennlabor zu Orten zu fahren, zu denen es nur umständliche Eisenbahnverbindungen gab.

Die östliche Provinz des Reiches kam nach Ende der Inflation später in Schwung als andere Teile Deutschlands. Man war halt eben weit weg von Berlin. Selbst das Engagement des Reichspräsidenten von Hindenburg, gebürtig aus Westpreußen, dessen Reste nach dem Versailler Vertrag zu Ostpreußen geschlagen worden waren, konnte hier nicht viel ändern.

Die Güter waren fast alle pleite. Ob das allerdings stimmte, konnte niemand nachprüfen. Dem Baron von Tiedemann aus Rymken bei Lyck ging es allerdings so gut, dass er mehr Sorge mit der Anlage seines Vermögens hatte als mit der Überwachung von Schweine- und Pferdezucht. Allerdings war Rymken eine Ausnahme. Das Gut lebte vor allem vom Export von Steinen, von Findlingen aus den Endmoränenhügeln Masurens. Sie wurden bis weit ins Reich hinein verschickt. Aus den Resten machte ein Brecherwerk Material für den Straßenbau. Und Straßen wurden viele gebaut, nicht nur in Ostpreußen. Das hörte allerdings 1932 auf, als die Gemeinden und die Regierungsbezirke kein Geld mehr hatten und die Provinz schon gar nicht. Der weltweite Wirtschaftseinbruch nach dem »Schwarzen Freitag« hatte auch Ostpreußen getroffen. Der Preis landwirtschaftlicher Produkte verfiel. Die wenigen Industriebetriebe mussten bis auf kleine Stammbelegschaften fast alle Mitarbeiter entlassen. Allein bei Otsch waren es fünfunddreißig.

Die Handwerksbetriebe schickten die Gesellen auf Wanderschaft, wenn das noch möglich war. Sie versuchten als Ein-Mann-Unternehmen mit der Hilfe von ein oder zwei Lehrlingen über die schwere Zeit zu kommen. Zu tun hatten nur die Banken und Sparkassen. Vor allem mit dem Einlösen von Wechseln und Schuldverschreibungen.

Otschens Filialen für Textil-Dienstleistungen bewährten sich trotz Wirtschaftskrise. Man war sparsam in Ostpreußen. Man ließ bei einem Todesfall die Kleider schwarz umfärben und kaufte nichts Neues. Selbst uralte Lodenjacken wurden immer wieder gereinigt, um sie tragen zu können. Sogar Hüte wurden zum chemischen Reinigen gegeben, obwohl es in Ostpreußen dazugehörte, dass sich ein richtiger Hut speckig und zerknautscht wie das Maul einer Dogge präsentierte.

Otsch hatte sich auch auf Drängen seiner Frau immer mehr aus der Politik zurückgezogen. Als gewählter Stadtrat übernahm er nach der Beseitigung der Trümmer des Krieges nur noch den Wiederaufbau der öffentlichen Anlagen in Lyck. Dem Stammhalter Otto jun., er musste so heißen, damit man den Firmennamen später nicht zu ändern brauchte, folgte noch eine Tochter. Da die Kinder bei der Großmutter in guter Obhut waren, leisteten sich Otsch und Elma einigen Luxus, jedenfalls wurde das so in Lyck kolportiert. Sie fuhren zum Presseball nach Königsberg und ins Theater nach Berlin. Sie unternahmen eine Moselfahrt ohne Liebeskummer. Da sie nicht nur die ostpreußischen Ostseebäder besuchen wollten, kurten sie im Modebad Bansin und sogar in Travemünde.

6

»Die grüßt keinen«, sagte Gustl Oschkinat ziemlich laut, als sie wieder einmal Elma auf der anderen Straßenseite in einen Laden gehen sah. Dass die Fabrikantenfrau im besten teuren Delikatess-Geschäft des Ortes einkaufte, war nicht so ärgerlich wie ihre Arroganz. Nur kannte man in Lyck das Wort Arroganz nicht. Man sagte eher, ihr »wehe der Wind in die Nasenlöcher« – weil sie den Kopf so hoch trug, oder nannte das Ganze ein »krätsches Betragen«.

Dabei wollte Elma, die fast gar nicht mehr Elli gerufen wurde, weder arrogant erscheinen, noch war sie es. Sie bemerkte nicht einmal die Einschätzung ihrer Mitbürgerinnen und sogar mancher Mitbürger der Stadt. Zwar wunderte sie sich über die Distanz, die einige ihr gegenüber einhielten. Aber sie ging ihr nicht unter die Haut, denn: Elmas Augen wurden von Jahr zu Jahr schlechter. Schon als Kind war sie so kurzsichtig, dass sie die Schrift auf der Wandtafel in der Schule nicht ohne Brille erkennen konnte. Und später hatte ihr zwar der alte Wittrich, der, obwohl Augenarzt, mindestens genauso schlecht wie die meisten seiner Patienten sah, eine Brille verschrieben. Doch Elma trug sie selten und dann nur zum Lesen oder bei der Hausarbeit.

Eine Brille fand sie hässlich. Und da sie sich eigentlich immer bewusst war, dass sie ihren Otsch nur deswegen als Ehemann erobern konnte, weil sie zu den schönsten und anziehendsten Mädchen des Ortes gehörte, wollte sie dieses Bild nicht beeinträchtigen. In Otschens Großfamilie galt Elma ja schon vor der Hochzeit als nicht ganz dazugehörig. Vielleicht, weil man auf einen ähnlichen Begriff wie Arroganz nicht kam. Otschens Schwestern kreideten Elma an, dass sie ihren Mann darin bestärkt hatte, in den Krisen der dreißiger Jahre den Betrieb als Mittelpunkt zu sehen und die Fabrik immer weiter auszubauen. Einen Betrieb, den Otsch 1926 wegen der noch vorhandenen Kriegsschäden auf Kredit von seinem Vater gekauft hatte, der also nicht in eine mögliche Erbschaft fiel.

Hinzu kam, dass Elma ein Faible für Hüte und für die neueste Mode hatte, auch wenn sie dazu auf veraltete Vorbilder in der Beilage der Königsberger Zeitung zurückgreifen musste. Manche Mode registrierte sie zusätzlich bei Otschens Reisen nach Königsberg und Berlin, auf denen sie ihn regelmäßig begleitete, im Hotel oder auf der Straße. Sie bekam aber vieles nicht genau mit, weil sie ohne Brille auch modische Einzelheiten nur verschwommen erkennen konnte. Elmas Hut-Tick führte zu Hause dazu, dass sie einen eigenen Schrank für ihre Hüte brauchte. Otsch brach jedes Mal, wenn sie mit einem neuen daherkam, in Gezeter aus: »So gehe ich mit dir nicht aus!« Übrigens war dann ein solcher Hut, nachdem er ein Jahr im Schrank verschwunden war, auch in Lyck tragbar. Er war nicht mehr der letzte Schrei, bestenfalls neue Mode.

Elma sorgte dafür, dass es großzügig zuging im Hause ihres Mannes, manchmal sogar großzügiger als bei seinen Eltern. Es waren hier ja auch nur zwei Kinder zu betreuen und nicht sieben. Und so gab es einmal im Monat einen Herrenabend im Hause, nach dem Otsch am nächsten Tag jedes Mal mit einem dicken Kopf im Betrieb kaum ansprechbar war. Und Elma lud regelmäßig die Damen der »guten Gesellschaft«, wie man die oberen fünfzig Lycker Familien nannte, zum Kaffee ein. Dieser wurde im Übrigen in

Sammeltassen serviert, für die die junge Frau ebenfalls eine Leidenschaft entwickelte.

Der einzige Porzellanladen am Ort hatte sich bereits darauf eingestellt. Franz Dolenga kam immer mal wieder auf die Straße, wenn Elma vorbeiging, und sagte nach fast devoter Verbeugung: »Wir haben wieder ein paar neue Tassen hereinbekommen.« In der Regel kaufte Elma sie auch. Der Glasschrank mit den Sammeltassen wurde zur Sehenswürdigkeit, zumindest für die geladenen Damen. Ansonsten war er ein elender Staubfänger, der das Hausmädchen zur Verzweiflung zu bringen drohte.

Elma sah, das hatten Otschens Geschwister und auch die angeheirateten Schwiegersöhne richtig bemerkt, ihre Aufgabe in der Stärkung des Betriebes. Elma entwickelte sich zur Personalchefin und Organisatorin. Sie führte so etwas wie modernes Controlling ein, obwohl man damals noch nicht einmal den Namen dafür kannte. Und sie redete entscheidend mit, wenn es um die Preisgestaltung ging, die ja in einem Dienstleistungsbetrieb immer problematisch ist. Dienstleistungen kaufte man zumindest in Ostpreußen nicht danach ein, ob sie billig waren, sondern ob sie den Anforderungen entsprachen. Und wenn das der Fall war, konnte der Anbieter auch etwas mehr dafür nehmen.

Elma begriff eher als Otsch, dass es nicht so sehr darauf ankam, in der Färberei komplizierte Farbzusammenstellungen abzuliefern oder den Ehrgeiz darin zu sehen, auch die verhärtetsten Glacéhandschuhe wieder strahlend weiß und weich zu bekommen, sondern dass von Jahr zu Jahr mehr Frauen anspruchsvollere Kleider und die Männer Anzüge trugen, die man eigentlich nur chemisch reinigen konnte. Auf dem Waschbrett am Fluss mit normalem Seifenwasser behandelt, verloren die modernen Stoffe ihre Form. Aufgebügelt werden mussten Anzüge und Kostüme mit Dampf, wenn sie wieder wie neu aussehen sollten.

Otsch fühlte sich mehr als Chemiker denn als Kaufmann. Er experimentierte mit Reinigungsmitteln. Das Leichtbenzin, mit dem noch bis 1938 gearbeitet wurde, galt als feuergefährlich. Ob es das wirklich war, hatte man allerdings nie erprobt. Einmal wurden bei der Neueinrichtung einer Anlage Schweißarbeiten direkt neben der Benzinreinigung vorgenommen. Und nichts passierte. Es kam im Übrigen auch keiner der Beteiligten auf die Idee, dass hier etwas passieren könnte. Aber das scheint bei Schweißarbeiten sowohl bei Monteuren als auch bei den Auftraggebern weltweit der Fall zu sein. Selbst ein Kugelblitz, der ins Nachbargebäude einschlug und dann auf die Benzinreinigung zurollte, richtete keinen Schaden an. Er rollte, wie Otsch beobachtet hatte, durch das Haus und dann aus einem offenen Fenster ins Freie, um auf dem See zu zerplatzen.

Von den Ehrenämtern, zu denen Otsch schon als junger Mann bestellt worden war, weil er studiert hatte, blieb nach der Machtergreifung der Nazis nicht viel übrig. Aus dem Stadtrat musste er schon im März 1933 ausscheiden. Nach einer Sitzung wurde er auf dem Marktplatz von SA-Männern überfallen, zusammengeschlagen und so zugerichtet, dass er drei Tage im Krankenhaus lag. Als Otsch dann zum ersten Mal wieder am Stehpult in seinem Büro stand, murmelte er immer wieder: »Warum ich, ich habe doch nichts getan – nichts gegen die.« Diesen Satz hat er auch später immer wieder repetiert. Die Täter wurden im Übrigen nie gefasst. Es waren fremde SA-Leute, wie unter der Hand bekannt wurde. Der Kreisleiter und damalige Parteibeauftragte Knispel hatte sie aus Lötzen kommen lassen. Einer von ihnen beichtete nach Jahren, dass er nicht einmal gewusst habe, wen er da mit einem Gummiknüppel zusammengeschlagen hatte. Er hatte geglaubt, einen Juden zu treffen. Otsch war Masure und nicht Jude. Allerdings konnten ihn auch seine früheren Kameraden aus der Schwarzen Reichswehr nicht vor Angriffen der Braunen bewahren. Einer nach dem anderen wandte sich von ihm ab, als sich herausstellte, dass er weder gewillt war, der Partei beizutreten, noch NS-Organisationen zu unterstützen.

Nur Otschens Bruder Paul ging einen anderen Weg. Er war, ohne dass einer in der Familie das gewusst hatte, schon 1927 in die Partei eingetreten und wurde ab 1934 offizieller Lizenznehmer für den Verkauf von Uniformen der Partei und ihrer Gliederungen und dem weiteren Zubehör für nationalsozialistische Dekorationen von Fahnen bis zu Orden und Ehrenzeichen. Paul war Geschäftsführer im Kaufhaus seiner Mutter geworden. 1938 übernahm er den Textilladen und wurde, weil er die Tradition der Brodowskis weiterführen wollte, Stadtverordneter der NSDAP.

Paul heiratete standesgemäß, das heißt die Tochter des größten Gärtners der Stadt. Und er sorgte dafür, dass der arische Nachweis für die Familie erbracht wurde. Dafür produzierte er den ersten Stammbaum, der bis ins 16. Jahrhundert zurückreichte. Allerdings verschwieg der, dass die Familie eine sehr gemischte Herkunft hatte. Selbst ein Ur-Onkel, Paul Wegener, der später als Schauspieler weltberühmt werden sollte, hatte als Ostpreuße polnisches, litauisches und wohl auch jüdisches Blut in sich. Zudem waren unzweifelhaft mongolische Vorfahren vorhanden.

Elma wurde in den dreißiger Jahren immer mehr zur harten Arbeiterin. Sie saß pünktlich um 7.30 Uhr morgens im Büro, um 8.00 Uhr ging sie durch alle Räume des Betriebes. Sie ahnte, wo in Verlust geratene Stücke der Kunden zu finden waren, und beendete erst abends um 19.00 Uhr den letzten Kontrollgang durch die Handbügelei. Fast jede Woche musste sie ein noch angeschlossenes Bügeleisen aus der Steckdose ziehen, um kleine Brandkatastrophen zu verhindern.

Otsch orientierte sich nach Allenstein und Königsberg. Er wurde, obwohl nicht Nazi – und so etwas war nur in Ostpreußen möglich –, stellvertretender Vorsitzender der Handwerkskammer und immer wieder zum Vorsitzenden des Lycker Gewerbevereins gewählt. Außerdem betreute er die alten Herren des Gymnasiums. Bis zum Verbot dieser Organisation durch die Nazis 1936 führte er diese der Schule entwachsenen Freunde immer wieder zusammen. Und er betrieb, weil die Fabrik wuchs, die Überführung des Handwerksbetriebes in die Industrie, vielleicht aus der Ahnung heraus, dass dies notwendig würde, um in einem zukünftigen Krieg zu überleben. Davon sprach er im kleinen Kreis immer wieder, ohne dass er je seine eigenen Kriegserlebnisse im Ersten Weltkrieg offenbarte. Dass er mehrere Meter Bücher besaß, die vom Ersten Weltkrieg handelten, und Remarques »Im Westen nichts Neues« immer wieder las, ließ seinen Freund Kulkies vermuten, dass er viel tiefer durch die Erlebnisse im Krieg getroffen worden war, als er nach außen vermuten ließ.

Dennoch zog Otsch 1935 seine alte Oberleutnantsuniform an, schließlich war er einmal Kavallerist gewesen, und übte drei Monate als Offizier auf Einladung der Reit- und Fahrschule Hannover in der Welfenstadt. Diese Übung wurde anstrengend, obwohl Otsch sich vorgenommen hatte, als Fabrikbesitzer aufzutreten und Hannover zu genießen, vielleicht sogar Hamburg oder Göttingen. Von den Kneipen in Göttingen hatte er viel gehört und seine Studentenverbindung, in die er in Danzig eingetreten war, hatte in der Universitätsstadt ein gastfreundliches Haus. Otsch wurde als begabter Reiter entdeckt. Obwohl übergewichtig, erschien er den hannoverschen Kavalleristen als besonders geeignet, die Military-Pferde für die Olympiade 1936 in Berlin auszubilden. Das machte Otsch Spaß. Jedenfalls blieb er beim Reiten. Dieses Hobby rettete ihm dann am 19. Juli 1944 das Leben.

Elma blieb immer mehr alleine zu Hause. Die Kinder waren für sie keine große Belastung. Erstens gab es ein Kindermädchen und zweitens hatten beide Kinder Freunde, bei denen sie oft zu Besuch waren. Die Schule nahmen beide übrigens nicht ernst. Otschens Sohn hatte im Gymnasium dieselben Lehrer, die schon seinem Vater das Leben schwer gemacht hatten. Das führte unter anderem dazu, dass der alte Professor Klug, wenn er sich gar nicht mehr zu helfen wusste, die Drohung ausstieß: »Wenn ich deinen Vater treffe!« Er traf ihn ohnehin jede Woche zum Doppelkopf. Aber gesagt hat er über die Schandtaten oder die Faulheit des Sohnes in der Regel nichts. Wie sollte er auch. Wie er sich erinnerte, war der Vater mindestens noch frecher als der Sohn gewesen und faul dazu. Nun gut, das waren Otsch und sein Nachkömmling allein schon deswegen, weil sie viel zu begabt waren, um fleißig sein zu müssen.

Es brauchte einige Zeit, bis Elma bemerkte, dass Otsch von Jahr zu Jahr mehr zum Nestflüchter wurde. Er hatte zwar schon wenige Wochen nach ihrer Hochzeit immer wieder Abendtermine und manchmal sogar Wochenendtreffen wahrgenommen, um seinen Ehrenämtern zu genügen. Er war auch regelmäßig zweimal in der Woche nachts bis zwei oder drei Uhr verschwunden, weil man »nach den Ratssitzungen noch weiterhin zusammenbleiben muss«. Auch Fahrten nach Berlin zum Treffen mit Kollegen gehörten zu seinem Leben. Aber jetzt nach einem Dutzend Ehejahren dehnte er diese Reisen immer länger aus. Zwar nicht in der Entfernung, aber doch zeitlich.

Er musste mal eben schnell für eine Nacht nach Königsberg und dann für zwei Tage nach Tilsit. Selbst wenn er nach Allenstein fuhr, das ja nur hundert Kilometer von Lyck entfernt war, blieb er über Nacht weg. Und oft zog er sich sogar an den freien Wochenenden, die in Lyck traditionsgemäß nur aus dem Sonntag bestanden, denn am Samstag wurde bis Nachmittag gearbeitet, in den Betrieb zurück. Er musste »durchsehen«, das heißt jedes einzelne Stück, das aus der chemischen Reinigung kam, auf noch verbliebene Flecken untersuchen. Er kennzeichnete sie pedantisch mit Stecknadeln. Oder er vergrub sich in der Färberei, um angeblich neue Verfahren auszuprobieren.

Dass er dem häuslichen Gespräch oder der häuslichen Ruhe entfliehen wollte, war ihm nicht bewusst. Und wie gesagt, Elma brauchte sehr viel Zeit, um dahinter zu kommen, dass Otsch dabei war, sich ihr immer mehr zu entfremden. Sicher hing das auch damit zusammen, dass es im Bett mit den beiden nicht mehr stimmte. Elma hatte mehrere Unterleibsoperationen hinter sich und musste mit dem Verbot leben, noch weitere Kinder zu bekommen.

Otsch reagierte sich im Aktionismus ab oder vergrub sich hinter seinen Zeitungen und immer mehr auch hinter den Geschäftsbüchern und fadenscheinigen Terminen. Dabei hatte er eher als viele andere in Ostpreußen erkannt, dass man mit einer geschickten Buchführung sein Vermögen mehren konnte, ohne gegen Steuerbestimmungen zu verstoßen. Er jonglierte mit den in der Ostprovinz möglichen und als Hilfsmaßnahme für die Landwirtschaft gedachten Abschreibungsmöglichkeiten. So war schon Ende der zwanziger Jahre die Fabrik in Otschens Büchern nur noch eine Mark wert und kostete somit keine Vermögenssteuer.

Es gelang ihm sogar, dem Finanzamt in Lyck klar zu machen, dass er Rückstellungen vornehmen musste für den Fall, dass zum Beispiel die Dampfkesselanlage repariert oder ausgebaut werden musste. Sie habe letztlich einen negativen Wert, erklärte er dem Finanzoberinspektor, der zwar von Landwirtschaft etwas verstand, denn mit einer dementsprechenden Vorbildung war er aus dem Reich ins Finanzamt Lyck versetzt worden, aber eben nichts von einem kleinen wachsenden chemischen Industriebetrieb.

Vor Überprüfungen und Nachforschungen schützte übrigens das Wort »chemisch«, das Otsch in den Firmennamen »Färberei und chemische Reinigung« aufnahm.

Das Image Chemie schützte auch seinen Sohn. Der hatte zwar in der Schule gute Noten in Mathematik und Physik. In Chemie, wo man Formeln lernen musste, versagte er aber. Und doch erhielt er – eben weil er aus einem chemischen Betrieb kam – immer die Note »Zwei«. Er wurde nie geprüft. Professor Wüstefeld, der Chemielehrer, nahm ganz einfach an, dass er ohnehin auf jede Frage eine Antwort wusste. Und schriftliche Arbeiten in Chemie gab es nicht.

Elma ersetzte das immer seltener werdende persönliche Gespräch mit ihrem Mann durch einen immer größer werdenden Buchkonsum. Sie verschlang den Erfolgsroman der dreißiger Jahre »Und sie bewegt sich doch« und die Ostpreußensaga »Die Barrings«. Sie war nicht nur beste Kundin bei Piepereith, dem einzigen größeren Buchladen, sondern ließ sich auch in die Liste der Buch-Ausleiher einschreiben. Sie wurde so zu einer der belesensten Frauen in Lyck. Dabei vertiefte sie sich in den Jahreskalender der »Redliche Preuße« genauso wie in die neuesten Friede-Birkner-Romane, die sie nicht als zweitrangig ansah. Courths-Mahler, die Mutter von Friede Birkner, hatte für sie einen noch größeren Wert. Elma richtete sich in der Wohnung ein Bücherkabinett ein. Und sie abonnierte nicht nur die gängigen Modezeitschriften, sondern auch die »Leipziger Illustrierte« und die »Berliner«. Später im Krieg, als Zeitschriften knapp wurden, wurde sie von Piepereiths bevorzugt beliefert. Sie erhielt selbst »Das Reich« im Abonnement, Goebbels Paradezeitschrift, die nur Führungskräften vorbehalten war.

Otsch schien das alles für normal und richtig zu halten. Er galt zwar als Frauenkenner. Nur – er wusste wenig von dem, was seine Frau erwartete oder sich wünschte. An einem Sonntagmorgen explodierte die wachsende Entfremdung in einem Gewitter, aber ohne Blitz und Donnerschlag. Als Otsch sich nach dem Frühstück zurückzog, packte Elma ihren besten Regenmantel, setzte einen wetterfesten Hut auf und verschwand. Sie erschien nicht zum Mittagessen und nicht zum Kaffee. Erst da wurde Otsch nervös. Elise, die an diesem Sonntag im Haushalt Dienst hatte, wurde befragt. Sie konnte nur sagen, dass die Chefin weggegangen sei. Otsch begann in der Familie herumzutelefonieren. Seine Mutter wusste nichts und auch bei der Familie seines Bruders war Elma nicht aufgetaucht.

Die Angst, dass etwas passiert sein könnte, das er nicht begriff, steckte die Kinder an. Wo kann Mutter sein? Otto jun. – Ottchen genannt – fragte seinen Vater, wo er denn früher einmal mit Mami hingegangen sei. Er ahnte, dass etwas mit den Eltern nicht stimmte. Er spürte die Krise, ja, er roch sie fast. Und darum machte er sich einen Plan, die Mutter zu suchen. Er fuhr mit dem Fahrrad, nach Karl Mays Rappen »Rih« genannt, den Verlobungsweg entlang, auf den so genannten Rennplatz auf der Halbinsel, die in den Lycker See ragte. Otsch hatte gesagt, man sei dort früher immer schwimmen gegangen, was dort ohne Badeanzug möglich war.

Noch bevor es dunkelte, fand Ottchen seine Mutter. Sie saß ganz ruhig auf einer Bank, fast als ob sie schliefe. Sie hatte sich nichts angetan, registrierte der zwölfjährige Junge. Aber sie war kaum ansprechbar. Er setzte sich neben sie und sagte ebenfalls kein Wort. Und so schwiegen sie eine Weile miteinander, bis Elma ihn groß ansah, seine Hand nahm und ganz ruhig sagte: »Komm, wir gehen nach Hause.«

Später einmal berichtete sie, dass sie eigentlich wegfahren wollte, weg von Otsch und seiner Großfamilie, weg vom Betrieb, weg von der Kleinstadt. Nur wo sollte sie hin. Ihre Mutter lebte im Familienverband der Brodowskis. Ihren Bruder hatte sie verloren und sonst – von der Verwandtschaft ihres Vaters wusste sie nichts. Sie sollte in Thüringen sein, aber wo war schon Thüringen.

Otsch muss mehr als ein Stein vom Herzen gefallen sein, als beide durch die Haustür kamen, aber er ließ sich nur wenig anmerken. Er nahm seine Frau in den Arm. Sie gingen ins Herrenzimmer und versanken auf der tiefen Ledercouch, sodass man nur noch ihre Köpfe sah. Elma hatte Tränen in den Augen und auch Otsch weinte. Dabei dachte er später »Man weint nur, wenn man sich selbst bemitleidet.« Dies hatte der Großvater einmal gesagt. Mitleid wollte er eigentlich mit sich selbst nicht haben. Aber er hatte immer noch nicht ganz begriffen, was seiner Frau fehlte und was sie von ihm erwartete. »Mach doch den Mund auf, rede mit mir«, sagte Elma auf seine unausgesprochene Frage nach dem Warum.

An diesem Abend planten beide, regelmäßig wenigstens einmal im Monat gemeinsam zu verreisen. Und sei es nur nach Gumbinnen oder Insterburg oder nach Lötzen. Auch in den Sommerferien wollte man nicht mehr getrennt leben; sie mit den Kindern an der Ostsee, er im Betrieb. Elma fuhr mit den Kindern jedes Jahr nach Rauschen, weil die Ostseeluft gesund war. Otsch kam jeweils nur einen Tag zum Wochenende. Jetzt sollte das anders werden. Otsch beschloss, eine neue Wohnung zu bauen oder einzurichten, umzuziehen aus dem Mietshaus, das dem Juden Hirschfeld gehörte, wo man jedes Mal von SA-Leuten angepöbelt wurde, wenn man aus der Haustür trat.

Ein Grundstück für ein neues Wohnhaus war vorhanden, aber es lag weit draußen, zwei Kilometer vor der Stadt. Das war im Winter eine fast nicht zu überwindende Entfernung, wenn es schneite und die meterhohen Schneewälle die Straßen einengten. Der See war dann nicht nur zugefroren, sondern auch tief verschneit. Solange kein Schnee fiel, konnte man mit Schlittschuhen über das Eis vorankommen oder sogar mit Eisschlitten, Eis-Segelschlitten im fast Hundert-Stundenkilometer-Tempo zur Fabrik fahren.

Otsch fand eine andere Lösung. Er ließ auf das Bürogebäude ein Stockwerk draufsetzen. Das wurde das neue Familienheim. Das Haus wurde umgebaut. Unten erhielten Elmas Mutter und Otto jun. jeweils ein Zimmer. Oben war dann eine ganze Flucht Arbeitszimmer, Herrenzimmer, Esszimmer und Damenzimmer. Das Ganze wurde von der Dampfkesselanlage des Betriebes geheizt und war darum sparsam. Nur über Weihnachten musste eine Ersatz-Kohlenheizung beschickt werden.

Die Wohnung hatte nur einen Nachteil. Zwischen den vier großen Zimmern gab es keine Türen. Die wären zu schwer gewesen für die Balkenlage darunter. Und so wurden sie nur durch Vorhänge abgetrennt. Wer im Herrenzimmer saß, meinte allerdings, dass hinter dem Vorhang sicher eine Tür war, und gab sich in der Regel keine Mühe leise zu sprechen, um nicht gehört zu werden.

Otsch richtete Elma ein Musikzimmer mit tiefen Sesseln, wie sie sie bisher nur in Schweden bekannt waren, ein. Sein alter Bechstein kam hierhin und ein moderner elektrischer Verstärker für eine Abspieleinrichtung für Schallplatten. Der Federapparat mit dem Schalltrichter, »Die Stimme seines Herren«, der bis dahin Musik mehr krächzend als tönend wiedergegeben hatte, blieb der Dekoration halber stehen oder vielleicht auch, weil er ein großes Fach hatte, in dem man die Schallplatten unbeschädigt aufbewahren konnte.

Die Marke »Die Stimme seines Herren« auf dem Label der Schallplatten wies auf die englische Herkunft dieser Press-Erzeugnisse hin. Otsch bestellte sie in Berlin. Er besaß das komplette Werk von Richard Strauss und zahlreiche Mozart-Einspielungen internationaler Orchester. Gerne hätte er auch alle Loewe-Balladen auf Schallplatten gehabt, allerdings ohne die Singstimme, denn die konnte er ja selbst beitragen. Was man später Karaoke nannte, wollte er versuchen. Nur war das technisch noch nicht erfüllbar. Erst weit nach dem Zweiten Weltkrieg kamen amerikanische Produzenten auf die Idee, für ausübende Musikanten jeweils eine Stimme in einem Werk wegzulassen, also etwa die Trompete oder das Klavier, um einen neuen Markt für Schallplatten zu erschließen.

Otsch begann auch wieder Orgel zu spielen. Ihm passte zwar das katholische Hochamt jeden Sonntag um zehn Uhr nicht ganz, denn eigentlich wollte er an diesem Tag, damit es nicht wieder zu Krisen seiner Ehe kam, nach der Frühmesse zu Hause sein. Aber dann überzeugte ihn Dekan Fox, dass die Gemeinde ab und an ein Anrecht auf ein gutes Orgelkonzert oder eine stimmende Begleitung zu ihrem Gesang habe.

Das konnte nur Otsch bieten, denn die Organistin der Gemeinde war bereits siebzig Jahre alt und sah, wenn sie ihren Kneifer richtig aufsetzte, die Noten nicht klar, und wenn sie ihn verkehrt herum auf die Nase steckte, den Altar verschwommen. Außerdem hatte sie die schöne Angewohnheit, mit zwei Freundinnen, die sie auf die Orgel-Empore mitnahm, so laut die Ereignisse der letzten Woche durchzuhecheln, dass

Fox vorne vom Altar mehrfach einen Ministranten zur Orgel hochschicken musste, um für Ruhe zu sorgen.

Der einzige Nachteil von Otschens Orgelspiel für die Gemeindemitglieder war, dass man zum Treten des Blasebalgs jetzt nicht nur zwei Jungens brauchte, sondern zwei ausgewachsene Männer. Otsch verbrauchte viel mehr Luft als die offizielle Organistin. Noch nach Jahren wurde ihm dies von früheren Blasebalgtretern vorgehalten. Allerdings wagten sie nie, gegen den Einsatz der Prinzipalflöten und der anderen zweiundzwanzig Register der Schleifladenorgel zu protestieren, denn Otsch griff selten einmal daneben. Elma schreckte übrigens vorne in der Kirchenbank jedes Mal auf, wenn es doch passierte. Sie kam immer zur Messe mit, wenn Otsch spielte. Und sei es nur, um beim Nachhausegehen über Musik reden zu können. Und Musik wurde in diesen Jahren nicht nur bei den Brodowskis, vor allem wenn sie nicht aus Märschen und Marschliedern bestand, ernsthaft diskutiert, auch nach der Kirche.

7

In schlaflosen Nächten, die Elma und Otsch nach nicht ausgefüllten Tagen immer häufiger hatten, begannen sie in den Jahren nach 1937 die auf immer vergangene Zeit der Normalität aufzuarbeiten. Dabei fielen nur wenige Worte – Blicke und gleiche Gedanken reichten zum Verstehen. Es war weniger das Erinnernwollen als das Zeithaben, das sie dazu führte, das Leben im nicht nationalsozialistischen Ostpreußen zu reflektieren.

»Wen sollen wir noch einladen, die kommen ja nicht«, bemerkte Elma 1936 immer häufiger, wenn Otsch sie auf vergangene Familienfeste, Herrenabende und Damenkaffees ansprach. Sie waren in den Jahren davor selbstverständlich. Schon gleich nach 1933 aber wurde es still in der Wohnung der Brodowskis. Die Kinder machten zwar Lärm, aber auch sie brachten wenig Abwechslung in den Alltag. Nur Otto junior schaffte es, noch regelmäßig zweimal in der Woche Freunde um sich zu versammeln, mit denen er angeblich Hausaufgaben in Mathematik und Physik machte. In Wirklichkeit spielten sie Skat »auf ein Zehntel«, was dazu führte, dass häufig das ganze Taschengeld des Juniors draufging. Elma versuchte, Schulfreundinnen einmal im Monat zum Kaffee einzuladen. Aber die fanden immer häufiger Ausreden für die Absagen. Die Gesellschaft der Brodowskis galt als nicht mehr zeitgemäß. Man konnte sich mit ihnen und bei ihnen nicht sehen lassen. Dass sie die größte Fabrik im Ort hatten, spielte dabei keine Rolle. Geschäfte konnte man machen mit ihnen, aber privat wollte man möglichst wenig mit ihnen zu tun haben.

Und so fuhren Otsch und Elma immer häufiger nach Königsberg – ins Theater und zu Schmidts, mit denen sie immer noch befreundet waren. Die hatten gar nicht so recht mitbekommen, dass Otsch sich als Stadtrat und auch danach immer wieder gegen die NSDAP gestellt hatte. Otsch und Elma fuhren auch außerhalb der Saison nach Rauschen an die Ostsee in ein Häuschen, das entfernten Verwandten gehörte. Im Winter benutzten sie bis zu zweimal im Monat den Schlafwagen nach Berlin. Er wurde zwar fünfmal umgehängt, immer wieder an andere Züge, aber er galt als durchgehend. Nur schlafen konnte man in den rappelnden Wagen nicht.

Elma brachte von jeder Reise wie früher einen neuen Hut und eine neue Handtasche mit. Langsam reichten die Schränke dafür nicht mehr. Dabei wurden die Reisen immer hektischer, sodass der nun schon auf das Gymnasium gehende Sohn der Mutter vorwarf, sie kümmere sich zu wenig um ihn, sie sei nie zu Hause und wenn, dann habe sie keine Zeit.

Das Geschäft ging dabei immer besser. Der Betrieb warf nicht nur Geld für Investitionen ab. Es wurden auch mehr Arbeiter, vor allem Frauen, eingestellt. Die Zahl der Filialen konnte Otsch von drei auf vierzehn erhöhen. Selbst in Tilsit, an der Grenze zum Memelland – zu Litauen, richtete er ein Geschäft ein. Kurz vor dem Krieg kaufte er dort sogar eine kleine Färberei auf, die vor der Pleite stand. Otsch beteiligte sich auch an einem Verlag, den sein Schulfreund Piepereith gegründet hatte. Der sollte mindestens genauso groß werden wie Gräfe & Unzer, die in Königsberg den ostpreußischen Buchmarkt bestimmten. Ulli Piepereith mietete in der Hindenburgstraße in Lyck einen Laden mit fünf Schaufenstern. »Und das für eine Buchhandlung!«

So wie er es einmal in Paris gesehen hatte, stellte er in dem Schaufenster nur einen einzigen Titel in fünfzig Exemplaren aus, zuerst »Die Barrings« von Simpson. Dieser Ostpreußenroman behandelte den Untergang einer Gutsherrenfamilie mit Rückblenden auf die Berliner Politik und ihre Uneinsichtigkeit für ostpreußische Belange. Das allerdings aus der Sicht der Großgrundbesitzer. Erst später wurde es Ulli, aber auch Otsch klar, dass gerade dieser Roman dazu beigetragen hatte, im Reich ein völlig falsches Bild von der ostpreußischen Gesellschaft zu vermitteln.

Otsch engagierte sich immer noch im Handwerkerverein, der in die Hände der NSDAP zu fallen drohte. Es dauerte drei Jahre, bis es den Parteigenossen gelang, auch hier Führungspositionen zu erobern und den stellvertretenden Vorsitzenden auszubooten. Zu diesem Zeitpunkt hatte Otsch sich aber schon von der ganzen kommunalen Politik abgesetzt. Fast im Geheimen führte er seinen Betrieb sogar aus der Handwerksrolle heraus, machte ihn zum Industriebetrieb – und gehörte damit zur Industrie- und Handelskammer.

Bei Nacht und Nebel kamen zwar immer wieder Handwerker zu ihm, weil sie Rat brauchten. Schreinermeister Kunz, der vor allem wissen wollte, wie er seinen Millionen-Lotto-Gewinn unterbringen sollte. Er war der Einzige, der je in Masuren Glück in der Klassenlotterie hatte. Dass das Geld immer weniger Wert hatte, merkten gerade die Gewerbetreibenden. Otsch blieb im Vorstand der Volksbank und im Beirat der Dresdner Bank. Aber er trat nie mehr öffentlich auf. Selbst seinen Geburtstag musste die Zeitung, die »Lycker Zeitung«, verschweigen, obwohl er auch an ihr Anteile hatte.

Otsch begann wieder häufiger auf dem Gut von Baron Tiedemann zu reiten. Eigene Pferde wollte er sich nicht anschaffen. Wo sollten sie auch stehen. Aber es machte ihm Spaß, so wie seinerzeit, als er im Krieg als Meldereiter durch Galizien galoppierte, morgens, wenn der Nebel über den Wiesen lag, an den Feldern vorbeizureiten und das schweißnasse Pferde einem Bereiter in die Hand zu drücken, um selbst genauso schwitzend unter die Dusche zu gehen. Er dachte an das Jahr 1935, als er in Hannover geritten war, und an die Olympiaerfolge »seiner Pferde«.

Otsch hatte Zeit zum Nachdenken – zu viel Zeit. Dabei konnte er nicht sagen, worüber er sinnierte, auch wenn seine Frau immer häufiger fragte, was er sich denn überlege. Sie meinte ihm anzusehen, dass er nicht gerade hoffnungsvoll in die Zukunft sah. Aber auch sie bekam keine Antwort. Die Familie las immer noch die »Germania«, die einzige katholische Berliner Tageszeitung. Otsch bemerkte allerdings, dass das dünne Blatt immer weniger eigene Meinung enthielt, dass es immer mehr konform ging mit der in der Zwischenzeit von der Königsberger NSDAP-Gauleitung übernommenen »Lycker Zeitung«.

Die Abende verbrachte Otsch am Schreibtisch. Er versuchte, seine Steuererklärungen selbst zu machen. Er hatte alle Möglichkeiten von Sonderabschreibungen für die Ostprovinzen erforscht und nutzte sie. Er las Fachzeitschriften und entwickelte sich zu einem Fachmann im Steuerrecht und ganz gegen seine großzügige Natur zum Sparsamkeitsfanatiker. »Wir müssen vom Leichtbenzin weg«, erklärte er eines Tages seinem Färbermeister, der auch für die Lederreinigung und Aufarbeitung zuständig war. »Es ist zu gefährlich.« Die Benzinwaschanlagen waren wegen der Brandgefahr ganz aus Holz. Kein einziges Stück Metall durfte in den Räumen sein, damit es keine Funken gab. Leichtbenzin brannte sofort und explodierte. Angeblich mussten selbst die Transmissionsanlagen mit ihren verschieden großen Rädern genähte Riemen haben, die nicht wie die in anderen Räumen mit Metallgelenken verbunden waren. Sogar die Schalen, die die Antriebswellen trugen, waren aus Holz. Jeden Monat musste mindestens eine ausgewechselt werden.

Das Leichtbenzin wurde täglich im Destillierverfahren gesäubert. Der verbleibende fettige Schmutzkuchen war gefragt als Dünger. Erst ab Kriegsbeginn versuchte Otsch auch hieraus noch Brennstoff zu machen für die Dampfkesselanlage. Darauf hatten ihn Vertreter der Farbenfabriken Bayer und der Chemischen Fabriken Bitterfeld gebracht. Die kamen regelmäßig, nahmen zwar selten größere Aufträge mit, aber sie vermittelten Informationen, an die man sonst in dem weit von den industriellen Zentren entfernten Ostpreußen nicht herankam.

So erfuhr Otsch sehr schnell davon, dass es ein neues Lösungsmittel für die Reinigung von Leder und Textil gab: Tetrachlorkohlenstoff, eine Flüssigkeit, die zum Feuerlöschen entwickelt worden war, die aber Fett und Flecken sehr schnell löste. Dass wenige Jahre später Tetrachlorkohlenstoff als gefährliches Gift erkannt wurde, konnten damals auch die Chemiker, die ihn zusammenbrauten, nicht ahnen. Sie entwickelten für den als aggressiv erkannten Stoff allerdings Spezialmaschinen. Die Waschanlagen mussten aus reinem Kupfer sein, die Leitungen aus Blei. Tetrachlorkohlenstoff fraß alles andere auf, das sich, erwärmt mit Sauerstoff, zu Salzsäure zersetzte. Otsch interessierte sich für dieses Teufelszeug aus finanziellen Gründen. Die Waschbenzin-Reinigungsanlagen kosteten immer mehr Versicherungsprämien. Die Versicherungsverträge wurden fast in jedem Jahr erneuert, immer zuungunsten der Versicherungsnehmer. Dabei gab es gar nicht so viele Unfälle mit Leichtbenzin. Man konnte sogar ein brennendes Zündholz in einen Eimer mit Benzin werfen, ohne dass etwas passierte. Aber die Versicherungen wurden durch die Öffentlichkeit unterstützt. Otsch: »Sie nehmen es vom Lebendigen.«

Er entschloss sich 1938, alle Reinigungsanlagen auf Tetrachlorkohlenstoff umzustellen. Er sah ein Ziel, auf das er hinarbeiten konnte: Er wollte den modernsten Betrieb seiner Art östlich von Berlin haben. Otsch fuhr nach Bitterfeld und freundete sich mit Paul Breith, einem der wichtigsten Entwicklungsingenieure der IG Farben an. Für den war Masuren ein Urlaubstraumland. Er gab gern die erste Versuchsanlage ihrer Art an Masurens Hauptstadt, um sie selbst einbauen zu können. Von Bitterfeld fuhr Otsch übrigens weiter nach Dresden und dann nach Prag. Er kaufte in der tschechischen Hauptstadt böhmische Gläser. Als er nach Hause kam, gab er diesen Kauf als Grund für die Reise an. In Wirklichkeit wollte er wohl nur noch einmal ins Ausland fahren. Vielleicht ahnte er, dass Prag nicht mehr lange eine freie Stadt sein würde.

Prag war für einen Ostpreußen in den dreißiger Jahren so etwas wie Klein-Paris und konnte mit Warschau konkurrieren. Aber nach Warschau konnte ein Masure nicht mehr privat fahren, es sei denn, er hätte dort geschäftlich etwas zu erledigen gehabt. Warschau galt bereits als indiskutabel. Vielleicht war es auch nur für einen Katholiken schwierig, sich mit Polen näher zu befassen, mit polnischer Kultur oder polnischer Musik. Otsch hatte genug zu tun als deutscher Katholik, um nicht als Polack zu gelten, so wurde der Junior in der Schule häufig beschimpft. Es musste alles vermieden werden, was in der Kleinstadt Lyck den Verdacht erwecken konnte, etwas mit Polen zu tun zu haben.

Otsch fehlte der öffentliche Auftritt. Bis 1933, als ihn die SA zusammenprügelte und damit verhinderte, dass er an einer konstituierenden Stadtratssitzung teilnehmen konnte, war er fast jeden Abend in einem anderen Kreis aufgetreten, wenn auch nur zur Selbstdarstellung. Sogar im Radsportverein war er im Vorstand und natürlich im fortgeführten Abstimmungskomitee von 1920. Mit der neuen braunen Stadtregierung verlor er alle diese Ämter. Dabei blieb die Familie nach wie vor tonangebend: Nicht nur Otschens jüngster Bruder Paul, der im Auftrag der Mutter das Kaufhaus am Markt leitete, auch zwei Schwager hatten sich frühzeitig auf die Seite der Nazis geschlagen.

Es gehörte bei der Lycker Gesellschaft dazu, an lauen Sommernächten über den See auf die andere Seite zu schwimmen und dort im Birkenwäldchen bis zum frühen Morgen zu bleiben. Wer mit wem schwamm, das war schwer zu erkennen. Ferngläser waren selten in der Stadt, und wer sie benutzte, der behielt seine Erkenntnisse für sich. Erika, eine Freundin von Elli, schwamm häufig mit dem gleichen jungen Mann. Es war ein Unteroffizier der Remontenschule, die 1933 wesentlich erweitert worden war – nicht wegen der auszubildenden jungen Pferde der Reichswehr, sondern um hier außerhalb des so genannten Heiligenbeiler Dreiecks einen weiteren Stützpunkt der Wehrmacht zu bilden. Der junge Mann tat das, was Männer, wenn sie dazu aufgefordert werden, ohne viel Federlesens tun. Er verschwand mit Erika im Schilf. Immer wieder, bis Erika merkte, dass sie schwanger war. Und das war ehrenrührig in Lyck. Da musste sofort etwas geschehen. Otsch wurde eingespannt. Er sollte eine Strategie entwickeln und konsequent handeln, um den Ruf der Freundin zu sichern.

Was herauskam? Otsch fand einen Referendar aus Königsberg, der stark verschuldet, aber sonst ganz annehmbar war. Der erklärte sich bereit, sehr schnell, praktisch sofort, zu heiraten, mehr des Geldes als Erikas und des zu erwartenden Kindes wegen. Aber er wollte es als seines anerkennen. So geschah es. Die Familien spielten der Lycker Öffentlichkeit vor, die beiden hätten sich heimlich verlobt und heimlich in Berlin trauen lassen, was sie auch taten, allerdings nicht zu dem Datum, das in Lyck verbreitet wurde. Denn eins wusste man, Masuren konnten rechnen. Und neun Monate waren nun einmal neun Monate. Wenn es ein eheliches Kind sein sollte, oder besser erst ein in der Ehe gezeugtes Kind, dann musste man für die Verbreitung eines falschen Hochzeitstermins sorgen.

Auch Otsch war immer wieder mit Elma über den See geschwommen. Aus sportlichen Gründen und um sich zu bewegen, kamen beide dann zu Fuß die zweieinhalb Kilometer auf der Promenade um den See herum laufend zurück. Die Nacht und das Schilf brauchten sie nicht, um sich in den Arm zu nehmen. Diese Zeiten waren, wie Elma meinte, vorbei. Otsch versuchte erneut die Fabrik zu erweitern und trug das Marketing sogar in das Revier seines größten Konkurrenten hinein, in die Hauptstadt Königsberg. Seine Firma nannte er »Fortschritt«, weil das modern war. Elma nahm jetzt voll und ganz alle, auch die von ihrer Schwiegermutter besetzten Positionen in der Großfamilie ein. Ihre Schwiegermutter zog sich zur Pflege ihres Mannes zurück. Die multiple Sklerose hatte ihn voll im Griff.

Seit der Machtübernahme durch die Nazis in der Stadt konnte Joachim nur noch Stunden im Rollstuhl sitzen. Drei Jahre später konnte er sich kaum noch bewegen. Zuletzt verstand ihn nur noch Maria, wenn er versuchte, Worte zu artikulieren. Um ihn zu pflegen, brauchte sie vierundzwanzig Stunden lang einen Helfer. Der Pfleger, der ihr half, kam aus der Praxis des Sanitätsrats Meyer, desselben, der Mandeln mit einem desinfizierten Taschenmesser kappte und Kopfschmerzen durch die Verordnung von Zigarren aufgrund des Nikotins zu heilen versuchte. Übrigens mit Erfolg, wie die Lycker feststellten, die gar nicht auf die Idee kamen, an seinen Verordnungen zu zweifeln.

Joachim, der am 6. Juni 1869 geboren worden war, starb 1936. Später sagten seine Kinder, es sei sein Glück gewesen, nicht nur, weil er das letzte Stadium der multiplen Sklerose nicht mehr in vollem Bewusstsein erleiden musste. Ihre Feststellung bezog sich vor allem darauf, dass er den Zweiten Weltkrieg und das Ende nicht mehr erlitt. Maria, die sich in eine kleine Wohnung gegenüber der Kirche zurückgezogen hatte, – die Möbel aus der großen Wohnung erhielt der katholische Pfarrer zur Ausstattung des vergrößerten Pfarrhauses, starb nur zwei Jahre später, auch noch vor Flucht und Vertreibung.

Übrigens war die Beerdigung von Joachim eine der größten, die Lyck je gesehen hatte. Alte Masuren sagten, nur die des berühmten Pfarrers Radtke sei größer gewesen. Radtke hatte als Superintendent in den zwanziger Jahren die soziale Komponente der Hauptstadt Masurens verkörpert. Er war kurz vor Joachim gestorben. Der Trauerzug zum kleinen katholischen Friedhof auf der anderen Seite des Flusses war mehr als zweieinhalb Kilometer lang, die Ministranten und der alte Dekan Fox gingen die ganze Strecke zu Fuß, Maria folgte in einer Kalesche, Otsch und Elma in der zweiten, die Handwerker und die Angehörigen der Stadtverwaltung gingen mit. Eine Blaskapelle, die sich städtisches Orchester nannte, begleitete den Trauerzug.

Der Sarg war vorher in der katholischen Kirche ausgesegnet und danach in das Kaufhaus gebracht worden. Die Kaufhalle war vollständig schwarz ausgekleidet. Alle Angestellten hielten Totenwache. Maria nahm die Kondolenzbesuche entgegen. Die Kränze konnte sie gar nicht alle begutachten. Für sie musste ein eigener Leiterwagen am Ende des Trauerzuges mitfahren.

Aber sie hatte noch Zeit, um nachzusehen, ob der Leichenwagen auch würdige Behänge für die Trauerpferde hatte. Sie ging selbst ins Lager, holte schwarzen Samt und ließ noch in der Nacht vor der Beerdigung in einem Raum hinter dem Totengewölbe neue Pferdebehänge schneidern.

Kinder und Schwiegerkinder reisten aus Berlin und Hamburg an. Sie waren alle in dem großen Haus untergekommen. Schließlich verfügte man über mindestens zwanzig Betten. Räume gab es genug, auch wenn einige der Enkelkinder im Bügelzimmer, im Keller oder im Kontor übernachten mussten. Mit der sichtbar gewordenen geballten Familienkraft zu leben, wurde für Elma immer schwerer. Otschens Geschwister wohnten bis auf Otschens Bruder in der Zwischenzeit im Reich. Für sie alle war die kleine ostpreußische Stadt zwar noch Heimat, aber ihr Lebensbereich hatte sich geändert. Nur Otschens älteste Schwester Hedwig bewies mehr als Toleranz gegenüber der eingeheirateten Schwägerin, die jetzt Hausherrin im provinziellen masurischen Elternhaus war. Sie wusste, wie viel Kraft die Leitung eines Betriebes hier an der Ostgrenze des Reiches kostete. Hedwig war Doktor rer. pol. und Bankdirektorin.

Von Joachims Beerdigung wurde noch Jahre erzählt, vor allem dass man bei ihr getanzt habe, sogar noch bevor die Leiche unter der Erde war. Ob das stimmte, daran konnte sich keiner der Teilnehmer erinnern, was man auf den Alkoholkonsum zurückführte und das gute Essen, das bei einer masurischen Beerdigung dazugehörte. Und wenn es nicht so gewesen ist, dann war es zumindest eine Ehre für den Verstorbenen, dass man eine uralte Anekdote aus Masuren auf seine Beerdigung hin neu fasste. Wer die Geschichte erzählte, brachte immer als Schlusspointe, dass der Pfarrer die Ehefrau des Verstorbenen nach der Beerdigung zur Rede stellte: »Ihr habt ja bei der Beerdigung getanzt, bevor die Leich unter der Erde war, wie ist das nur möglich.« Die Antwort von Maria soll gewesen sein: »Es ging ja auch zuerst nicht, aber dann haben wir den Sarg hochkant gestellt und dann war Platz genug zum Tanzen.«

Es gab heiße Sommer und eiskalte Winter in den dreißiger Jahren in Masuren. Im Winter Schneesturm, die Eisdecke auf dem See wuchs bis zu einer Dicke von fast zwei Metern. Schon um halb drei nachmittags wurde es dunkel, morgens brannten selbst die Straßenlaternen bis zehn Uhr. Im Sommer blieb es auch nachts hell. Den ganzen Juni über gab es weiße Nächte. Selbst wenn der Mond nicht schien, konnte man bei der hinter dem Horizont nur ganz flach verschwundenen Sonne auch um Mitternacht noch Zeitung lesen.

Für Besucher aus dem Reich gehörte das zum Erlebnis Masuren. Für die Familie Brodowski war es Alltag, so wie der See und der Wald, wie die Pferde und der Moselwein, von dem Otsch jetzt fast an jedem Abend mindestens eine halbe Flasche trank. Er war sich sicherlich bewusst, dass er zum Einzelgänger wurde. Elma vergrub sich in ihren Illustrierten. Otto junior und seine Schwester ließen sich nur zu den Tischzeiten sehen. Sie hatten ihre eigenen Probleme. Dabei war es letztlich Otsch, der sie ausgelöst hatte, jedenfalls die schwerwiegenden.

Otto junior hatte sich nie um Jugendgruppen, nicht einmal um Sportvereine gekümmert, außer um den Segelclub, der auch eigene Tennisplätze hatte. Schon gar nicht kam er mit der Hitlerjugend in Berührung, die schon vor 1933 ihre erste Jungschar in der Hauptstadt Masurens gegründet hatte.

Nur im Gymnasialchor war er engagiert und eingebunden. Die Brodowskis galten ja als musikalisch. Der Junior hatte einen strahlenden Sopran, wie Musiklehrer Müller feststellte, der aus dem Reich an das Gymnasium an der Grenze strafversetzt worden war, weil er sich nicht für Politik, sondern nur für Musik interessierte. Der Zehnjährige konnte Noten lesen und Klavier klimpern, als er zum Solisten des Knabenchors aufstieg. Mit dem Klavier kam er allerdings nicht besonders klar, letztlich aus Faulheit. Die Klavierstunden bei der »frommen Helene«, der einzigen Klavierlehrerin im Ort, die ihren Vater bis zum Tod gepflegt hatte, anschließend den Flügel der Familie bediente und von den nicht sehr üppigen Stundengeldern ihrer Schüler lebte, versuchte zwar immer wieder neu, den Jungen für das Instrument zu begeistern. Aber ohne hörbaren Erfolg.

Für ihn waren Fahrradfahren, Tennisspielen, Rudern und Segeln wichtiger. Aber auch im Chor fühlte er sich wohl. Vielleicht weil er sehr bald Solist wurde, Solo-Sopran im Soloquartett und später Sprecher beim »Masurischen Jahr«, der Musikdichtung des Gesangslehrers und Dirigenten Neumann. Vielleicht gefiel es ihm auch, dass der Chor Beethoven, Bach,

Brahms, ja sogar Tschaikowsky und Meyerbeer sang, Schumanns Zigeunerleben und Opernchöre von Verdi und nicht die immer mehr in Mode kommenden Marschlieder und Parteihymnen. Bei Fest- und Feierstunden wurde als nationales Lied Ernst Moritz Arndts »Freiheit, die ich meine« intoniert. Die Begründung: Das Gymnasium sei nach ihm benannt. Schließlich hatte der Rheinländer hier, von Russland kommend, in den Befreiungskriegen zum ersten Mal deutschen Boden betreten.

In den letzten Jahren vor dem Krieg liefen Mädchen und Jungen fast nur noch in Uniform herum, schon weil das praktisch war. Uniformblusen, -hosen und -röcke kosteten weniger als andere Kleidung. Und dann gehörte es in der Kleinstadt dazu, in nationalen Organisationen zu sein und das auch zu zeigen. Und als national, und nicht nationalsozialistisch, galt die Hitlerjugend. Es gab eine Motorrad-Gruppe und Schießunterricht mit Kleinkalibergewehren, es gab Geländespiele und dann allerdings immer häufiger Exerzieren und Aufmärsche und Abende, an denen das Leben des Führers und die Geschichte der NSDAP gelernt werden mussten.

Obwohl in der Zwischenzeit ein Gesetz erlassen worden war, das alle Jugendlichen zwang, Mitglied der Hitlerjugend zu werden, der Staatsjugend, hatte sich der Sohn des Fabrikbesitzers Brodowski daran nicht gehalten. Es fragte ihn auch keiner. Probleme traten erst auf, als der Schulchor offizieller Chor der Hitlerjugend werden musste, um im Stadttheater auftreten zu können oder Zuschüsse für Reisen zu bekommen. Aber wozu hatte Otto junior einen Onkel, der einen Laden hatte und mit Uniformen handelte. Er bekam eine Hitlerjugend-Uniform ohne Rangabzeichen und ohne dass einer fragte, ob er zum Tragen berechtigt sei, und verschwand so in Schwarz-Braun im Chor unter den anderen.

Das wurde erst kurz vor Kriegsbeginn anders. Die Bannführung als oberste Hitlerjugend-Führung in Lyck, die sich nach dem Traditionsregiment 147 benannt hatte, das früher einmal auf Hindenburg vereidigt war, richtete einen HJ-Streifendienst ein. Das war eine Sondereinheit, die für Disziplin unter den Jugendlichen sorgen, also kontrollieren sollte, ob sie in nicht zugelassene Filme gingen oder sich nach zehn Uhr abends noch in den Straßen aufhielten. Die Erwachsenen begrüßten diesen Dienst, denn in den Wintermonaten kam es regelmäßig und seit Jahrzehnten zu Straßenschlachten zwischen den Jungengruppen.

Die Steinstraße kämpfte zum Beispiel gegen die Kaiser-Wilhelm-Straße, die später Adolf-Hitler-Straße hieß. Und da in der Steinstraße vor allem Lehrlinge wohnten und in der Kaiser-Wilhelm-Straße Oberschüler, siegte regelmäßig die Steinstraße. Ausgetragen wurden die Kämpfe mit Fäusten und Knüppeln, und manchmal auch mit Katapulten, Zwillen und gebogenen Drahtstücken, die gefährlich werden konnten. Zwei Jungen aus der siebten Klasse verloren 1938 je ein Auge durch diese gefährlichen Geschosse. Otto jun. stand dabei, wie früher sein Vater, nie in der ersten Reihe der Angreifer oder Verteidiger. Er sorgte für Kommunikation und Waffennachschub, wie etwa Haselnussstecken und im Winter mit Steinen gefüllte Schneebälle. Er war meist so etwas wie ein Adjutant des Anführers und der kam meist aus der Gruppe der Lehrlinge oder gehörte als Scharführer zu einer der Hitlerjugend-Einheiten.

Schon kurz vor Kriegsbeginn 1939 bekam der Streifendienst andere Aufgaben. Er sollte die Nichtmitglieder der Hitlerjugend in die Zwangs-HJ rekrutieren. Nichtmitglieder gab es in Lyck auf dem Gymnasium ein halbes Dutzend. Sie wurden eines Tages schriftlich zum Dienst bestellt. Ottchen verschwieg das Ansinnen, denn schließlich war es nicht per Einschreiben gekommen. Das ging vier Wochen gut. Dann klingelte es an einem Samstag Sturm. Drei Hitlerjugend-Führer forderten Einlass. »Wir sind hier, um Ihren Sohn abzuholen«, erklärten sie kurz und bündig und wiesen ein offizielles Schreiben der HJ-Führung vor. Dieses bezog sich auf ein Gesetz der Reichsregierung, nach der die Mitgliedschaft in der Hitlerjugend Pflicht sei. Ottchen saß gerade in der Badewanne und so dauerte es eine ganze Weile, bis er sich fertig gemacht hatte und mitging. Was sollte er auch anderes tun. Am Samstagabend konnte sein Vater nicht einmal einen Rechtsanwalt alarmieren. Selbst wenn ihm das geglückt wäre, was hätte der gegen die Partei tun sollen.

Ottchen musste an einem Gruppenabend der Pflicht-HJ teilnehmen. Unter den fünfundzwanzig Jungen fand er keinen seiner Schulkameraden. Er war wohl auch der Einzige aus dem Gymnasium. Die drei jüdischen Mitschüler waren schon seit 1937 fort. Wohin, wusste keiner in Lyck. Neben ihm in der Schulbank, denn das Ganze fand in der Volksschule statt, saß übrigens der Häuptling einer der Straßencliquen vom Töpferende.

Schon am nächsten Tag beschloss Ottchen, die Mitgliedschaft in der Zwangs-HJ zu beenden. Er traf sich mit seinem Freund Peppi, der in der Flieger-HJ Fähnleinführer war. Der forderte ihn an. Ottchen hatte einige Kenntnisse, die man brauchen konnte. Er beherrschte zum Beispiel das Morse-Alphabet, und er war früher schon einmal Segelflieger gewesen, wenn auch nur als Jungmann im Club und ohne die Chance, einen A- oder gar C-Schein zu erwerben, der ihn zum selbstständigen Fliegen berechtigte. Peppi schien einigen Einfluss zu haben. Der Nachwuchs für die Luftwaffe sollte durch die Flieger-HJ gesichert werden. Das nationalsozialistische Fliegerkorps der Erwachsenen genoss Ansehen bei der Partei, weil es für den südöstlichsten Flughafen der Provinz zuständig war.

Dabei war Peppi der Sohn eines strafversetzten Polizisten. Der hatte in Allenstein vor 1933 Kundgebungen der Nationalsozialisten verboten und war jetzt einige Dienstränge zurückgestuft und an die Grenze nach Lyck strafversetzt worden. Er starb übrigens 1945 durch die Kugeln einer russischen Maschinenpistole. Die sowjetischen Soldaten, die den Flüchtlingstreck überrollt hatten, unterschieden nicht zwischen Nazis und ihren Gegnern.

8

»Stechen tun sie – und harte Stängel haben sie. Aber sie riechen gut.« Otto Brodowski hielt den Rosenstängel mit der großen gelben Blüte dicht vor seine Augen: »Und schön ist sie. Ein bisschen zerspliesert, aber schön.« Leicht kniff der Mann mit den grauen Strähnen im Haar die Augen zusammen und blinzelte auf den See hinaus. Die Sonne ringelte sich auf den kleinen Wellen, von weit her hörte man das Rattern eines Motors.

Der große, schwere Mann drehte sich um. Der Lastwagen hinter ihm auf dem Kopfsteinpflaster an der Straße war hoch beladen, aber er wirkte klein gegenüber diesem Mann. Brodowski zwängte sich in die enge Fahrerkabine. Den Hut musste er abnehmen: »Roger, mach zu.«

Das Gefährt, dem ein Kotflügel und ein Teil der Windschutzscheibe fehlte, setzte sich knatternd in Bewegung. Mühsam kletterte der Wagen den steilen Berg zur Hauptstraße hoch und bog dann ab nach Norden. »Ich wusste, dass ich Lyck jetzt zum letzten Mal sah«, schrieb Brodowski zwei Jahre später in einem Brief an seine Schwester, in dem er über die Stationen seiner Flucht aus Ostpreußen berichtete.

An diesem Oktobertag blieb nicht viel Zeit für Gedanken, und schon gar nicht für solche. Ein Feldwebel mit glänzendem Blechschild auf der Brust stoppte das Gefährt. Brodowski zog den Passierschein aus dem Ärmelumschlag des Uniformmantels ohne Rangabzeichen, den er sich über die Oberleutnantsuniform aus dem Ersten Weltkrieg gezogen hatte. »In einer Zeit der Uniformen muss man auch eine tragen, sonst geht man kaputt«, hatte er einem seiner engeren Freunde gesagt, der ihn zwei Tage vorher auf die Uniform hin ansprach. An der Windschutzscheibe des Autos klebte ein roter Winkel mit Siegel des Landratsamtes Lyck und eine Sonderfahrgenehmigung zur Verlagerung des Betriebes in den nördlichen Teil der Provinz Ostpreußen.

Das Lebenswerk von drei Generationen blieb in der Hauptstadt Masurens zurück. Jetzt leere Räume, Werkhallen, in denen nur noch Betonsockel davon kündeten, dass hier einmal Maschinen gestanden und Menschen gearbeitet hatten. Nur der Weinkeller im Berg unter der Fabrik war noch halb gefüllt. Beim besten Willen konnte Otsch nicht alles austrinken. Selbst als er immer mehr Flaschen des Moseljahrgangs 1937 an in der Nachbarschaft einquartierte Offiziere verschenkte, wurden sie nicht alle. Es fehlten zu viele Freunde. Allerdings: »Die besten Lagen habe ich verpackt und abgeschickt ins Reich.«

Für die hundertachtzig Kilometer von Lyck nach Koppelbude brauchte der Tempo-Vierradlastwagen einen ganzen Tag. Es wurde dunkel, als er mit dem französischen Kriegsgefangenen Roger am Steuer in einen verwahrlosten Hof einbog. Fünf Eisenbahnwaggons mit Maschinen standen bereits auf dem Abstellgleis der ehemaligen Molkerei. Wo deren Einrichtung geblieben war, wusste niemand. Und niemand fragte danach. Eine alte Dampflokomotive verbreitete Gestank und Lärm, aber auch Wärme.

Aus den Ritzen eines nicht sauber abgedunkelten Fensters im Dachgeschoss blinzelten Sonnenstrahlen. Drinnen war es warm. Der Tisch war gedeckt mit Gläsern aus Böhmen, Geschirr aus Sachsen, Wein aus Kobern an der Mosel und Bestecken aus Petersburg. Dazu ein Kerzenleuchter, den ein Silberschmied in Warschau gefertigt und ein zaristischer Offizier 1912 über die damals russisch-deutsche Grenze geschmuggelt hatte. Ein neues Zuhause mit alter Einrichtung.

Der einzige Gast an diesem Abend war Roger, der Franzose. Sein Nachname stand nur in den Papieren, die im dunkelbraunen Firmentresor verschlossen waren und jetzt in einer kalbsledernen Aktentasche im Aktendeckel »Kriegsgefangene« abgelegt waren. Roger hieß Roger, nichts weiter. Er trug die Uniform eines Feldwebels der französischen Infanterie. Seit vier Jahren gehörte er mit fünf Kameraden zum Stammpersonal der Färberei und Wäscherei Brodowski.

Roger hatte den klapprigen Tempo-Lastwagen wieder in Gang bekommen, als der von einer Schrotthalde mitten im Krieg gekauft wurde. Er verstand es, Leichtbenzin und Benzol so zu mischen, dass ein brauchbarer Treibstoff daraus wurde. Und er zerschnitt französische Flaschenkorken zu Belegplättchen für die Autokupplung. Er konnte übrigens auch Uhren reparieren – gegen Tabak für die Pfeife.

Zudem kochte er gut. Heute zog Roger aus den unergründlichen Taschen seines ihn umflatternden mehrfach renovierten Kriegsgewandes sogar eine Flasche Chablis. »Chef, jetzt sind Sie auch weg von zu Hause, aber ich bleibe.«

Roger und seine fünf Kameraden hatten sich entschlossen, nicht unterzutauchen, um sich dann von den sowjetischen Truppen befreien zu lassen. Ob sie aus den vertraulichen Kanälen, über die sie all die Jahre in Masuren verfügten – zweimal waren sogar ihre Frauen illegal in Lyck –, wussten oder nur ahnten, was den meisten französischen Kriegsgefangenen, die auf die sowjetischen Verbündeten vertrauten, später zustieß?

Oder vielleicht fühlten sie sich schon so zugehörig zum »Chef«, wie Brodowski von ihnen nur genannt wurde, seiner Familie und ihren deutschen Kollegen, die sie nicht im Stich lassen wollten.

Das Abendessen verlief trotz Chablis wortkarg. Nicht wegen der verschiedenen Muttersprachen der beiden Männer am Tisch, auch nicht aus Wehmut und

Erinnerung. Beide versuchten im Schweigen die Zukunft zu ergründen.

Roger hatte ein Ziel: gesund zurück nach Paris, überleben, um die väterliche Garage in der Nähe der Champs-Elysées, wenn sie von der deutschen Besatzung befreit war, wieder in Besitz zu nehmen. Er wollte sein Stamm-Bistro wieder sehen, seine Kinder, seine Frau, seine Eltern. Und er wollte sich dann möglichst schnell, vielleicht mit einer Kriegsentschädigung zur Ruhe setzen.

Otto Brodowski hatte keine Ziele. Der nächste Tag sollte die Zusammenführung der Familie bringen, das Wiedersehen mit seiner Frau, von der er über einen Monat getrennt war, und seiner Tochter. Er hoffte, dass sein Sohn, der irgendwo im Westen Soldat war, »Evakuierungsurlaub« bekam. Dann musste der Betrieb wieder aufgebaut werden, für einige Monate, wie er hoffte. Seit 1939 arbeitete das Werk fast ausschließich für die Wehrmacht. Uniformen wurden gereinigt, Uniformstoffe gefärbt, Fliegerpelze aufgearbeitet. Im Eiswinter 1941, in dem deutsche Soldaten in Russland umkamen, weil die Armee zwar an Waffen, aber nicht an Bekleidung gedacht hatte, fuhren Offiziere vor dem Werk in Masuren vor, um auch nur zehn oder zwanzig Uniformröcke und vielleicht dreißig Mäntel für ihre Soldaten zu bekommen. Auch wenn sie dreihundert gebraucht hätten.

Bei Brodowski hatte sich seitdem die Vorstellung festgesetzt, dass seine Arbeit lebenserhaltend war. Für die Behörden nannte er es »kriegswichtig«. Von da an zählte der Arbeitstag für ihn sechzehn und oft achtzehn Stunden. Und wenn die chemischen Lösungsmittel gesundheitsschädlich waren, mit denen er als Ersatz für Benzin arbeitete, dann nahm er Medikamente, um sich davor wenigstens, so gut es eben ging, zu schützen.

Der Fünfzigjährige sollte jetzt zum zweiten Mal seinen Betrieb neu einrichten. Nach dem Einmarsch der Russen 1914 in Masuren war er zerstört worden. Zwei Jahre nach Friedensschluss stand er leistungsfähiger da als zuvor, auch wenn neue Kunden gesucht werden mussten, weil die Russen, die früher Wolle und Pelze anlieferten, nicht mehr kamen. Die Polen jenseits der Prostker Grenze hatten nichts zu »veredeln«. Im Sommer 1944, als die Russen in Ostpreußen eingefallen waren und Lyck zum Kampfgebiet gehörte, beendete Brodowski selbst sein Lebenswerk. Er baute die Maschinen der Fabrik ab und verlud sie, um auf Gauleiter-Befehl im Norden der Provinz, dicht bei Frauenburg in einer aufgelassenen Molkerei neu anzufangen. Der »Masurenbote«, die einzige Zeitung in Lyck, 1936 von den Nazis übernommen, schrieb: »Die Front wird gehalten. Nach Ostpreußen kommen die Russen nicht hinein. Wir schreiben nicht 1914. Lyck wird nur vorübergehend evakuiert.«

Ob der Kriegsfreiwillige von 1914, der jetzt seinem französischen Kraftfahrer gegenübersaß, an den Ersten Weltkrieg und die erste Flucht dachte, konnte man ihm nicht ansehen. Brodowski hatte gelernt, zumindest seit dem Juli 1944, keine Gedanken, und sei es durch ein verstecktes Blinzeln im Augenwinkel, zu verraten. Schweigen hatte er schon seit 1933 lernen müssen.

Roger unterbrach die von Unausgesprochenem gefüllte Stille: »Wann abladen, wann weiterfahren, Chef?« Otto hob das zerfurchte Gesicht ein wenig, drehte den Kopf zur Seite, sah Roger an und sagte: »Fünf Minuten, bevor es knallt.« Am nächsten Morgen entdeckte Elma, die gleich nach Sonnenaufgang angekommen war, beim Sortieren der abgeladenen Kisten und Kästen die gelbe Rose aus Masuren. Die kalte Nacht hatte sie frisch gehalten. Eine Milchflasche wurde zur Vase. »Schön, dass wir wieder zusammen sind«, strahlte sie ihren Mann an. Dann begann sie einzuteilen, was wohin sollte. Sie scheuchte zwei Helferinnen und mahnte eine dritte zur Sorgfalt: »Das Geschirr brauchen wir noch, und sei es auf der Flucht.« Auch sie dachte an Flucht. Und da alle anderen das auch taten, fiel dieser »Versprecher« niemandem auf.

An den Satz von Goebbels: »Wir werden keinen Handbreit deutschen Boden aufgeben«, glaubte niemand. Auch Auguste, die alte Haushälterin, nicht, die sich darüber entrüstete, dass die Einmachgläser vom vergangenen Jahr, gefüllt mit Gänseschenkeln und -brüsten, noch nicht aus den strohgefüllten Kisten geholt worden waren. »Die müssen raus und aufgestellt werden; wenn es friert, sind sie kaputt.« Aber es fror noch nicht. Der Winter kam erst im November, wie in jedem Jahr, dann taute es zwischendurch und fror wieder. Aber auch das war wie immer, wenn es auch in diesen Tagen Tausende das Leben kosten sollte.

Otsch trug schon seit Wochen die graue Offiziersuniform. Sein letzter Reserve-Dienstrang war Oberleutnant, im Ersten Weltkrieg hatte er es als Abiturient noch zum Leutnant gebracht. Auch eine Ordensspange hatte er sich besorgt mit dem Teilnehmerorden für alle, die im Ersten Weltkrieg Frontsoldaten waren, und dem EK2. Die Lebensrettungsmedaille, die er einmal in den Sommerferien bekommen hatte, zählte bei ihm nicht zu den Verdienstorden. Aber er trug sie. Als Tarnung war sie wichtig. Dazu hatte er sich einen großen Kradmantel organisiert. Der war zwar aus Kunststoff und innen steif. Aber man konnte darunter auch noch einen anderen Mantel anziehen. Und das war nötig bei Frost, dem zu erwartenden Schneefall bei der weiteren Flucht.

Schon vor einem Jahr, als die Sondermeldungen über Siege in Russland noch über das Radio dröhnten, hatte Otsch drei Treffpunkte für die Zeit nach dem Verlassen Ostpreußens festgelegt. Der erste war Dramburg in Pommern, wo die ostdeutsche Vertretung der IG Farben saß. Dass die Sowjets so weit vordringen würden, hatte Otsch nicht erwartet, ebenso wenig wie eine Besetzung Berlins. Der zweite Fluchtpunkt war die Kantstraße in Charlottenburg, in der eine Schwester wohnte. Als Drittes hatte er Thüringen ausgeguckt, woher der Vater seiner Frau stammte. Aber auch Thüringen war dann nicht weit genug entfernt von einer sowjetischen Besatzung.

Dabei hatte sich Otsch ziemlich genau informiert über die Vorstellungen der Alliierten für die Zeit nach dem Krieg. Seine älteste Schwester, eine der tatkräftigen studierten ostpreußischen Frauen, Volkswirtin, hatte Karriere in der volkswirtschaftlichen Abteilung einer Bank gemacht. Sie hatte Zugang zu Abhörberichten aus England und zu englischen Zeitungen. Otsch war mehrfach nach Berlin gefahren, um mit ihr darüber zu sprechen, um sich ein Bild zu machen. Auch die englischen Zeitungen hatten ein Vordringen der Russen bis zur Elbe nicht vorausgesehen. Auch dass fast ganz Pommern und Schlesien Polen zugeschlagen und nicht im Kernreich Deutschlands verbleiben würde, hatte niemand bei den Siegern vorausgesagt. Aber dass Ostpreußen, in dessen Süden immerhin die älteste europäische Grenze Preußen von Polen trennte, nach dem sicher verlorenen Krieg nicht mehr deutsches Land sein würde, ahnte Otsch, ohne dass er diese Ahnung zur Erkenntnis werden ließ.

Im Betrieb hatte Otsch von den ausgewählten Fluchtorten nichts verlauten lassen. Wem konnte er denn trauen? Und selbst wenn er zum Beispiel den alten Kudowski, seinen Färbermeister, in den zwanziger Jahren SPD-Vorsitzender in Hamburg, 1934 vor Nazi-Bedrängnis nach Ostpreußen geflüchtet, darüber informiert hätte, der hätte ihm seine Analyse nicht geglaubt. Für einen Bewohner Ostpreußens schien es undenkbar, dass die Provinz irgendwann nicht mehr deutsch sein sollte. Das galt für das katholische Ermland, aber noch viel mehr für Masuren, Insterburg, Königsberg und Allenstein.

Um die Großfamilie mit Schwestern und Neffen zusammenzuhalten, tippte Otsch mindestens einmal in der Woche auf der einzigen Schreibmaschine mit verschobenen Buchstaben Rundbriefe. Seine wachsende Wut auf Partei, Staat, auf Zahlmeister und Lehrer in Offiziersuniform ließ er in Schilderungen einfließen, dass der Betrieb immer noch nicht in Gang zu bekommen sei, weil diese Funktionäre zum Beispiel die Kohlelieferungen aus Oberschlesien verhinderten. Er prangerte, ohne daran zu denken, dass die Briefe abgefangen werden könnten, ohne Ausnahme alle Bürokraten als Schmarotzer in Uniform an. Und wenn ihm die mögliche Bedrohung klar wurde, fügte er den Nachsatz hinzu: »Sie gefährden den Endsieg.«

Otsch berichtete, dass er, nachdem er Lyck verlassen musste, als einziges Fahrzeug neben dem klapprigen Tempo-Lastwagen einen Einspänner-Krümperwagen hatte, mit dem er nach Heiligenbeil zockeln musste, um Bezugsscheine zu holen. Nicht zuletzt kritisierte er, dass die Post immer noch nicht in der Lage war, ihm einen Telefonanschluss zu legen. Dass er vor allem mit seinem Sohn im Westen telefonieren wollte, verschwieg er.

Als er das fehlende Telefon endlich bei einem Hauptmann, der zur Stammtruppe des nicht mehr genutzten Führerhauptquartiers Wolfsschanze bei Rastenburg gehörte, monierte, erhielt er sofort den Anschluss an eine Wehrmachtsvermittlung. So kam er in das normale Postnetz hinein. Über diese Leitung hatte er später die Flucht der Familie organisiert. Er selbst fuhr mit dem Lastwagen über vereiste Landstraßen nach Westen.

Otsch erreichte nachts telefonisch seine Freunde in Dramburg und die Schwester in Berlin, denn am Tag kam er über die Wehrmachtsvermittlung bei Berlin nicht durch. In Dramburg war man bereit, die Familie aufzunehmen, wenn es nötig sein würde, aber: »Das wird ja nicht so weit kommen, denn wer soll Ostpreußen schon erobern.« Seine Schwester in Berlin war ausgebombt und wohnte in einer Notunterkunft. »Bleibt bloß von Berlin weg. Es fallen hier jede Nacht Bomben, vor allem in den Wohnvierteln.« Otsch besorgte sich dennoch Landkarten für die Straßenverbindungen über Danzig nach Berlin. Wozu hatte er einen Schulfreund, der in Königsberg immer noch in einer Wehrmachtsstelle saß und Zugang zu allgemeinen Messtischblättern hatte. In der Küche der Behelfsunterkunft wurden erneut Gänse in Weckgläsern eingekocht als letzte Reserve, und in den jetzt leeren Koffern wurden unten zuerst einmal die wichtigsten Papiere der Firma eingelagert, dann das restliche Silber, das nicht mit nach Dramburg geschickt worden war, und nicht zuletzt die Fotoalben der Familie.

Otschens Schwester Trude hatte das Fotografenhandwerk erlernt und es fertig gebracht, auch noch im Krieg jede Menge Filme nach Masuren zu schicken, die Otsch dann nicht nur zu Familienfesten, sondern immer wieder auch zu Landschaftsaufnahmen und Porträts von Freunden und Bekannten verwendete. »Das Zeug ist schwer, aber wir werden es nie wiederbekommen, also muss es mit.«

Bis Mitte Dezember schaffte es die kleine Schar aus französischen Kriegsgefangenen und alten deutschen Stammarbeitern, zwei Reinigungsanlagen wieder in Gang zu bekommen. Die Dampflokomotive schaffte es in dem eiskalten Winter, der 1944 schon im November begann, für genügend Wärme zu sorgen. Die Stromanschlüsse der früheren Molkerei reichten aus, Lösungsmittel zum chemisch Reinigen kamen sogar noch per Bahn aus Bitterfeld. Überhaupt, die Bahn funktionierte. Und wer das Privileg hatte, zu ihren guten Kunden zu gehören, für Otsch traf das zu, der konnte immer noch Expressgut aufgeben und sogar zwei Güterwagen mit Maschinenteilen und Privatgütern verladen und in den Westen abschicken.

Erst ein Jahr später stellte sich heraus, dass einer dieser beiden Wagen an eine falsche Adresse gegangen war. Und dies ermöglichte es den Brodowskis, nach dem Krieg neu anzufangen. In diesem Waggon waren drei Dampfbügelmaschinen, die Otsch in der Notunterkunft in Ostpreußens Norden nicht brauchte und sicherstellen wollte. Ursprünglich sollte der Waggon nach Pommern gehen, aber er landete in Rudolstadt bei einer entfernten Verwandten seiner Frau. Es ist nie geklärt worden, warum und wieso dieser Waggon zu dieser Nenntante oder besser Nenngroßtante gegangen war und warum die, ohne zu wissen, wo dieser Eisenbahnwaggon mit Maschinen und Privatsachen eigentlich herkam, alles in eine alte Scheune in der Nähe von Hildburghausen packen ließ. Wie sie es überhaupt ermöglichte, Hilfskräfte zu bekommen, die diesen Transport durchführten – auch das wurde nie aufgeklärt.

Eines der vielen kleinen Wunder, die von Tag zu Tag das Leben in neue Bahnen leiteten Pläne, und das hatten die Brodowskis, die nun drei waren, Vater, Mutter und Tochter, langsam zur Kenntnis nehmen müssen, würden nicht mehr funktionieren. Man musste von Tag zu Tag sehen, wie man durchkam. Bis zum September ging es darum, was gekocht werden konnte, wie man Wintermäntel schneiderte, wer einem die Schuhe besohlte und wie man immer wieder Besichtigungen von Parteigenossen abwehrte, die nicht einmal sagten, was sie wollten. Und doch erschienen sie in ihren braunen Uniformen gefährlich. Otsch schützte die Tatsache, dass er behauptete, sein Betrieb unterstände der Luftwaffe. Was so nicht stimmte, denn er hatte ja nur einen Zivilvertrag aus der Vorkriegszeit mit diesem Wehrmachtsteil zur Reinigung von Uniformen. Aber er hatte einige Bescheinigungen, ob sie echt waren oder nicht, hatte er nicht einmal seiner Frau gesagt, dass dieser Betrieb wie ein Rüstungsbetrieb behandelt werden müsse.

Nach Lyck in die Heimat hätte Otsch jetzt noch fahren können. Nur was sollte er da. Doch sein Sohn, der Heimaturlaub bekam »wegen der Evakuierung der Familie«, landete nach Irrfahrten mit Urlauberzügen kurz vor Weihnachten 1944 in der masurischen Hauptstadt. Die Stadt war voller Soldaten, die Front etwa dreißig Kilometer weiter im Osten. Die Fabrik hatte nur leere Fundamente. Im Wohnhaus stand nicht einmal ein Bettgestell. Der Urlauber musste im Hotel übernachten, im alten »Königshof«. Als Erstes zog er seine Uniform aus und Zivil an. Zwei Anzüge hatte er in der alten Wohnung gefunden. Warum sie nicht mit in das Evakuierungsgepäck gekommen waren – vielleicht hatte die Mutter eine Ahnung, dass der Sohn sie einmal brauchen könnte.

Das Zivil ermöglichte ihm, durch die Stadt zu gehen, ohne dauernd grüßen zu müssen. Hier in der Etappe gab es mehr Offiziere als einfache Soldaten. Als er auf der Straße zwei Fliegerleutnants mit goldener Frontflugspange traf, lud er sie ein, den Weinkeller des Vaters nicht nur zu besichtigen, sondern auszuräumen. Er war befugt und als Zivilist mindestens gleichberechtigt.

Otsch hatte nur die wertvollen Weine des Jahrgangs 1937 ausgetrunken oder mitgenommen und alles andere, fast hundert Flaschen, zurückgelassen.

Dann lud der Zivilist, der nur Obergefreiter war, die beiden Flieger zum Essen ins Hotel ein. Frau von Hort, jetzt Chefin, servierte einen kompletten Gänsebraten. Die Majore, Obristen und Generalleutnants, die im gleichen Speisesaal dinierten, erhielten Gemüsesuppe und starrten gebannt auf die drei genüsslich kauenden jungen Männer, die sie nicht einordnen konnten. Wegen der goldenen Frontflugspangen der beiden Leutnants wagte keiner zu intervenieren.

Brodowski junior blieb nur zwei Tage in der masurischen Hauptstadt. Dann fuhr er zur Familie. Die Adresse hatte er am Bahnhof bekommen, denn es mussten ja eine ganze Reihe von Dingen nachgeschickt werden, die in den ersten Umsiedlungswaggons keinen Platz hatten. Er hatte auch keinen Bekannten getroffen. Die waren alle evakuiert, bis auf einige Parteifunktionäre und die hatten ihn oder seinen Vater vielleicht gekannt, aber er sie nicht.

Es lag schon der erste Schnee auf den Bäumen. Der See war noch nicht zugefroren. Die Straßen waren frei, und sogar die Lycker Zeitung erschien noch immerhin mit einer Auflage von fast tausend Exemplaren. Von deutschen Nachrichtenbüros gab es ausschließlich nur Siegesmeldungen über siegreiche Rückzüge.

Otsch holte seinen Sohn mit dem Vierrad-Tempo-Lastwagen vom Bahnhof in Heiligenbeil ab. Jetzt hatte der wieder Uniform an, um nicht irgendeinem »Heldenklau« aus den Presskommandos eines General Unruh, den es tatsächlich mit diesem Namen gab, anheim zu fallen. Ausweise hatte der Junior genügend in der Tasche, Marschbefehle mit offenen Zielen. Er kam ja aus Frankreich, dem Rückmarsch von der Normandie, und gehörte einer Transporteinheit an, die aus fünf aufgelassenen Luftwaffeneinheiten bestand. Und da gab es genügend Stempel und Formulare, die man mit Kenntnis des Systems der Militärbürokratie für sich nutzen konnte.

Das Wiedersehen wurde zum Familienfest. Sogar einige der Reserve-Weckgläser wurden aufgemacht. Otsch verstand, dass sein Sohn vom Krieg nicht viel erzählte. Ihm war es 1917 ähnlich ergangen. Was sollte man auch berichten von der Normandiefront, der Übermacht der Amerikaner, den Flächenbombardements, den Vorgesetzten, von denen nicht wenige Selbstmord begingen, den wahnwitzigen Befehlen etwa, in Angriffsposition dort zu gehen, wo schon längst amerikanische oder englische Truppen standen, und der Gefangennahme durch französische Partisanen.

Als er dann doch darüber berichtete, wie ihn als einsamer Kradfahrer eine Partisaneneinheit in französischen Polizeiuniformen gefangen nahm, nördlich von Meaux, fragte seine Mutter: »Wann war das genau?« Und dann: »Ich habe gewusst, dass du in Gefahr warst. Ich habe die ganze Nacht nicht geschlafen, Otsch habe ich nichts gesagt, um ihn nicht zu beunruhigen.« Dass man in der Familie die Bedrohung, und gar die tödliche, eines anderen spürte, das war in Masuren Alltag.

Was war im Oktober passiert? Nach der Gefangennahme musste der Obergefreite Brodowski, meist Ottchen genannt, sich auf einen Lastwagen zu anderen deutschen Gefangenen begeben. Die Franzosen waren in eine Waldschneise gefahren. Anschließend hatte ein amerikanischer Offizier ihn gefragt, wer Englisch könne. Da muss der Junior sich bemerkbar gemacht haben. Er wurde herausgewunken und zu einem PKW gebracht. Er bekam einen Stapel deutscher Papiere auf den Schoß und sollte übersetzen, was diese Papiere bedeuteten. Kurz danach hörte er Maschinengewehrsalven, vielleicht waren es auch Schüsse aus Maschinenpistolen. Und als man ihn nach seiner »Übersetzungsarbeit«, die er, weil er nur Schulenglisch konnte, unvollkommen verrichtet hatte, wieder zum Gefangenenwagen brachte, war der leer.

In der stockdunklen Nacht gelang es ihm zwei Stunden später, vom Wagen herunterzukommen und sein Beiwagenkrad zu finden. Dann hatte er den Mut, es anzutreten und an den ersten Wagen der Kolonne vorbei mit Kardansperre und vollem Tempo aus dem Wald herauszufahren. Ob hinter ihm hergeschossen wurde oder nicht, hatte er nicht gemerkt. Er fand die Hauptstraße nach Meaux. Zwei Tage später auch seine alte Einheit. Im Übrigen feierte er seit dem Tag stets seinen zweiten Geburtstag.

Jetzt in Koppelbude war das alles weit weg. Vor den Grenzen Ostpreußens standen nicht Amerikaner und französische Partisanen, sondern Sowjettruppen. Die Berichte von ihrem Wüten waren, obwohl die ostpreußischen Zeitungen wenig darüber brachten, Gesprächsthema. Ganze Dörfer waren vernichtet worden. Alle Einwohner einschließlich der Kinder ermordet, Frauen hatte man vergewaltigt, alte Männer auf grausamste Weise umgebracht. Goebbels nutzte diese Gräueltaten zu einer Propagandakampagne, die aber mehr im Reich als in der Nähe der russischen Front ablief.

Das Wiedersehen mit den Eltern, vielleicht auch der Gänsebraten, aber vor allem die vorangegangenen Belastungen ließen Ottchen plötzlich mit hohem Fieber und Magenbluten zusammenbrechen. Auf dem offenen Vierradlastwagen wurde er liegend nach Heiligenbeil ins nächste Lazarett gefahren, krankgeschrieben, allerdings mit dem Rat des Stabsarztes, zu der Truppe in den Westen zu kommen. »So schnell wie möglich!« Dabei tönte aus allen Rundfunklautsprechern: »Ostpreußen wird nie besetzt. Wir halten die Heimat bis zum letzten Mann. Der russische Angriff verblutet vor unseren Schützengräben.«

Otto glaubte dies alles nicht mehr. Er hatte im Westen die Jagd auf jeden einzelnen Soldaten hinter der Normandiefront erlebt, er hatte amerikanische und englische Jagdflugzeuge jeden Tag bei ihren Flugmanövern gesehen, hatte auf der Urlaubsreise im Essener Bunker einen Flächenangriff durchgestanden. Als er kein Fieber mehr hatte, verließ er das elterliche Haus, fuhr von Heiligenbeil nach Königsberg und dort mit einem ganz normalen D-Zug nach Westen. Seine Einheit lag inzwischen in Wipperfürth rechtsrheinisch und wartete auf die nächsten Angriffe der Amerikaner. Er verabschiedete sich mit Tränen in den Augen. Seiner Mutter sagte er: »Kommt gut raus und seht zu, dass es schnell geht, denn lange werden die Sowjets nicht mehr warten.« Seinem Vater, der ihm wiederholt geraten hatte, nicht den Helden im Krieg zu spielen, gab er den gleichen Rat. Er sollte sich nicht vom Volkssturm verheizen lassen und zusehen, dass er nach dem Westen käme. Treffpunkt für alle: Berlin!

Dann ging alles sehr schnell. Die Züge fuhren zwar noch, aber man musste sehr früh da sein, wenn man einen Platz bekommen wollte, zum Beispiel liegend auf dem Fußboden in einem Abteil, weil das noch das Bequemste war. Zeit für Gefühle, für Erinnerungen blieb nicht. Die Fahrt nach dem Westen erlebte Ottchen wie in Trance. Wahrscheinlich hatte er auch noch Fieber. Als er endlich bei seiner Truppe ankam, musste er gleich wieder ins Lazarett.

Otsch und Elma hatten sich versprochen, unbedingt zusammenzubleiben, zusammen auf die Flucht zu gehen. Das Schlimmste, was sie sich vorstellen konnten, war, getrennt zu werden. Nach der Abfahrt des neunzehnjährigen Sohnes blieb ihnen aber nur noch ein Abend, an dem sie zusammen sein konnten. Am Morgen darauf brachte der Briefträger – auch die Post funktionierte noch – ein Einschreiben mit Brodowskis Einberufung zum Volkssturm. Er sollte sich in Frauenburg melden, um noch zum Einsatz bei Elbing zu kommen, obwohl niemand daran glaubte, dass sowjetische Truppen je einmal bis nach Elbing vorstoßen könnten.

Otsch durfte nicht auffallen. Schon nach dem 20. Juli hatte man ihn gesucht, wenn auch nur von der Partei. So blieb ihm gar nichts anderes übrig, als wieder seine alte Wehrmachtsuniform anzuziehen, das EK vom Ersten Weltkrieg anzustecken, sich zu verabschieden und mit dem Zug nach Frauenburg zu fahren. Elma und ihre Tochter blieben allein zurück mit fünf Franzosen und drei Stammarbeitern, die, während Otsch erneut in den Krieg fuhr, noch aufgearbeitete Uniformen von Luftwaffentruppen auf Lastwagen verluden.

Otsch kam allerdings schon zwei Tage später wieder zurück. Er sollte zu einer anderen Einheit in Heiligenbeil auf dem Flughafen. Er habe drei Tage Zeit, um abzuwickeln, was abzuwickeln sei, stand auf seinem Urlaubsschein. Otto packte einen Notkoffer für eine längere Reise. Er steckte sogar die goldene Uhr ein, die er von seinem Großvater geerbt hatte und versuchte, seiner Tochter klar zu machen, was auf sie zukommen könnte: Flucht, Gefangennahme und – ja, das wagten weder er noch Elma auszusprechen – auch Vergewaltigung.

Dann überschlugen sich die Meldungen. Anfang Januar waren die Russen an der Südfront Ostpreußens durchgebrochen. Sie drohten, die Provinz vom Reich abzuschneiden. Gerüchte überschlugen sich. Wenn man genau hinhörte, dann gab es in den kalten, klaren Nächten schon das erste dumpfe Grollen, das nur vom Geschützfeuer herrühren konnte. Die ersten Flüchtlingstrecks tauchten auf, hochbeladene Pferdewagen, geführt von alten Männern, darauf Frauen und Kinder. Sie suchten Unterkunft für die Nacht und bekamen sie auch. Hier in Koppelbude war es ja immer noch ruhig. Otsch musste nach Heiligenbeil. Er wusste, er durfte sich der Einberufung nicht widersetzen. Sonst hätte man seine alte Akte ausgegraben und ihn verhaftet. Elma hielt es nicht länger in der Molkerei. Sie wollte wissen, was vorging. Sie drückte einem Kraftfahrer, der gereinigte Uniformen abholte, ein paar Päckchen Zigaretten in die Hand. Der nahm sie mit nach Königsberg. Dort waren die Schmidts, Freunde aus besseren Zeiten. Sie hatten gute Verbindungen zur Partei. Sie mussten Bescheid wissen.

Albert und Erika näherten sich den Sechzigern. Albert war nicht kriegsverwendungsfähig, er war wegen einer Beinversteifung nicht Soldat geworden. Da er als Choreograf bei der Königsberger Oper angestellt war, die trotz des totalen Krieges, den Goebbels ausgerufen hatte, immer noch in ihrem Personalstamm existierte, war er auch nicht zum Volkssturm eingezogen worden. Die beiden sahen Elma an wie einen Menschen, der gerade aus dem Totenreich gekommen war. Sie wussten nichts von der Evakuierung und hatten angenommen, dass Elma und Otsch in Lyck von den sowjetischen Truppen überrollt worden seien.

»Wir können auf einem Minensuchboot von Pillau nach dem Westen rausfahren«, sagte Albert und wies einen Marschbefehl vor, der von einem Parteifunktionär unterschrieben und vom Marineverbindungsoffizier in Pillau gegengezeichnet war. »Wir schlagen uns nach Pillau durch. Du kommst sofort mit. Wer weiß, ob nicht Koppelbude schon von den Russen erobert ist. Otsch wird sich schon kümmern.« Elma konnte noch so weit denken, dass sie über die Wehrmachtsleitung in der Molkerei anrief und dem alten Kudora sagte, sie käme von Königsberg nicht mehr zurück. Sie könne nur noch über Pillau heraus, weil in wenigen Stunden die Stadt eingekesselt werde. Sie wolle versuchen, nach Stettin durchzukommen. Das solle man ihrem Mann sagen, wenn er auftauche. Ansonsten würde sie den Schwägerinnen in Berlin Nachricht geben.

Elma packte den Kofferinhalt mit allem, was sie besaß, in einen Rucksack. Den Schmuck, den sie umhatte, nahm sie ab und steckte ihn in die Tasche ihres Mantels. Das Wichtigste waren Ausweise und der Marschbefehl. So kamen die Schmidts und sie nachts auf einem Lastwagen nach Pillau. Morgens um drei Uhr, es war noch immer stockdunkel, stellten sie sich in die lange Reihe der Flüchtlinge. Eine halbe Stunde später hatte Albert es fertig gebracht, einen Offizier zu finden, der sie auf dem Minensuchboot einschiffte, für das er den Marschbefehl hatte.

Noch bei Dunkelheit liefen sie aus in Richtung Zoppot. Der Kapitän des Minensuchers, gerade dreiundzwanzig Jahre alt, hatte den Befehl, Flüchtlingsschiffe zu begleiten. Welche, wusste er nicht. Und so wartete er den Tag über in Deckung der Halbinsel Hela. Später sollte er als Held gefeiert werden, der mit dazu beigetragen hatte, möglichst viele Soldaten und Flüchtlinge aus Ostpreußen zu retten. Aber jetzt fühlte er sich nicht als Held. Vor allem auch deswegen nicht, weil er die Befehle von Dönitz kannte, die lauteten: »Angriff auf sowjetische U-Boote ohne Rücksicht auf die an Bord befindlichen Flüchtlinge.«

Deutsche U-Boote waren ohnehin nicht in die Ostsee geschickt worden. Dönitz hatte sie noch in den letzten Wochen des Krieges zum Einsatz nach England befohlen. Die Rettungsaktionen wurden gegen seinen Befehl von Soldaten organisiert, die erkannten, was zu tun war. Sie sorgten dafür, dass möglichst viele Verwundete, Wehrmachtshelferinnen und Flüchtlinge auf den Schiffen unterkamen.

Drei Tage später, es fror »Stein und Bein« wie in jedem Januar, landete Elma in Stettin. Sie wurde in einer Rote-Kreuz-Station verpflegt, erhielt in einer Turnhalle eine Matratze, um sich auszuruhen, denn auf dem Minensuchboot war sie nicht zum Schlafen gekommen. Dann versuchte sie in der Gerüchteküche zu erfragen, was eigentlich in Heiligenbeil und in der Nähe geschehen war.

Elma war nicht zum ersten Mal ganz auf sich allein gestellt. Sie war es gewohnt zu entscheiden, allerdings immer mit ihrem Otsch im Rücken. Und da sie meist die Probleme in der Familie zu klären hatte, denn Otsch war in vielem eher Künstler als Manager, verschaffte sie sich auch jetzt sehr schnell einen Überblick: Ostpreußen war abgeschnitten vom Reich. Die Russen kamen täglich weiter voran. Nach Berlin zu fliehen, war sinnlos. Am günstigsten würde es sein, nach Dänemark oder Schweden zu kommen. Doch Schweden hatte sich abgekapselt und ließ keine Flüchtlinge hinein, bis auf wenige Ausnahmen. Nach Dänemark fuhren Schiffe. Sie wusste: In Kopenhagen gab es sogar einen Wehrmachtsoffizier aus der Verwandtschaft – angeheiratet wie Elma selbst –, der vielleicht weiterhelfen konnte. Am schlimmsten war das Warten auf Otsch, auf ihre Tochter und auf ihre Mutter, die in Koppelbude mit ihnen zusammengewohnt hatte. – Die Ungewissheit wurde nie zum Alltag.

Otschens Volkssturmeinheit in Heiligenbeil hatte sich selbst aufgelöst. Die wenigen Männer, die einberufen worden waren, außer den uralten und den ganz jungen, den Kindern, hatten sich um ihre Familien gekümmert und waren dem Stellungsbefehl nicht gefolgt. Otsch schrieb sich selbst eine Entlassung, besorgte sich den Stempel einer Militärintendantur, telefonierte mit Koppelbude und ließ sich von seinem französischen Fahrer wieder mit dem Vierrad-Tempo abholen. Noch am gleichen Abend belud er den Wagen neu mit Federbetten, Lebensmitteln und zwei Fässern Benzin. Roger musste wieder überzeugt oder überredet werden, in den Westen mitzukommen. Das sei besser, als sich von den Russen überrollen zu lassen. Er sagte zu, die Flucht mitzumachen. Über das Geheimnetz der Kriegsgefangenen hatte er schon so etwas wie einen Befehl bekommen, sich nach dem Westen abzusetzen, weil die Russen französische Kriegsgefangene ermordeten oder nach Sibirien verschleppten wie auch die eigenen Soldaten, die sie befreiten.

Mit dem klapprigen Wagen ausgerüstet und mit allen Marschbefehlen – Otsch hatte gelernt, wie man die Militärbürokratie überlistet –, fuhren sie in Richtung Danzig. Sie kamen wenige Stunden, bevor hier der russische Stoßkeil bis zur Ostsee durchbrach, noch auf die Straße nach Stettin und dort bis in den Hafen. Die Schneeketten waren bis auf dünne Drähte abgeschliffen. Aber bis hierher hielten sie.

Otsch hat über diese Fahrt später nie etwas erzählt. Er hat auch nichts aufgeschrieben. Wenn man ihn später danach fragte, sagte er nur immer wieder: »Wer Schreckliches erlebt hat, sagt nichts. Kriegsgeschichten erzählen nur die, die nicht dabei waren.« Otsch und Elma haben auch nie berichtet, wie sie sich getroffen hatten, unter den Tausenden, die im Stettiner Hafen ein Schiff suchten, um nach Dänemark oder Schleswig-Holstein zu fahren. Aber sie trafen aufeinander, trotz der tausend anderen Flüchtlinge. Die Familie war plötzlich wieder zusammen und erwischte sogar das gleiche Minensuchboot, das Elma bis hierher gebracht hatte, um weiter nach Westen zu flüchten.

Als Otsch und Elma nach zwei Tagen auf der vereisten Gangway in der, wie sie meinten, hell erleuchteten Stadt Kopenhagen an Land gingen, musste Elma ihren Mann stützen. Die Gangway war ein Holzbrett mit darauf genagelten Leisten ohne Geländer, nur mit Sand bestreut, damit man nicht zu sehr ausrutschte. Elma war es gewohnt, ihr ganzes Leben lang eingehakt bei ihrem Mann zu gehen, der ihr sichtbar und fühlbar Halt war. Jetzt musste sie ihn führen. Die rechte Hand legte sie um seine Taille, mit der linken gab sie die Richtung an. Und dabei musste sie noch ihren eigenen Rucksack schleppen und auch den Koffer von Otsch.

Sie wusste nicht einmal, warum das jetzt alles so war. Die Flucht, das Einschiffen in Pillau, die Fahrt über die nächtliche dunkle Ostsee, das Warten an der Insel Hela, dann das Einlaufen in Stettin, gleichzeitig mit der Nachricht, dass die »Wilhelm Gustloff« mit fünftausend Flüchtlingen an Bord in der eisigen Ostsee untergegangen war. Das war alles so unwirklich, so unbegreifbar, dass es mit nichts verglichen werden konnte, was die beiden bisher erfahren hatten. Sie sprachen auch auf dem Schiff kaum miteinander, außer darüber, wo die Toiletten seien, wie man bei den vielen Menschen noch etwas zu essen bekäme und dass man versuchen müsse, nach Deutschland zurückzukommen. Schließlich wollte zumindest Otsch das Kriegsende nicht im Ausland erleben.

In Kopenhagen brachten sie deutsche Soldaten in ein Barackenlager. Das war sauber aufgeräumt. Es lag kein Schnee und kein Glatteis auf den breiten Straßen, Öfen spendeten Wärme, und die Fenster waren unverhängt. Man konnte durch die Scheiben den Winterhimmel sehen. Die Familie, denn Otsch hatte auf dem Tempo-Wagen nach Stettin auch seine Schwiegermutter und die Tochter mitgebracht, erhielt Betten, Matratzen und Decken wie im Lazarett.

Wie lange er am ersten Tag geschlafen hatte, wusste Otsch später nicht mehr. Er wachte erst am Abend auf und meinte, es müsse der Abend des gleichen Tages, an dem sie ins Lager gekommen waren, sein. Dabei war es schon einen Tag später. Elma hatte versucht, sich einzurichten, das heißt die vier Betten in der Ecke ihrer Baracke mit Decken als Vorhänge abzuteilen. Sie hatte ihre Mutter versorgt, die immerhin schon über siebzig Jahre alt war, und die Tochter zum Duschen geschickt. »Es gibt richtige Seife und keine Schwimmseife und richtige Handtücher, und das Wasser ist wunderschön warm«, berichtete diese.

Otsch begann am nächsten Tag mit Recherchen darüber, was wirklich in Deutschland, vor allem im nahe gelegenen Schleswig-Holstein los sei. Die Gedanken waren nicht mehr in Ostpreußen, das fast nur noch als Erinnerung Bestand hatte. Er wollte versuchen, über die dänische Grenze nach Deutschland zu kommen, also mindestens bis Flensburg. Dass sich die Dänen wie die Russen verhalten würden nach einem verlorenen Krieg, nahm er zwar nicht an. »Aber wer immer an der Grenze gelebt hat«, erklärte er einem Nachbarn im Lager, »der traut Ausländern niemals.«

Otsch packte seine Papiere, Marschbefehle und Bescheinigungen aus dem ramponierten Notkoffer. Er fand eine Bescheinigung, nach der er Leiter eines kriegswichtigen Betriebes sei. Sein Stellvertreter sei ein gewisser Elmar. Das war seine Frau, Männer zählten mehr. Hartnäckig holte er sich, vielleicht war auch die Wehrmachtsuniform hilfreich, die er trug, einen Marschbefehl nach Flensburg. Elma und er durften das Lager verlassen. Mit der Eisenbahn, die in Dänemark funktionierte wie in Friedenszeiten, fuhren sie bis an die Grenze, dann weiter mit der Straßenbahn nach Flensburg. Hier landeten sie, das war noch unwirklicher als die Flucht, in einer wie in Friedenszeiten funktionierenden Bürokraten-, Partei- und Wehrmachtsstadt.

Otsch musste Formulare ausfüllen, Lebensmittelkarten empfangen und bekam vom Wohnungsamt zwei Zimmer zugewiesen, vom Kriegswirtschaftsamt eine Garage, in der er seinen Betrieb wieder aufbauen sollte, obwohl er hierfür nichts, aber auch gar nichts an der Hand hatte. Aber er fand einen Schulfreund, vielleicht hatte er immer schon im Unterbewusstsein daran gedacht, dass der in Flensburg lebte. Als Hautarzt behandelte er im Hafen seit Jahren nicht nur geschlechtskranke Soldaten, sondern vor allem war er auch für die Prostituierten zuständig.

Der Doktor verfügte über das, was man in den letzten Kriegsmonaten brauchte. Er hatte Butter und Fleisch im Überfluss, Kaffee und Zigaretten. Und er hatte Beziehungen. Von Geschlechtskrankheiten blieben auch Parteifürsten nicht verschont. Der Arzt mit dem schönen Nachnamen Dunst hatte sich aus dänischen dunklen Quellen genügend Salvarsan und sogar das neue sensationelle Heilmittel Penizillin besorgt. Wie das von Amerika über England nach Dänemark gekommen war und dann nach Flensburg – darüber hat er sich nie Gedanken gemacht, aber »seine« Prostituierten kannten die Wege.

Dr. Dunst richtete seinen Schulfreund auf. Er redete ihm ein, dass man eben noch einmal anfangen müsse und dass der Krieg ja nicht mehr lange dauern könne. In seiner Praxis sprach er allerdings, wissend, dass das Telefon abgehört werden konnte, auch wenn er den Hörer auf der Gabel liegen hatte, nur immer vom »schnellstmöglichen Endsieg«.

Elma ging zum Flensburger Hafen, wo sie versuchte, Fische direkt von den Fischern zu kaufen – sie bekam zwar nur Muscheln, aber auch die genügten, um den Eiweißhaushalt zu gewährleisten –, denn nur von Nudeln und Kartoffeln konnte man ja nicht leben, und schon gar nicht, wenn man ostpreußische Fleischtöpfe gewohnt war. Hier traf sie ein Ehepaar, das sie aus Königsberg kannte. Noch vor einem Monat hatte man sich getroffen und war mit einem Adieu auseinander gegangen.

Dr. Dunst sorgte übrigens auch später dafür, dass Otsch und Elma in einer alten Villa am Hafen ein richtiges Appartement mit eigener Küche bekamen. Sogar einen ganz kleinen, winzigen Garten konnte Otsch bestellen, wenn er wollte, nur jetzt im Winter hatte das natürlich keinen Sinn. Und in der Garage, die eine Färberei werden sollte, jedenfalls nach dem Willen des Militärs, richtete Otsch sich ein Büro ein mit Telefon-Nebenanschluss. Er begann einen lebhaften Tauschhandel.

Das war zwar gefährlich, denn in Flensburg herrschte Kriegsrecht. Aber mit Dr. Dunst im Hintergrund und dem, was der herbeischaffte, kam Otsch sehr schnell zu einigen Ballen Woll- und Baumwollstoff. Er ertauschte sich sogar eine kleine Reiseschreibmaschine. Und damit war er zumindest für Partei, Wehrmacht und Staat eine Institution, die arbeitete. In Wirklichkeit sorgten Otsch und Elma nur für ihre eigenen Bedürfnisse. Sie betreuten ihren Freund, die neuen, alten Bekannten aus Königsberg und schrieben auf der kleinen, alten Schreibmaschine lange Briefe an die Familie in Berlin. Auch die Post funktionierte noch. Otto schrieb auch nach Thüringen und sogar einem alten Bekannten an die Mosel, der in Kobern traumhafte Weine produzierte und jetzt durch amerikanische Truppen besonders gefährdet war. Und er schrieb fast jeden Tag einen Brief an die Feldpostnummer seines Sohnes.

Es stand zwar nicht viel drin in diesen Briefen. Das Wichtigste war, die neue Adresse mitzuteilen, »Flensburg am Hafen«. Wie sollte Otto junior sonst auf die Idee kommen, dass die Familie nach Flensburg geflohen war. Eher hätte er annehmen müssen, sie sei mit einem der torpedierten Schiffe in der Ostsee untergegangen oder in die Hände der Russen gefallen, wenn er sie in Berlin nicht antraf, wo man sich ja »nach dem Krieg« verabredet hatte. In seiner Luftwaffeneinheit fühlte er sich übrigens eher zu Hause als irgendwo anders. »Auf die Kameraden kann man sich verlassen, auf nichts anderes.«

Er dachte genauso wie unzählige Soldaten, die nur bei ihrem »Haufen« bleiben wollten. Manche ließen sich auf dem Rückzug durch Westdeutschland von den amerikanischen Truppen nicht einmal in ihre Heimatstädte entlassen, selbst wenn sie nur wenige Kilometer davon entfernt durchfuhren oder durchmarschierten. Die Einheit wurde zur Heimat. Und wenn es, wie bei Ottchen, eine kleine Truppe war, dann traf dies in besonderem Maße zu. Dass Otto einen von den zahlreichen Briefen an seine Feldpostnummer tatsächlich in die Hand bekam, war wieder für einen

Masuren kein Wunder. Es fügte sich alles, wie es sich fügen musste. Als Otto in Flensburg, endlich entlassen aus amerikanischer Gefangenschaft, im August 1945 bei seinen Eltern eintraf, berichtete er:

»Aachen war schon besetzt. Ich fuhr als Melder mit einer 750er-BMW in Richtung Köln auf der Jülicher Landstraße. Ich hatte schon lange keinen Stahlhelm mehr auf, um die Jabos nicht zu verpassen. Als ich eine Lightning heranpfeifen hörte, warf ich mich in den nächsten Graben. Dahinter war eine Kellereinfahrt. Ich ging stolpernd in Deckung, klemmte mich hinter die Wand in Richtung angreifendes Flugzeug, wartete, bis das Kanonenfeuer des englischen Doppelrumpfjägers über den Keller hinweggekracht war. Da ich die Taktik kannte, mit der die Engländer angriffen, blieb ich noch mindestens eine halbe Stunde im Keller hinter der Ziegelmauer. Als ich einen Berg Papier mehr fühlte als sah, steckte ich ein Bündel mit Papieren in die großen Taschen des Kradmantels. Man konnte das immer brauchen.«

Er fuhr fort: »Mein Krad war unversehrt. Ich quälte mich im ersten Gang von Baum zu Baum. – Unter Baumkronen konnte man von oben nicht gesehen werden. Ich fuhr in Richtung Köln. Unbemerkt kam ich über den Rhein und erreichte meinen Haufen in Wipperfürth. Als ich mich zurückmeldete, griff ich in die Taschen des Mantels und zog das Papierbündel aus Jülich heraus. Ich hatte Post für uns mitgebracht. Der Keller, in dem ich Schutz gesucht hatte, gehörte zu einem Feldpostamt. ›Mensch, da musst du aber lange gesucht haben‹, irrte sich der Stabsfeldwebel. Unter den Briefen war einer meines Vaters mit der neuen Adresse Flensburg, wo wir uns treffen wollten«, sagte Ottchen.

Die Welt, in die die Flüchtlingsfamilie Brodowski im Norden des Reiches kam, war so normal, dass sie eher wie ein irreales Märchen erschien und nicht wie die Fortsetzung des Flüchtlingslebens. In Schleswig-Holstein schien es überhaupt nie einen Krieg gegeben zu haben, keine russischen Angriffe. Wenn Bombardierungen registriert wurden, dann hatten sie nur die wenigen Großstädte getroffen. Die Marine in den Häfen machte Friedensdienst und hatte bis Anfang des letzten Kriegsjahrs vom Krieg nicht viel erlebt. Das änderte sich erst, als in den letzten Monaten immer wieder Schiffe einliefen mit Flüchtlingen aus Ostpreußen an Bord, mit verwundeten Soldaten aus dem baltischen Kessel, aber auch mit Parteibonzen und Riesengepäck bis hin zu großen Bündeln von Orientteppichen und gestohlenen Bildern aus Kirchen und Schlössern.

Die Flüchtlingsfamilie fand zuerst Unterkunft bei einem dänischen Ehepaar. Die Petersens hatten echte, dänische Pässe. Sie lebten schon seit mehreren Generationen in Flensburg. Sie sprachen besser deutsch als dänisch und öffneten nicht nur die beschlagnahmten zwei Zimmer für die Unterbringung der Flüchtlinge, sondern versuchten sie auch mit Ratschlägen und Lebensmitteln zu unterstützen. Dass sie am ersten Nachmittag eine Buttercremetorte servierten, so wie sie in Ostpreußen nie üblich war, weil man ja mit so viel Butter und Sahne auch den besten Kuchen nicht garnierte, fiel den Petersens gar nicht auf. Dass Otsch keinen Bissen herunterbekam, sahen sie nur als reine Höflichkeit an.

Es gab noch verhältnismäßig wenig Flüchtlinge in Flensburg, und so erhielten sie Bezugsscheine für Bettwäsche und Mäntel, für Schuhe und Hüte. Und als sie in das Appartement am Hafen umzogen, hatten sie sogar einen eigenen Schrank, eigenes Geschirr und ein sechsteiliges Essbesteck aus Solingen.

Doch das alles war unwichtig. Nachrichten wollten sie haben, aus Berlin von Otschens Schwestern, aus Ostpreußen von den Verwandten, die Hunderte Kilometern mit Pferdewagen und Schlitten im Winter nach Westen getreckt waren. Elma sehnte sich nach einem Lebenszeichen von ihrem Sohn, und beiden fehlte eine Aufgabe. Einen neuen Betrieb einrichten war unmöglich, es sei denn auf dem Papier.

Ein Grund war auch, dass die Stadt an der Förde zwischen den niedrigen Hügeln ihnen fremd blieb. Die nordischen Menschen, die »tausend Jahre lang« als germanische Rasse gepriesen worden waren, erst recht. Schon der Dialekt war in seiner Härte anders als das weiche Ostpreußisch. Dazu hielten die Einheimischen Abstand zu den Vertriebenen, vielleicht aus Furcht, überfremdet zu werden. Täglich kamen mehr und mehr Ostdeutsche in den Norden Schleswig-Holsteins.

Otsch und Elma rückten noch dichter zusammen, obwohl sie sich immer weniger zu sagen hatten. Otsch versuchte seine Sparkassen- und Bankkonten auf Flensburger Institute überschreiben zu lassen. Er wurde nicht nur sparsam, sondern geizig. Um Zeitung zu lesen, ging er zum Beispiel an den Aushang der Druckerei des Tageblattes. Rundfunk hörte er täglich mehrfach, auch wenn sein Apparat die englischen Sender, denen er mehr glaubte als den deutschen, nur schlecht hereinbekam. Um nicht wegen Abhörens feindlicher Sender angezeigt zu werden, konnte man dazu nur immer kurz die BBC-Sendungen einstellen. Die Kommentare konnte er allerdings nicht vertragen.

Aus ihnen ging noch deutlicher hervor als aus den Berichten, dass Deutschland nicht nur ein Ende mit Schrecken, sondern ein schrecklicher Untergang bevorstand.

Dabei durfte er mit niemandem über diese Analysen reden. Es gab immer noch genügend grau, blau und braun Uniformierte, die verbissen an den Endsieg glaubten. Oder so taten. Sie wollten ihre kläglichen Machtpositionen nicht aufgeben, deren Verlust so weit wie möglich hinausschieben. Nicht einmal in der kleinen katholischen Kirchengemeinde von Flensburg konnte Otsch offen reden. Eine Ausnahme bildeten nur Mediziner im Marinehospital. Alle ältere Semester. Sie hatten wie Otsch den Ersten Weltkrieg erlebt. Zwei Zahnärzte waren darunter, die Amerika kannten und wussten, was es bedeutete, von dieser Macht besiegt zu werden.

Es gab übrigens ab und an einmal Fliegeralarm in Flensburg, aber den nahm man nicht sehr ernst. Das war so ähnlich wie in Ostpreußen in den ersten Kriegsjahren. Später waren dort allerdings selbst die russischen Erdkampfflugzeuge gefährlich. Sie schossen Flüchtlingstrecks zusammen und machten ähnlich wie die Jabos im Westen Jagd auf einzelne Passanten.

Elma hätte am liebsten gar nichts gehört über die Kriegslage, außer was ihren Sohn betraf und den Rest der Familie. Endlich kam auch ein Brief aus Berlin. Cousine Eva berichtete, dass sie nur noch im Bunker säßen, dass man aber hoffe, die Amerikaner würden Berlin einnehmen und nicht die Sowjets, die an der Oder standen. Man versuchte aus der Stadt herauszukommen irgendwohin nach Thüringen oder Bayern. In jedem Fall sollte Elma die Adresse in Flensburg beibehalten, auch wenn sie woanders hingingen.

Dahin wolle man Nachricht geben, wo man geblieben sei.

Die Berliner Schwägerinnen hatten überlebt, wie sich bei Kriegsende herausstellte. Sie waren, wie viele Frauen aus der Hauptstadt, russischen Soldaten in die Hände gefallen. Ohne Vergewaltigung war keine davongekommen. Vielleicht fühlten sie sich wie früher die ostpreußischen Landarbeiterinnen, die jedem Knecht und manchmal sogar dem Herrn zur Verfügung stehen mussten. Sie fühlten sich schon so erniedrigt, dass auch eine Vergewaltigung sie nicht noch mehr demütigen konnte.

Otschens Schwestern hatten das Glück, dass ihre Wohnungen einigermaßen erhalten blieben. Die Fensterscheiben waren zwar zerbrochen und durch Pappe ersetzt. Aber man hatte ein Dach über dem Kopf, eine Adresse und schon wenige Tage nach Kriegsende eine Haustür, die man abschließen konnte. Übrigens mit einem Patentverschluss, der sicherte, dass kein Hausbewohner vergaß, die Tür auch von innen immer wieder zuzusperren.

Otsch hielt die Illusion aufrecht, dass die Herrschaft der Untermenschen, wie er das Naziregime nannte, eines Tages zu Ende sein würde. Er glaubte allerdings nicht daran, dass dies schon bei Kriegsende der Fall sein werde. Er hatte noch die Tage nach dem Ersten Weltkrieg erlebt, die Monate und Jahre, in denen es nicht nur im Reich, sondern auch in Ostpreußen drunter und drüber gegangen war. Freikorps und Schwarze Reichswehr versuchten damals Ordnung zu schaffen, aber der Republik fehlte es an Republikanern, und das würde sicher jetzt auch wieder so sein, meinte Otsch bei einem Gedankenaustausch mit seinen Mediziner-Bekannten.

Das Kriegsende bekam er im Übrigen fast gar nicht richtig mit. Auch nicht Hitlers Tod Anfang Mai und die Einsetzung von Dönitz als Reichspräsidenten.

Die Bürger in Flensburg merkten das Kriegsende daran, dass die städtischen Behörden mit neuem Elan Bürokratie betrieben. Sie ließen Einwohner neu registrieren. Das alte System der Lebensmittelkarten wurde verfeinert, und städtische Angestellte, das Parteiabzeichen hatten sie weggeworfen, fühlten sich als Garanten gegen Anarchie und Rechtlosigkeit. Es gab nach der Kapitulation sogar noch Dienstwagen der Partei in Flensburg. In Mürwick, wo Dönitz residierte, stand eine Marinewache in Ausgeh- oder Paradeuniform. Das Imponiergehabe deutscher Offiziere wurde keinen Deut zurückgenommen.

Das war es also, das Kriegsende in einer fremden Stadt unter fremden Menschen, obwohl schon der Aufenthalt in Nord-Ostpreußen Elma vorgekommen war wie eine Reise in ein anderes Land. Masuren war eben anders als sogar das Ermland. Die Heimatstadt bot ein anderes Kulturumfeld als ein Dorf in der Nähe von Heiligenbeil. Bei Kriegsende, am 8. Mai 1945, an dem der letzte Wehrmachtsbericht noch von der Tapferkeit deutscher Truppen sprach, wurde bei Otsch die Erinnerung übermächtig, die Erinnerung an den November des Jahres 1918. Als Leutnant an der Westfront, leicht verwundet in einem Lazarett in Lüttich, hatte er damals nur ein Bestreben: zurück nach Ostpreußen, zurück zur Familie. Otsch demontierte seine Schulterstücke, auch die Kokarde auf der Mütze. Er stellte sich einen Marschbefehl aus nach Königsberg. Sieben Mal umsteigen, zum Teil in überfüllte Personenzüge, bis er im Oktober 1918 zu Hause ankam. Er wusste, was ihn erwartete. In der Winterschlacht in

Masuren 1915 hatte er daran mitgewirkt, sein eigenes Elternhaus zu zerstören.

Die Familie hatte im Nebenhaus eine Wohnung bezogen und schon 1916 mit dem Neubau der Fabrik begonnen. Die Stadt Lyck war eine der wenigen, die durch russische Artillerie schwer gelitten hatten. Die evangelische Kirche war zerstört, die katholische, die Joachim, Otschens Vater, zu seiner Taufe gebaut – und gestiftet – hatte, war als Pferdestall benutzt worden.

Als Otsch auf dem Lycker Bahnhof, dessen Gebäude nur einige Einschussspuren von russischem Gewehrfeuer trugen, ausstieg, seine Packtaschen griff und die Hindenburgstraße, wie die Bahnhofstraße in Lyck schon 1916 genannt wurde, herunterging, waren die vier Kriegsjahre schon fast vergessen. Er kam aus dem Krieg zurück nach Hause. Dies Gefühl war so übermächtig, dass er schon am nächsten Morgen bei seinem Vater in der Fabrik zu arbeiten begann, sich an einen Farbkessel stellte und die erste Küpe abstimmte. Er färbte Wolle gelb, obwohl die Küpe blau aussah. Das Können eines Färbermeisters bestand darin, von der einen Farbe auf die andere frühzeitig zu schließen.

Die sechs Geschwister waren alle noch zu Hause. Otschens Schwestern wollten von ihrem Bruder wissen, was er im Krieg erlebt hatte. Er sollte als Ältester wieder ganz für sie da sein. Aber die alles bestimmende Mutter war letztlich dafür verantwortlich, dass sich der Leutnant Otto Brodowski schon nach wenigen Monaten nach Leverkusen zu den Farbenfabriken meldete, um sich dort als Volontär auf die Meisterprüfung als Färbermeister vorzubereiten. Gleichzeitig immatrikulierte sich Otsch bei der Technischen Universität in Danzig. Er belegte dabei auch das Fach Musik gemeinsam mit mehreren polnischen Kommilitonen, die sich im Freistaat besser aufgehoben fühlten als an den Hochschulen der neuen polnischen Republik.

Einer der Mitvolontäre wurde später Vorstandsmitglied der Agfa-Werke, ein Mitstudent in Danzig Landrat und unter Konrad Adenauer deutscher Botschafter in Irland.

Otschens Erinnerungen an 1918 brachten fast schmerzhaft die Erkenntnis, jetzt kein Zuhause mehr zu haben. Das ließ ihn krank werden. Er bekam keine Luft und konnte sich nur schwer bewegen. Er hatte Schmerzen an der Milz. Er wurde von Tag zu Tag apathischer. Sein ärztlicher Freund Dunst hatte keine griffige Diagnose. Im Elisabeth-Krankenhaus von Flensburg legte man Otsch drei Wochen auf dic Innere Station. Man untersuchte ihn sogar auf Trichinenbefall. Schließlich hatte auch er vom Schwarzmarkt Fleisch gekauft. Seine Frau sah auch keinen Ausweg, obwohl sie sehr schnell zu der Erkenntnis kam, dass Otschens Krankheit eine Flucht in das Nicht-Entscheiden-Müssen war.

Die beiden lebten sich nicht auseinander, aber sie lebten doch nebeneinander her. Elma versuchte direkten Kontakt mit ihrer Tochter in dem dänischen Flüchtlingslager aufzunehmen und mit ihrer Mutter, die ebenfalls dort war. Ein Brief brauchte einen Monat und die Antwort zwei bis drei Wochen. Tochter und Mutter ging es, wie sie schrieben, gut. Sie hatten genügend zu essen, wurden ärztlich versorgt, ja, sie konnten sogar dänische Dörfer und Städte besuchen. Nur heraus aus dem Land konnten sie nicht, obwohl die Dänen sie ganz gerne losgeworden wären. Die Engländer schotteten die deutschen Gebiete ab. »Das Boot ist voll«, war die Meinung der britischen Offiziere. Auch die Meinung der deutschen Beamten, die in der britischen Zone, speziell in Schleswig-Holstein, noch schalteten und walteten, als ob sie wirklich etwas zu sagen hätten, war die gleiche.

Otsch begann im Krankenhaus die letzten Monate zu verarbeiten. Er dachte an die Ablehnung, die er schon als Flüchtling aus Masuren im Ermland erfahren hatte. Ganze hundertfünfzig Kilometer von der Heimat entfernt war er da bereits ein Fremdling. Niemand half ihm Ende 1944. Man ließ ihn fühlen, dass er unwillkommen sei, obwohl er einen Betrieb aufbaute, der sich immerhin um Uniformen der Soldaten und ab und an sogar um die Uniformen der Parteileute kümmerte, die ja irgendwann einmal gereinigt und in Ordnung gebracht werden mussten.

Sein Kampf um Brot, Zement, um einen Telefonanschluss, um Brennmaterial, der tägliche Kampf mit der Bürokratie hatten Narben hinterlassen. Neujahr hatte er eine Weinkiste aus seinem alten Bestand mit der Bahn erwartet. Als er sie bei minus siebzehn Grad abholte, waren die Flaschen zerplatzt. Außerdem waren auch noch drei Flaschen vorher gestohlen worden. Über diesen Verlust sprach er noch lange. Ja selbst, als es ihm gelungen war, kurz nach der Währungsreform 1948 einen neuen Betrieb aufzubauen, spielten die in eisiger Kälte in einem Güterzug im Ermland erfrorenen Weinflaschen immer noch eine Rolle. Sinnlos waren sie dem zerstörerischen Frost ausgesetzt worden. So wie ihm immer mehr klar wurde, von Jahr zu Jahr mehr, wie sinnlos der Versuch, Eigentum zu retten, gewesen war oder auch nur daran zu glauben, dass das Kriegsende 1945 dem von 1918 ähneln würde.

9

»Ich glaube, jetzt wissen sie, wo wir sind«, sagte Elma genau einen Monat nach ihrer Flucht aus Ostpreußen. Sie sah Otsch an, der apathisch auf der einzigen vorhandenen Couch lag, ohne dass sie ihren Blick erwidert bekam.

»Warum meinst du das?«, fragte der zurück, uninteressiert oder auch nur müde. Die Antwort: »Das da kam heute mit der Post. Ich musste unterschreiben und dazu deinen Wehrpass heraussuchen.« Das Päckchen war von seiner Schwester, die die Familienbriefe gesammelt hatte. Sie war in Hamburg gelandet.

Es waren fast alle Briefe, die die Berliner Geschwister von Otsch im letzten Jahr erhalten hatten. Und Otsch hatte jeden Tag geschrieben, wenn er auch oft drei Tagesprotokolle zusammen abschickte. Er hatte alles, was ihn bewegte, den gesamten Alltag von der Pflege der Hühner- und Entenzucht bis zur ständigen Auseinandersetzung mit irgendwelchen uk-gestellten Bonzen, die er allerdings nicht so nannte, zur Fortführung des Betriebes in Lyck vermerkt. Jeden Brief hatte er mit mindestens acht Durchschlägen getippt, nur auf hauchdünnem, fast kaum noch haltbarem Durchschlagpapier.

Elma fing an, die Briefe zu sortieren. Der älteste war vom 1. November 1943, an ihren Sohn, der wenige Monate vorher eingezogen worden war. Er lag damals in Frankreich, im Süden, der gerade eben erst von deutschen Truppen besetzt worden war. Das hatte sie aus den verschlüsselten Ortsangaben – das war zwar in Feldpostbriefen verboten, wurde aber ständig gemacht – herausgefunden.

»Hoffentlich hast du jetzt schon Post. Heute kamen die Kekse aus Eger zurück, viermal hundert Gramm haben wir gleich neu gepackt und wieder abgeschickt. Fünfzehn solcher Päckchen hat deine Schwester zur Post gebracht. Nachmittags sind wir spazieren gegangen. Wenn du doch nur die Päckchen bekommen würdest. Es ist mir ein schrecklicher Gedanke, dich ohne unsere, wenn auch kleine Fürsorge zu wissen«, schrieb sie und schickte den Feldpostbrief auch an die »Familienzentrale« in Berlin. Alle folgenden erhaltenen Briefe waren getragen von der Sorge um den Sohn, der als zukünftiger Flieger in Carcassonne in Frankreich seine Rekrutenzeit ableistete. Dass der Junior Glück hatte, konnte sie nicht ahnen. Und schreiben konnte er das auch nicht.

Otto jun. war durch Zufall in einer früheren Kaserne auf ein Musikinstrument gestoßen, das er noch nie gesehen hatte, einen aus Glas geblasenen Schlagbass. Er hatte das gemeldet. Und schon wurde er von dem einzigen Jazz-Ensemble der deutschen Wehrmacht, das es auf Betreiben des Reichmarschalls Göring in Frankreich gab, angeheuert, als Bursche, als Putzer, als »Mädchen für alles«. »Sie verstehen was von Musik«, hatte Bandleader Langnickel gesagt und ihn angefordert.

Er erinnerte sich an den Rat seines Vaters: »Mach alles, was andere nicht machen wollen, möglichst Dreckarbeit, und dir geht es als Soldat gut«, hatte der Praktiker aus dem Ersten Weltkrieg gesagt, der übrigens immer einen Nagel bei sich gehabt hatte, weil man den dringend brauchte als Soldat, und ein Taschenmesser mit scharfer Klinge. Den Rat nahm der Junior an. Als das Bataillon angetreten war und der Spieß feststellte, dass die gesamte Kanalisation der

Kaserne verstopft sei, und fragte, wer Klempner von Beruf sei, meldete sich Otto und trat vor. Er war der Einzige, denn die anderen waren alles Abiturienten. Einen Gesellenbrief als Klempner konnte keiner vorweisen.

Otto hatte ihn nach der Familientradition in drei Sommerferien hintereinander mehr oder minder legal, in einer Kleinstadt wie Lyck ging das ohne Probleme, erworben. Er hatte, weil man in der Familie neben dem Studieren auch einen praktischen Beruf erlernen musste, die Prüfung des Klempnerhandwerks, wenn auch als Spezialist für Bleirohre und ausgefallene chemische Geräte, abgelegt. Als Erstes ließ er sich zehn Mann an die Seite stellen. Dann begann die Suche, wo denn eigentlich der Fehler in der Abwasseranlage der Kaserne liegen konnte. Alle Klosetts liefen über, einschließlich das des Regimentskommandeurs, und in allen Waschräumen stand man knöcheltief in einer Flüssigkeit, die infernalisch nicht nur nach menschlichen Exkrementen, sondern auch nach Öl, Benzin und vergorenen Früchten stank.

Der Grund war einfach. Weggeworfene, in die Kanalisation gespülte Weintraubenreste, die die Leitungen verstopften. Zwei Tage räumten die Soldaten den stinkenden Dreck weg, verluden ihn in Blechcontainer und ließen ihn in die städtische Kanalisation von Carcassonne wegfahren. Auf Ottchens Rat hin, selbst der Regimentsspieß hörte darauf, was er sagte, wurde ein Befehl erlassen, der den unter schwerste Strafe stellte, der noch einmal Weintraubenreste in die Kanalisation warf. Dafür wurden Blechtonnen im gesamten Kasernengelände aufgestellt. Und die wurden wiederum von den französischen, von der Stadt gestellten Reinigungskolonnen gesäubert.

Den Rest seiner Rekrutenzeit leistete Ottchen als Oberreinigungsverantwortlicher in mehr oder minder vergnüglicher Runde seiner ihm zugeteilten Mitrekruten ab. Er hatte bald heraus, wohin man sich, ohne aufzufallen, zurückziehen konnte. Und da schon beim ersten Einsatz die ganze Gruppe furchtbar stank, was auch durch heftiges Duschen und viel Seife nicht ganz zu beseitigen war, hatte er für alle ein eigenes Zimmer bekommen. Sonst war das nur für Unteroffiziere vorgesehen.

Elma erfuhr davon nichts. Sie machte sich große Sorgen um ihren Jungen, der zum ersten Mal von zu Hause fort war. Die Angst um ihn hielt an und wurde in den ersten Monaten des letzten Kriegsjahres fast zu einer Bedrohung ihrer Gesundheit. Sie konnte nicht schlafen. Sie schrieb jeden Tag Briefe ohne Inhalt. Auch wenn sie wusste, dass diese Briefe nicht alle ankommen würden.

1943 war ein Kriegsjahr, das sich in den Briefen aus Lyck als ganz normale Zeit darstellte. Es gab in Masuren keine Bomben, keine Einquartierung von Soldaten. Die Front in Russland war weit weg, und die Briefe, ja, die enthielten das übliche Gerede einer Kleinstadt. Wer gegen wen intrigierte, ob es genug Kohlen für die Dampfkessel gab und immer wieder die Frage, was nun endlich werden solle und wie Frieden kommen könne.

Über ihres Mannes Engagement in verschiedenen Gruppen und Zusammenschlüssen, die sich gegen den Kreisleiter der NSDAP richteten, gegen unsinnige Anordnungen der Partei, die von Monat zu Monat mehr Einfluss gewann, und in der Hoffnung auf das Wunder vergingen die Tage. Verdrängt wurde die Angst vor einer russischen Offensive, die mehr als dunkle

Ahnung immer gegenwärtig war. Doch die Gefahr wurde real. Am 15. November 1943 schrieb Otsch seinem Sohn: »Eben kam der Wehrmachtsbericht. Mir ist ganz schlecht geworden. Was hat der Russe denn nur noch alles vor. Trotz Schlamm und Schnee kein Aufhören der Angriffe, kein Stillstand, Vernichtung ohne Ende. Es muss sich wohl erst auslaufen. Ich hoffe ja noch auf das Wunder, das aber nur von oben kommen kann und wird. Wir denken oft an dich. Mütterchen macht sich große Sorgen. Eben kocht sie dir eine Büchse ein zum Abschicken.«

Das Jahr 1944 wurde das Jahr der täglichen Briefe beider Eltern. Vielleicht wurden sie auch nur in Klausur geschrieben, weil das Haus in Masuren voll war mit Verwandten aus Berlin, aus Hamburg, aus Bitterfeld, die alle einmal Tage und Nächte ohne Alarm haben wollten, die noch einmal gut essen und nicht nur nach auf Marken gewährten Lebensmitteln anstehen wollten. Mindestens drei Geschwister von Otsch waren ständig in Lyck. Dazu kamen noch Freunde und Freundinnen. Selbst alte Bekannte aus seiner Zeit in Leverkusen ließen sich plötzlich in der Masurenhauptstadt sehen. Für alle wurde Platz geschaffen. Selbst in der Bügelkammer im Keller wurde noch ein Bett aufgestellt.

Otsch bekam Briefe aus Berlin mit der Schilderung des Lebens im halb zerstörten Mietshaus, im Luftschutzkeller ohne Wasser, mit Schnee, den der auch noch so kleinste Windstoß durch alle Ritzen fegte. Die Geschwister in der Reichshauptstadt kämpften um die kleine Heimat in teilzerstörten Häusern, selbst wenn dieses Wohnen nicht als solches bezeichnet werden konnte.

Otto erhielt auch Briefe von Freunden aus der Heimat. Else, eine Freundin aus dem Lyzeum, schrieb: »Wir haben Großes geleistet im letzten Jahr. Die Hitlerjugend hatte ihren großen Tag. Die gesamte Führerschaft belebte schon am frühsten Morgen mit der einheitlichen Uniform die Straßen. Der Stabsleiter Oberbannführer Schröder, ehemals SS, war bei uns. Um halb neun Uhr begann die Morgenfeier, bei der der Bannführer und unser HJ-Verbindungsoffizier Rittmeister Hirschfeld sprachen. Der Bannführer gab den Rechenschaftsbericht des vergangenen Jahres, und wieder konnten wir den gewaltigen Schritt vorwärts verfolgen. Das Heil auf den Führer und das Fahnenlied waren ein Bekenntnis. Für dieses Erleben findet man keine Worte. Auch dieses Mal gab es wie im vergangenen Jahr ein gemeinsames Singen mit ähnlichen Liedern wie damals.« Wie dieser Brief nach Berlin gekommen war, konnte sich Elma nicht erklären. Wahrscheinlich war er mit falscher Feldpostnummer nach Lyck zurückgeschickt worden und dann in die Post der Familie geraten.

Otsch schrieb an seinen Sohn im Mai und Juni nur einmal. Dann aber wieder nach der Invasion im Westen am 9. Juni. Der Brief handelte mehr von den Problemen im eigenen Betrieb, von Ersatzteilen für Maschinen, als von dem Geschehen, das Otto jun. jetzt in seinen Bann gezogen hatte, von der Invasion. Otsch zählte auf, wer von Freunden alles an der Invasionsfront lag, von Pawelcik bis Plaga. Dann blieb nur noch der Satz: »Was wird noch kommen? Tage von so entscheidender Bedeutung werden von uns Deutschen leichter ertragen als solche ohne direkte Beziehung zu gewissen Idealvorstellungen. Aber der Dienst in der Truppe«, schrieb Otto an seinen Sohn, »kennt den Unterschied ja nicht. Er wird härter mit jeder Faser.

Aber vielleicht wird auch alles leichter, wenn man ein Ziel sieht, und das sieht man ja jetzt. So sehe ich dem Kampf im Westen mit Zuversicht entgegen.« Der Junior wusste genau, was damit gemeint war.

Über die Zeit vor dem 20. Juli gab es dann nur Briefe mit Aufzählungen der ersten Luftangriffe der Russen auf Lyck. Die ersten Toten beim Einsturz eines Hauses wurden noch normal beerdigt. Es redeten allerdings am Grab nicht nur der Pastor und ein Vertreter der Stadt, sondern auch der Kreisleiter der NSDAP. Was er sagte, wurde nicht berichtet. Der Hauptsatz, der immer wieder vorkam, war: »Wir haben deinen letzten Brief bekommen. Ich bin froh, dass du munter bist.« Vor der Invasion war Otto jun. nicht mehr zur fliegerischen Ausbildung gekommen. Er landete in Brüssel in einer Kraftfahrzeugeinheit der Luftwaffe, die in dem alten Gebäude der Militärschule untergebracht war, mitten in der Stadt.

Ottchen erlebte hier zum ersten Mal eine Großstadt, wenn auch im Krieg, so doch eben eine Großstadt. Da er als Einziger in seiner neuen Einheit bereits einen Führerschein auch für Lastkraftwagen hatte, in Masuren bekam man so etwas schon mit sechzehn Jahren, vor allem dann, wenn man den Polizeichef des Ortes kannte, wurde er Cheffahrer und genoss, obwohl einfacher Gefreiter, alle Privilegien, die sonst nur Unteroffiziere und Offiziere hatten.

Ottchen konnte abends ausgehen. Allerdings war es Vorschrift, dass Soldaten immer nur zu zweit in das Nachtleben von Brüssel eintauchen durften und dass jeder von ihnen eine Waffe haben musste. So sah man in Brüssel immer zwei und drei Soldaten, die jeder einen Karabiner über der Schulter hatten oder eine Maschinenpistole bei sich führten. Nur Offiziere besaßen Pistolen, die sie stilvoll am Koppel tragen konnten. Ottchen war der Meinung, das gelte auch für ihn.

So fand sich jetzt in Flensburg auch ein Brief, in dem er dringend um ein Päckchen mit einer Pistole bat. Schließlich hatte sein Vater mehrere davon, auch wenn sie nicht mehr aus dem Ersten Weltkrieg stammten. Im Frühjahr 1944 kam dann auch in Brüssel eine 6,35-mm an, die kleinste Pistole, die es damals in Deutschland gab. Klein sollte sie ja sein, denn Ottchen wollte mit ihr ausgehen in die Varietés am Gare du Nord und in die entsprechenden Seitenstraßen, von denen alle mit der Großen Freiheit in Hamburg konkurrieren konnten.

Während die erhaltenen Briefe von zu Hause immer von Sorge um den ältesten Sohn der Familie kreisten und in jedem Brief mindestens einmal gefragt wurde, warum er nicht häufiger schriebe, obwohl er das mindestens in jeder Woche zweimal tat, lebte Ottchen in Brüssel fast wie Gott in Frankreich. Er machte wenig Dienst. Er bekam jederzeit Theater- und Konzertkarten. Im Konzertsaal des »Palastes der Schönen Künste« hatte er dabei auch sein Aha-Erlebnis über Zivilcourage in Uniform. Sein Chef hatte ihm die Karte für die Loge in die Hand gedrückt. Ottchen saß unter dem Erstaunen der um ihn herum sitzenden Offiziere auf einem der besten Plätze. Links neben ihm ein Oberleutnant mit goldenem Verwundetenabzeichen, Frontflugspange, den Arm in einem großen Drahtgestell, sodass Otto jun. auf seinem Platz an den äußersten rechten Rand rücken musste. Vor ihnen waren vier Plätze frei, bis eine Stimme »Achtung« rief und ein SS-General, Ottchen wusste nicht, wie der Rang bei den Schwarzen richtig hieß, mit drei Begleitern von oben herab zur Balustrade der Loge mehr marschierte als schritt. Auf den Befehl »Achtung« hin wollte Ottchen aufstehen. Aber der Oberleutnant zog ihn mit seiner unbeschädigten Hand auf den Sitz zurück. »Wir sind hier im Konzert und nicht auf dem Kasernenhof.« So blieben beide sitzen. Die SS-Führer nahmen keine Notiz davon. Die umstehenden Offiziere meinten wohl, beide Befehlsverweigerer seien schwerverwundet und könnten sich darum nicht erheben.

Das Konzert war eins der längsten, das Otto jun. je erlebt hatte. Es spielte das Orchester der Leibstandarte Adolf Hitler, zuerst als Sinfonieorchester, dann als reines Streichorchester, und dann sang Elisabeth Schwarzhaupt Lieder von Beethoven zur Klavierbegleitung. Zuletzt spielte ein reines Blasorchester Militärmärsche aus sechs Jahrhunderten. Übrigens trugen alle SS-Musiker das Band des Eisernen Kreuzes oder das Verwundetenabzeichen. Die meisten beides.

Erst später erfuhr Ottchen, dass dieses Konzert zur Einführung des neuen Oberbefehlshabers in Belgien stattfand, eines SS-Führers, der den Luftwaffengeneral, der die Achtung auch der belgischen Bevölkerung genossen hatte, ablöste. Der Mann hieß Sepp Dietrich und wurde später bekannt dadurch, dass er sich nach dem Angriff der Sowjets auf die Tschechoslowakei als Zivilist in Seppelhosen mit einem eigenen Fieseler-Storch-Flugzeug in die Lüfte erhob, nachdem er seine Soldaten zum Durchhalten bis zum Letzten aufgefordert hatte.

Über das Brüsseler Kulturleben ging aus den Briefen von Ottchen nichts hervor, wie auch die Briefe von zu Hause, wenn Elma und Otsch sie jetzt durchblätterten, nur wenig über das sagten, was wirklich passierte. Die Russen hatten im Sommer angegriffen und waren erst dreißig Kilometer vor Lyck zum Stehen gekommen. Lyck war Frontstadt geworden. Elma wurde nach Ortelsburg evakuiert, zusammen mit ihrer Tochter. Otsch blieb in Lyck, um weiter den Betrieb, der immer noch als kriegswichtig galt, aufrechtzuerhalten. Er war zum ersten Mal nach vielen Jahren allein und das in dem großen Haus und ohne die Möglichkeit über das, was ihn wirklich bewegte, zu reden. Dazu kam eine Arbeit, die Chuzpe und Tatkraft voraussetzte und nicht ihm selbst, sondern andern diente. Er konnte für den kriegswichtigen Betrieb jede Menge Bahngut aufgeben. Das nutzte er, um zurückgelassenes Gepäck von Freunden zu verpacken und auf die Bahn zu bringen. Jeden Tag bis zu zwanzig Packen. Dazu gehörten auch Kisten des Oberarztes des Krankenhauses, der auf die Frage, was drin sei, erklärte: »Das, was man immer braucht, von Morphium bis zu Salvarsan. Für einen Neuanfang.« Die letzten Worte »nach dem Krieg« verschluckte er.

Jetzt saßen die beiden Lycker in Flensburg in ihrem winzigen Zimmer vor dem Papierberg ihrer Erinnerungen, wohl wissend, wie es weitergegangen war. Die Front war Ende Juli 1944 zum Stehen gekommen. Erst Anfang August entfesselten die Sowjets eine neue Offensive. Elma versuchte dazwischen, wieder nach Lyck zu fahren, aber Otsch lehnte ab. Nicht weil er allein sein wollte, sondern weil jetzt russische Flugzeuge fast jede Nacht Fliegeralarm auslösten, auch wenn immer nur wenig Bomben fielen, gar nichts im Vergleich zu den Flächenbombardements im Westen, die sein Sohn mehrmals am Tag in Straßengräben und Ackerfurchen erlebte.

Einer der Gründe, warum Elma im Juli nicht zurück nach Lyck kommen sollte, war der, dass Otsch mehr über Vorbereitungen, die den 20. Juli betrafen, wusste, als er seiner Frau gesagt hatte. Selbst jetzt, kurz vor Kriegsende in Flensburg, redeten die beiden noch nicht darüber. Sie lasen die alten Briefe und stellten fest, dass Otsch sehr vorsichtig geschrieben hatte und immer wieder nachdrücklich seine Frau Elma gewarnt hatte, offene Telefongespräche zu führen. Nur warum, blieb auch jetzt noch unausgesprochen.

Elma hatte am 20. Juli, nach Bekanntwerden des Attentats auf Hitler in Rastenburg bei Otsch angerufen. Er nahm das Gespräch im Betrieb an, sagte nur Ja und Nein, unterbrach immer wieder Elmas Fragen. Für ihn war es klar, die Leitung wurde abgehört. Wörtlich schrieb Otsch sofort in einem Eilbrief: »Ruf nicht so viel an. Wenn etwas passiert: Du bist unentbehrlich. Ich habe für alle Fälle dafür durch eine UK-Stellung gesorgt. Ich kann nicht reden. Es wird sehr aufgepasst, Gott sei Dank, denn Spitzel sind überall, die schaden können, siehe Attentat und so.« Mehr war in dem Brief nicht ausgesagt.

Eines hielt Otsch am 23. Juli 1944 fest. Sein zur SS übergetretener Schwager Paul hatte ihm schon am 1. März 1943 in Berlin gesagt, Himmler würde Oberbefehlshaber der Wehrmacht werden. »Und dann würden«, schrieb Otsch seiner Frau, »die Offiziere ausgesucht werden, die in das neue Volksheer übernommen werden sollen. Ich habe wirklich nicht gewusst, dass Paul tatsächlich Recht hatte und dass er gut unterrichtet war. Ich hielt das damals für Aufschneiderei.« Ende Juli begannen neue sowjetische Angriffe, Bialystok wurde geräumt, Lemberg und Lublin wurden wieder russisch. »Die Russen haben es ja auch nicht leicht, jetzt überall die riesigen Stalinbilder und -statuen hinzuschleppen«, schrieb Otsch dazu.

In Flensburg schämte er sich jetzt ein wenig für die folgenden Sätze, aber damals waren sie echt. »Betet den Rosenkranz für die Rettung der Heimat, meine Lieben. Ich glaube bestimmt, dass es zur Rettung führen kann und nicht alles zu spät kommt. Schließlich hat ja Gott Zeit, das hat er schon oft bewiesen.« In Flensburg gingen jetzt die beiden Flüchtlinge nicht nur am Sonntag in die Kirche. Otsch hatte sich sogar erboten, wieder Orgel zu spielen, vor allem dann, wenn die angestellten Organisten sich um ihre Familien kümmern mussten.

Übrigens sahen sie in diesen Tagen Roger, ihren französischen Fahrer, der mit Otsch nach Dänemark gekommen war, zum letzten Mal. Roger war schuld daran, dass Otsch aus Dänemark nach Deutschland gekommen war und einen Marschbefehl erhielt. Der lautete, dass Otsch den französischen Kriegsgefangenen Roger in ein Kriegsgefangenenlager in Schleswig-Holstein begleiten musste. Schließlich konnte man Kriegsgefangene nicht allein reisen lassen. Und in Dänemark hatten französische Gefangene nichts zu suchen. »Man muss nur wissen, wie man mit dieser Bürokratie umgehen muss, dann klappt es schon«, berichtete Otsch, nachdem er durch Roger in Flensburg bei seiner Frau gelandet war, seinem Freund Dunst.

Roger wurde in ein Kriegsgefangenenlager eingewiesen. Otsch hat dann nur noch einmal von ihm gehört, als dieser viele Jahre nach dem Krieg aus Paris schrieb, dass er in der Nähe der Champs-Élysées in einer Nebenstraße jetzt eine Garage eröffnet habe und Otsch immer willkommen sei, ihn zu besuchen. Das schaffte er allerdings nicht. Zuerst gab es keine Visa, selbst wenn es Pässe gegeben hätte. Dann hatte Otsch genug mit dem Wiederaufbau einer Existenz zu tun, die das Weiterbestehen der Familie sichern sollte.

Für seinen Sohn hatte das Etappenleben in Brüssel mit Ausgehuniform, eleganter Pistole und vom Schneider geweiteten Uniformhosen mit Schlag einen Tag nach der Invasion ein Ende. Otto jun. wurde zu einer Luftwaffentransportkolonne versetzt, die bereits in den ersten zwei Tagen beim Einsatz an der Invasionsfront die Hälfte ihrer Fahrer verlor. Er erlebte die Invasion hautnah zwischen Caen und Paris und dann, dann hatte er nicht einmal mehr vernünftiges Briefpapier zum Schreiben. In dem Berg von Briefen in Flensburg lag aus dieser Zeit nur ein winziger Zettel, mit Bleistift bekritzelt: »Mir geht es gut.«

Genau am 1. August 1944 kam in Lyck der Befehl des Gauleiters Erich Koch, der Hitler versprochen hatte, aus uk-gestellten Männern in Ostpreußen zwei Divisionen zu bilden, den Betrieb nach Nord-Ostpreußen in die Nähe von Heiligenbeil zu verlegen.

Über die Verlagerung des privaten Besitzes nach Pommern berichtete der Brief eines Karl Rissmann aus Dramburg in Pommern, der mit Getreide, Saaten, Kohlen, Kunstdünger unter der Registernummer des deutschen Kohlenhandels 98762 handelte. Er lautete: »Ihr wertes Schreiben vom 10. 7. 44 dankend erhalten. Auf meiner heute für Sie ausgestellten Lagergeldrechnung, die diesem Schreiben beigefügt ist, habe ich die Ihnen hier bei mir eingetroffenen und lagernden nummerierten Kisten näher bezeichnet. Sollten sie nun daraus feststellen, dass tatsächlich eine Kiste fehlt, so bitte ich auch um Bescheid. Die letzte angekommene Kiste trug die Nummer 59. Diesen Bescheid konnte ich heute der hiesigen Güterabfertigung leider auch nur auf deren Nachfrage geben. In der Hoffnung, dass es Ihnen und Ihrer Familie dort noch gut geht und dass Ostpreußen von nochmaligem Kriegstoben verschont bleibe und der Krieg sehr bald zu Ende sein möge, begrüßt Sie mit herzlichem Gruß in Vertretung, Emma Rissmann.«

In Otschens Briefen wird im August 1944 der Krieg vorrangig. Er schreibt nicht nur von Soldaten, die auf Panzern durch die Stadt fahren, sondern auch vom nächtlichen Dröhnen russischer Kanonen. Von lauen Sommerabenden war nicht mehr die Rede. Die ersten Trecks, die durch die Stadt zogen aus den Dörfern, die weiter östlich lagen, wurden registriert. »Ein herzzerreißender Anblick, Ernte, Kleinvieh, Schweine, alles bleibt am Weg, oft stundenlang sind die Straßen verstopft von Trecks.« Das Muhen der nicht gemolkenen Kühe, die zu Hunderten hinter den Wagen hergetrieben wurden, ließ keinen Schlaf mehr zu. Dabei wurde der erste Ansturm der Russen vor Goldap abgewiesen, berichtete Otsch aus dem, was er in Lyck erfahren konnte.

Die Geschäfte in Lyck verkauften jetzt ohne Karten Lebensmittel und Textilien. Wer konnte, fuhr mit der Bahn heim ins Reich oder nach Nord-Ostpreußen. Es begannen die ersten Plünderungen. Bei der Post wurden Pakete geöffnet und ausgeraubt, auf der Bahn Kisten erbrochen. Auch die leeren Wohnungen der Lycker, die die Stadt verlassen hatten, waren nicht mehr sicher. »Mädels sind zur Arbeit verpflichtet worden«, schrieb Otsch, »aber die Verpflegung klappt nicht. Sie sind allein, in einer leeren Stadt.« Auch darum wolle er sich kümmern, berichtete er seiner Frau. Er sorgte auch dafür, dass das Geschäft seines Bruders ordentlich abgewickelt wurde und das Geld, das man aus dem markenfreien Verkauf einnahm, auf die Bank kam. Er sammelte in seiner leeren Wohnung immer mehr Schützlinge aus dem Kreis der dienstverpflichteten Männern und Frauen.

Dabei wurde Lyck noch immer nicht ganz geräumt. Man musste auf Umquartierungsscheine warten, wie Otsch berichtete. Und so hatte er auch noch die Aufgabe, diejenigen, die nicht wussten, wohin sie gehen sollten oder konnten, zu trösten und ihnen brieflich oder telefonisch Ausweichquartiere nördlich von Allenstein zu besorgen.

Und dann fielen immer häufiger Bomben auf die Stadt. Züge verkehrten nur noch unregelmäßig. Gearbeitet wurde so gut wie gar nicht mehr in den Betrieben. Jeder fragte jeden, ob die Front halten werde. Es wurde von Parteileuten sogar noch darüber spekuliert, ob man nicht die evakuierten Frauen zwangsweise in die Stadt zurückholen sollte als Arbeitskräfte.

Die Briefe wurden immer nichtssagender, nur Lebenszeichen. Man merkte ihnen an, Otsch rechnete damit, dass jeder geöffnet und gelesen würde. Allerdings traute er damit der Partei in Ostpreußen zu viel zu. Es gab einfach nicht genügend Unabkömmliche, die dies hätten tun können. Dann kam endlich der Verlagerungsbefehl für den Betrieb. Otsch fand sich Ende November in Koppelbude wieder als Flüchtling. Er merkte das sehr deutlich an seinen Nachbarn. Dabei hatte er noch vor wenigen Wochen in einem Brief das Verhalten der Flüchtlinge, die von weiter ostwärts herkamen und sich zeitweise in Lyck niederließen, angeprangert, wenn sie von den leer stehenden Wohnungen einfach Besitz nahmen. In Koppelbude begann, obwohl noch in der Heimatprovinz, das Flüchtlingsleben der Brodowskis, auch wenn sie zuerst noch in ihren eigenen Möbeln lebten und selbstständig handeln konnten. Sie hatten zu essen. Aber Päckchen schicken nach dem Westen an ihren Sohn, das ging nicht mehr, und Weckgläser nach Berlin konnte man auch nicht mehr expedieren. Und sie fühlten sich unter den Ermländern als Menschen zweiter Klasse – heimatlos.

Dies verdichtete sich in den Briefen zu Albträumen. Nur eins hatten die neuen Flüchtlinge gelernt, um zu überleben: in einem korrupten Staat mit korrupten Beamten umzugehen. Sie beschafften sich Bezugsscheine, zum Beispiel immer mit der Behauptung, sie hätten noch in einem kriegswichtigen Betrieb zu arbeiten. Auch hatten sie genug Geld. Otsch überzog zum Beispiel in Flensburg einfach seine Konten, die von Ostpreußen auf die Banken im Reich übertragen worden waren.

Nur auf eins war Otsch nicht gekommen. Er hatte nicht versucht, einen Teil seines Vermögens in internationalen Aktien anzulegen und diese dann notariell vernichten zu lassen, damit er sie nach dem Krieg, nach dem Frieden, wie Otsch sich manchmal versprach, in einer internationalen Währung ersetzt bekommen konnte. Das war zwar internationales Aktienrecht auf gesetzlicher Grundlage, nur wer wusste schon etwas davon und noch dazu im äußersten Masuren. Aktien waren bestenfalls Spekulationsobjekte, und damit ging man in Berlin um und vielleicht noch in Frankfurt und Paris, aber nicht in Lyck. Die Aktien, die die Börse in Königsberg handelte, waren mehr oder minder Anteile an nationalen Firmen.

In Flensburg stellten die Brodowskis auch fest, dass sie ganz falsche Dinge aus Masuren mitgenommen hatten. Bücher, die sie nicht mehr lesen konnten oder wollten, warme Kleidungsstücke, die so schäbig geworden waren, dass man sich nicht traute, damit auf die Straße zu gehen. Keine Schreibmaschine war in dem Flüchtlingsgut, die wichtig gewesen wäre, um weiter Bürokratien mit ihren eigenen Mitteln zu schlagen. Und keine wertvollen Pelze zum Eintauschen. Den Russen kamen diese zurückgelassenen Dinge sicher gut zupasse.

Das Briefelesen und Rückerinnern dauerte Tage und Wochen. Die beiden führten ein Leben wie im Dauernebel. Selbst die täglichen Wehrmachtsberichte nahm Otsch im März und April 1945 kaum noch zur Kenntnis. In Ostpreußen wurde gekämpft. Lyck war lange gefallen, in Koppelbude stand jetzt die Front. Dort verbluteten Divisionen. Aus der Familie war niemand mehr in Ostpreußen. So berührten die Berichte über Angriffe auf Hamburg, Berlin, Bitterfeld und Köln die Flüchtlinge in Flensburg mehr als die Frontlage. Nur eins interessierte sie noch: der Verbleib ihres Sohnes.

Als der von Ostpreußen im Januar nach dem Evakuierungsurlaub wieder an die Westfront fuhr, hatte er sich vorgenommen, unbedingt zu überleben. Er fand Gleichgesinnte in seiner Transportkolonne. Ein vierzigjähriger Obergefreiter aus Hamburg kannte ganz Europa. Er war einmal Cheffahrer bei Shells Generaldirektor Deterding gewesen, bis er eingezogen wurde. Und ein Stabsfeldwebel war Spediteur aus Dresden und kannte alle Tricks, wie man Lastwagen so beladen konnte, dass immer noch Platz genug für privates Gepäck blieb, und wusste, welche Möglichkeiten es gab, im Westen Deutschlands Straßen zu benutzen, die nicht von den Feldjägern kontrolliert wurden.

Als Aachen erobert worden war, fuhren die Kolonnen vom westlichen Köln ins östliche Hessen. Am Straßenrand trafen die fünfunddreißig Kolonnenfahrer einen Fliegeroffizier mit fallschirmseidenem Halstuch, einem eleganten Pelzmantel und traumhaften Juchtenstiefeln. Er war Jagdflieger ohne Flugzeug und ohne Einheit. Versprengt, wie es damals hieß. Er war glücklich, auf eine Luftwaffenkolonne zu stoßen, deren Soldaten gelbe Spiegel trugen wie er. Der Leutnant öffnete seinen Mantel und siehe da, der »Klempnerladen« war groß. Deutsches Kreuz in Gold, goldene Frontflugspange und noch einiges mehr. Die Kolonne nahm ihn auf, sozusagen als Manager, denn er erbot sich, dafür zu sorgen, dass immer genügend Benzin da war, genügend Lebensmittel und alles, was man sonst brauchte.

Das gab es im Westen im Überfluss. Ganz Deutschland war voll von Militärlagern, in denen alles vorhanden war, was man in den zerbombten Städten nicht mehr hatte und was Soldaten, vor allem an der Front, dringend benötigt hätten, aber nicht bekamen. Es gab, bewacht von Zahlmeistern, meist früheren Lehrern, in den Materiallagern der Wehrmacht, von Erbsen bis zu Kaviar und von Champagner bis zu Brüsseler Konfekt fast alle Lebens- und Genussmittel. Die Wäscheabteilungen hatten Berge von Angora-Unterwäsche. In den Schuhdepots waren jede Menge pelzgefütterte Fliegerstiefel und sogar Lackschuhe zu den Ausgangsuniformen der Offiziere.

Die fünfunddreißig Kraftfahrer der Kolonne wuschen keine Wäsche mehr. Sie zogen ständig neue an. Sie fanden genug in den Lagern, manchmal mit vorgehaltener Maschinenpistole von den Zahlmeistern erpresst. Sie trugen Offiziersuniformen, wenn auch ohne Rangabzeichen. Sie aßen Konserven bester Qualität. Und der Leutnant mit dem Ordensklempnerladen sorgte dafür, dass sie immer gerade vor den amerikanischen Einheiten weiter ins Reich verlagert wurden und dazu genug Kraftstoff hatten.

Da der Haufen in der Zwischenzeit aus drei aufgelösten Luftwaffeneinheiten bestand, gab es genügend Stempel, um Befehle zu signieren, Marschbefehle, gleich, wohin man wollte. Wer ihr letztverantwortlicher Vorgesetzter war, ahnten sie nur. Es gab wahrscheinlich keinen. Sie waren von der Luftwaffe ans Heer ausgeliehen worden und dann vom Heer wieder an die Luftwaffe und dann an eine Flakeinheit und jetzt, jetzt waren sie eine selbstständige Transportkolonne, die nur noch dafür zu sorgen hatte, sich selbst zu transportieren, und das möglichst so lange, bis der Krieg endlich zu Ende war. Solche versprengten Einheiten gab es jede Menge im Westen. Ihre Führer mussten allerdings aufpassen, dass sie nicht einem Kommando des Generals Unruh in die Hände fielen, der Deserteure aufspüren sollte und alle die, die nicht gewillt waren, jetzt kurz vor Kriegsende noch ihr Leben einzusetzen.

Ottchen fuhr in dieser Zeit ein Beiwagenkrad, meist an der Spitze der Kolonne. Kurz vor der tschechischen Grenze auf einer der langen bergab führenden Straßen bei Coburg sah er ganz unten eine Arbeitsmaid in blauer Uniform neben einer Milchkanne am Straßenrand. Er hielt an und beäugte das Mädchen mit dem Fernglas. Da hatte ihn Lyck eingeholt. Er nahm den Stahlhelm ab und ließ sein Krad auf die Arbeitsmaid zurollen, hielt direkt vor ihr und sagte nur: »Hallo, Inge.« Es war eines der Mädchen des Lyzeums von Lyck, mit der er noch bis zu seiner

Einberufung zusammen im Schulorchester musiziert hatte.

»Wie kommst du hierhin?«, fragte er weiter. »Bin Arbeitsmaid.« »Die Amis sind doch dicht hinter uns und was die mit Mädchen in Uniform machen, kannst du dir ja wohl vorstellen. Also setz dich in den Beiwagen!«

Ottchen fuhr zu ihren Quartierseltern, Bauern auf einem Einödhof. Sie zog Zivil an, nahm einen Koffer mit, den sie vorsorglich schon gepackt hatte, und dann ließ sie sich absichtlich entführen, denn die Bäuerin durfte sie offiziell nicht gehen lassen. Schließlich sei sie dem Führer verantwortlich, dass die Arbeitsmaiden etwas täten. Sie hatte Angst vor versprengten SS-Leuten. Ottchen nahm Inge mit bis nach Coburg, wo sie bei einem Freund in einer Gärtnerei abgesetzt wurde. Er getraute sich nicht einmal, ihr einen Kuss zu geben, obwohl die junge Frau sichtlich darauf wartete, in den Arm genommen zu werden. Ob er sich nicht binden wollte oder ob er ganz einfach Angst vor einem Leben in Zivil und nicht als uniformierter Zigeuner hatte – auch später konnte er diese Frage nie beantworten.

Während die Eltern in Flensburg mehr vor sich hin dämmerten als lebten, fuhr Ottchen mit seinen Kumpels, denn Soldaten konnte man die Truppe kaum noch nennen, weiter bis in die Tschechoslowakei und landete in der »Dreckschenke« in Johanngeorgenstadt.

10

Die Nacht zum 1. Mai 1945 war eiskalt. Die kleine Lastwagenkolonne fuhr in tiefster Dunkelheit, nur die Rücklichter des voranfahrenden Fahrzeuges waren jeweils zu erkennen, die Passstraße nach Johanngeorgenstadt hinauf. Dass die deutschen Mittelgebirge an der ehemaligen deutsch-tschechischen Grenze noch im Mai Schnee hatten, war für Ottchen nichts Besonderes. Auch in Masuren hatte es Anfang Mai immer wieder geschneit. Einmal lag der Schnee sogar eineinhalb Meter hoch, Bäume brachen und Schneepflüge blieben bei der Reichsbahn auf den eingeschneiten Hohlwegen stecken.

Kurz vor dem Dorf, das einmal Grenzdorf war, es später auch wieder werden sollte, hielt das Beiwagenkrad an der Spitze. Die Kolonne stoppte. Ottchen kletterte aus der Luke seines Flakpanzers, rutschte auf den spiegelglatten Stahlplanken aus und landete im Graben. Es dauerte eine ganze Weile, bis er sich aufgerappelt hatte. Gott sei Dank hatte er keinen Stahlhelm auf, den trugen Panzerfahrer sowieso nie. Seine auf dem Rückzug in Frankreich aus einem Fliegerdepot organisierten Pelzstiefel fanden Halt auf der überfrorenen Straße.

Zwei Dutzend Fahrer begannen zu diskutieren, wo man eigentlich sei. So genau wusste man es nicht, man war einfach der Straße gefolgt, die von Süden hochführte, weil man damit rechnete, dass die Russen durch die Tschechoslowakei marschieren würden, besser gesagt durch den verbliebenen Rest des Staates, den man in München einvernehmlich unter den Großmächten geteilt hatte. Da blitzte rechts vorne eine Taschenlampe auf, drehte sich im Kreis. Eine Frau im

Pelzmantel wurde sichtbar, wenn auch nur schemenhaft. Sie kam auf die Soldaten zu: »Fahrt noch ein Stück weiter und dann rechts runter zum Bach, da ist eine Wiese, da könnt ihr die Fahrzeuge abstellen. Die Flak am besten in die Scheune, damit die Amis sie nicht erkennen.«

Die Luftwaffensoldaten, die jetzt nur noch zu einer Kolonne gehörten, die mehr oder minder privates Gut transportierte, allerdings mit Flakschutz, folgten dieser Aufforderung. Sie fanden sich zehn Minuten später in einem Tanzsaal zusammen, dessen Decken noch mit den Girlanden einer Karnevals- oder Faschingsfeier geschmückt waren. Woher sollten Ostpreußen schon wissen, wie Feste im Februar, März in welcher Gegend Deutschland genannt wurden. An einer Seite des Saales lag Stroh. Aus den Lastwagen wurden Decken geholt, sodass man zu einem ganz erträglichen Nachtlager kam. Allerdings Schlaf war nicht zu finden. Ein Unteroffizier, der ein großes viereckiges mit einem ganzen Batteriesatz bestücktes Kofferradio aus Holz dabei hatte, versuchte den Deutschlandsender zu bekommen, was aber auf Anhieb nicht gelang. Dann hatte er Radio Prag im Lautsprecher, und da sprach man bereits tschechisch und nicht deutsch.

Am Ende des Saales gab es eine Tür, durch die man zu einer modern ausgestatteten Bar kam. Jedenfalls sah sie so aus, als entspräche sie dem Zeitgeschmack der dreißiger Jahre. Sie war sichtlich nicht nur auf deutsche Bedürfnisse hin ausgestattet. Eine Frau stand hinter dem Bartresen. Sie schenkte Bier aus und fragte, ob man etwas zu essen haben wollte. Das sei nicht nötig, meinte der Feldwebel. »Wir haben genug Konserven. Wenn Sie wollen, lassen wir Ihnen noch einen ganzen Schinken hier. Den haben wir aus dem Maintal mitgenommen, wo ein paar Idioten mit Lebensmitteln beladene Schiffe in die Luft jagen wollten. Wo sind wir hier eigentlich?«, fragte er dann.

»In der ›Dreckschenke‹ in Johanngeorgenstadt, passt auf, dass ihr auf der richtigen Seite des Grundstücks bleibt, der Saal ist deutsch, die Bar aber ist tschechisch, und die Wiese, auf der die Wagen stehen, ist deutsch, aber auf der anderen Seite des Bachs ist tschechisches Gebiet, zumindest war das bis zum Münchner Abkommen so. Da der Krieg gleich zu Ende ist, bleibt auf der deutschen Seite. Radio Prag hat schon gemeldet, dass deutsche Einheiten liquidiert worden sind von tschechischen Kräften. Hier haben die sich noch nicht blicken lassen.«

Da war mitten in der Nacht bei dem kleinen Haufen plötzlich die Zukunft gegenwärtig. Wie nach einem Blitzschlag duckten sie sich. Es war nicht mehr damit getan, ein Quartier zu finden. Man musste hier und heute und nicht erst in den nächsten Tagen Entscheidungen für das Überleben treffen. Und doch, die lange nächtliche Fahrt hatte Kräfte gekostet und verhinderte Gespräche. Nur das unförmige Kofferradio tönte weiter. Irgendwer musste die Einstellung verändert haben. Plötzlich war der Reichssender Königs Wusterhausen zu hören. »Der Führer ist im Kampf um Großdeutschland gefallen.« Alle waren plötzlich hellwach. Hitler ist tot, der Krieg ist zu Ende, was wird jetzt?

Auch die Wirtin, die sich im Laufe der Nacht als Besitzerin des Hotels und Restaurants »Dreckschenke« bekannte, stand wieder vor den Soldaten. »Ich habe ein paar Flaschen Wein aus dem Keller geholt, wir wollen auf den Frieden anstoßen.« Und das taten die zwei Dutzend Kolonnenfahrer. Keiner wagte den anderen dabei anzusehen. Die Weingläser stammten aus einer böhmischen Glasbläserei. Jeder hätte gerne eines als Andenken mitgenommen. Nur wo sollte man sie verstauen? Denn dass man noch lange Fahrzeuge und Sprit und die Bequemlichkeiten einer voll motorisierten Truppe zur Verfügung haben würde, glaubte keiner mehr nach der letzten Meldung.

Die Ersten begannen ihre Rucksäcke umzupacken mit dem Allernotwendigsten, um sich notfalls zu Fuß einer Gefangenschaft entziehen zu können. Man hoffte, dass die Amerikaner kämen oder dass man nach Westen vor den Russen ausweichen könne, ohne in einen Hinterhalt zu geraten. Appetit hatte niemand mehr, so blieben die Konservendosen geschlossen, auch die mit Gänseleberpastete und anderen Köstlichkeiten. Man hatte sie in Frankreich auf der Durchfahrt in übervollen Lebensmittellagern beschlagnahmt, genauso wie den Champagner, den jetzt der jüngste Gefreite aufmachte, damit die Wirtin nicht allein einen ausgab.

»Wir werden versuchen, nach Westen zu fahren«, sagte der Oberfeldwebel, »Sprit haben wir genug. Wollen Sie nicht mitkommen? Wenn die Tschechen hier einfallen? Ich weiß nicht, was dann aus Ihnen wird.« Die etwa vierzigjährige Frau schüttelte den Kopf. »Ich bin hier geboren, hier aufgewachsen, ich bleibe in Johanngeorgenstadt, natürlich nur auf der deutschen Seite, und Tschechisch kann ich auch. Ich kann mich verständlich machen. Außerdem – wahrscheinlich haben die Horden, bis sie hier oben ankommen, schon ihre ganze Wut aufgebraucht. Hier hat es nie Pogrome gegeben.«

»Besetzt den Funkwagen, nehmt einen Heizofen mit, aber hört die ganze Nacht die Amis ab«, sagte der

Oberfeldwebel zu einem seiner Funker morgens um vier Uhr. Und das war mehr ein Rat als ein Befehl. Der Funker wusste, was er tun sollte. Verbindung aufnehmen mit den amerikanischen Truppen, denen man seit der Invasionsfront gegenübergelegen hatte, oder besser, vor denen her man geflohen war. Aber nachts machten die Amerikaner Pause. Für sie endete der Krieg nach Ablauf der täglichen Acht-Stunden-Arbeitszeit. So mussten die Deutschen bis zum nächsten Morgen warten, bis sie eine Funkverbindung zu den nahen Feinden hatten.

Der Einzige, der etwas Englisch sprach, war Ottchen. Er wurde aufgefordert, den Amerikanern mitzuteilen, dass man bei ihnen kapitulieren wolle. Irgendwoher hatte Ottchen die Information, dass der amerikanische General Patton bereit war, deutsche Truppen aufzunehmen, die um Kapitulation nachsuchten. Andere westliche Generäle bestanden darauf, dass Deutsche vor den Sowjets kapitulieren mussten, was unweigerlich die Verschleppung nach Sibirien bedeutete.

Es dauerte eine ganze Zeit, bis Ottchen mit seinem Schulenglisch mit den Amerikanern klarkam. Die Funkfrequenzen kannte man schon lange, und sicher kannten auch die Amerikaner die deutschen. Am Nachmittag war endlich auf der anderen Seite ein Deutsch sprechender Offizier zu hören, der mit eindeutig Berliner Akzent sagte: »Kommt rüber, fahrt in Richtung Halle, da sind wir. Zieht weiße Fahnen auf und nehmt die Verschlüsse aus den Kanonen. Aber behaltet Pistolen und Gewehre, ein paar tschechische Kolonnen sind unterwegs. Die überfallen unbewaffnete Trecks. Goodbye.«

Da sich die Frontlage zu stabilisieren schien, zumindest zu den Russen hin, wartete die Kolonne in der »Dreckschenke« bis zum anderen Tag. Sie versuchten, noch einmal Kontakt aufzunehmen, scheiterten aber. Vielleicht waren die Amerikaner auf eine andere Frequenz ausgewichen. Erst am 4. Mai fuhren sie ab, bis sie die Amis sahen. Aber es traute sich keiner, vor allem kein Fahrer der Flakpanzer, direkt auf die Amerikaner zuzuhalten, auch nicht mit weißen Fahnen an den Funkmasten.

Doch dann nahm Paul Uschstraweit, der Kradfahrer aus Memel, sein Herz in beide Hände, setzte sich auf die 750er-BMW und fuhr stracks auf die Amerikaner zu. Er kam nicht wieder, und so schloss sich die Kolonne an, ein Wagen dicht hinter dem anderen an. Man war erstaunt, dass die Amerikaner lässig auf ihren Jeeps saßen und noch lässiger auf dem Geschütz eines »Shermanpanzers« frühstückten. Ein einziger Soldat an der Straße hielt Wache. Er hatte aus einem nicht weit entfernten Bauernhaus einen Clubsessel organisiert, auf dem er sich lümmelte. Auch so konnte man also Krieg führen und Kriege gewinnen.

Zur offiziellen Übergabe ihrer Einheit traten die Deutschen in Dreierreihe an. Ottchen musste übersetzen, dass man kapituliere. Ein amerikanischer Leutnant, derjenige, der Deutsch sprach, vielleicht derselbe, den man im Funkverkehr gehört hatte, erklärte, dass jeder Mensch frei geboren sei und nach der amerikanischen Verfassung und Lebensart Freiheit das Wichtigste sei für Menschen. Man müsse die deutschen Soldaten allerdings bis Kriegsende internieren. Bisher habe diese Einheit noch keine Gruppe kapitulierender Deutscher übernehmen können.

Noch am gleichen Tag wurden die früheren Flieger und späteren Transportsoldaten auf einen amerikanischen Lastwagen verfrachtet, der Bänke hatte und eine dichte Plane und sogar so etwas wie eine Wagenheizung, auch wenn die ganz infernalisch nach Benzin stank. Sie wurden in ein Kriegsgefangenenlager südlich von Halle gefahren, jeweils zu zwölf Mann in einem Zelt untergebracht. Sie erhielten amerikanische Einsatzverpflegung und jede Menge dünnen Kaffee, von dem sie am Anfang nicht wussten, was es wirklich war, denn dass amerikanischer Kaffee so dünn war, konnte man sich vorher nicht vorstellen.

Am nächsten Tag waren sie nicht mehr in Händen von Fronttruppen. Nachschubeinheiten hatten das Lager übernommen. Antreten zur Uhrenabgabe wurde befohlen. Die Amis der zweiten Linie rissen rigoros alle Armbanduhren von den deutschen Handgelenken und bei den älteren Soldaten die Taschenuhren jeweils mit Kette aus den Hosentaschen. Wer sich wehrte, bekam Kolbenstöße in die Seite. Nur Ottchen, den die Amerikaner als Dolmetscher brauchten, hatte es besser. Er behielt seine Uhr und sogar seinen Siegelring, den er den ganzen Krieg über getragen hatte, der Familie wegen. Er zog ihn aber ab und packte ihn in einem Taschentuch in die Hosentasche. Die Uhr verschwand, gehalten von einem Schnürsenkel, am Koppel in der Innenseite der Hose. Ottchens Probleme waren dann nicht mehr materieller Art, sie bestanden darin, dass er vieles, was die Amerikaner ihn baten zu übersetzen, gar nicht übersetzen konnte. Erstens, weil er die Amerikaner akustisch nicht verstand, und zweitens, weil er so viel Englisch, wie die meinten, dass er könne, nicht auf dem preußischen Gymnasium in Masuren gelernt hatte. Welcher Junge gibt sich bei Fremdsprachen schon Mühe, wenn er keine Gelegenheit hat, sie anzuwenden.

Es gab Missverständnisse, bis Ottchen herausbekam, dass die amerikanische Einheit, die sie bewachte, aus Texanern bestand, die allerdings alle italienische Eltern hatten und darum ein Amerikanisch sprachen, das auch für normale Ost- oder Westküsten-Amerikaner kaum verständlich war. Dieses Amerikanisch ins Deutsche zu übersetzen, wenn man dazu auch noch schlecht Englisch konnte, das war schon eine anstrengende geistige Leistung. Die Amis begriffen das mit der Zeit.

Ottchen erhielt durch einen katholischen Feldgeistlichen, der zwar nicht Englisch, aber Französisch sprach, Hilfe. Da die gebürtigen Italiener dieser amerikanischen Truppe zum Teil Französisch konnten, hatte er in drei Sprachen kaum Zeit zum Atemholen. Aber die Amis wollten nicht nur etwas wissen. Sie suchten vor allem nach deutschen Orden, möglichst nach Parteiabzeichen mit Hakenkreuzen. Sie suchten auch deutsche Pistolen, die einige Soldaten nicht abgegeben hatten. Sie suchten Andenken, die man zu Hause in Texas präsentieren konnte. So wurden fast alle Orden, vom schwarzen Eisernen Kreuz bis zum »Spiegelei«, dem deutschen Kreuz in Gold mit dem Riesenhakenkreuz darin, den Amerikanern überlassen. Die revanchierten sich mit Zigaretten, die als Zubrot bei den Rauchern nicht nur gefragt, sondern wie Drogen als überlebenswichtig angesehen wurden.

Der Juni wurde heiß. Das Lager lag ungeschützt auf einer baumlosen Ebene. Nach und nach stellten die Amerikaner Zelte bereit. Stabsoffiziere und höhere Dienstgrade, die noch nicht ausgesondert waren, sicherten sich sofort die besten Schattenplätze. Ohne dass die Amerikaner viel davon wussten, organisierten sie neue Einheiten, Kompanien und Bataillone.

Schreibstuben wurden installiert. Und wenn sie sich getraut hätten, würden die immer noch Befehlenden Wachen aufgestellt, Wachdienste eingerichtet haben, nur um immer noch herrschen zu können, obwohl es nichts mehr zu beherrschen gab.

Die Trampelpfade zwischen den Zelten wurden von Tag zu Tag breiter. Am ausgetretensten waren die zu den Feldküchen und den Latrinen. Nur zur so genannten Lager-Universität gab es keine viel benutzten Wege. Dort fanden sich kaum zwei Dutzend früherer Theologen, Professoren und Abiturienten zusammen. Unter dem wohlwollenden Blick des Deutsch sprechenden Leutnants, der sich hier häufig sehen ließ und sicher in seinen Berichten immer wieder auf die beginnende Umerziehung der Deutschen hinwies, hielt man Vorlesungen. Sie endeten immer, gleich welches Thema sie hatten, in Grundsatzdiskussionen. Den meisten Teilnehmern ist ein Disput über die Medizin noch jahrelang in Erinnerung geblieben, Ganzheitsmedizin oder Heilen einzelner Krankheiten war das Thema. Dabei wurden die Ärzte in Uniform massiv angegriffen, von Akademikern anderer Fakultäten: »Ihr habt KV geschrieben, um Kriegsverdienstkreuze zu bekommen, egal, was dem Verwundeten oder Kranken gefehlt hat. Heilen wolltet ihr nicht.« Übrigens verkauften zuerst die Offiziere ihre Orden gegen Zigaretten und Lebensmittelpäckchen. Einfache Soldaten diskutierten, ob man so etwas tun solle, ob das nicht unmoralisch sei, denn schließlich seien Zigaretten und Lebensmittel nicht alles, was man brauche. Ein bisschen Ehre sollte man behalten.

Ottchens Unteroffizier mit dem grauen hölzernen Kofferradio hatte Kontakt aufgenommen zu einem schwarzen amerikanischen Feldwebel. Der besorgte ihm Batterien. Zwar passten sie nicht in den Koffer. Aber sie gaben Strom und damit wurde der Radiobesitzer zum Mittelpunkt des Lagers. Er gab die empfangenen Nachrichten weiter wie früher die wandernden Fleischer oder Postboten, wenn sie über Land zogen. Der Empfänger des Kofferradios wanderte durch die Wellenlängen und gab immer wieder etwas Neues her. Von diesem Radio ging auch eine Welle von Furcht und Angst aus, die schlaflose Nächte schaffte und zur Bildung von Gruppen und Grüppchen führte, die alle Möglichkeiten durchdiskutierten, die sich aus den Nachrichten ergaben. Sie kamen zu dem Schluss: Die Russen würden sicher irgendwann Plauen übernehmen. Die Amis würden nach Westen abziehen. Aber was würde aus dem Lager und ihnen werden? Sibirien?

Das Potsdamer Abkommen interessierte, wurde ernst genommen. Vor allem der Satz, der mit der Möglichkeit der russischen Übernahme zusammenhing, dass Kriegsgefangene zur Wiedergutmachung der Schäden in den besetzten Ländern herangezogen werden könnten. Offiziere begannen ihre Schulterstücke von den Uniformjacken abzutrennen, Unteroffiziere ihre Litzen. Man wollte nicht auffallen, wenn die Russen kämen. Aber von denen war nichts zu sehen.

Dann kam plötzlich Unruhe ins Lager. Die Amerikaner fingen an, Personalien aufzunehmen. Hilfsdolmetscher stellten fest, dass die Sieger einzelne Namen herauszogen und auf Sonderlisten schreiben ließen. Was es damit auf sich hatte, blieb unbekannt. Bis ein Dolmetscher meinte, das Richtige gefunden zu haben: »Die suchen die Antifaschisten, aber warum?« Ottchen beteiligte sich nicht an den Diskussionen und an der Verbreitung von immer unwirklicheren Gerüchten. Er hatte auch keine Angst, den Russen übergeben zu werden. Er stand auf keiner der Listen des Lagers, sondern gehörte, weil schon vorher Dolmetscher gewesen, zu den Bevorzugten, die als Hilfskräfte der US-Lagerführung galten. Das verdankte er vor allem seiner Anregung zu einem Kriegstheater ohne Bühne.

Er bemerkte eines Tages, dass die Amis ihre Fahrzeuge putzten, die Waffen wienerten, ihre Uniformen auf Hochglanz brachten und sogar die Stahlhelme polierten. Angesagt war die Besichtigung durch Kongressabgeordnete, die sich wahlkreiswirksam im Kriegsgebiet – und als das galt Deutschland ja auch nach Eintritt des Waffenstillstandes noch – sehen lassen wollten. Vor militärischen Besichtigungen hatten die amerikanischen Truppen, wie Ottchen feststellte, keinen großen Respekt, aber bei Abgeordneten legten sie Wert darauf, sich in bester Form zu zeigen. Erst wesentlich später, nach seinen ersten Amerikabesuchen kam Ottchen dahinter, dass es letztlich nur darum ging, wie schnell die amerikanischen Soldaten mit ihrer Entlassung rechnen konnten und wie hoch ihre Abfindung sein würde. Für beides waren die Abgeordneten und nicht die Militärs zuständig.

Ottchen schlug dem US-Oberleutnant in der Schreibstube des Lagers vor, man solle doch den Abgeordneten ein realistisches Bild vom Einsatz der Truppe geben. Auf einem Parkplatz ständen drei Tigerpanzer. Die könne man ohne große Schwierigkeiten wieder fahrbar machen, auftanken und dann vor einer Hügelkuppe einen Angriff simulieren lassen. Dann sollten amerikanische Panzer mit Brandmunition auf die Tiger schießen. Das gebe großartige Brände, wenn man vorher genügend Nitrolack über die deutschen Panzer spritzen würde.

Dem amerikanischen Oberleutnant war das Ganze nicht geheuer. Er fragte zurück: »Und die Fahrer? Die würden doch dabei vor Hitze eingehen.«

»Nein«, meinte Ottchen, »die Tiger haben eine Innenbelüftung, da kann gar nichts passieren, auch bei brennenden Wagen nimmt die Besatzung keinen Schaden. Die Amis ließen sich überzeugen. Ein halbes Dutzend freiwillige deutsche Panzerfahrer meldeten sich, natürlich nicht ohne zu fragen, wie viel Stangen Zigaretten es dafür gebe. Und die amerikanischen Richtkanoniere fuhren ihre Panzer in Linie auf und luden Brandmunition.

Am späten Abend in der Dämmerung ging dann das Kriegsstück über die Bühne. Die Amis schossen, die Tigerpanzer brannten lichterloh, und die Abgeordneten waren beeindruckt. Allerdings mit einem Effekt hatten die amerikanischen Soldaten nicht gerechnet. Als nach Herunterbrennen der Flammen die deutschen Fahrer aus den Luken der Tiger ausstiegen, klatschten die Abgeordneten Beifall, denn für sie hatten diese Fahrer mehr geleistet als die Richtkanoniere an den Geschützen ihrer eigenen Truppe.

Allmählich begannen die ersten Entlassungen, zuerst nach Thüringen in das noch amerikanisch besetzte Gebiet. Dann wurden die ersten Lastwagentransporte zusammengestellt mit Kriegsgefangenen, die als Beruf Landwirt angegeben hatten und die man in der amerikanischen Zone dringend benötigte. Einwohner der britischen oder französischen Zone hatten keine Chance, außer sie gaben als Wohnsitz einen Ort in Bayern oder in Baden-Württemberg an. Die Angst vor einer Übernahme des Lagers durch die Russen wurde von Tag zu Tag geringer. Einige sprachen davon, sie würde sicher erst im Herbst erfolgen oder vielleicht im nächsten Jahr. Bis dann in einer Nacht Hektik ausbrach.

Amerikanische Trucks fuhren vor, Offiziere verlasen Namen und ließen alle aus dem Lager antreten, in Minuten mussten die aus dem Schlaf gerissenen Männer auf die offenen Lastwagen klettern, jeweils sechzig auf einen, obwohl eigentlich bestenfalls für dreißig Platz da war. Die Wagen formierten sich zur Kolonne mit wechselnden Abständen. Mit quietschenden Reifen jagten sie, anders kann man das Fahren nicht nennen, nach Westen. Erst kurz vor Fulda gab es den ersten Stopp. Die Landser fielen mehr als dass sie sprangen von den Fahrzeugen. Aber man war auf westlichem Gebiet, wie sich sehr schnell herumsprach. Und die Trucks fuhren sofort wieder los. Sie holten aus Eisenach und Halle Zivilisten, von denen man nicht wusste, wer sie waren und warum sie ausgewählt wurden, in den Westen.

Alle bekamen amerikanische Verpflegung, Rindfleisch aus Dosen und Kaffeepulver, das aus echtem Kaffee bestand, das man nur aufzulösen brauchte, kalt oder warm. Zum Aufwärmen hatten die Fleischdosen sogar eine Spezialeinrichtung mit Hartspiritus, den man nur anzuzünden brauchte. Am nächsten Tag hieß es wieder ohne Kommandos aufsteigen. Die ersten drei Wagen, im mittleren hatte Ottchen Platz in einer Ecke gefunden, fuhren durch bis zum Zuchthaus Freiendietz bei Limburg. Schon während der Fahrt hatte Ottchen im Wagen Kriegsbeschädigte und drei Dolmetscher ausfindig gemacht. Sie waren also eine bevorzugte Gruppe. Als sie vor der zerstörten Autobahnbrücke Limburg-Nord absteigen mussten, um zu Fuß durch das Lahntal auf die andere Seite zu marschieren, sagte ein amerikanischer Soldat, der seine

Maschinenpistole lässig um den Hals gebunden hatte: »Ihr seid eine tolle Truppe. Irgendwer hat befohlen, dass ihr anständig untergebracht werden sollt und nicht in Zelten.« Für diese Unterbringung war das Zuchthaus vorgesehen. Nur eins hatten die Amerikaner nicht bedacht, die, nachdem sie ihre Zöglinge abgeliefert hatten, weiterfuhren. Die französische Armee übernahm das Lager, das in die neu geschaffene französische Besatzungszone fiel. Das Zuchthaus gehörte zum späteren Land Rheinland-Pfalz. Mit den Franzosen zog ein neuer Kommandoton in das Lager ein.

Zuerst wurden die Offiziere von den gemeinen Soldaten getrennt. Sie verschwanden irgendwo in Frankreich. Wie man munkelte, in Bergwerken und als Helfer in der Landwirtschaft. Die anderen wurden erst einmal auf Hungerration gesetzt. Das gute amerikanische Weißbrot, an das man sich gewöhnt hatte, kassierten die französischen Köche für ihre Truppenverpflegung. Tagelang gab es überhaupt nichts zu essen und dann Rationen, die zum Leben zu wenig und zum Sterben gerade noch zu viel waren. Übrigens wurden auch sofort die Elsässer aussortiert und im Lager einem Sonderkomplex zugewiesen. Ob sie sofort und ohne Verhör entlassen wurden, konnten die anderen nicht feststellen. Sie selbst schwiegen, auch wenn sie noch einmal zurück zu ihren Kameraden kamen.

Da erschien der katholische Bischof von Limburg plötzlich im Lager. Violett gewandet schritt er über die Lagerstraße, gefolgt von französischen Offizieren, die nach ihrem Protokoll auch einen deutschen Bischof wie einen General behandeln mussten. Der geistliche Herr suchte und fand Kontakt, versprach, Gottesdienste halten zu lassen, und kümmerte sich um Geistliche, katholische und evangelische, die unter den Soldaten im Lager waren, und verschwand dann wieder. Danach gab es plötzlich Kartoffeln und auch richtiges Graubrot. Der Bischof hatte in seiner Diözese zu Sonderspenden für die Gefangenen im Lager aufgerufen und Erfolg gehabt, obwohl im Sommer 1945 niemand, auch nicht in Hessen, überzählige Lebensmittel hatte.

Ottchen hatte sich damit abgefunden, irgendwo in Frankreich Aufbauarbeit leisten zu müssen. Und dabei wusste er, dass seine Eltern in Flensburg waren, im britischen Gebiet, eine Zone weiter, die es zu überwinden galt, denn er war ja in der französischen und hätte nur über die amerikanische in die britische kommen können.

Sein alter »Haufen« hing noch zusammen, auch wenn die Kumpel in verschiedenen Lagerteilen untergebracht waren. Wer eine Rote-Kreuz-Binde hatte, konnte die Lagerstraßen, was sonst verboten war, passieren. So kam es zum Austausch von Informationen und darüber hinaus zum Tausch von Zigaretten gegen Salz oder Brot gegen mitgebrachte Ami-Konserven. Einer der Pseudo-Sanitäter nahm Ottchen Anfang August beiseite. »Die entlassen Schwerverwundete. Du siehst doch auch erbärmlich aus. Wenn die die aufrufen, schließt du dich einfach an, egal, ob du auf der Liste stehst oder nicht. Das kann gut gehen, und wenn nicht, passiert auch nicht viel.«

Ottchen wartete auf den nächsten Lautsprecherdurchruf. Es wurden über sechzig Namen verlesen. Mit Gepäck sollten die Genannten sich in der Torbaracke melden. Ottchen folgte dem Rat des Kameraden, er marschierte los. Seinen Rucksack in der Hand, die aus Frankreich organisierten Pelzstiefel an den Füßen, in einer Uniformjacke ohne Abzeichen. In der

Baracke begann der namentliche Aufruf mit A und endete bei einem Saluskowski, Emil. Ottchen stand alleine da. Er war ja nicht auf der Liste. Der französische Hauptmann knurrte ihn an: »Ja und Sie, was fehlt Ihnen?« Ottchen leise: »Magengeschwüre, zweiundvierzig Kilo.« Der Hauptmann sah ihn von oben bis unten an und hielt die selbst gestellte Diagnose des Deutschen für glaubwürdig.

»Sie stehen doch nicht auf der Liste.« – »Ich weiß nicht, warum.« Der Hauptmann ließ die Aufgerufenen abzählen. Es waren neunundfünfzig. Mit den Worten »Das müssen sechzig sein« scheuchte er Ottchen zu der Entlassungsgruppe. Die wurde noch einmal gefilzt. Ein französischer Gefreiter zog Ottchen die Pelzstiefel aus und schwenkte sie triumphierend in der Luft. Ein anderer holte sich den Rucksack. Dann bekam Ottchen einen Entlassungsschein und wurde auf die Straße hinter dem Lager geschickt. »Marsch, ab!«

Den ganzen Krieg über war Ottchen nur wenig zu Fuß gegangen. Aber jetzt musste es sein. Dabei stimmte das Gewicht mit fünfundvierzig Kilo. Er hatte sich in den letzten Kriegsmonaten eine Bleivergiftung zugezogen. Sein Magen verarbeitete fast nichts mehr. Auch das gute Essen der Amerikaner schlug nicht an. Und krankmelden wollte Ottchen sich in keinem Lager, um nicht zurückgelassen zu werden.

Der entlassene Soldat marschierte nach Limburg. Die Zonengrenze war offen. Er brauchte aber fast einen ganzen Tag vom französischen Dietz ins amerikanisch besetzte Limburg. Da er den Bischof im Lager gesehen hatte, ging er auf den Dom zu und landete in einer Kanzlei, ohne Schuhe und Strümpfe mit zerrissenen Hosen, sodass die dort amtierende Schwester ihn erst einmal in einen Nebenraum schickte: »Ziehen

Sie sich um, und dann wollen wir mal für Sie etwas zu essen besorgen. Sie sehen ja schlimm aus.«

Sie reichte ihm eine saubere geflickte Uniform, die beinahe passte. Sie fragte im Übrigen nicht, ob er katholisch oder evangelisch sei. Woher er kam, wusste sie. Er war nicht der einzige Entlassene, der hier gelandet war. Die anderen aber waren Schwerverletzte, Amputierte, zwei waren im Krieg blind geworden und mussten geführt werden.

Sie alle fanden Unterkunft in einer Arbeitsdienstbaracke, die umfunktioniert worden war und jetzt dem Bischof unterstand. Ottchen blieb acht Tage, dann sah er sich in Limburg um und fand eine chemische Reinigung. Die arbeitete bereits wieder wie in Friedenszeiten.

Amerikanische Lastwagen fuhren vor mit Bergen von Uniformen, so wie früher in Ostpreußen Wehrmachtsfahrzeuge vor dem Betrieb seines Vaters vorgefahren waren. Die Schornsteine rauchten. An der Tür war ein »Off limits«-Schild, das amerikanischen Soldaten verbot, hier zu requirieren oder die deutschen Besitzer, die für sie arbeiteten, zu belästigen. Ottchen marschierte an dem Schild vorbei ins Büro und stellte sich dem Chef vor als Sohn eines seiner Kollegen. Und der kannte tatsächlich den Namen seines Vaters.

»Mensch, dass Sie hierher kommen. Sie sehen ja, wir haben wieder voll zu tun. Die Amis sind heilfroh, wenn sie ihre Klamotten gereinigt und gebügelt bekommen. Uns geht es gut. Was können wir für Sie tun?« Ottchen, der bisher nur Negatives über die Haltung der Einheimischen gegenüber entlassenen Soldaten gehört hatte, war mehr als nur überrascht. Er fühlte sich heimisch bei dem leichten Geruch nach Tetrachlorkohlenstoff. Auch diese chemische Reinigung arbeitete mit denselben Lösungsmitteln wie die elterliche in Ostpreußen. Er blieb noch in der Baracke. Aber er kam jeden Tag wieder, bis ihn der Kollege seines Vaters mit der Mitteilung überraschte: »Ich habe einen Fahrbefehl für Sie bis zur Grenze der britischen Zone, irgendwo bei Hannover. Sie können jederzeit mit einem Ami-Zug mitfahren. Und dann müssen Sie sehen, wie Sie weiterkommen.« So begann Ottchens Heimreise, allerdings nicht nach Ostpreußen, sondern nach Schleswig-Holstein.

11

»D-Zug nach Berlin über Marburg, Kassel, Hannover, Braunschweig, Magdeburg«. Das stand auf dem dreckigen, kaum zu entziffernden Schild an der Außenwand des grün-grauen Schnellzugwagens, der noch die Reichsbahn-Insignien trug. »Nur für Alliierte« befand ein weißes Schild an jeder Abteiltür. Das hieß mit anderen Worten, es war ein Zug der Besatzungsmächte. Aber ein halber Wagen war freigegeben für »Sonderreisende«, vor allem für schwerverwundet entlassene Soldaten und »Deutsche«, die einen besonderen Ausweis hatten wie Ottchen. Auf dem Gang drängten sich noch Rote-Kreuz-Schwestern oder ehemalige Wehrmachtshelferinnen in Zivil, junge Frauen, die auch in den Abteilen für Amerikaner Platz finden konnten, aber lieber dicht gedrängt in den Gängen standen. Fraternation war verboten. Doch Kontakte mit Frauen zählten in der Regel nicht bei allen Amerikanern als Fraternation.

Eine Schwester drängte in das Abteil für Deutsche. Gleich hinter Limburg erkämpfte sie sich einen Platz. Sie trug nicht nur die Uniform des Roten Kreuzes. »Ich war bis gestern OP-Schwester«, murmelte sie. »Jetzt muss ich dringend zu den Eltern nach Hamburg. Wir haben auch Amerikaner versorgt. Opfer von Unfällen. Dort bekam ich den Sonderfahrschein.« Vielleicht, weil Ottchen der Einzige im Abteil war, dem nicht Gliedmaßen fehlten oder den große Verbände verunzierten, begann Schwester Ingrid mit ihm ein Gespräch. »Wo willst du hin?« Der üblichen Frage schloss sich die Feststellung an, dass man selbst auch unterwegs sei und nicht genau wisse, ob man die Angehörigen wiederfinde. Und ob die letzten Nachrichten, die man vor mehr als drei Monaten bekommen habe, aktuell seien.

Ottchen hatte im Krieg nur mit Französinnen geflirtet. Etwas Ernstes war es nie geworden. Es reichte meist nicht einmal zum ersten Ansatz einer Beziehung. Ottchen hat später darüber nachgedacht, warum das so war. Vielleicht hatte er für die Kriegszeit alles, was Erotik hieß, abgeschrieben. Vielleicht war er Spätentwickler. Aber es konnte auch sein, dass er gar nicht bemerkte, dass Frauen mehr als nur einen Blick auf ihn geworfen hatten.

Jetzt bei Ingrid war es anders. Schon nach wenigen Sätzen hatte er das Bedürfnis, ihre Hand zu nehmen, sie zu streicheln und ihr gut zuzureden, sie würde ihre Eltern schon in Hamburg finden. So groß sei die Stadt an der Elbe ja nicht. Sie sollte das Suchen nicht aufgeben, vielleicht stimmten ja auch die angegebenen Adressen in dem letzten Brief. Ingrid brauchte einige Zeit, um zu begreifen, dass sie nun nicht mehr im OP-Saal agierte wie eine Maschine. Sie konnte sich fallen lassen und sei es nur, in dem sie sich entspannt in die harte Abteilecke mit Ottchen an der Seite kuschelte. Dem fiel zum ersten Mal auf, dass sich hier eine Frau anders verhielt, als er es bisher gewohnt war. Beschützerinstinkte wurden wach. Und als sie fragte: »Hilfst du mir die Familie zu finden?«, nickte er nicht nur, sondern sagte, wenn auch verhalten, doch sehr deutlich: »Kannst dich darauf verlassen.«

Kurz hinter Kassel wurden die Ausweise kontrolliert, aber nur die der amerikanischen Soldaten im Sonderzug. Bis in das deutsche Abteil kamen die Militärpolizisten nicht. Kisten, Rucksäcke und die Beine der auf dem Gang Liegenden ließen das nicht zu. Die MP fühlte sich auch nicht zuständig für alle, die mitfuhren. Vielleicht kontrollierten auch die Weißbehelmten nur deswegen nicht, weil sie wussten, dass keiner von den Deutschen einen Interzonenpass hatte, den man zum Überschreiten der Zonengrenze, auch zwischen der amerikanischen und der britischen Zone brauchte. Man nahm das halbe Dutzend Landser und die Krankenschwestern mit, ohne sie offiziell zu sehen. Auch als der Zug in Göttingen, britische Zone, eine neue Lokomotive bekam und einen längeren Aufenthalt hatte, ließ man die Deutschen in Ruhe.

So kamen sie ungeschoren über die Zonengrenze, waren jetzt auf britisch besetztem Gebiet, wo beider Zielorte lagen. Sie hatten nur ein Problem in Hannover, wo sie aus dem Interzonenzug nach Berlin aussteigen mussten. Übrigens hieß der damals noch einfach D-Zug. In Richtung Hamburg ging dann ein anderer Zug. Dass alle für Deutsche bestimmten Züge überfüllt waren, hatten sie sehr schnell mitbekommen. Menschentrauben saßen sogar auf den Stoßdämpfern. Manche Züge bestanden sogar nur aus Kohlenloren, in denen man stehend zusammengepfercht wie die Kriegsgefangenen auf den Pritschen der Lastwagen vorher verladen wurde. »So hat man früher nicht einmal das Rindvieh oder die Pferde verschickt, die hatten immer ein Dach über dem Kopf«, meinte Ingrid, als sie den ersten überfüllten Lorenzug in Hannover sahen.

Sie waren abends in Hannover ausgestiegen. Nachts fuhren keine deutschen Züge. Die Strecke musste frei sein für Besatzungs- und Güterzüge. Bei denen musste man, wenn man mitkommen wollte, auf den Puffern reiten, was beide nicht wagten. Ottchen, weil er sich zu schwach fühlte, und Ingrid, weil sie ihre Uniform, das Einzige, was sie anzuziehen hatte, nicht zerfetzen wollte. Man musste also übernachten. Die früheren Wehrmachtsheime gab es nicht mehr, und deutsche Hotels waren in Hannover noch nicht eröffnet bis auf eins, aber das war reserviert für britische Offiziere. Doch es gab den überfüllten Bahnhofstiefbunker in der Stadt an der Leine, die zum zentralen Umschlagplatz der Versprengten und Zerstreuten geworden war. Ingrid nahm Ottchen bei der Hand und erklärte dem Bunkerwart, sie müsse den schwerkranken Soldaten betreuen und der müsse sich irgendwo hinlegen können, sonst würde er nicht weiter durchhalten. Das stimmte zwar so nicht, aber ganz falsch war es auch nicht. Nach einigem Hin und Her bekamen beide jeweils eine Pritsche. Andere Schlafmöglichkeiten gab es nicht. Zwei Decken konnte Ingrid organisieren. Als Kopfkissen dienten ihre große Packtasche und Ottchens Rucksack.

Beide waren erschöpft vom vielen Reden oder von

der Anspannung, ihrem Ziel nach Überschreiten der Zonengrenze näher gekommen zu sein. Sie fielen in Tiefschlaf. Es störte sie auch nicht, dass immer wieder Übernachtungsgäste in die Bunkerkammer kamen und geräuschvoll die Liegestatt tauschten. An Zähneputzen und Waschen, bevor man sich hinlegte, dachte sowieso keiner, schon deshalb nicht, weil es in dem Bunker keine Waschgelegenheiten gab. Auch die Toiletten hatten kein fließendes Wasser. Das, was die Toilettenschüsseln brauchten, musste man mit einer klackenden Handpumpe fördern. Die ganze Nacht über dröhnten dazu die Ventilatoren, die Luft in den Bunker drückten. Dennoch wurde der Mief immer dicker. Als die beiden am nächsten Morgen schon vor sechs Uhr ins Freie stiegen, erlebten sie den Wind auf dem Bahnhofsvorplatz fast so wie eine klare Meeresbrise in der Sommerfrische.

Ingrid atmete mehrfach sichtbar tief ein. Erst dann schimpfte sie darüber, dass man fünfzehn Mark habe bezahlen müssen für das nächtliche Bunkerquartier. Aber was waren schon fünfzehn Reichsmark, nicht mal zwei Zigaretten! Und von denen hatte sie aus der Ami-Vergangenheit noch genügend, die als Barmittel eingesetzt werden konnten. An einem Kiosk im Bahnhof stellten die beiden sich in die lange Schlange nach einem Becher mit Heißgetränk, einer undefinierbaren roten Flüssigkeit, die süß-bitter schmeckte, aber vor allem warm war. Und bei der Bahnhofsmission bekamen sie auch sogar noch einen Teller mit Haferflocken. Brot schien in Hannover knapp zu sein.

Und dann wurde es Zeit, sich auf den überfüllten Bahnsteig zu drängen, damit man möglichst sofort in den hier eingesetzten Zug kommen und einen Sitzplatz ergattern konnte. Das gelang nur Ingrid, aber bis Hamburg stand sie immer wieder auf und gab Ottchen die Möglichkeit auszuruhen. Als beide an der Alster in Hamburg ausstiegen, fühlten sie sich sehr viel fitter als am Morgen in Hannover. Auch der Hamburger Hauptbahnhof war zerstört. Man musste Angst haben, dass aus der Verglasung der großen Halle Restsplitter herunterfielen. Es zog. Dennoch blieb der Qualm der Lokomotiven, die mit Kohle zweiter Güte fuhren, an jedem Pfeiler und an jedem Stahlträger hängen.

Sehr langsam stiegen die beiden, Hand in Hand, die Treppen vom Bahnsteig zum Ausgang des Bahnhofs hoch. In Hamburg fuhren die Züge durch die Stadt, bevor sie über die Alsterbrücke weiter nach Norden verschwanden. Vor dem Bahnhof gerieten sie in eine Gruppe von Schwarzhändlern, die meinten, die beiden seien Kunden. Aber sie hatten überhaupt keine Lust, auch nur einen Blick auf Kleidungsstücke, Uhren, Seife und Kaffee zu werfen, die in jeder Menge angeboten wurden. Sie gingen ein Stück in Richtung Rathausmarkt und fanden auf der Mönckebergstraße eine Steinbank. Ingrid holte aus der Tiefe ihrer Packtasche eine Tafel Schoka-Cola, aus deutschen Beständen. »Wir müssen zum Roten Kreuz und fragen, ob die wissen, wo meine Familie steckt, und dann werden wir weitersehen.«

Ottchen hatte die ganze Zeit über eine Adresse von einem Hamburger Vorort in der Tasche. Dort war einer seiner Kriegskameraden zu Hause. In Limburg waren sie getrennt worden. Aber er wollte wenigstens der Frau von Ernst die Nachricht überbringen, dass ihr Mann den Krieg überlebt hatte, wenn man auch jetzt nicht wissen könne, wo er sei. Das hatte er Ingrid nicht gesagt. Während sie in der Baracke des Roten Kreuzes Karteikarten durchsah und mit verschiedenen Beratern diskutierte, stellte er fest, dass man zu Ernstens Frau in den Vorort mit der ganz normalen S-Bahn fahren konnte. Die funktionierte in Hamburg bereits wieder.

Ingrid brachte von ihren Erkundigungen auch eine Adresse mit. Eine weit entfernte Tante wohnte in Othmarschen, beziehungsweise sollte dort wohnen, als Bombenflüchtling einquartiert seit Januar 1944. »Du kommst mit. Da bekommen wir sicher ein Zimmer und ein anständiges Bett.« Sie drängten sich in die überfüllte S-Bahn, nachdem sie sich vorher mokiert hatten über ein Schild »Keine Fahrt ohne Fahrkarte«. Wozu sollte man eine Fahrkarte lösen, wenn man ohnehin weder einen Sitz noch einen menschenwürdigen Stehplatz fand?

Ingrid fiel in ihrer Rote-Kreuz-Kluft übrigens in der britischen Zone nicht auf. Hier trug fast jeder zweite noch irgendeine Uniform aus der Vergangenheit. Die Soldaten hatten meist noch Dienstrangabzeichen. Einige trugen sogar noch die von Hitler besonderen Truppenteilen verliehenen Ärmelstreifen und Panzervernichtungsabzeichen. Zwei Landser unterhielten sich im ostpreußischen Tonfall. Ottchen horchte auf. In Hessen hatte er diese Sprachmelodie nicht gehört und im amerikanischen Zug auch nicht. »Na, was denn sonst, natürlich kommen wir aus der kalten Heimat, ganz Schleswig-Holstein ist voll davon und Hamburg auch«, antwortete einer der beiden auf Ottchens Frage.

Die Adresse in Othmarschen war richtig. Ingrid klopfte an die Tür eines schmalen Hauses. Eine ältere Frau öffnete und fiel ihr um den Hals. Sie hatte ihre

Nichte erkannt und lud ganz selbstverständlich auch Ottchen mit ein. Sie saßen an einem Tisch in der Küche, auf dem sehr schnell ein Teller mit Bratkartoffeln stand. Dann wurden sie zum Dableiben, zum Übernachten oben auf der Lucht eingeladen. Unter dem Dach stand unter zwei Schrägen je ein Bett mit dickem Federplumeau, weiß bezogen. Auf dem Flur gab es eine Dusche, bei der aus einem Hahn sogar warmes Wasser tröpfelte.

Ottchen fühlte sich duschreif. Bis Limburg hatte er jeden dritten Tag die Wäsche wechseln können. Jetzt waren sie schon fast eine Woche unterwegs und rasiert hatte er sich auch nicht in der Zwischenzeit. Seine Uniform, die ohnehin nicht richtig passte, schließlich hatte man im Haus des Limburger Bischofs ja nicht gerade Maßanzüge bereit als Ersatz für die von den Franzosen geklauten besseren Sachen, sie war steif vor Schweiß und Mief aus den überfüllten Zügen.

»Ich gehe zuerst«, sagte Ingrid und zog sich ungeniert aus, Büstenhalter und Höschen nahm sie in die Hand, um sie als Erstes in der Dusche zu waschen, und ging, ohne zu bemerken, dass Ottchen rot wurde, ganz langsam an ihm vorbei zur Tür hinaus in das Badekabinett. »Handtücher sind hier«, steckte sie ihren Kopf noch einmal zur Tür herein, und Ottchen konnte wieder ihre Brüste bewundern.

Dann war er dran, die dreckigen Klamotten vom Körper zu ziehen. Er klopfte Hose und Jacke über der einzigen Stuhllehne aus. Es kamen ganze Staubwolken heraus. Hier war es ja warm und trocken. Das braune Wehrmachtshemd behielt er an. Es ging ihm durch den Kopf, warum Wehrmachtswäsche nicht weiß sein durfte. Weiße Wäsche konnte man als Kapitulationssignal nutzen. Und das sollte deutschen Soldaten von vornherein verwehrt werden. Übrigens gab es bei der Luftwaffe auch nur blaue Taschentücher.

Ottchen entdeckte in einer Ecke Bücher und Hefte. Es war eine Sammlung von Friede-Birkner-Romanen, der Tochter der Courths-Mahler, die über Liebe, Leid und Schmerz schrieb wie ihre Mutter, nur ein wenig moderner. Hier waren keine Grafen und Prinzen die Sieger, sondern Industrielle und Gutsbesitzer. Ottchen hatte in Masuren fast alle Birkner-Bücher gelesen, so wie er fünfundfünfzig Bände Karl May gelesen hatte. Schließlich gab es in Lyck die größte Leihbücherei Ostpreußens nach der von Gräfe & Unzer in Königsberg. Die Romane waren Ersatz für Theater und auch fürs Kino. In Lyck konnte man höchstens in jeder zweiten Woche einen neuen Film sehen.

Ottchen blieb hellwach, bis Ingrid, ein Handtuch um Brust und Po geschlungen, hereinkam, sich noch einmal abrubbelte und, ohne ein Wort zu sagen, in einem der hochgetürmten Federbetten verschwand. Nicht ohne das Plumeau weit zum Fußende zu schieben. Sie hatte im Spiegel im Badekabinett vielleicht zum ersten Mal nach Wochen ihre aufreizend schöne Figur zur Kenntnis genommen. Ottchen verschwand jetzt unter die Dusche. Er wusch das Unterhemd, die Hose, die er anhatte, und eine zweite aus dem Rucksack, hängte sie über die für Handtücher vorgesehene Stange und begann sich selbst abzuschrubben. Er hatte amerikanische Seife dabei. Die deutsche Schwimmseife unseligen Angedenkens oder die schwere Tonseife, die man beim Militär und auch auf Seifenmarken im zivilen Leben bekam, waren das Erste, was er nach Kriegsende aus seinem persönlichen Besitz aussortiert hatte. Er wusch sich von den Haaren bis zu den Zehen. Das dauerte. Vielleicht zog er die Prozedur auch bewusst länger hinaus als nötig. Er war sich nicht klar, ob er sich wünschte, dass Ingrid schon schliefe oder auf ihn wartete.

Als er endlich wieder in das gemeinsame Zimmer zurückkam, war Ingrid eingeschlafen. Sie hatte sich freigestrampelt. Allerdings kam er gar nicht auf die Idee, dass das mit Absicht geschehen war. Er hatte über Frauen noch nicht nachgedacht. Auch nicht darüber, was sie fühlten, zu fühlen hofften, was sie erwarteten. Für ihn war Liebe immer noch ein Geschenk. Er wagte nicht, Ingrid anzufassen. Er kuschelte sich in sein Bett, zog das Plumeau über beide Ohren. Dann schlief er zwölf Stunden. Durch das einzige kleine, schräge Fenster im Dach fiel nicht viel Licht in die Kammer. Als er das Federbett zurückschlug, musste er feststellen, dass Ingrid schon aufgestanden war. Auch sie hatte nicht gewagt, zu ihm ins Bett zu kommen, nachdem sie in der Nacht vor dem Einschlafen doch auf ihn gewartet hatte.

Ingrid saß bereits unten bei ihrer Tante. Die hatte ein Frühstück gemacht, sogar mit echtem Tee und aufgebackenen Brotscheiben. Der Belag war eine Mischung aus rheinischem Apfelkraut und Heidehonig, süß und duftend. Als Höhepunkt des Frühstücks gab es ein Spiegelei. Tante Gerda, aus deren Bestand alles stammte, war sichtlich der Meinung, die beiden jungen Leute müssten sich stärken. Sie hätten ja wohl sicher eine erlebnisreiche und kräftezehrende gemeinsame Nacht hinter sich.

Ingrid hatte vor, sofort weiter nach ihren Eltern zu suchen. Die Adresse auf dem Brief in ihrer Tasche war nicht mehr brauchbar. Das Haus gab es nicht. Das hatte die Tante schon festgestellt, die übrigens nichts davon wusste, dass die Verwandtschaft in Hamburg war oder sein sollte. »Also bis heute Nachmittag«, verabschiedete sich Ingrid. »Dann haben wir mehr Zeit für uns. Du kannst hier warten oder versuchen, Kontakt mit deinen Eltern in Flensburg zu bekommen.«

Ottchen hatte etwas anderes vor. Er fuhr zu Ernstens Familie. Draußen, weit hinter dem Hagenbeck'schen Tierpark, hatte die ein kleines Haus, wie er nach einer Stunde und einem etwas längeren Fußmarsch von der letzten U-Bahnstation aus feststellte. Er klopfte. Eine junge Frau machte ihm auf. Zwei Kinder versteckten sich hinter ihren Röcken. Sie war erstaunt, einen Soldaten vor sich zu sehen, denn so sah Ottchen immer noch aus.

Seine Uniform war im Übrigen durch das Ausklopfen und das Beseitigen einiger Fettflecken mit Benzin nicht gerade ansehnlicher geworden. »Ich soll schöne Grüße von Ernst bestellen. Sind Sie seine Frau?« Anna Neusel bekam große Augen. Sie wusste zuerst nicht, sollte sie dem Nachrichtenbringer um den Hals fallen oder brachte der eine schlechte Nachricht. Also bat sie ihn erst einmal ins Haus. Und drinnen sagte Ottchen sofort und ganz schnell: »Also, der Ernst hat gut überlebt. Ich weiß zwar nicht, wann er nach Hause kommen wird. Aber er wird sicherlich auch bald entlassen. Er ist ja wesentlich älter als ich. Sie können auf ihn warten. Er hat den Krieg überlebt, da kann eigentlich nicht mehr viel passieren.« Die Frau fiel in den nächsten Sessel, bedeckte ihre Augen und weinte still vor sich hin. Ottchen begriff nicht, dass man so auch vor Freude weinen konnte. Und dann: »Vati lebt, Vati kommt bald, jetzt wird alles gut.«

Sie holte ihre letzten Reserven aus der Speisekammer, Hühnersuppe mit einem halben gekochten

Huhn. »Schließlich haben wir hinter dem Haus den Stall und ein bisschen Grasland auch noch.« Sie zog ihm die Uniformjacke aus mit der Bemerkung: »Also, ich besorge Ihnen noch eine Hose, und dann waschen wir das ganze Zeug erst einmal. Ich habe noch altes Persil von früher.«

Ottchen hatte Ingrid nicht vergessen, aber er konnte sich nicht dazu aufraffen, Frau Anna zu sagen, dass er sich einer anderen Frau gegenüber verpflichtet fühlte. Er fühlte sich betreut, ohne dass man irgendwelche Ansprüche an ihn stellte. Jede Verantwortung fiel von ihm ab. Dabei hatte er ein schlechtes Gewissen. Nur war ihm nicht ganz klar, warum eigentlich. Er hatte Ingrid nichts Endgültiges versprochen, außer dass man sich noch einmal treffen wollte. Ottchen fuhr zum Bahnhof. Mehrere Züge nach Flensburg gab es. Ein Eisenbahner riet ihm, möglichst ganz früh morgens zu kommen. Irgendein Zug führe immer nach Norden bis zur dänischen Grenze. Wenn er einen Ausweis der Militärbehörde habe, könne er sogar mit einem englischen Soldatenzug fahren.

Ottchen war am nächsten Morgen um fünf Uhr in Hamburg-Altona am Gleis drei. Er wartete nur zwei Stunden, Zeit spielte in diesen Tagen sowieso keine Rolle. Er erwischte einen Zug mit einem Dienstwagen der Militärregierung, ging frech hinein und durfte bleiben. Er hatte einen bequemen Sitzplatz, wenn auch mit fünf anderen auf der Bank. Da er sein Englisch schon mit Amerikanern erprobt hatte, konnte er mit den englischen Landsern im Abteil ein Gespräch anfangen, das anfangs allerdings nur über das Wetter und die Ernte ging.

In Flensburg endete der Zug. Über die dänische Grenze gab es keinen Verkehr mehr, obwohl noch

Zehntausende Deutsche in Dänemark lebten: Soldaten in Gefangenenlagern, die sie selbst verwalteten, und Zehntausende Zivilisten, die aus Ostpreußen und Pommern nach Kopenhagen und auf andere dänische Inseln gekommen waren als Flüchtlinge, meist kurz vor dem Angriff sowjetischer Truppen aufgebrochen, ohne Habe, oft ohne wärmende Bekleidung, meist ohne Papiere und in der Regel ohne Geld. Die englischen Soldaten im Zug erklärten, man würde diese Flüchtlinge möglichst lange in Dänemark lassen. Wo sollten sie hin? Die Städte seien überfüllt und die Dörfer auch.

In Schleswig-Holstein hatten mehr als eine Million deutscher Soldaten kapituliert und die warteten in Lagern. Worauf? Gerüchteweise wurde bekannt, dass Churchill zeitweise die Idee hatte, mit deutschen Soldaten gegen die Sowjets zu marschieren. Deutsche Offiziere befehligten noch in den Gefangenenlagern. Bis zur Verhaftung von Dönitz in Flensburg Ende Mai hatten einige von ihnen sogar in einem Kriegsgerichtsverfahren deutsche Soldaten zum Tode verurteilt und noch Wochen nach der Kapitulation erschießen lassen, weil sie bei Kriegsende nach Hause gehen wollten. Ottchen bemerkte, in der amerikanischen Zone hätte es sicher so etwas nicht gegeben. Er versuchte sich in die Denkweise der Engländer hineinzuversetzen, aber er fand keine logische Begründung dafür, dass die selbst Blutsordensträger, also ausgewiesene Nationalsozialisten, unbehelligt ließen.

Die Adresse, die Ottchen in der Innentasche seiner Jacke aufbewahrte, lautete Marienhölzungsweg. Am Bahnhof fragte er, wie er dort hinkäme. Ein alter Mann hörte endlich hin: »Dann nehmen Sie die Straßenbahn bis Marienhölzungsweg und dann den Berg hoch, und dann müssen Sie schauen. Hoffentlich finden Sie den, den Sie suchen.«

12

Die Gründerzeitvilla hatte einen gepflegten Vorgarten mit einem geharkten Kiesweg und sauber hochgebundendem Spalierobst an der Balkonseite. Die Fenster waren mit schweren Gardinen verhangen. In der schweren Holztür aus Eichenbohlen war ein kleines viereckiges Guckloch. Eine Klingel gab es nicht, aber einen altmodischen Klopfer, der, bevor ihn tausend Hände gegriffen hatten, einmal wohl einen Löwenkopf dargestellt hatte. Ottchen stellte seinen Rucksack erst einmal ab. Dann zog er das Koppel hoch, das bis auf die unteren Hüften gerutscht war, knüpfte seine abgeschabte Uniformjacke ordentlich zu, nahm die Mütze ab und strich sich übers Haar. Dann betätigte er den Klopfer. Eine junge Frau mit Servierschürze und Häubchen im Haar öffnete: »Zu wem wollen Sie?«

»Wohnt hier«, begann er langsam den entscheidenden Fragesatz, da ging im Hintergrund eine Tür auf und seine Mutter kam ganz still, aber mit ausgebreiteten Armen auf ihn zu, sah ihn von oben bis unten an und meinte nur: »Schmal bist du geworden. Komm rein.« Die Türöffnerin verschwand irgendwo im Hintergrund. Er ging durch die große, dunkle Diele und betrat das einzige Zimmer, in dem die Familie nach der Flucht Unterkunft gefunden hatte. Der Heimkehrer ohne Heim wurde auf einen Bettrand platziert und hörte nach der kurzen Begrüßung die Frage seines Vaters: »Hast du auch Lebensmittelkarten?«

Dass er so nüchtern empfangen würde, hätte er sich nie ausgemalt, obwohl er in vielen Nächten schlaflos darüber nachgedacht hatte, wie er wohl seine Eltern wiedersehen würde. Beide sahen gut aus. Und doch waren sie irgendwie anders, anders als beim letzten Abschied in Ostpreußen, anders als er ihr Bild in der Erinnerung gemalt hatte, mit der Hoffnung, sie doch noch wiederzufinden. Sie erschienen ihm auch nicht älter geworden zu sein. Und sie waren ihm auch nicht fremd. Er war bei ihnen zu Hause, ohne daheim zu sein. Und irgendwo im Unterbewusstsein wuchs die Sorge, er müsse auf die beiden jetzt aufpassen, er müsse für sie da sein. Er dürfe nicht mehr nur an sich denken und auch nicht mehr nur an Morgen, sondern sicher auch an Übermorgen.

Ottchens Vater wurde weiter konkret: »Wie geht es dir denn gesundheitlich? Was macht der Magen. Du bist ja nur noch Haut und Knochen.« Das war allerdings keine Frage, sondern eine Feststellung. Deshalb folgte die zweite sofort: »Hier gibt es in der Duburg-Kaserne noch ein funktionierendes Militärlazarett. Da gehen wir gleich morgen früh vorbei, vielleicht ist es sogar besser heute Abend, dann bekommst du dort ein Bett, denn hier ist es ja sehr eng.«

Drei Stunden später war Ottchen im Marinelazarett in Flensburg wieder Soldat geworden. Er hatte ganz einfach verschwiegen, dass er einen amerikanischen Entlassungsschein in der Tasche hatte. Das halbe Dutzend Mediziner in dunkelblauer Marineuniform, das ihn untersucht hatte, kam zu der Diagnose: »Bleivergiftung«. Und er erinnerte sich, dass er abgeschossen in einem Flakpanzer eine ganze Menge Ersatzkraftstoff eingeatmet hatte und dass er danach in der Eifel-Offensive kaum noch Essen bei sich behalten konnte. »Das kennen wir, ist eine U-Boot-Krankheit, da kam es von den Akkus, wenn die überkochten. Es wird einige Zeit dauern, bis wir das im Griff haben. Blei ist giftig, wenn es oxidiert. Man müsste Ihnen den ganzen Magen herausnehmen und einiges mehr, aber das würde nichts verbessern.«

Ottchen fühlte sich sofort krank. Und es wunderte ihn ein wenig, dass er die Reise nach Flensburg ohne große körperliche Probleme überstanden hatte. Doch da hatte er ein Ziel. In einem Vierer-Zimmer bekam er ein strahlend weiß bezogenes Bett. Zwei Maate und ein uralter Stabsgefreiter waren die Mitpatienten. Sie erzählten, dass in Flensburg einiges los sei, das man jeden Abend etwas anderes unternehmen könne. Es gebe schon Konzerte, und es gebe sogar schon eine Tageszeitung, das »Flensburger Tageblatt«, und Besuche könne man auch empfangen, nebenan sei ein Zwei-Bett-Zimmer.

Ottchen wurde von Tag zu Tag müder. Und das hielt noch Wochen an. Man nahm ihm Blut ab. Er wurde geröntgt. Man schickte ihn auf die zahnärztliche Station, auf der vier Zahnärzte die Arbeit von einem zu machen versuchten, weil alle vier nicht den Mut hatten, sich entlassen zu lassen. Sie kamen aus dem deutschen Osten, der von den Russen besetzt war. Sie wussten alle vier nicht, wo ihre Familien steckten, ob sie geflohen, vertrieben oder doch wieder zurückgekehrt waren in die Städte östlich der Elbe. Und so ließ Ottchen seine Zähne richten. Die neuen Brücken waren zwar nicht aus Gold, aber sauber verblendet, und das, was er in seinem Mund während der

Kriegsjahre vernachlässigt hatte, weil er nie Gelegenheit fand, zum Zahnarzt zu gehen, wurde saniert.

Auch sein Allgemeinzustand besserte sich. Zwei katholische Krankenschwestern hatten ihn ins Herz geschlossen. Auch sie kamen als »Graue Schwestern« aus dem Osten. Schon bald brachte er seinen Eltern jeden Tag nicht nur Brot, sondern auch Butter und Corned Beef aus englischen Beständen in ihr möbliertes Zimmer. Außerdem war der Vater auf die Idee gekommen, ihn bei der Lebensmittelkartenstelle als heimgekehrten Soldaten anzumelden und zu verschweigen, dass Ottchen im Lazarett lag. So erhielt er auch noch einen Satz ziviler Lebensmittelkarten, was der Familie über die ersten Nachkriegsmonate half.

Dann zeigte sich sehr schnell, wie wichtig Netzwerke waren, Netzwerke von Menschen, die sich kannten. Otsch hatte ja einen Schulfreund, der Medizin studiert hatte und sich das ausgefallene Fachgebiet des Hautarztes zu Eigen gemacht hatte. Er war mit dem Schiff nach Flensburg gekommen und wurde noch von der nationalsozialistischen Stadtverwaltung freudigst aufgenommen, denn er war schon im Februar 1945 in Flensburg gelandet. Man brauchte einen Hautarzt. Die Zahl der Prostituierten im Flensburger Hafen hatte sich in den letzten Kriegsmonaten vervielfacht. Und die Engländer brauchten ihn auch. Dr. Dunst erhielt alle Genehmigungen der Militärregierung, von denen andere nur träumen konnten, so zum Beispiel durfte er alle britischen Züge benutzen, um durch ganz Westdeutschland zu reisen, und er erhielt einen Interzonen-Ausweis für Reisen nach Berlin, den man damals Pass nannte. Und er verfügte über jede Menge reinen Alkohols, aus dem er Liköre der verschiedensten Arten verschnitt.

Seinen Freund Otsch ließ er an dem neuen Pseudo-Reichtum teilnehmen. Beide beratschlagten nächtelang, wie man diese schwarze Währung, die alles andere als Geld war, so anlegen oder umsetzen könne, dass man in echten Friedenszeiten auch noch etwas davon hätte. Otsch begann auf dem schwarzen Markt zu handeln. Er hatte noch drei Stoffballen aus Ostpreußen mitgebracht, ob im Koffer oder anders verpackt, das hatte er nicht erzählt. Vielleicht hatte er sie nicht einmal von zu Hause nach Flensburg transportiert, sondern ganz einfach auf dem Schwarzmarkt für irgendein Schmuckstück eingetauscht oder von einem liegen gebliebenen Treckwagen mitgenommen.

Er ließ sich den ersten vernünftigen Anzug schneidern. Die mitgebrachten Jacketts schlotterten nicht nur um seine Hüften, sondern auch um seine Schultern. Und Elma bekam einen warmen Mantel. Mit dem Rest tauschte er eine britische Schreibmaschine Marke Remington ein, die später einmal ins Museum wanderte, weil sie mit ihrer ausgefallenen Konstruktion etwas ganz Besonderes war.

Aber Otsch wurde nicht gesund. Was ihn immer wieder ans Bett fesselte, war dabei nicht eine diagnostizierbare Krankheit. Es war wohl ganz einfach der Verlust der Wurzeln oder des Fundaments, auf dem sein Leben stand und das mit dem Wort Heimat nur unzureichend umschrieben ist. Seiner Frau schien dies bewusst zu sein. Sie begann, von der Not ausgehend, sehr schnell und sehr systematisch den Wiederaufstieg in der Familie zu planen und zu verwirklichen.

Otsch bewarb sich, seine Schreibmaschine nutzend, bei einer Reihe von staatlichen und kommunalen Stellen. Er war ja schließlich einmal ehrenamtlicher Stadtrat in seiner Heimatstadt gewesen. Aber wer bewarb sich außer ihm sonst noch? In die norddeutschen Netzwerke kam er schon gar nicht hinein, denn hier kannte er niemanden, der ihm verpflichtet war oder den er sich verpflichten konnte. Wäre er Parteigenosse gewesen, wäre das einfacher gewesen.

Elma ließ das geschehen, auch dass er immer wieder nach Hamburg fuhr oder im offenen Kohlenwagen seine Schwägerin in Meppen an der Ems besuchte, die bereits einen kleinen Betrieb angefangen hatte, um Militärklamotten umzufärben, und das mithilfe eines polnischen Oberleutnants. Im Westen der britischen Zone lagen polnische Soldaten, die mit der britischen Armee wieder auf das europäische Festland gekommen waren. Und denen waren wahrscheinlich die Norddeutschen zu norddeutsch. Die Ostpreußen standen ihnen näher.

Elma suchte systematisch eine neue Wohnung, und sie fand sie. Zwei Zimmer direkt unten am Flensburger Hafen, in einem der kleinen Kapitänshäuschen. Sie war ganz einfach von Tür zu Tür gegangen und hatte gefragt, ob hier noch etwas frei sei. Da die Flensburger, auch die, die sich Dänen nannten, obwohl sie es nicht waren, den Behörden nicht angaben, ob sie freie Zimmer hatten, aber doch ein schlechtes Gewissen dabei hatten, bekam sie die zwei Zimmer mit eigenem Eingang und damit auch ein ganzes Stück Lebensraum mehr. Sie bestärkte Ottchen darin, sich vom Lazarett aus um ein möbliertes Zimmer zu bemühen, diesmal als entlassener Soldat. Im Lazarett erhielt er einen englischen Entlassungsschein.

Sie sorgte dafür, dass Ottchen sich darauf besann, dass er nur ein Kriegsabitur hatte und noch ein richtiges Abitur nachmachen sollte. In Flensburg gab es eine Sonderschule für Soldaten. Ottchen marschierte zu dem Leiter, einem ehemaligen Pädagogik-Professor aus Kiel und erhielt zuerst einmal eine Abfuhr. Die Schule sei bereits überfüllt mit Soldaten. Als er aber anbot, Physik zu unterrichten und Mathematik, denn er hatte die Sorgen des Rektors, der zu wenig entnazifizierte Lehrer hatte, erkannt, wurde er halb als Lehrer, halb als Schüler aufgenommen. Und nach einem dreiviertel Jahr machte er hier sogar ein ganz reguläres Abitur. Und da die Schule auch Teil eines Wehrmachtslazaretts war, brauchte er sich um Nahrung und Unterkunft nicht zu kümmern.

Sein Vater bekam von der britischen Militärregierung die Lizenz zur politischen Arbeit in Flensburg. Er gehörte zu den wenigen Masuren, deren Widerstand gegen Hitler bekannt geworden war. Schließlich hatte er seine politischen Ämter schon 1933 verloren. Mit ihm fuhr Ottchen immer noch in umgefärbten Wehrmachtsklamotten aufs Land hinaus, wo Otsch politische Vorträge hielt, über einen möglichen Neuanfang, über die Notwendigkeit sich zusammenzuschließen zu Parteien, über die notwendige Abwehr des Kommunismus und über die Unmoral der so genannten Speckdänen, die sich von ihrem Vaterland abwandten, um bessere Lebensbedingungen zu bekommen. In Flensburg gab es damals eine harte Grenzauseinandersetzung. Letztlich wollte Flensburg zu Dänemark und damit den Krieg, an dem es gut verdient hatte, vergessen. Die wenigen echten Dänen in Flensburg waren anderer Meinung. Nicht einmal in ihrer eigenen dänischen Zeitung propagierten sie die Flucht aus dem besiegten Deutschland.

Ottchen erlebte, dass sein Vater von den entlassenen Soldaten, die ihm gegenübersaßen, nicht verstanden wurde. Sie hatten nie ein demokratisches

Deutschland erlebt. Sie wussten nicht, was Parteien waren, außer der Partei, der sie sich verpflichtet hatten. Für sie war das Kriegsende nicht Befreiung, sondern die große Niederlage, die Stunde null. Und da viele von ihnen noch bis vor Tagen, oft bis vor wenigen Tagen unter dem Befehl preußischer Offiziere in britischen Lagern gestanden hatten, unter dem Diktat von Offizieren, die nicht wahrhaben wollten, dass sie mitverantwortlich waren für die Millionen Opfer der letzten Kriegsjahre, hatten sie noch keine Zeit gehabt zum Nachdenken und Neudenken.

Ottchen stellte fest, dass man anders reden müsse mit seinen früheren Kameraden, um ihnen Mut zu machen, neu anzufangen und ihr Leben in eigene Verantwortung zu nehmen. Doch wie man das machen sollte, das hatte er vorher auch nicht überlegt. Und auch später wurde ihm nie bewusst, warum er Erfolg hatte, warum er überzeugend wirkte, Beifall bekam für Sätze, die nichts Besonderes aussagten, aber vielleicht doch anders klangen als das, was man im Radio hörte, oder das Gegenteil dessen waren, was man auf den Straßen, auf den Plätzen, unter Bekannten erfuhr. Dabei gab es zwei Sprachen in Schleswig-Holstein, wenn man vom Dänischen absieht. Das eine war die Sprache der alten Soldaten und der herrschenden Clique, die man in Schleswig-Holstein nicht als Nationalsozialisten bezeichnen konnte, sondern eher als germanische Ureinwohner. Hitler und Goebbels hatten auf der Basis ihrer nordischen Arroganz gespielt und eine für sie richtige Melodie angeschlagen. So war hier ein Husumer Straßenkehrer immer noch besser als jeder dunkelhaarige Professor aus dem Osten.

Ottchen begann politische Artikel und Bücher zu lesen, u.a. Karl Marx. Er stellte fest, dass dessen Analyse wohl richtig war, eine Analyse der Wirtschafts- und Gesellschaftsform Englands im 19. Jahrhundert. Aber für die Zukunft fand er kaum etwas darin auf den vielen hundert Seiten. Dann stieß er auf die Kurzfassung der Geschichte der KPD der Sowjetunion, geschrieben von einem gewissen Stalin, auch wenn der als Autor nicht angegeben war. Aber die deutsche Übersetzung, herausgegeben im Zentralverlag der SED, der kommunistischen Partei der Sowjetzone in Berlin, verwies ausdrücklich auf die Autorisierung der Texte durch den Alleinherrscher im Kreml.

Hier fand Ottchen deutliche Anweisungen, wie man Menschen führt oder besser verführt, fand Rezepte, wie man zum Beispiel Versammlungen von gegnerischen Gruppierungen sprengt, wie man dialektisch argumentiert und damit jeder wirklichen Aussprache oder Diskussion aus dem Wege geht, jeden Dialog vermeidet, um die eigene Meinung als allein richtige darzustellen. Diese Rezepte, die vielleicht ein Goebbels gekannt und angewandt hatte, waren aber den neuen oder neu antretenden Politikern zumindest in Schleswig-Holstein nicht bekannt. Le Bons »Psychologie der Massen« gehörte dazu. Er fand dessen Anweisungen für die Beherrschung von Menschengruppen faszinierend. Beim Lesen kam er mehrere Nächte hintereinander nicht mehr zum Schlafen.

Er musste das, was der Analytiker beschrieben hatte, bei einer Veranstaltung in der Geltinger Bucht bei einem gewissen Baron von Hobe ausprobieren. Die sechzig Zuhörer hingen gebannt an den Lippen des im Grunde unbedarften Referenten. Der aber wurde sich bewusst, welche Macht man mit der Anwendung der Massenbeherrschungs-Thesen erringen konnte. Ottchen wurde im »Flensburger Tageblatt«

zitiert als eine junge politische Hoffnung. Aber als der Artikel erschien, hatte er selbst bereits Abschied genommen von politischen Ambitionen, außer dass er wenige Tage danach noch die Dankesrede anlässlich seines zweiten Abiturs in Flensburg hielt und dazu das Motto aus Hermann und Dorothea wählte: »Wer fest auf dem Sinne beharret, der bildet die Welt sich.«

Da Flensburg mit seinen Marinesoldaten letzter Standort einer so genannten deutschen Regierung gewesen war und unter dem Regierungschef von Hitlers Gnaden Dönitz weder Bomben noch Flucht noch Vertreibung noch existenzielle Angst und schon gar nicht Hunger erlebt hatte, stimmte man ihm zu, dass man sich die Welt bilden könne und müsse. Er hatte allerdings nicht an das Motto gedacht: »Am deutschen Wesen soll die Welt genesen.«

Ottchen wurde einsam. Auch mit seinem Vater konnte er wenig über die Zukunft sprechen. Der war immer noch ein Baum ohne Wurzeln, dessen Blätter immer welker wurden, der alle Kräfte zum Überleben anwenden musste und sich gar nicht mehr vorstellen konnte, einmal Blüten oder Früchte zu entwickeln. Und schon gar nicht neue Wurzeln zu schlagen.

Ottchens Mutter war da anders, obwohl es ihr gesundheitlich viel schlechter ging als ihrem Mann. Sie hatte ihr Klimakterium gerade hinter sich oder war noch mittendrin. Sie bangte um ihre Tochter, von der sie ein halbes Jahr nach Kriegsende noch immer keine Nachricht hatte, obwohl die gut aufgehoben in einem dänischen Flüchtlingslager war. Sie versuchte aus Miesmuscheln, die Ottchen in jeder Menge von seinen Schwarzmarkt-Aktionen mit nach Hause brachte, jeden Tag ein anderes neues Gericht zu kochen. Und sie versuchte, eine Liste der Güter anzulegen, die vielleicht gerettet sein könnten. Nicht alles war von Ostpreußen nach Dramburg in Pommern geschickt worden, einiges auch nach Thüringen. Dort waren zwar auch die Russen, aber es bestand mehr Hoffnung, das dort ausgelagerte Schlafzimmer und vielleicht sogar die wenigen Maschinen aus dem Betrieb in Ostpreußen aus Hildburghausen herauszubekommen. Über die Zonengrenze gab es genügend kleinere Feldwege, die nicht bewacht wurden. Vielleicht ließe sich ja auch einmal ein Auto auftreiben, um wieder zu eigenem Besitz zu kommen.

Ottchen lief immer noch in einer umgefärbten Wehrmachtsuniform herum. Er versuchte Beziehungen aufzubauen, um vielleicht sogar einmal eine Offiziersjacke der Marine zu bekommen. Die war auch im Zivilleben – sie war dunkelblau – brauchbarer als seine doch schon sehr schäbig gewordene Luftwaffengarnitur. Und er entdeckte, dass man auch am schwarzen Markt mit einiger Intelligenz erfolgreich werden konnte. Ottchen beobachtete, dass die deutschen Beamten, vielleicht waren es auch nur Angestellte, bei der Lebensmittelkartenausgabe kein Wort Englisch konnten. Sie hatten einen mordsmäßigen Respekt vor allem, was nach Weisung der Besatzungsmächte aussah. Die waren ja die Einzigen, die sie aus ihrem Job feuern konnten. Und die Besatzer sprachen Englisch.

So probierte Ottchen, ob man sich nicht durch die Ausstellung eines in Englisch gehaltenen Marschbefehls, etwa zur Reise nach Hannover, nach Hamburg oder sogar nach Meppen an der Ems, das auch im englischen Besatzungsgebiet lag, Reisemarken für Lebensmittel beschaffen konnte. Den ersten gefälschten Marschbefehl verfasste er noch im Lazarett. Behilflich dabei war ein besser Englisch sprechender Marinesoldat, der sich auch bereit erklärte, durch direkte Vorsprache bei der Lebensmittelstelle die Probe aufs Exempel zu machen, das heißt auszukundschaften, ob man mit einer solchen Bescheinigung Lebensmittelkarten bekäme. Und dann Lebensmittel als Tauschware.

Die beiden Landser formulierten einen Marschbefehl in Englisch für Ottchen nach Hannover über den Zeitraum von einer Woche zur Beschaffung von Informationsmaterial für das Gymnasium in der Duburg-Kaserne in Flensburg, von dem man in der Stadt nur wusste, dass hier eine ganze Reihe Soldaten versuchten, noch einmal ihr Abitur zu machen. Als Absender nannte man ein nicht vorhandenes englisches Office für Unterricht und Fortbildung. Das Ganze wurde mit der englischen Schreibmaschine von Ottchens Vater getippt, die vom schwarzen Markt stammte. Sehr sauber, übrigens auf original englischem Papier, das in der Schule als Zeichenpapier benutzt wurde.

Der Trick funktionierte. Der Beamte drückte auf den Marschbefehl einen Stempel »Lebensmittelkarten erteilt« und händigte die begehrten grauen, blauen, roten und gelben Abschnitte aus, auf die man eben nicht zu Schwarzmarkt-Preisen, sondern ganz normal für Reichsmark einkaufen konnte. Ein Pfund Butter gab dann umgetauscht drei Stangen Zigaretten, und eine Stange Zigaretten war sehr leicht umzusetzen in Alkohol oder Stoff oder konnte dafür genutzt werden, dass eine Schneiderin aus Originalnessel Oberhemden dafür nähte. Ottchen war klug genug, nicht zu viele Marschbefehle auf den Weg zu bringen, aber immerhin so viele, dass er bald ein Leben wie im Frieden führte und sich sogar gegen Lebensmittelkarten die Buttercremetorte der Flensburger Ureinwohner leisten konnte.

Ob Schleswig-Holstein ewig ungeteilt bleiben würde, wie es die Ureinwohner immer wieder verkündeten, war noch ein Jahr nach Kriegsende nicht zu übersehen. Die dänische Minderheit, die in der Regel nicht aus Dänen bestand, sondern aus Deutschen, die den zu erwartenden Kriegsfolge-Verpflichtungen Deutschlands entkommen wollten, wurde von Tag zu Tag lauter. Und die Seilschaften der alten Nationalsozialisten, die sich mit den in Kriegsgefangenenlagern in Schleswig-Holstein kasernierten ehemaligen Soldaten, deren Offiziere sich auch noch Monate nach Kriegsende als allmächtige Herrscher über Leben und Tod und jede Regung ihrer Untertanen fühlten, ließen Otsch nicht heimisch werden. Er brauchte Freiheit und Weite wie schon vorher in Ostpreußen, dem Land, in dem der Horizont unendlich erscheint.

Otsch hatte, weil sein Name auf einer der Alliierten-Listen der Nazigegner stand, das Vertrauen der englischen Besatzungsoffiziere. Die achteten, dass er sich für seine Landsleute, die Vertriebenen, einzusetzen begann, ohne einen Posten oder ein Amt zu verlangen. Er, der bis 1933 Lycker Stadtrat gewesen war, begann Adressen der Vertriebenen aus seinem Heimatkreis zu sammeln. Im protestantischen Schleswig-Holstein nahm er sich dazu der katholischen ermländischen Flüchtlinge an. Er machte die katholischen Kirchenfürsten im Westen darauf aufmerksam, dass ihre Glaubensbrüder Hilfe brauchten und nicht anonyme Vertriebene seien.

Da er den Vertriebenenbischof vom Ermland, Maximilian Kaller, kannte, und der wiederum seine Familie, erhielt er einen halboffiziellen Auftrag der katholischen Flüchtlingshilfe, auch für die Verteilung von Hilfsgütern, die die Caritas aus Rom schickte. Hamburg wählte er zum Zentrum dieser Arbeit aus, wo damals noch kein katholischer Weihbischof saß, sondern nur ein pensionsreifer Prälat, mit dem er aneinander geriet, als er einer Predigt beiwohnte, in der dieser um Goldspenden für eine neue Monstranz bat. Otsch hatte am Tag davor ein Lazarett besucht, das als geheim bezeichnet worden war. Hier lagen südlich von Hamburg Verwundete mit schwersten Schädelverletzungen. Hier fehlten Silberplatten als Knochenersatz und Gold, um Zahnprothesen für diese Menschen herzustellen.

Otsch stürmte nach der Predigt in die Sakristei, stellte den Prälaten zur Rede. Das hatte der Geistliche bisher noch nicht erlebt. Welcher Hamburger und schon gar welcher Hamburger Katholik gerät gegenüber seinem geistlichen Vorstand so in Rage. Aber nach einer halben Stunde hatte Otsch den Mann im violett paspelierten Ornat so weit, dass dieser sogar bereit war, den Bestand seiner kirchlichen Geräte durchzuforsten und alles, was er nicht direkt für den Gottesdienst brauchte, zur Verfügung zu stellen. Und das Ganze geschah, ohne dass darüber öffentlich etwas verlautbart wurde. Auch damals bestand noch die Furcht, dass dann die Besatzungsmächte solche Werte beschlagnahmen würden.

Otsch hat später nie darüber berichtet, wie er eigentlich eines Tages zu dem englischen Stadtkommandanten gekommen ist und warum der ihm kurzerhand anbot, eine Firma zu übernehmen, die nichts anderes war als eine große Teppich-Reinigungsanstalt. Doch sie hatte auch eine politische Vergangenheit. Und darum hatten die Briten sie gleich nach dem Einmarsch beschlagnahmt. Diese Teppich-Reinigungsanstalt war in den dreißiger Jahren gegründet worden, um die Teppiche und Polstermöbel aus den Passagierschiffen immer dann, wenn sie in Hamburg landeten, mit großen Maschinen zu säubern. Sie lag deswegen etwas abseits von der Stadtmitte und war im Krieg überhaupt nicht zerstört worden.

Die Hamburger Gestapo kannte diese Fabrik auch. Sie hatte sie benutzt, um in ihren Lagerhallen, die noch dazu klimatisiert waren, wertvolle Teppiche von jüdischen Deportierten in Hamburg, und Hamburg hatte große jüdische Villen, aufzubewahren. Es war nicht ganz klar, ob diese Teppiche als Kriegsbeute betrachtet wurden oder ob man später einmal versuchen wollte, sie den früheren Eigentümern, wenn sie die Vernichtungslager überlebt hatten oder sich aus dem Ausland meldeten, zurückzugeben. Aber der Bestand musste gepflegt werden. Teppiche kann man nicht jahrelang übereinander lagern, ohne dass sie verschimmeln.

Zu dieser Fabrik gehörte eine Hausmeister-Drei-Zimmer-Wohnung, die an die Klimaanlage des Kesselhauses angeschlossen war. Sie bot im jetzigen Hamburg höchsten Luxus. Otsch nahm den Job an, nannte sich Geschäftsführer und sorgte dafür, dass der von der Militärregierung zugelassene Lastwagen seine Frau und Ottchen aus Flensburg nach Hamburg holte. Das Umzugsgut, die wenigen Koffer, konnte man mühelos die Treppe in die warmen Wohnräume transportieren. Und Möbel waren in dem erhaltenen Bürotrakt der Fabrik zu finden.

Die hier existierende Belegschaft bestand aus alten Hamburgern. Otsch hielt beim Antritt seiner neuen

Aufgabe keine große Rede. Er ging nur durch den Betrieb, schüttelte den wenigen Männern und Frauen die Hand, stellte fest, dass die Maschinenanlagen in Ordnung waren, und ordnete an, dass nach und nach das Teppichlager aufgearbeitet werden sollte. »Kriegen wir auch Schwerarbeiter-Zulage?«, war die einzige Frage, die ihm von den Belegschaftsmitgliedern gestellt wurde. Er bejahte und hatte dann eine ganze Woche lang zu tun, um auf dem Bezirksamt, zu dem das Werk gehörte, nachzuweisen, dass hier Schwerstarbeit geleistet werde.

13

Im zweiten Winter nach Kriegsende fror die Elbe zu. Aus Paris kam die Meldung, dass man auf der Seine Schlittschuh laufen konnte, und in Bonn vermisste man die noch nicht instand gesetzte Rheinbrücke zum ersten Mal nicht. Das Eis des Flusses trug selbst Lastwagen.

Elma Brodowski, jetzt Frau eines wohlbestallten Geschäftsführers mit einer warmen Wohnung und der Nachricht, dass es auch der Tochter gut ging und deren Großmutter, denn beide waren ja zusammen in Dänemark, war dennoch nicht zufrieden. Sie, die ihr Leben lang im Betrieb ihres Mannes mitgearbeitet hatte, war plötzlich Nur-Hausfrau. Vielleicht beobachtete sie aus dem Grund ihren Mann kritischer als in früheren Zeiten.

Otsch in seinem Betriebskontor zu besuchen, um zu sehen, was er konkret tat, wagte sie nicht. Die Frau eines Chefs bedeutete in Hamburg nichts und durfte das nicht. Sie spürte außerdem, dass hinter Otschens Rücken gemunkelt wurde, hier hätten sich Flüchtlinge in ein gemachtes Nest gesetzt, ohne dazu berechtigt zu sein. Otsch konnte endlich täglich im Büro eine Zeitung leisten. In Flensburg musste er noch jeden Tag zum Schaukasten des »Tageblattes« gehen. Er hatte jetzt sogar eine Sekretärin, auch wenn das altjüngferliche Fräulein nur Interesse an der Abrechnung der Lebensmittelkarten hatte. Und wenn er wollte, konnte er den Lastwagen benutzen, um in die Stadt zu fahren.

Nötig war das im Übrigen in Hamburg nicht. Die Bombennächte, die Feuerstürme und der Einmarsch der Briten hatten nicht alle Infrastruktur zerstört. Die Hamburger U-Bahn und die S-Bahn funktionierten schon wenige Tage nach Kriegsende wieder. Hinzu kam, dass Otsch am Tag nichts in die Trümmerwelt der Innenstadt zog. Aber am Abend begann er wieder aushäusig zu werden. Da Demokraten als Redner bei der Hamburger CDU, bei der er sich gemeldet hatte, gefragt waren, wurde er in allen Stadtteilen und sogar auf der anderen Elbseite in Harburg zu Referaten und Diskussionen gebeten.

Vielleicht war der Besuch in dem geheimen Lazarett schuld daran, aber Otsch kümmerte sich vor allem um das, was man soziale Fragen nannte. Er wurde ehrenamtlicher Ansprechpartner für entlassene Soldaten, vor allem aber für Mütter, die ihre Kinder in die Stadt nachkommen lassen wollten, was in Hamburg schwierig war, da es ein Zuzugverbot gab. Die Engländer hatten es erlassen, um nicht noch mehr Unbehauste in dem Trümmerberg der Hansestadt versorgen zu müssen. Und deutsche Beamte, nahtlos aus der braunen Uniform der Partei in umgefärbte Wehrmachtsklamotten geschlüpft, begannen mit dieser Bestimmung zu wuchern zur eigenen Selbstbestätigung.

Jeder, der nach Hamburg zuziehen wollte, auch wenn er dort einen Teil seiner Familie hatte, musste eine Arbeitsbescheinigung einreichen. Er musste eine Arbeit angenommen haben und nachweisen. Diese Bescheinigung bekam er aber nur, wenn er eine Zuzugsgenehmigung hatte oder in Hamburg wohnte. So entstand ein Circulus vitiosus, der dazu führte, dass viele resignierten. Wenn sie nicht in Lagern aufgefangen wurden, gingen sie am Straßenrand zugrunde. Die Hamburger Friedhofsverwaltung hatte ein Feld für Namenlose eingerichtet, um die zu beerdigen, deren Särgen niemand folgte.

Otsch versuchte bei den Behördenleitern verschiedener Hamburger Bezirke, für Einzelne Hilfe zu erhalten. Aber er erreichte erst dann etwas, als Ottchen, sein Sohn, der aus Flensburg nachgekommen war, um in Hamburg die Zulassung zur Universität zu bekommen, mit der Frechheit eines Zwanzigjährigen im Informationsblatt der CDU einen Artikel mit der bissigen Überschrift verfasste: »Die Mörder sind unter uns.« Als Mörder bezeichnete er die Besatzungsmacht, die »irrsinnige« Erlasse verfügt hatte, und seine Kritik galt ebenso den Beamten und Angestellten der staatlich-städtischen Behörden, die alles taten, dass sie eingehalten wurden.

Da britische Offiziere eine gewisse Meinungsfreiheit, auch wenn ein Vorwurf gegen sie gerichtet war, gelten ließen, kam dieser Artikel, der mehr ein wütender Schulaufsatz war über das Problem Zuzug und Familienzusammenführung, in die öffentliche Diskussion in Hamburg. Das ging so weit, dass amerikanische Zeitungen das Problem »Zuzugsgenehmigung« behandelten. Das wiederum brachte Ottchen eine Einladung zu einem Diskussionsabend beim britischen Stadtkommandanten ein. Für eine Diskussion wappnete er sich mit einigen extremen Beispielen. Das Interessante war dann nicht die Diskussion, sondern das handfeste Essen und die Geschichten, die der britische Colonel erzählte. Er hatte, bevor er nach Hamburg versetzt wurde, in London mit den Prinzessinnen des Königshauses getanzt und die wiederum blamierten ihn, wie er fast stolz erzählte, mehrfach. Einmal dadurch, dass sie ihm bei der Galauniform mit Steghosen während des Tanzes die Hosenträger aufknöpften. Der Gummizug unter den Stiefeln übte einen solchen Druck aus, dass er mit beiden Händen sein wichtigstes Bekleidungsstück sichern musste und die Prinzessin alleine auf der Tanzfläche stehen ließ.

Während Otsch wieder stärker in die Politik zog, hatte Elma immer größere Sehnsucht nach ihrer Tochter, mehr noch als nach ihrer Mutter. Nur – wie sollte man die beiden von Dänemark nach Hamburg bekommen? Auf dem Diskussionsabend in der englischen Residenz an der Außenalster hatte Ottchen mitbekommen, dass die Dänen auf englischen Druck nur solche Personen aus ihren Lagern in die britische Zone übersiedeln ließen, die eine telegrafische Zuzugsgenehmigung der englischen Militärregierung vorweisen konnten. Ottchen erinnerte sich an seinen Flensburger Reisebefehlsbluff. Er formulierte ein Telegramm, das eine britische Zuzugsgenehmigung bereits bestätigte. Und er hatte Erfolg mit dieser Urkundenfälschung, zu der er auch Dienstrang und Namen des Stadtbefehlshabers missbrauchte. »Zuzug erteilt Colonel Winterbottom«, endete der Text, und das sah wie eine Unterschrift aus.

»Wenn sie mich erwischt hätten, hätte ich erklärt, das sei ein Bericht über eine Diskussion am Abend vorher gewesen«, sagte Ottchen, als Schwester und Großmutter via Sowjetzone in Hamburg eintrafen. Schwester Irene sagte, wenn sie gewusst hätte, dass das Telegramm nicht echt gewesen sei, hätte sie nicht gewagt, die Ausreise aus Dänemark und die Einreise in Hamburg zu verlangen. Von Dänemark mussten sie durch die Sowjetzone fahren. Über Warnemünde und Rostock kamen sie endlich in die Westzone. Auch hier war das Telegramm der Türöffner für alle bürokratischen Sperrgitter. Dass die beiden Neuankömmlinge in der Familie vom vorhandenen Markenbestand mit verpflegt werden mussten, war allen klar. Es dauerte gute zwei Monate, bis Otsch Lebensmittelkarten und Ausweise, auch die waren lebensnotwendig, für beide bekam. Inzwischen aber hatte er so viele politische Beziehungen, dass das auch ohne Vorlage einer ordentlichen Zuzugsgenehmigung ohne weiteres möglich wurde.

Otsch wollte sich jetzt eine erste Ruhephase nach Umsiedlung, Flucht und Neuorientierung im Westen gönnen. Er fand seine Selbstbestätigung in der Politik, auch wenn ihm bewusst war, dass er in Hamburg nie in ein parlamentarisches Amt kommen konnte. Da waren die Hamburger voraus, und wenn die nicht, dann die Schleswig-Holsteiner. Hinzu kam, dass seine kommunalpolitischen Erfahrungen aus Masuren an der Elbe nicht zählten. Eine Stadt wie Hamburg hatte andere Probleme als die Kleinstadt, in der er gelebt hatte. Von den Nationalsozialisten verfolgt gewesen zu sein, war in Hamburg auch nicht gerade ein Plus.

Erstens waren alle Hamburger gegen die Nazis gewesen, und zweitens konkurrierten die Wiedergutmachungsansprüche der Ausgebombten mit denen der Vertriebenen. »Also, hier werden wir nicht ewig bleiben«, sagte Elma eines Abends, kurz bevor alle in der Familie still sein mussten, um das »Echo des Tages« im Rundfunk zu hören. »Wir brauchen etwas Eigenes. Ein Masure kann nicht Angestellter sein, wenn er sein Leben lang frei war.« Und dann begann sie über die Probleme des Flüchtlingseins zu philosophieren. Das endete mit der Feststellung: »Also, die Einheimischen, die alles haben, beneiden uns doch darum, dass wir nichts haben. Sie müssen versuchen, vieles zu erhalten. Wir haben nichts und darum wenig Sorgen. Wir sind letztlich viel freier als die.«

Diese Analyse war damals neu. Ottchen überraschte sie nicht, denn auch er hatte festgestellt, dass mögliche Kommilitonen an der Uni aus gestandenen Hamburger Familien mehr Probleme mit sich herumschleppten als er. Er dachte eigentlich nur daran, wie er zu einem vernünftigen Anzug kam, zu Socken nicht aus englischen Militärbeständen und was man vielleicht auf dem schwarzen Markt noch tun könne, um Kaffee und Zigaretten zu bunkern.

Auf den Rat seines Vaters hatte er Kontakt mit dem Ring Politischer Jugend aufgenommen und war schon bald als begabter Redner gefragt bei Podiumsdiskussionen und Auseinandersetzungen, vor allem mit den in Hamburg etablierten kommunistischen Jugendverbänden. Wie er erfuhr, hatte man ihn schon aus Flensburg als begabten Redner annonciert. Aber bekannt wurde er durch einen Zeitungsbericht über eine Krisenveranstaltung im Frühjahr, als es darum ging, von den Engländern eine bessere Versorgung der Hansestadt zu fordern und von den Bürgern das Beenden der überfallartigen Räubereien bei langsam die Dammtorbrücke passierenden Zügen aus dem Ruhrgebiet. Die Krankenhäuser in Hamburg hatten zu wenig Heizmaterial. Die Polizei konnte das Stehlen von Kohle direkt von den Zügen nicht verhindern.

Auf einer Kundgebung in der Flora, die später Revuetheater werden sollte, jetzt aber den einzigen erhaltenen größeren Saal in Hamburg hatte, sprach Ottchen für die politisch organisierte Jugend. Auf dem Podium saßen berühmte Hamburger wie der alte Bürgermeister Petersen und der damalige Chef von Ford Deutschland, der noch in Hamburg residierte, bevor er nach Köln umzog. Die alten Herren und eine Dame, die sich als Freundin Konrad Adenauers ausgab, von dem man damals noch nicht viel wusste, redeten über die Köpfe der Versammelten hinweg und an den Herzen vorbei. Eine Kritik an den Besatzungsmächten wagten sie nicht. In der ersten Reihe saßen englische Offiziere in Uniform und, was noch stimmungsdämpfender war, zwei Regierungsfunktionäre der Labour-Partei.

Ottchen spürte die Unzufriedenheit der Zuhörer. Er hatte ein Gefühl entwickelt für die Atmosphäre bei solchen Veranstaltungen. Außerdem hatte er in Flensburg Le Bons »Psychologie der Massen« gelesen und sich Leitsätze für die Beeinflussung von Gruppen gemerkt.

Er trug auch als Redner keinen Zivilanzug, sondern seine umgefärbte Uniformjacke, allerdings zu dunkelblauen Marinehosen, die wie Zivil aussahen und bei allen entlassenen Soldaten gefragt waren. Er packte die Versammlung damit, dass er keine politischen Thesen aufstellte, sondern ganz einfach schilderte, was in Hamburg am Rande und auch in der Stadt vor sich ging, wer in Not war und warum. Und da er mit leicht ostpreußischem Akzent sprach oder besser in ostpreußischer Sprachmelodie, rechneten die Hamburger ihm das Eintreten für die Hansestadt und ihre Bewohner besonders hoch an. Ottchen bekam den meisten Beifall. Die Hamburger Zeitungen berichteten darüber. Sein Foto hing in den Aushängekästen der Verlage. Zeitungspapier war so knapp, dass man keine Fotos druckte in den ersten Nachkriegsjahren.

In den nächsten drei Wochen konnte Ottchen sich vor Angeboten nicht retten. Ein Herausgeber des »Hamburger Abendblattes« sprach ihn an, und das »Echo des Tages« des Nordwestdeutschen Rundfunks stellte fest, dass er als Journalist brauchbar sei und eine Mikrofonstimme habe. Nachdem er zum Probeschreiben aufgefordert wurde, erklärte Ottchen: Glossen mit Pointe zu formulieren, das könnte er. Und das war gefragt. Es kam hinzu, dass er auf Otschens Namen hin ohne Probleme von den polnischen Entnazifizierungsgewaltigen des Nordwestdeutschen Rundfunks die Zulassung zu allen journalistischen Berufen zugesprochen bekommen hatte, vor allem zur Mitarbeit im Rundfunk als Verfolgter des Naziregimes. Dass er das nicht war, sondern sein Vater, spielte keine sehr große Rolle. Ottchen wurde so, ohne recht zu wissen, wie und warum, Journalist.

Er marschierte jetzt jeden Tag über die Rothenbaumchaussee zum Rundfunk und bot Themen an, die auf eigenen Beobachtungen beruhten. So hatte er zum Beispiel bei einem Besuch im »Alten Land«, um dort Kartoffeln zu schnorren oder besser einzutauschen gegen Zigaretten aus der Kantine des britischen Senders, festgestellt, dass es mit der Logik des Regierens nicht sehr weit her war. Da hatte man beschlossen, Land urbar zu machen. Beteiligt waren Verwaltungen aus Hannover, Hamburg und Kiel. Aber das Benzin reichte nicht für die Trecker, die das ehemalige Moor umpflügen sollten. Sie blieben stehen, und die angeworbenen Hilfsarbeiter gingen nach Hause, wo sie ihre Familien mit den Schwerarbeiterzusatz-Lebensmittelkarten gut über die Zeit brachten.

Als es ruchbar wurde, dass das gesamte Urbarmachungsprojekt zum Stillstand gekommen war, kamen, und das hatte Ottchen mit eigenen Augen gesehen, neun Regierungs-PKW, vom Vorkriegs-Mercedes bis zum Horch, mit den entsprechenden Beamten angereist. Sie besichtigten die stehen gebliebenen Traktoren. Sie fuhren in die Dörfer, um zu recherchieren, warum die Arbeit nicht weiterging, und sie fuhren wieder zurück nach Hannover, Hamburg und Kiel. Ottchen machte sich daran auszurechnen, wie viel Benzin diese Besichtigungsreise gekostet hatte. Er rechnete das Benzin um in Dieselöl, das man auf dem schwarzen Markt jederzeit tauschen konnte. Er kam zu dem Schluss, und darüber schrieb er nicht nur eine Glosse, sondern gleich mehrere für das »Echo des Tages«, dass man ohne weiteres für den aufgewandten Besichtigungs-Kraftstoff die Urbarmachungsaktion hätte zu Ende führen können.

Dass es auf solche Glossen hin Proteste gab, war selbstverständlich. Nur, der britische Sender NWDR und die darin frei arbeitenden deutschen Journalisten ließen sich nicht nur nicht einschüchtern, sondern brachten darauf ähnliche bürokratische Blödsinnigkeiten ans Tageslicht. Auch die alten Journalisten, die nur zehn bis fünfzehn Jahre mehr auf dem Buckel hatten als Ottchen, mussten wie er den Rundfunkjournalismus neu erfinden. Auch sie hatten das nicht erlernt, weder ein Axel Eggebrecht noch ein Peter von Zahn, die auch mehr oder minder durch Zufall vor die Mikrofone gekommen waren.

Der Frostwinter 1947 blieb, da Ottchen verdiente und noch dazu die viel begehrten Lebensmittelkarten durch Realzuschüsse von Kaffee, Tee, Zigaretten und Whisky aus englischen Beständen aufbessern konnte, ohne besondere Ereignisse in der Familie Brodowski. Die Tage schleppten sich von Woche zu Woche dahin ohne Tief- oder Höhepunkte. Otsch vergaß seine wahrscheinlich eingebildeten Krankheiten, die ihm die erste Ruhepause nach der Flucht verschafft hatten. Elma gab immer mehr Arbeit im Haushalt an ihre Mutter ab, die etliche Pfunde, im dänischen Flüchtlingslager erworben, zuzusetzen hatte.

»Wo stecken eigentlich alle unsere Sachen aus Lyck«, fragte Elma eines Tages und meinte das nicht nur rhetorisch. Otsch und Elma hatten aus Lyck und später aus Koppelbude fast sieben Eisenbahnwaggons mit Maschinen aus der Fabrik, Möbeln, Kleidung und sogar Chemikalien, mit denen man im Westen hätte neu anfangen können, auf den Weg gebracht. Nur leider nicht weit genug in den Westen. Sechs oder sieben Waggons waren adressiert nach Dramburg in Pommern, und Dramburg war jetzt russisch oder polnisch, in jedem Fall unzugänglich. Elma erwartete nicht, dass sie von den Sachen je etwas wiedersehen würde.

Aber ein Waggon war, wie ihnen durch eine Mitteilung der Bahn bekannt geworden war, nach Thüringen weitergegangen an die zweite Ausweichadresse zu einer weit entfernten Tante von Elma. In dem Waggon waren, wenn Elma sich richtig erinnerte, mehrere Bügelmaschinen, ihr Bechstein-Klavier und ein damals in

Masuren als sensationell empfundenes modernes Schlafzimmer aus Tropenholz und einiges mehr. Erst 1947 klappte die erste Postverbindung nach Thüringen. An einem Freitagmorgen erreichte Elma ein langer Brief. Sie raste, obwohl sie das bisher noch nie getan hatte, ins Büro von Otsch mit der Freudenbotschaft: »Tante Anna schreibt, es sei alles in einer Scheune untergebracht, die Amerikaner und später die Russen hätten nichts zerstört oder beschlagnahmt.«

Diese Nachricht versetzte die Familie in höchste Unruhe. Man versuchte, und Elma allen voran, Kontakte nach Thüringen zu schaffen. Allerdings fehlte ein Interzonenpass, um dort hinzufahren und nachzusehen, was denn nun erhalten war vom ursprünglichen Besitz. Es kam hinzu, dass durch immer mehr Umsiedler aus der Sowjetzone Nachrichten nach Hamburg gelangten, die von Übergriffen der Russen, von Verhaftungen, von Verschleppungen berichteten. Wie Elma es fertig brachte, hat Otsch nie erzählt. Sie bedrängte ihn so lange, bis er sich eines Tages im Frühjahr 1947 aufmachte, um auf Umwegen nach Thüringen zu kommen, ausgerüstet war er mit einem Interzonenpass, den er sich ähnlich hintenherum besorgt hatte wie die Lebensmittelkarten und Ausweise für seine Tochter und Schwiegermutter.

In Hamburg hatte er ein handschriftliches Testament hinterlassen. Elma brauchte es nicht aufzumachen, Otsch fand sogar einen Telefonanschluss, um sich zu melden und ganz kurz zu berichten, dass vieles noch da war, was man brauchen könnte. Er war fast eine Woche unterwegs, um wieder nach Hamburg zurückzukommen. Was er mitbrachte – Elma schlug nur die Hände über dem Kopf zusammen über so viel

Unvernunft –, waren die Brillantknöpfe für seine Frackhemden, ein paar Smoking-Oberhemden, ein Paar Lackschuhe und eine äußerst empfindliche Krokodillederhandtasche. Alles andere hatte er dagelassen. Die Kisten mit Tischwäsche und Geschirr hatte Tante Anna im Übrigen aufgemacht und davon einiges auf dem schwarzen Markt umgesetzt. Die Ernährungslage in der Sowjetzone war noch schlechter als in Hamburg.

Otsch machte sich dran, eine genaue Liste dessen, was aus dem Land hinter der Oder-Neiße-Linie gerettet worden war, aufzustellen. Die Zonengrenze war noch offen. Und es sollte möglich sein, Transporte von Thüringen nach dem Westen zu organisieren. Man musste nur bei den dortigen Stadtverwaltungen eine Transportgenehmigung erhalten. Elma wäre am liebsten sofort zu ihrer Großtante gefahren, denn mit der Familie ihres Vaters, der offiziell als verschollen galt und von dem sie, seitdem sie verheiratet war, nichts mehr gehört hatte, hatte sie keine Verbindungen mehr. Sie wollte auch mit eigenen Augen sehen, was gerettet war. Und sie wollte versuchen, alles nach dem Westen herüberzubringen, um – und das hielt sie mehrere Wochen geheim – irgendwo neu anzufangen. Ihr Mann sollte nicht mehr als Angestellter arbeiten, auch wenn diese Beschäftigung eine warme Wohnung zur Folge hatte und genügend zum Essen.

Während Otsch immer wieder Ausreden fand, um nicht handeln zu müssen, führte Elma einen ausgedehnten Briefwechsel mit Freunden aus Lyck, die in der amerikanischen Zone gelandet waren. In Süddeutschland lebte man besser als in der britischen Zone, obwohl man hier wiederum besser als in der französischen leben konnte. Außerdem gab es in der amerikanischen Zone so etwas wie Gewerbefreiheit. Man konnte jeden Beruf selbstständig ohne Genehmigung anfangen. Die Bürokratie in der britischen Zone verhinderte oft eine selbstständige Tätigkeit. Und man schien in der amerikanischen Zone auch flexibler zu sein, vor allem wenn es um die Eingliederung von Vertriebenen ging.

Der Rechtsanwalt der Familie, Anton Kuhnert, hatte sich mitten im ärmsten Gebiet Hessens bei einem Landgericht niedergelassen, das ähnlich klein war wie früher das Lycker, überschaubar und doch prestigeträchtig. Er lebte in Treysa, das später mit der verfeindeten Nachbarstadt Ziegenhain zu Schwalmstadt zusammengefasst wurde. Hier hatte er sich eine ganz einträgliche Praxis aufgebaut. Er ließ sich mit Lebensmitteln bezahlen. Ein größerer Prozess, der gewonnen war, brachte zum Beispiel eine ganze Rinderhälfte ein, die zwar noch nicht tiefgefroren werden konnte, aber sich doch gepökelt und geräuchert über einige Zeit hielt. Es sprach sich sehr schnell herum, dass Anton gute Beziehungen zum Gericht hatte und zivile Streitigkeiten genauso positiv für seine Klienten erledigte wie Strafprozesse vor dem amerikanischen Militärgericht, die er glimpflich ausgehen ließ. Dabei ging es oft darum, dass man Jagdwaffen nicht abgeliefert hatte oder im Revier des Kreiskommandeurs gewildert hatte.

Anton fühlte sich einsam als einziger Lycker mitten in Hessen, noch dazu in der Schwalm, von der schon die Gebrüder Grimm berichteten, dass dies weit entfernt von jeder Zivilisation hinter den Wäldern lag. Eines Tages stand er in Hamburg vor der Wohnungstür von Brodowskis. Inzwischen war der Sommer ins Land gegangen. Er stellte nach einer sehr feuchten und auch fröhlichen Begrüßungsnacht ganz konkrete Fragen, was Otsch denn brauche, um wieder einen Betrieb mit Färberei und chemischer Reinigung aufzumachen. In der ganzen Schwalm gebe es so etwas nicht. Die nächste chemische Reinigung sei in Kassel und auf der anderen Seite in Gießen. Und das ganze Gebiet ähnelte Ostpreußen, wenn auch viel bergiger und mit besten Verkehrsverbindungen.

Otsch wollte sich nicht verändern. Das Ganze enthielt ein zu großes Risiko. Er erinnerte sich, wie es gewesen war, als er schon einmal neu angefangen hatte in Lyck in Masuren nach dem Ersten Weltkrieg. Da war der Name der Firma in der ganzen Provinz bekannt. Die Fabrik war zwar zerschossen von der eigenen Artillerie in der Winterschlacht in Masuren, aber die Annahmestellen für Färberei- und Reinigungssachen im ganzen Land waren noch vorhanden. Um Aufträge brauchte man sich nicht zu sorgen. Und auch der Maschinenpark war nicht so zerstört, dass nicht einige Reparaturwerkstätten, und seien es solche, die sonst Autos betreuten, zum Neustart beitragen konnten.

Otsch brauchte sich damals auch um Kredite keine Sorgen zu machen. Die alten Bankkonten seines Vaters waren noch vorhanden. Wenn er mehr Geld benötigen würde, die Firma war kreditwürdig seit fünfzig Jahren. Allein in drei Banken saß sein Vater in Beiräten oder Aufsichtsräten. Er selbst war im Beirat der Stadtsparkasse. Genehmigungen zum Gewerbe brauchte er nicht, denn der Betrieb war als Handwerksbetrieb der zweiten Generation eingetragen und der alte Stamm der Arbeiter kam nach und nach aus dem Krieg zurück. In der Regel brachten die Väter ihre Söhne und Töchter mit in die Fabrik. Und selbst die alte Buchhalterin fand sich schon 1920 wieder ein. Sie war nach Königsberg geflohen, als die Russen 1915 einmarschierten.

Dasselbe noch einmal? Otsch hatte von den Engländern zwischenzeitlich schon ein anderes Angebot, sich selbstständig zu machen, bekommen. Er sollte in Haselünne an der Westgrenze im Emsland eine Färberei aufmachen, die fehlte für das Umfärben von Militäruniformen. Ihm wurde ein Barackenlager angeboten, das er sofort hätte übernehmen können. Maschinen sollten aus einer englischen Textilpflegeanlage kommen.

Otsch fuhr auch hin. Aber er kam wieder mit der Feststellung: »Ich fange nicht noch einmal an einer Grenze an. Was ist, wenn die Holländer oder Belgier oder sonst wer dasselbe machen wie die Russen und Polen.« Da Elma hiergegen kein Argument hatte und die politische Lage wirklich ungeklärt war, schließlich hatten die Belgier sich auch zwei Landkreise im Westen einverleibt, und die Holländer große Wiedergutmachungsansprüche hatten, bedrängte sie Otsch nicht weiter.

Aber jetzt, wo sich die Möglichkeit eröffnete, in der amerikanischen Zone anzufangen, und das noch mit der Unterstützung eines alten Freundes, der wiederum dort Freunde gefunden hatte und helfen konnte beim Start, das war etwas anderes. Da Elma ihren Otsch kannte, war sie sehr vorsichtig mit Forderungen oder besser Anregungen. Tag für Tag mehr befasste er sich mit dem Gedanken, neu zu starten, immerhin als Fünfzigjähriger. Die Ruhepause bei dem Verwaltungsjob weckte seine Lebensgeister und nach und nach die Sehnsucht, wieder selbstständig zu werden.

Den entscheidenden Anstoß bekam er aber dadurch, dass er immer stärker spürte, dass er nur Geschäftsführer in einer Firma war, bei der städtische Behörden und undefinierte Eigentümer, die sich meistens durch Anwälte vertreten ließen, bestimmten, was er zu tun hatte. Er konnte nicht einmal die Hauptaufgabe wahrnehmen, die eingelagerten Wertsachen jüdischer Mitbürger vor dem Verlust zu bewahren. Die Teppichstapel waren zwar immer noch sehr groß. Aber Otsch bemerkte doch, dass einzelne Stücke gestohlen wurden, gestohlen von der eigenen Belegschaft, nach dem Motto »Die Eigentümer haben ja doch nicht überlebt«. Er versuchte den Betriebsrat zur Rechenschaft zu ziehen, und er entließ zwei ältere Maschinisten, die er selbst dabei ertappte, wie sie abends durch das hintere Werktor mit großen Paketen verschwinden wollten.

Schon am nächsten Tag wurde Otsch vor die Wirtschaftsbehörde im Rathaus geladen. Sie amtierte im Keller, denn das Rathausdach war noch nicht ganz wiederhergestellt. Otsch kam sich vor wie auf einer Anklagebank. Über die Diebstähle wurde überhaupt nicht geredet. Und wenn er damit anfing, fiel ihm der Beamte ins Wort, er solle hier nicht falsche Behauptungen aufstellen, die er nicht beweisen könne. Aber aus einer Akte wurde ihm vorgelesen, er habe den Betriebsrat kritisiert, er habe sich selbst Schwerarbeiter-Lebensmittelkarten zugeteilt, er habe das Auto des Betriebes für private Zwecke benutzt und habe für die automatische Heizung seiner Wohnung, die ja an den Betrieb angeschlossen war, nichts bezahlt.

Otsch verteidigte sich, so gut er konnte. Aber gegen solche Vorwürfe hatte er sich noch nie verteidigen müssen. Im Grunde waren alle beinahe wahr, nur hatte er sich selbst keine Verfehlungen vorzuwerfen, denn seiner Meinung nach hatte er alles im Interesse des Betriebes verfügt, unternommen oder vertraglich, wie zum Beispiel die Heizung, in Anspruch genommen.

Otsch kam seelisch lädiert nach Hause. Er war vorher noch bei seinen Parteifreunden gewesen. Die hatten ihm einfach gesagt: »Ihnen ist wohl nicht klar, dass Dreiviertel Ihres Betriebes in den Händen von Kommunisten ist. Und die wollen Sie einfach politisch loswerden.« Den Diebstahl der Teppiche der Vertriebenen oder Ermordeten wollte man allerdings auch hier nicht zur Kenntnis nehmen. Allein darüber zu reden, war wohl gefährlicher, als es zu tun. Aber Otsch hatte jetzt den letzten Anstoß zum Selbstständigmachen bekommen.

Er besorgte sich einen neuen Interzonenpass, zog eine alte umgefärbte Soldatenuniform an, die er von Ottchen übernommen hatte, und darüber einen alten Kradmantel aus Kunststoff. So fuhr er wieder in die Zone nach Thüringen. In den großen Manteltaschen hatte er Zigaretten, aber auch Nylonstrümpfe vom schwarzen Markt in Sankt Pauli und mehrere Büchsen britisches Corned Beef aus der Kantine des Nordwestdeutschen Rundfunks von Ottchen.

Elma hörte fünf Tage nichts von ihrem Mann. Dann kam ein Telegramm: »Besorgt einen Unterstellraum.« Mehr stand nicht drin. Elma war klar, dass dies bedeutete, dass Otsch die restlichen Gegenstände aus Ostpreußen elbabwärts auf den Weg gebracht hatte nach Hamburg. Wie, wusste sie zwar noch nicht, wollte es wahrscheinlich auch gar nicht wissen. Aber es war ihm geglückt. Eine Woche später war Otsch wieder in Hamburg, und vierzehn Tage später rief die Güterabfertigung der Eisenbahn an, hier seien ein paar Kolli mit Bügelmaschinen, ein Bechstein-Klavier und andere Möbel dringend abzuholen.

Unterstellmöglichkeiten gab es sogar im zerbombten Hamburg ohne große Probleme. Leer stehende Hallen im Hafen waren zu haben. Otsch mietete einen Raum im ersten Obergeschoss an – »Weil da weniger Diebe Zutritt hatten« – und fuhr mit dem Lastwagen des Betriebes alles in die neue Lagerstätte. Vier große Bügelmaschinen waren dabei, die er, wie er später beichtete, als »Bügeleisen« deklariert hatte. Der Bechstein kam in die Wohnung, Aber das gerettete Schlafzimmer musste erst einmal eingelagert werden. Man lebte ja immerhin mit fünf Erwachsenen in drei Räumen. Und da war für Möbel, für zusätzliche oder gar wertvolle, kein Platz.

Im darauf folgenden Winter 1948, der Winter war dieses Mal nicht so kalt wie der vergangene, bereitete Otsch sich auf den Umzug nach Hessen vor.

Als Erstes musste für Ottchen in Hamburg eine Unterkunft gefunden werden, denn ihn mitzunehmen war ein zu großes Risiko. Schließlich hatte er in der Zwischenzeit ein ganz gutes Einkommen beim NWDR, und sei es nur deshalb, weil er über Kaffee und Zigaretten verfügen konnte als so genannte geistige Nahrung für die Redakteure. Bei einer Recherche im Hamburger Hafen fand Ottchen selbst ein möbliertes Zimmer in einer Nebenstraße von Sankt Pauli. Er zog hier ein, letztlich brauchte er den Raum nur zum Schlafen. Morgens fuhr er in den Sender, und nachts kam er erst gegen Mitternacht zurück, denn das »Echo des Tages«, bei dem er immer stärker als so genannter fester Freier mitarbeitete, wurde erst um zweiundzwanzig Uhr ausgestrahlt.

Ottchen wunderte sich, dass die Straßen in Sankt

Pauli um diese Zeit noch sehr voll waren. Als er recherchiert hatte, welchem Gewerbe die Damen nachgingen, denen er begegnete, war er verwundert, dass man ihn nicht ansprach. Aber irgendwie schien er auszustrahlen, dass er hierher gehörte, nach Sankt Pauli, hier wohnte und deswegen nicht als Kunde infrage kam. Seine Zimmervermieterin gab sich alle Mühe, ihn zu betreuen. Das wirkte sich vor allem beim Frühstück aus. Sie hatte fast jeden Tag ein Spiegelei für ihn bereit und Räucherfisch und guten schwarzen Tee. Schließlich war für sie Ottchen ein Prominenter, den man sich warm halten musste. Sie hatte seine Stimme mehrfach im Radio gehört.

Otsch nutzte die ersten Monate des neuen Jahres, in denen man immer häufiger von einer möglichen Währungsreform sprach, dazu, nach Hessen zu Kuhnert zu fahren. Er fand eine völlig intakte Kleinstadt vor, die sogar zu einer Nachkriegs-Berühmtheit geworden war. Hier in der Heil- und Pflegeanstalt Hephata, auf dem Berg über der Stadt, hatten die Vertreter der evangelischen Kirche aus ganz Deutschland getagt und dabei so etwas wie ein Schuldbekenntnis für alle abgelegt.

Die alte Reparaturwerkstätte für Militärfahrzeuge, die ihm die Stadtverwaltung zum Neuaufbau eines Betriebes angeboten hatte, gefiel Otsch. Sie lag an einem kleinen Flüsschen, Platz genug war vorhanden. Er konnte von einer benachbarten Fabrik sogar über eine Leitung Dampf beziehen und brauchte keinen eigenen Dampfkessel für seine Bügelmaschinen anzuschaffen. Drei frühere Büroräume konnte man als Wohnung benutzen. Als Otsch aber merkte, dass die Stadtverwaltung an einem neuen Betrieb interessiert war, der einen total zivilen Charakter hatte, ließ er sich auch noch eine private Wohnung zuweisen. Es waren drei Zimmer, denn die Großmutter, seine Schwiegermutter, musste ja mit. Hier würde auch Platz für das riesige Schlafzimmer sein, und außerdem wollte Otsch endlich auch das Private und das Geschäftliche trennen, anders als in Hamburg, wo er in der Fabrik gewohnt hatte.

Wenn es warm werden würde im Sommer 1948, wollten Otsch und Elma endgültig nach Hessen ziehen. Schon im April beantragten sie einen Güterwagen für die Maschinen und das Privatgut, und zwar mit Platz für einen Begleiter, der angeblich nötig war, damit nichts gestohlen wurde. In Wirklichkeit wollte Otsch seiner Familie die Fahrkarten nach Treysa ersparen, was später dann auch gelang. Dabei war die Reichsmark ja eigentlich nicht viel wert. Aber Otsch schien eine Ahnung gehabt zu haben, dass sein Umzug in die andere Besatzungszone, in das andere Land in der Mitte des westlichen Deutschlands, mit der Währungsreform zusammenfallen würde. Und da wurde Geld besonders knapp.

Der Waggon wurde ausgerechnet einen Tag nach der Währungsreform an einen Güterzug nach Hessen angehängt. Er kam zwei Tage darauf in Treysa an. Otsch hatte gerade noch in Hamburg sein Kopfgeld von vierzig Mark pro Person abheben können. Auch Ottchen gab ihm seine neuen Geldscheine, die gar nicht deutsch, sondern amerikanisch aussahen, wo sie ja auch herkamen. Er hatte mehrere Reportagen über die Währungsreform beim Sender untergebracht mit der Forderung, schon am Montag nach dem Umtausch-Sonntag mit dem neuen Geld die Honorare ausgezahlt zu bekommen. Ottchen war somit reich im Verhältnis zu allen anderen Deutschen an diesem 21. Juli.

Während Otsch, Elma, seine Tochter und seine Schwiegermutter in einem staubigen Güterwagen, aber immerhin ohne Belästigung durch andere Passagiere, nach Süden fuhren, beschloss Ottchen, einmal richtig essen zu gehen. Das war in einem wohl renommierten, teuren Hamburger Restaurant. Er war der einzige Gast am Dienstag nach der Währungsreform mittags im Hotel Excelsior. Vier Ober standen um ihn herum und waren erstaunt, dass er nicht das billigste Gericht auswählte. Zum Nachtisch verschmähte er sogar die rote Grütze und ließ sich eine französische Käseplatte kommen, die genauso viel kostete wie das Steak davor. Und er gab dann sogar noch eine Mark Trinkgeld, und das war sehr viel an diesem Tag. Ottchen erinnerte sich an Szenen in Lyck, als er in den letzten Tagen als einziger Zivilist im Hotel Mittag aß und mit Neid beobachtet wurde von Offizieren, die nur Feldküchenessen bekamen. Auch hier musste er wohl wieder etwas Besonderes sein für die Beobachter. Wer hatte schon am Dienstag nach der Währungsreform 12,80 DM für ein komplettes Mittagessen im feudalen Restaurant über. Dass das Restaurant später Pleite machte, das Hotel zum Bürohaus umfunktioniert wurde und Ottchen die begonnene Karriere in Hamburg nicht fortsetzte, steht auf einem anderen Blatt.

14

»Also, der Lyckfluss ist es nicht. Aber immerhin ein paar Fischchen sind schon drin, wenn auch keine Krebse«, sagte Grossi, als sie zum ersten Mal am Steg stand, der die Schwalm überbrückte. Auf der anderen Seite lag die neue Fabrik, beziehungsweise das, was deutsche Truppen an Baracken hinterlassen hatten. Otsch hatte in der leeren Halle die Maschinen, die aus Hamburg gekommen waren, abgestellt. Die neue hessische Heimat gefiel der Grossi, ebenso wie die Wohnung, weil sie einen kleinen Garten hinter dem Haus hatte, für Blumen und Kräuter. »Da könnt' man Hühner halten«, meinte sie, aber ihre Tochter winkte ab. Von Gartennutzung stand nichts im Mietvertrag, und man wollte ja nicht gleich hier in der kleinen Stadt an der Schwalm durch etwas Ungebührliches auffallen.

Otsch versuchte indessen an den Leiter des Postamtes heranzukommen. Ihm öffneten sich hier nicht die Türen wie zu Hause im Osten. Er musste fast eine Stunde warten, bis der Zeit für ihn hatte. Dann brauchte er wiederum eine Stunde, um dem Postler klar zu machen, dass die neue Färberei und chemische Reinigung dringend ein Telefon brauchten. Das war das Wichtigste für den Neuanfang, denn schließlich konnte er nicht immer zum Telefonieren zur Post gehen. Eine Telefonzelle gab es im Ort nicht. Und auch bei seinem Freund Kuhnert konnte er nur in den Abendstunden telefonieren, vor allem wollte er auch telefonisch erreichbar sein.

Bei der Post konnte Otsch erst etwas erreichen, als er den Namen seines Freundes erwähnte, der als einer der wenigen Anwälte im Ort wohl schon ein gewisses Renommee besaß. Otsch richtete dann ein Postfach ein, wie früher in Lyck. Die Adresse der alten Baracken war noch nicht eindeutig. Darum musste Otsch ins Rathaus zum Bürgermeister. »Herzlich willkommen, was wollen Sie denn hier produzieren?«, fragte der als Erstes. Otsch: »Produzieren eigentlich gar nichts. Wir werden eine chemische Reinigung aufbauen und dann eine Stückfärberei. In den Orten der Schwalm wollen wir Filialen einrichten. Das Ganze könnte noch in diesem Sommer anlaufen.«

Der Bürgermeister sah Otsch von oben bis unten an. Er war sich nicht ganz klar darüber, ob der Neuling im Ort wirklich etwas auf die Beine stellen konnte. Von der Bedeutung des Betriebes in Ostpreußen hatte er nie etwas gehört, wie sollte er auch. Aber auch hier half der Name von Kuhnert letztlich ein Stück weiter. Eine Gewerbegenehmigung wie in der britischen Zone brauchte Otsch nicht. Die Amerikaner hatten gleich nach Errichtung einer zivilen Verwaltung unter ihrer Oberhoheit die Gewerbefreiheit verfügt. Sie wurde erst in den fünfziger Jahren aufgehoben.

Otsch und Elma waren ganz alleine, als sie mit ihrem neuen Betrieb starteten. Elma besorgte zuerst einmal Besen, Schaufel, Eimer, Aufnehmer und einen großen Wasserschlauch und begann sauber zu machen. »Ich helfe dir«, meinte Otsch, zog seine Halbschuhe aus und Gummistiefel an. Dann waren sie einträchtig dabei, aus einer alten Montagehalle einen sauberen Platz für ihre Maschinen und Kisten, die aus Hamburg gekommen waren, einzurichten. Elma begann, die ersten Möbel auszupacken, einen Schreibtisch für Otsch, zwei Stühle und einen Schrank für eventuell anfallende Akten.

Am Abend saßen beide erschöpft in ihrer neuen Wohnung mit den alten Möbeln, die die Packer kreuz und quer ins Haus gestellt hatten. Die Grossi kochte eine Suppe. »So kann es nicht weitergehen. Wir brauchen Leute, sonst müssen wir Monate warten, und mit den vierzig Mark kommen wir nicht weit. Wir müssen anfangen, schnell Aufträge zu bekommen«, sagte Elma. Otsch hätte am liebsten gar nicht hingehört. Ihm kam mit einem Mal das ganze Unterfangen, neu zu beginnen, wie ein unerfüllbares Märchen vor und nicht wie ein Start ins neue Leben. Eine ganze Woche lang blieben Otsch und Elma alleine in der großen Betriebshalle. Vormittags war Otsch meist unterwegs. Elma versuchte, die ausgepackten Mitbringsel aus Hamburg zu ordnen. Vor allem war sie damit beschäftigt, Decken, Wände und sogar die steinernen Fußböden zu schrubben, immer wieder zu schrubben, und dann mit Bohnerwachs zu behandeln. Es sollte ganz einfach sauber und schön sein, wie zu Hause.

Otsch antichambrierte beim Arbeitsamt. Er brauchte zwei Hilfsarbeiter. Er besuchte die Filiale der Sparkasse und die der Volksbank. Er hatte einige alte Briefe gerettet aus Lyck von der dortigen Volksbank und von der dortigen Sparkasse an ihn. Er konnte auch noch die letzte Bilanz seines ostpreußischen Betriebes vorlegen. Allerdings war die von ihm bewusst negativ frisiert, um keine Steuern zu zahlen und alle Möglichkeiten der Ostpreußenhilfe wahrzunehmen. Die beiden Bankvorstände ließen sich dennoch auf ein längeres Kreditgespräch mit ihm ein. »Ich brauche so zehn- bis fünfzehntausend Mark«, sagte Otsch, »vor allem, um die Löhne zu zahlen, um Chemikalien zu kaufen, um mich umzusehen nach Maschinen, die das Wenige, was wir gerettet haben, ergänzen.«

Das Wenige, was wir gerettet haben, war eine falsche Formulierung. Zumindest der Vorstand der Volksbank stutzte. Er hatte gehört, dass ein ganzer Waggon von Hamburg angekommen war mit Maschinen, und jetzt waren die nur »ein Bisschen«. Er sagte sich zu einem Besuch an – schon am nächsten

Tag. Das bedeutete, dass Elma noch mehr putzte. Otsch sorgte dafür, dass die Bügelmaschinen gewaltig groß aussahen, was sie eigentlich auch waren, denn es waren alte Modelle mit eineinhalb Meter langen Pressteilen, die dazu ausgelegt waren, Soldatenuniformen in Form zu bringen.

Die Wirkung muss recht überzeugend gewesen sein, denn die Volksbank bot ihm zwar nicht fünfzehntausend, aber zehntausend Mark an gegen Verpfändung der Maschinen und des gesamten privaten Vermögens, das im Wesentlichen aus dem geretteten Edelholz-Schlafzimmer bestand und dem Bechstein, aber den hatte Otsch gar nicht angegeben. Der war für ihn nur ein Musikinstrument und kein Wertgegenstand. Er war ein Stück Heimat, auch wenn er ihn kaum noch spielte. Das Improvisieren fiel ihm sehr, sehr schwer. Und von seinen alten Noten hatte er nichts gerettet.

Auch von der Sparkasse erhielt Otsch einen Fünftausend-Mark-Kredit. Dafür verpfändete er den geretteten Schmuck seiner Frau, wobei das nur wenig war, eine Goldkette, zwei Armbänder, zwei Ringe. Alles andere lag auf dem Grund der Ostsee. Elma, die mit einem Schiff Ostpreußen verlassen hatte, konnte nur das, was sie anhatte an Schmuck, retten. »Es ist schon verdammt schwer, Geld zu bekommen, wenn einen keiner kennt«, stöhnte Otsch, als ihn Kuhnert fragte, wie denn seine Verhandlungen gelaufen seien. »Von mir kannst du auch noch fünf haben, aber ich muss erst in Wiesbaden gewinnen«, meinte der Rechtsanwalt und Freund.

Otsch horchte auf, wo und wie musste sein Freund in Wiesbaden gewinnen? Am nächsten Wochenende lud Kuhnert ihn ein, in die Spielbank der gerade gekürten hessischen Hauptstadt mitzukommen. Kuhnert hatte vielleicht aus Frust oder weil es ihn in der kleinen Stadt an der Schwalm nicht hielt, vielleicht aber auch nur, weil er seiner Frau ab und an entfliehen wollte, die Spielbank als Nervenkitzel und Abenteuer entdeckt.

»Meist gewinne ich«, erklärte er Otsch am Roulettetisch. »Aber heute habe ich erst einmal fünfhundert Mark zugezahlt«, meinte er am gleichen Abend. »Das wird nächste Woche besser.« Otsch glaubte nicht daran. Er hatte sich die Gesichter der Menschen in der Spielbank angesehen. Die waren verbissen ernst. Von Spiel und Vergnügen war so gut wie nichts zu spüren in den Sälen mit gedämpftem Licht, wo nur Speziallampen die blinkenden Kessel an den Roulettetischen erhellten. Von Dostojewskis optimistischer Spielatmosphäre war nichts zu spüren. Selbst an den Tischen, an denen Amerikaner ihre gegen Dollar eingetauschten Chips setzten, schien Spielen etwas Verbissenes, etwas Ernstes, ja schien fast so etwas wie Kampf zu sein. »Und so war es ja wohl auch. Kampf gegen rotierende Maschinen«, sagte Otsch auf der Rückfahrt mit Kuhnerts altem Opel.

Aber vielleicht war alles für den masurischen Rechtsanwalt wirklich nur ein Spiel, jedenfalls beschwichtigte mit dieser These Otsch seine Bedenken, seine Sorgen um den Freund. Auf der dreistündigen Fahrt von Wiesbaden an die Schwalm animierte er ihn dann, von seinen Fällen zu erzählen, und die waren im Wesentlichen nicht anders als im fünfzehnhundert Kilometer entfernten Masuren vor Jahren. Kriminelle mussten verteidigt werden, und in den Zivilprozessen ging es oft um Erbschaftsauseinandersetzungen, und ab und an gab es auch mal so etwas wie einen Strafprozess gegen einen Wilddieb, denn an der Schwalm schossen nicht nur die Amerikaner Schwarzwild.

Außer seinem alten Freund hatte Otsch niemanden, mit dem er in näherem Kontakt kam. Es fehlte ihm auch seine Kirchengemeinde. Jeden Sonntag kam aus Neustadt, der katholischen nordhessischen Enklave, ein katholischer Kaplan an die Schwalm. In einer restaurierten katholischen Kapelle gab es einen Gottesdienst ohne Orgel und sogar ohne die vertrauten Lieder, die man ja à capella hätte singen können. Die Gemeinde gehörte zum Bistum Limburg, wo man außerdem die Messe schon meist in Deutsch las und nicht in Lateinisch. Auch dies vermisste Otsch, denn selbst im Ersten Weltkrieg in Galizien hatte er Gottesdiensten immer folgen können, wie in Frankreich oder in Belgien. Es wurde am Altar immer in der gleichen Sprache gebetet, einer zwar angeblich toten, für Otsch aber doch sehr lebendigen und Heimat gebenden Sprache, in Latein. Das hessische Deutsch ließ keine Wärme oder gar Geborgenheit aufkommen.

Für die Bedienung der geretteten Maschinen, um eine chemische Reinigung in Gang zu setzen, organisiert nach ostpreußischem Muster, also mit vielen Annahmestellen und schneller Lieferung, brauchte Otsch nicht nur Hilfsarbeiter. Ein Könner hatte sich sofort zur Verfügung gestellt. Er war Geselle bei Otschens Vater in Ostpreußen gewesen, ging dann nach Hamburg, wurde Gewerkschaftsfunktionär, wurde 1933 verhaftet, kam 1936 frei und war wenige Tage darauf in Masuren untergetaucht. Otsch hatte ihm Arbeit verschafft. Das ging im eigenen Betrieb, weil die Partei und das Arbeitsamt nicht bei allem mitreden konnten, was wohl so nur in Ostpreußen möglich war. Schedlitzki hatte auch bald seine ganze Familie untergebracht in einer früheren Betriebswohnung der Koslowskis.

Nur auf die Flucht waren die Familien getrennt gegangen. Otsch musste noch einmal seinen Betrieb in Nord-Ostpreußen aufbauen. Die Schedlitzkis fuhren schon im Herbst 1944 mit einem durchgehenden Zug über die Nogatbrücke an der Marienburg heim ins Reich und tauchten in der Nähe von Hamburg unter, wo sie das Kriegsende überlebten. Wiedergefunden hatten sich die beiden Familien über den Suchdienst des Roten Kreuzes. War Otsch früher derjenige, der die Schedlitzkis unterhielt, jetzt war es fast umgekehrt.

Emil Schedlitzki kannte noch Möglichkeiten, chemisch zu reinigen ohne Maschinen. Er steckte wie in den Anfangszeiten der wasserlosen Reinigung Kleidungsstücke einfach in einen Eimer mit Leichtbenzin. Dort wusch er sie aus, um sie dann an der frischen Luft zu trocknen. Auch wenn das Ganze aussah wie in alten Zeiten, funktionierte es. Es stank nur fürchterlich, und oft waren Schedlitzki und Otsch vom Benzindunst ganz betrunken. Emil Schedlitzki wusste auch, wie man ohne Dampf destillieren konnte, um zum Beispiel das Benzin wieder sauber zu bekommen, und wie man Wolle im Strang gleichmäßig färbte, die die Bauern sehr bald anlieferten.

Auf die Frage, warum er hier weitab von seiner früheren Arbeitsstätte in Hamburg, wo er sicher im Gewerkschaftshaus eine Funktionärsstelle hätte einnehmen können, tätig wurde, meinte Emil: »Der Chef hat mir jahrelang geholfen, bei seinem Vater habe ich alles gelernt, was ich weiß, und hier, ja hier ist die Gegend sehr schön, und hier will ich alt werden.« Aus Heiligenbeil stammend, war er kein Großstadtmensch, und als Beamter bei den Gewerkschaften wollte er sein Leben nicht beenden.

Sobald die ersten Aufträge hereinkamen, schrieb Elma an frühere Mitarbeiterinnen aus der Bügelei und Buchhaltung, deren Adressen sie nach Angaben des Roten Kreuzes gesammelt hatte, und lud sie ein, in der neuen Arbeitsstätte tätig zu werden. Hier an der Schwalm gab es noch Wohnungen. Sie wurden frei, weil die aus Kassel Ausgebombten wieder in die nordhessische Hauptstadt zurückkehrten und das nahe gelegene Marburg sogar noch freie Wohnungen aufwies, sodass auch hier kein Druck auf den Wohnungsmarkt entstand.

Otsch suchte nun zum ersten Mal seit der Flucht aus Ostpreußen einen Schneider, um sich zwei passende Anzüge machen zu lassen. Er hatte in der Zwischenzeit gut zehn Kilo an Gewicht verloren. Anders als Ottchen, sein Sohn, der in Hamburg Beziehungen nicht nur zu Intellektuellen aufgebaut hatte, sondern auch zu den Verwaltern von C&A, hatte er sich noch kein einziges neues Kleidungsstück anschaffen können. Ottchen war übrigens zur Verbindung mit C&A gekommen, weil deren Hauptlager ausgerechnet zwei Tage vor der Währungsreform abbrannte. Darüber schrieb er für die Hamburger Zeitungen. Es gelang ihm, die Dramatik des Verlustes von Hunderten von Kleidern und Anzügen in einer Zeit zu erfassen, als es noch alles auf Karten gab und die meisten nicht mehr als eine einzige Jacke und Hose oder ein einziges Kleid hatten.

Die neue Wohnung sahen Otsch und Elma nur zum Schlafen oder am Sonntagnachmittag. Dann saßen sich beide, müde von der vergangenen Woche und belastet mit dem, was die kommende bringen würde, meist still gegenüber. Otsch hinter einer Zeitung und Elma in eins der neuen Bücher vertieft, noch im Zeitungsdruck herausgegeben von einem gewissen Rowohlt in Hamburg. »Also, wir sollten Ottchen hierher holen, die Familie zusammenbringen, so allein geht das nicht«, sagte Otsch an einem dieser Nachmittage. »Wir haben ja auch noch ein Zimmer, wenn wir alles umräumen«, meinte Elma. »Aber dem Jungen geht es doch sehr gut in Hamburg, ob der wohl hierher kommen wird, und wo soll er arbeiten. Schließlich hat er gerade beim Rundfunk und den Zeitungen ein gutes Auskommen.«

Otsch, der täglich zur Redaktion der von Hans Habe gleich 1946 gegründeten »Hessischen Nachrichten« gegangen war, um die Lokalnachrichten zu lesen, hatte diesen Wunsch nicht ohne eine Idee, wie er seinen Sohn locken konnte, ausgesprochen. Er hatte eine knappe Meldung im Gedächtnis, nach der der örtliche Redakteur der Lokalausgabe ausgeschieden war. Ein Grund wurde im Blatt nicht angegeben. Otsch setzte sich noch an diesem Sonntag an die Schreibmaschine und schrieb seinem Sohn, er möge sich für diesen Posten bewerben. Er sah es als selbstverständlich an, dass als Grund hierfür nur der eine Satz genügte: »Wir brauchen dich hier.« Aber Otsch fügte hinzu: »Hier erscheinen die Zeitungen schon täglich.«

Ottchen verstand den Hilferuf mit dem Herzen und nicht mit dem Verstand. Er folgte ihm. Dabei war er sich nicht im Klaren darüber, was er in Hamburg aufgab. Die Journalisten und Reporter der ersten Stunde, und zu denen gehörte er, machten schnell Karriere bei Rundfunk, Zeitungen und Fernsehen. Was Ottchen wirklich aufgab, war aber die Möglichkeit, in Hamburg neben dem Beruf weiter zu studieren. Schon vierzehn Tage später erschien Ottchen in Kassel. Seine Bewerbung war auch deswegen sofort akzeptiert worden, weil er nachweislich entnazifiziert war, und das beim britischen Nordwestdeutschen Rundfunk. Auch nach Gründung der Bundesrepublik war, dies immer noch eine wichtige Voraussetzung, um in einem »öffentlichen Beruf« tätig sein zu können. Aber Ottchen zog in Treysa nicht in die Wohnung der Eltern.

Er suchte sich ein möbliertes Zimmer. Das war für alle die beste Lösung, seine Eltern hätten sich nur schwer dem Berufsrhythmus des Sohnes anpassen können. Er war fast jeden Abend bei einer anderen Veranstaltung, irgendwo im Landkreis zwischen Knüllgebirge und Marburg. Dennoch musste er morgens sehr früh in der Redaktion sein. Redaktionsschluss war schon gegen Mittag. Aber dafür erschienen die »Hessischen Nachrichten« täglich. Es spielte bei der Zusammenarbeit mit den Kollegen in der Redaktion keine Rolle, dass Ottchen ein Vertriebener war, aus Ostpreußen kam, aus einem Land, zu dem Nordhessen kaum eine Verbindung hatte. Dass er ein Deutsch mit leichtem Berliner Einschlag sprach und schrieb, war auch kein Fehler. Seine Sätze waren kürzer und präziser als die der »Einheimischen«, deren Deutsch noch immer ein wenig von der höfischen Zeit hessischer Fürsten geprägt war.

Otsch widmete seine ganze freie Zeit den vertriebenen Masuren. Er beantwortete jeden Brief, den er bekam. Er schrieb aus dem Gedächtnis Gutachten über die Besitz- und Eigentumsverhältnisse der früheren Mitbürger. Und da er zu Hause einmal ehrenamtlicher Stadtrat für das Bauwesen gewesen war, irrte er sich nur selten. Otsch schrieb auch wöchentlich einen

Brief mit vielen Durchschlägen an die Familie, an seine Geschwister und Freunde. Die Zeit des Telefonierens hatte noch nicht begonnen. Das Telefon war in den fünfziger Jahren noch eine Nachrichtenübermittlungseinrichtung und kein Kommunikationsmittel.

Otsch begann die geretteten Papiere zu sortieren. Einen ganzen Koffer voll musste er durchsehen. Er machte dies ganz allein. Vielleicht weil er seine Frau nicht mit Erinnerungen belasten wollte, denn gerettet waren auch Fotoalben mit Bildern der Kinder aus den zwanziger Jahren, die langsam zu vergilben drohten. Er fand auch Überbleibsel der Flucht aus Ostpreußen wie einen roten Wimpel als Fahrerlaubnis für das Auto und selbst ausgestellte und gefälschte Marschbefehle nach dem Westen.

Endlich konnte sich Otsch auch wieder Zeitungen leisten, nicht nur das Lokalblatt. Und so wurden aus den Kaffeegesprächen mit seinem Sohn immer häufiger politische Diskussionen. Die Vertriebenenparteien lehnte der heimatlos Gewordene ab. »Wir müssen etwas Neues machen. Mit den Westdeutschen zusammen«, sagte er ein um das andere Mal. Und er begann daran zu glauben, dass das möglich sei. Otsch engagierte sich in der CDU, so wie er sich früher für die Zentrumspartei eingesetzt hatte, die immerhin im ostpreußischen Ermland führend war, wenn auch nicht in Masuren.

Am meisten engagierte er sich für seine früheren Angestellten und Arbeiter. Er sorgte für die Anerkennung ihrer Rentenansprüche, bescheinigte an Eides statt frühere Betriebszugehörigkeiten und sorgte selbst für den Ersatz fehlender Heiratsurkunden und Schulzeugnisse. Es stimmte nicht alles, was er bescheinigte, aber er stellte auch keine Persilscheine aus, selbst wenn ihn einige alte Parteigenossen bedrängten. Otsch wurde so etwas wie ein Vater der Bürger seiner Heimatstadt. Er hatte sie schon gleich nach 1945 zu einem Treffen auf dem Fußballplatz vom HSV Hamburg zusammengerufen und gab jährlich einen Brief heraus an alle, deren Adressen er kannte. Das Ganze machte Otsch auf eigene Kosten, obwohl Elma immer wieder opponierte: »Du gibst das Geld nur für andere aus.«

Ottchen, der seine Arbeit als verantwortlicher Redakteur mit Lampenfieber begonnen hatte, wurde immer sicherer im Metier des Lokaljournalismus. Später erklärte er diese Zeit für die schönste in seiner Karriere. Er verdrängte, dass er eigentlich noch studieren wollte und dass er darum wohl irgendwie einmal seinen Wirkungskreis verändern musste. Er schrieb täglich, ein, zwei und drei Reportagen. Das Blatt musste voll werden. Anzeigen, die die Seiten füllten, waren an der Schwalm nicht sehr häufig. Der Chefredaktion fiel er sehr positiv auf, weil er immer häufiger auch Fotos lieferte zu den Geschichten aus dem Landkreis. Sie wurden vom Leiter der Bildredaktion des Blattes als beinahe professionell bezeichnet. Ottchen hatte sich eine »Retina« besorgt, die erste hochwertige Kleinbildkamera, die für ihn bezahlbar war. Woher er das Sehen gelernt hatte, wusste er nicht, aber er konnte auf den richtigen Augenblick warten, um auf den Auslöser zu drücken, und fand auch meist einen informativen Bildausschnitt.

Die beiden Chefredakteure des Blattes holten Ottchen nach Kassel. Er wurde so etwas wie Chefreporter, ein Titel, den es damals noch nicht gab. So schrieb er jeden Tag seine Artikel. Und Themen fand er immer leichter nach einem Treffen mit Sefton Delmer, dem damaligen Starreporter der Engländer, der nur in der »Neuen Zeitung« schrieb und auch durch das Land reiste und Vorträge hielt. Sefton Delmer hatte erklärt, man brauche nur das Telefonbuch zu lesen, dann müssten einem guten Journalisten genügend Themen einfallen. Und jenseits des Ganges, sagte er einmal, bedeute nicht, dass man nach Indien reisen, sondern eben nur auf die andere Seite des Flures gehen müsse.

Ottchen stieß schon im dritten Monat in Kassel auf die Geschichte seines Lebens, auf die ihn eine Sekretärin des noch in Kassel bestehenden amerikanischen Militärgerichts aufmerksam machte. Bei diesem Gericht war die Anfrage nach einem Jungen eingegangen, dem Adoptivkind eines Technikers in der Hentschel'schen Lokomotivenfabrik, einem früheren SS-Scharführer.

Dieser SS-Mann hatte den Jungen 1945 am Straßenrand zwischen Nürnberg und Fürth zum ersten Mal gesehen, als er seine Hand ausstreckte, um von den vorbeiziehenden Kolonnen wenigstens ein Stück Brot zu erhalten. Er nahm ihn mit. Er besorgte ihm Schuhe. Als der SS- Mann dann endlich zu Fuß in Kassel ankam, seiner Heimatstadt, der Junge hatte inzwischen immer mehr Deutsch gelernt, erfuhr er, dass dieser Iwan Piretschnik seine Mutter in einem deutschen Lager verloren hatte. Er stammte aus Jugoslawien, das in der Zwischenzeit kommunistisch war. Iwan wollte bei seinen Ersatzeltern bleiben. Er wurde adoptiert, weil offensichtlich war, dass die Eltern umgekommen waren.

Nach einiger Zeit tauchte aber die Mutter auf. In Jugoslawien hatte sie über diverse Suchdienste herausbekommen, dass ihr Sohn noch lebte. Da er in Kassel ordentlich angemeldet worden war, erfuhr sie auch seine jetzige Adresse. Iwan ging auf einer deutschen Schule in die vierte Klasse. Er fühlte sich heimisch, hatte hier seine Freunde und war sehr skeptisch, ob die Frau, die da schriftlich nach ihm suchte, wirklich seine Mutter sei. Ein amerikanischer Richter musste entscheiden, ob der Junge dieser Mutter, die noch dazu in einem kommunistischen Land lebte, zugesprochen werden sollte oder ob er in seiner neuen Heimat bei seinen neuen Eltern bleiben könne.

Nachdem Ottchen zum ersten Mal über diesen Fall geschrieben hatte, interessierte sich eine amerikanische Presseagentur für die Geschichte. Plötzlich wurde der Fall Iwan Piretschnik zu einer wirklichen Story. Der amerikanische Richter entschied in Kassel nach amerikanischem Recht mitten im Kalten Krieg gegen die Politik seiner eigenen Regierung und sprach den Sohn seiner Mutter zu. Sie erhielt eine Einreisegenehmigung in die amerikanische Zone und Ottchen den Auftrag, der renommierten amerikanischen Zeitschrift »Life« über das Zusammentreffen zwischen Mutter und Sohn zu berichten.

Gleichzeitig hatte »Life« Reporter nach Jugoslawien in das Heimatdorf der Mutter und Fotografen nach Kassel geschickt, die die Adoptiveltern porträtieren sollten. Ein weiteres Team interviewte den amerikanischen Richter. Ottchen erhielt von der Chefredaktion von »Life« ein Anerkennungshonorar. Das Bildblatt brachte die Story von Iwan auf vierzehn Seiten. Das war damals die längste, umfangreichste Geschichte, die je ein amerikanisches Blatt veröffentlicht hatte. In seiner eigenen Redaktion wurde Ottchen nur mitleidig angeschaut. »Siehste, das kommt davon«, schienen die Kollegen zu sagen, »wenn man eine Geschichte aufgreift, dann schreiben andere darüber.«

Seine Kasseler Zeitung schickte Ottchen auch nach Bonn, als es um die endgültige Bestimmung der neuen Bundeshauptstadt ging. Kassel hatte sich mit beworben. Es lag ja, wie es in den Papieren hieß, mitten in Deutschland und bot alle Möglichkeiten, um ein deutsches Parlament im Schloss Wilhelmshöhe unterzubringen. Trotz der Kriegszerstörungen wäre Kassel so der geeignete Ort für eine vorläufige Bundeshauptstadt. Frankfurt hatte sich nicht beworben. Die Frankfurter waren sicher, dass sie selbst als früherer Sitz der Zonenverwaltung prädestiniert waren, Bundeshauptstadt zu werden. Der einzige ernst zu nehmende Gegner war Bonn, denn hier tagte ja schon vorher der Parlamentarische Rat. Auch Ottchen glaubte übrigens damals, dass Konrad Adenauer dahinter steckte. Der wohnte in Rhöndorf und konnte Frankfurt nicht leiden, weil ihm die Stadt zu sehr von Amerikanern »infiltriert« schien.

Viele Jahre später war Ottchen der erste Journalist, der recherchierte, dass nicht Adenauer Schuld an der Bundeshauptstadt Bonn hatte, sondern die französische Regierung. Ottchen war bei Nachforschungen für eine Geschichte der Bundeshauptstadt darauf gestoßen, dass es einen Briefwechsel zwischen dem damaligen Vorsitzenden der Ministerpräsidenten-Konferenz Karl August Zinn und den Hohen Kommissaren gegeben hatte über den Sitz des Parlamentarischen Rates. Und in diesem Briefwechsel hatte der französische Hohe Kommissar verlangt, dass er von seinem Hoheitsgebiet, sprich der französischen Zone aus, direkten Zugang zum Sitz des Parlamentarischen Rates haben müsse. Dieser Forderung konnte aber nur Bonn entsprechen, denn zwanzig Kilometer südlich von Bonn begann die französische Zone. Alle anderen Bewerber, darunter auch Kassel, kamen deshalb bei der Wahl nicht infrage.

Bei wachsenden Aufträgen fühlte Otsch sich immer unwohler in der gemieteten alten Lagerhalle am Fluss. In der Zwischenzeit hatte er auch einen Kleinlaster und einen Fahrer, denn Autofahren hatte Otsch, der Pferdefreund, nie gelernt und würde es auch nicht mehr lernen, wie er mit einiger Arroganz jedem, der es wissen wollte, sagte. Er ließ sich von Dorf zu Dorf und von Stadt zu Stadt in der näheren Umgebung fahren. In Kirchhain wurde er vom Bürgermeister auf eine stillgelegte Schraubenfabrik aufmerksam gemacht, die man wohl nutzen könne. Sie war auch in Erbpacht zu haben. Otsch sah sich das Gemäuer an und entschied, nach hier umzuziehen.

Der Grund war dabei nicht so sehr, dass die Räume besonders gut geeignet waren. Aber direkt hinter der alten Fabrik floss ein breiter Bach, der würde, so urteilte Otsch, Wasser für eine Destillieranlage hergeben, Kühlwasser. Vielleicht könnte man hier sogar den einen oder anderen Fisch fangen, so wie früher in Masuren am See direkt neben der Fabrik. Auch der Ort gefiel ihm besser als Treysa, wo er jetzt lebte. Kirchhain hatte ein klassisches Gymnasium, eine gepflegte Innenstadt mit Fachwerkhäusern, die in vielen Bildbänden verewigt worden waren, und es lag näher an der Universitätsstadt Marburg.

Otsch beschloss auch, ein Wohnhaus mit einer Einliegerwohnung zu bauen. Er fand ein Grundstück, das groß genug war, sodass man hier auch einmal einen eigenen Betrieb hätte dazubauen können. Darüber sprach er lange Zeit nicht mit Elma. Für sie war der jetzige Betrieb winzig gegenüber dem früheren in Ostpreußen, also nicht für Erweiterungen geeignet. Für sie brachte er ganz einfach das tägliche Brot. Otsch verdiente das Geld, das sie für Miete und Essen brauchte, ab und an einmal für ein paar Kleider, die ohnehin mehr Arbeitskleidung waren als etwas anderes. Sie leistete sich auch keine Hüte mehr. Wer trug schon an der Schwalm einen Hut. Und sie war ärgerlich über jede Neuanschaffung, die Otsch für den Betrieb machte. »Du steckst viel zu viel in diese Klitsche. Wozu brauchen wir neue Bügelmaschinen, wozu willst du überhaupt umziehen und noch einmal, zum dritten Mal, neu anfangen.«

Dabei führte Elma die Bücher und konnte sehr genau feststellen, dass es langsam immer mehr Aufträge gab und die Kapazität der alten Anlagen nicht mehr ausreichte. Die Belegschaft war auf zwölf gewachsen. Eine ordentliche Buchführung mit Statistik musste eingerichtet werden. Aber das übernahm Elma selbst. Und es wurde eine sehr unordentliche. Weil Otsch alle Betriebsmittel, die von den Filialen eingingen und auf den Konten landeten, für weitere Anschaffungen im Betrieb ausgab und gar nicht daran dachte, dass auch die Familie von irgendetwas leben müsse. So kassierte sie »schwarz« durch Manipulieren der Ein- und Ausgänge in der eigenen Annahmestelle, um Otsch nicht um ein Wirtschaftsgeld bitten zu müssen. Das System war relativ einfach. Sie buchte Ein- und Ausgänge mit einem Bleistift. Mithilfe eines Radiergummis konnte sie zu positiven Ergebnissen in der Tageskasse kommen.

Ob Otsch das durchschaute, ließ er niemanden spüren, schon gar nicht seine Frau. Vielleicht wollte er es auch gar nicht wissen, denn schließlich musste er die Formulare für das Finanzamt unterschreiben, das allerdings auch nicht sehr genau prüfte. Flüchtlingsbetriebe brachten nach Meinung der hessischen Finanzverwaltung ohnehin nicht viel ein. Und da lohnte sich ein genaues Hinsehen in der Regel nicht.

Zum Umzug in seine dritte Fabrik konnte Otsch seine Frau letztlich nur dadurch bewegen, dass er ihr ein eigenes Kontor in der alten Schraubenfabrik einrichtete, wo sie ganz ungestört über die Buchhaltung wachen konnte. Sie erhielt ein eigenes Telefon und sogar einen eigenen Eingang, den er selbst nicht immer übersehen konnte. Elma griff zu und begann den dritten Neuaufbau eines Betriebes in der Familie. So wie Vögel Nester bauen, so trug sie nach und nach dazu bei, die wirtschaftliche Grundlage für die Familie zu sichern. Dabei bestand die Kernfamilie nur noch aus ihr, Otsch und ihrer Mutter. Die Tochter studierte in Wiesbaden. Der Sohn verdiente in Kassel mindestens so viel wie die Familie mit ihrem Betrieb.

Otsch, der seinen Mitbürgern großzügig deren verlorenes Vermögen bescheinigt hatte, fand nur wenige Zeugen für sich selbst. Das lag vor allem daran, dass er in Masuren seit 1933 kaum noch Freunde oder Bekannte in seine wirtschaftlichen Verhältnisse hineinsehen lassen konnte. Er war als von rechts kommender Nichtnationalsozialist ein Außenseiter. Er war misstrauisch jedem gegenüber, selbst früheren Schulkameraden. Otsch nahm an, dass sie auch jedes Detail an nationalsozialistische Dienststellen weitergaben. Er gewann bald das Image eines Außenseiters, wenn auch eines wohlhabenden, von dem man allerdings nicht genau wusste, wie wohlhabend er war. Otsch arbeitete zur Tarnung auch mit mehreren Banken und Sparkassen, und das nicht nur in seiner Heimatstadt, wo er natürlich im Vorstand der Volksbank saß.

Der Friede in Nordhessen, der in Beschaulichkeit auszuarten drohte, wurde jäh unterbrochen. Morgens um sechs Uhr klingelte das Telefon. Aus dem Schlaf gerissen, nahm Otsch den Hörer auf. Am anderen Ende war Mamchen Kuhnert, die Frau seines Freundes. »Otsch, komm sofort. Er hat sich erschossen.« Elma fragte: »Was war das?« Otsch sagte: »Lass, ich erledige es schon.« Er zog sich im Eiltempo an, verwechselte dabei die Schuhe und rannte mehr, als dass er ging, in die Bahnhofstraße zu Kuhnerts.

Er fand seinen Freund mit durchschossenem Schädel in einer Blutlache auf dem Boden des Hauses. Kuhnert hatte sich sein Jagdgewehr zwischen die Beine geklemmt und mit einem Lineal auf den Abzug gedrückt. Otsch handelte fast automatisch. Er deckte den Toten zu, rief die Polizei an und den örtlichen Tischler, er solle einen Sarg schicken und einen geschlossenen Kastenwagen. Erst dann ging er zu Mamchen, die im Wohnzimmer im Sessel zusammengekrümmt lag und stammelte: »Ich bin vom Knall aufgewacht und habe gleich geahnt, was passiert ist.«

Otsch gelang es, dem alten Sanitätsarzt, der gerufen wurde, einzureden, dass der bekannte Rechtsanwalt schon lange depressiv gewesen sei und wohl wegen Arbeitsüberlastung seinem Leben ein Ende gesetzt habe. Das Gleiche sagte er dem Polizisten, der den Tatort besichtigte. Eine ähnliche Darstellung wurde durch Mundpropaganda im Ort verbreitet. Otsch brauchte Stunden, bis er herausgefunden hatte, was wirklich vorgegangen war. Kuhnert war immer öfter zur Spielbank nach Wiesbaden gefahren. Er fühlte sich von seiner Frau vernachlässigt. Hinzu kam, dass die Prozesse, die er zu führen hatte, die Verträge, die er abschloss, immer unwichtiger für ihn wurden. Er steigerte sich in den Wahn hinein, reich zu werden durch Überlistung der Spielbank. Das Ganze wurde zur Spielsucht, bis er auf Gelder von Mündeln zurückgriff, die ihm anvertraut waren. Als er auch die noch verspielt hatte, sah er keinen Ausweg mehr.

15

Über den Selbstmord seines besten Freundes konnte Otsch erst Wochen nach der Beerdigung nachdenken. »Warum ist er denn nicht zu mir gekommen, als er merkte, was passierte. So dumm war er doch nicht«, sagte Otsch zu Elma. Die konnte nur den Kopf schütteln. Nach einer Weile sagte sie: »Vielleicht hat er sich geschämt. Jedenfalls zu Hause wäre das alles nicht passiert.«

Bei Otsch blieb der Begriff zu Hause hängen. Was war denn zu Hause zwölf Jahre nach der Flucht aus Masuren? Und warum wäre eben zu Hause Kuhnert nicht zum Spieler geworden, hätte sich nicht an Mündelgeldern vergriffen und letztlich sein Jagdgewehr missbraucht. War sein Leben hier im Westen aus den Fugen geraten, war er auf ein falsches Gleis gekommen, weil die Weichen anders gestellt waren als zu Hause? Otsch fand vordergründig keine Antwort darauf. Aber es wurde ihm bewusst, dass hier im Westen vieles nicht nur äußerlich anders sei als zu Hause in Ostpreußen. Analysieren konnte oder wollte er dieses Anderssein nicht. Eigentlich hatte er bis jetzt immer noch den Aufenthalt im Westen, den Neuaufbau seines Betriebes, die Berufswahl der Kinder als etwas Vorübergehendes gesehen.

Nicht nur Politiker redeten davon, Politiker aller Parteien, dass die deutschen Ostgebiete zu Deutschland gehörten, dass sie widerrechtlich abgetrennt worden seien, dass Polen hier nur Besatzung sei, die das Land räumen müsse. Die Wiedervereinigung Deutschlands wurde in den Grenzen von 1937 proklamiert und von den meisten in der Bundesrepublik auch so gesehen, wenn sie sich überhaupt mit Möglichkeiten der Wiedervereinigung befassten.

Otsch erinnerte sich an 1920, als er als junger Student den Abstimmungskampf in Masuren organisierte. Dass es jetzt wieder zu einem demokratischen Votum kommen könnte, glaubte er allerdings im tiefsten Innern nicht mehr. Nach außen hin vertrat er aber die Meinung, man dürfe die Hoffnung nicht aufgeben, wieder in die Heimat zurückzukehren. Dabei wurde ihm von Tag zu Tag klarer, dass Neusiedler im Land der tausend Seen, in Masuren, Heimat gefunden hatten, nachdem die Russen nach einjähriger Besetzung zwar alle wesentlichen Gebäude zerstört hatten, aber doch das Land freigegeben hatten. Dass die Sowjets auf Befehl Stalins im ersten Jahr ihrer Besetzung die wichtigsten Gebäude in den Städten Masurens zerstört hatten, machten zuerst Polen im Westen bekannt, die von Paris aus Informationen über die neue Heimat erhalten hatten. In der Volksrepublik Polen durfte man darüber nicht reden.

Otschens und vieler anderer Ostpreußen Hoffnung auf Rückkehr wurde auch durch Erklärungen aus der sowjetisch besetzten Zone gestärkt. Wilhelm Piecks Deutsche Demokratische Republik ließ intern und über Rundfunksender verbreiten, dass die SED mit keiner Abtrennung auch nur eines Quadratmeters deutschen Bodens im Westen wie im Osten einverstanden sein könne. Auf Weisung des sowjetischen Außenministers Molotow musste er dies zurücknehmen und erklären, dass die Oder-Neiße-Grenze zwischen DDR und Polen endgültig sei. Pieck hatte 1949 die Stimmen der Heimatvertriebenen in der DDR nicht mehr nötig. Es gab hier keine freien Wahlen mehr. In den ersten Junitagen 1950 wurde dann im polnisch gewordenen Teil der Stadt Görlitz ein Abkommen über die deutsch-polnische Grenze geschlossen. Es folgte ein Staatsvertrag Polens mit der DDR. Letztlich garantierte Moskau die Grenze und das, um die Polen fest an sich zu binden.

Den Verbänden der Heimatvertriebenen, die immer wieder den Mann aus Masurens Hauptstadt für sich gewinnen wollten, erteilte Otsch eine Absage nach der anderen. Nur für seinen Heimatkreis setzte er sich ein und zeitweise in der Landsmannschaft Ostpreußen, weil er hier Möglichkeiten der Hilfe für die Vertriebenen bzw. Flüchtlinge sah. Aufmerksam darauf, dass auch hier Drahtzieher von vor 1933 versuchten, Einfluss zu gewinnen, wurde er erst, als er eine Vorladung der Staatsanwaltschaft in Osnabrück bekam. Hier wurde ein Betrugsprozess gegen den früheren NSDAP-Kreisleiter von Lyck neu aufgerollt. In Masuren war der als allmächtiger Parteimann und Landrat nicht nur bestechlich. Er hatte auch betrogen, um zu einem Vermögen zu kommen, das er auf andere Art nicht erwirtschaften konnte.

Für diesen Kreisleiter hatte der berüchtigte Gauleiter Erich Koch 1942 einen Meineid geschworen, was ihm der damalige Landgerichtsdirektor sogar öffentlich bescheinigte, um dann allerdings, um nicht verhaftet zu werden, als Richter an die Front bzw. zu einem Feldgericht zu gehen. Der Kreisleiter wurde jetzt verurteilt. Aber Otsch, der präzise Aussagen über den Fall machen konnte, er war vor 1933 immerhin Stadtrat, galt jetzt bei den neuen Vertriebenenfunktionären als Nestbeschmutzer. Schließlich sei der Kreisleiter auch Vertriebener. Ob Verbrecher oder nicht, war für dessen frühere Gefolgsleute unwichtig.

Von der Landsmannschaft Ostpreußen erhielt Otsch das »Ostpreußenblatt«, eine als Zeitung aufgemachte Mitgliederzeitschrift, die im deutschen Zeitschriftenwald bald die Rechtsaußen-Position, oft sogar weit rechts von der NPD oder anderen extremen Parteien und Vereinigungen einnahm. Das Blatt bekam er kostenlos, sodass Otsch gar nicht versucht war, es abzubestellen. Aber er las nur die Heimatseiten, das heißt die Berichte über die Heimatkreise, über ihre Treffen und die wenigen authentischen Berichte über Besuche in der alten Heimat. Geschichten über die Vertreibung, die Erlebnisse in den letzten Monaten des Krieges nahm er auch in diesem Blatt nicht zur Kenntnis. Er hatte selbst genug erlebt, so viel, dass er darüber nicht sprach. Er berichtete nicht einmal seinen Kindern, wie es auf der Flucht im eiskalten Winter war, als einem die Angst im Nacken saß und die Gegenwart keine Zukunft mehr erwarten ließ.

Otsch sprach auch bei Treffen der Landsmannschaft nicht darüber. Von jeder dieser Begegnungen kam er mit immer wachsenden Vorbehalten gegen die Flüchtlingspolitik nach Hause. Sein Unbehagen konnte er nicht erklären, vielleicht wollte er es auch gar nicht ergründen.

Aus dem von ihm redigierten Blättchen für seine Mitbürger aus der alten Heimat verbannte er rein Emotionales. Leserbriefe strich er zusammen. Gedichte, die an die Heimat erinnerten, ließ er nur zu, wenn sie mehr als gereimte Erinnerungen waren. Für die praktische Organisation einer Heimatortskartei für den östlichsten masurischen Kreis fand er zwei Helfer, die er noch aus seiner Schulzeit kannte. Und wenn er auf Zusammenkünften seiner Landsleute zum Reden aufgefordert wurde, versuchte er, die Erinnerung wach zu halten und sie als Basis für den Neuaufbau im Westen zu sehen.

Zufrieden war er nicht mit sich. Bei seinen Landsleuten galt er als Respektsperson, schließlich hatte er gleich in den ersten Wochen nach dem Krieg Hunderte Familien zusammengeführt, sich für den Lastenausgleich eingesetzt. Die wachsenden Gegensätze zwischen Einheimischen und Vertriebenen, zwischen denen, die keinerlei Verluste im Krieg erlitten hatten oder zumindest die Heimat nicht verloren hatten, und denen, die nur mit einem Koffer in der Hand oder mit einem Rucksack auf dem Rücken ihr Leben neu aufbauen mussten, wurden ihm immer bewusster. Er wagte kaum noch darüber zu berichten, wie es früher einmal in Ostpreußen war, von der blühenden mittelständischen Wirtschaft, von der Industrie in Königsberg und Elbing, von den großen Gütern, die etwa ein Drittel des deutschen Westens ernährten. Er hatte es sogar aufgegeben, die so genannten Junker zu verteidigen, die trotz der Schlösser, in denen sie residierten, ein bescheideneres Privatleben führten als ihre Verwandten im Westen.

Dabei hatte Otsch einen Junker zum Freund gehabt, der Ostpreußen verlassen hatte und als Arzt und Schriftsteller in Bayern ein fast feudales Leben führte. Otsch hatte ihn schon als Schüler verehrt. Vielleicht, weil Percyval Reck-Malleczewen zehn Jahre älter als Otsch die Schülermütze mit besonderem Kniff trug und, obwohl von einem kleinen Gut in der Nähe von Lyck stammend, weltmännisches Flair verbreitete. Erst Jahre nach dem Kriegsende, nachdem Otsch immer wieder nachgeforscht hatte, was aus Percyval geworden war und wo er sei, las er in einer Münchner Illustrierten, Percyval Reck-Malleczewen sei noch im Februar 1945 im KZ Dachau ermordet worden. Dass Reck als Prototyp eines Konservativen Hitler und seine Partei hasste, dass ihm das Pseudo-Preußentum zum Halse heraushing, wie er Otsch geschrieben hatte, und dass er sich der Meinung Theodor Fontanes über Berlin anschloss, das für ihn der Inbegriff kleinbürgerlicher Inkompetenz war, wusste Otsch. Aber dass der Autor vieler nationaler Filme der zwanziger Jahre und Bücher wie dem Standard-Roman über die Wiedertäufer in Münster noch wenige Wochen vor Kriegsende sein Leben lassen musste, traf ihn stärker als die Verfolgung der Männer und Frauen vom 20. Juli, von denen er viele gekannt hatte. Percyval Reck-Malleczewen war noch 1918 aus Masuren ausgewandert wie viele Intellektuelle. München hatte ihn angezogen, weil der Ostpreuße Reck-Malleczewen mit dem Preußentum des 20. Jahrhunderts nichts zu tun haben wollte. Vielleicht auch, weil ihm, der die Hohenzollern nur als Nürnberger bezeichnete, die Oberbayern menschlicher erschienen als die Apparatschiks in seiner Heimat. Das Tagebuch von Reck-Malleczewen aus der Nazizeit, das erst Jahre nach Kriegsende veröffentlicht und in der Restaurationszeit der fünfziger Jahre kaum beachtet wurde, hielt das Denken eines Masuren für die Zukunft fest.

»Percyval hat geahnt, dass er das Naziregime nicht überleben würde«, sagte Otsch bei einem Treffen von früheren Schülern des Ernst-Moritz-Arndt-Gymnasiums in Lyck, dessen wohl prominentester Schüler Percyval Reck-Malleczewen war. »Er hatte alle Chancen gehabt, einen Kompromiss mit den Nazis zu schließen und zu überleben. Aber ein Masure seiner Qualität schließt keine Kompromisse.«

Otsch dachte über den Tod von Reck-Malleczewen noch viel nach, als Ottchen ein Brief aus Australien erreichte. Er kam von einem jüngeren Mitschüler des Ernst-Moritz-Arndt-Gymnasiums, Alfons Ottkar schilderte darin seinen Nachkriegsweg. Der war alles andere als normal. Als Achtzehnjähriger hatte er den Hof seiner Eltern mitten im Krieg übernehmen müssen, nachdem sein Vater plötzlich gestorben war, und dann war er 1944 doch eingezogen worden. An der Westfront wurde er als kaum ausgebildeter Infanterist hineingeworfen in die Invasionsschlacht. Nördlich von Paris nahmen Engländer ihn nach dem Durchbruch durch die deutsche Front gefangen.

Alfons wurde in ein Kriegsgefangenenlager mitten in die Kohlebergwerkslandschaft von Wales geschafft. Da England unter Arbeitskräftemangel litt wie jede andere Krieg führende Macht, musste er schon nach wenigen Wochen als Bergarbeiter unter Tage einfahren, Kohle abbauen im zwölfstündigen Arbeitsrhythmus. Das Ende des Krieges erlebte er im Kohleabbau über Tage. Hier sah er die Siegerfeuerwerke, die auch über dem kleinsten Dorf im walisischen Bergland abgebrannt wurden. Und er hörte – Englisch hatte er ja in Lyck gelernt – im britischen Rundfunk, dass alle Ostpreußen ausgesiedelt würden und die Ostpreußen unter polnische Oberhoheit, oder wie die Engländer noch sagten, Verwaltung, gestellt würden.

Alfons entschied sich, nicht darauf zu hoffen, in die Heimat zurückzukehren, auf den Gutshof zu seinen

Schwestern, die dort geblieben waren. »Wenn ich schon mit dem Boden etwas zu tun hatte, früher, dann wollte ich das auch jetzt weitermachen«, schrieb er Ottchen im ersten Brief. »Ich wurde Bergarbeiter, jetzt freiwillig, und versuchte, vorwärts zu kommen.« Am schwersten war ihm übrigens gefallen, in englischen Maßen zu denken. »Es ist eben etwas anderes«, sagte er später einmal bei einem Besuch bei Ottchen, »ob man mit Inch oder Metern aufgewachsen ist. Die Sprache ist nicht das Wesentliche. Die fremden Maßstäbe muss man erst voll in sich aufnehmen.«

Alfons lehnte eine Entlassung nach Deutschland wiederholt ab und nahm ein Stipendium an, das seine Bergwerksgesellschaft, zwar staatlich, aber doch sehr privat agierend, ihm anbot. Er legte mehrere Examen ab und wurde schon nach zwei Jahren so etwas wie ein Bergwerksassessor, dann stellvertretender Direktor eines walisischen Bergwerks. Später privatisierte er es und ließ endlich den Betrieb vollständig einstellen. Kohle aus Wales war zu teuer, zu unrentabel geworden.

Das erfuhr Ottchen erst nach und nach. Alfons schrieb regelmäßig und er kam in den sechziger Jahren auf Besuch nach Hessen. Nach Ostpreußen ist er übrigens nicht mehr gefahren. Aber Großbritannien, Wales, blieb nicht seine Heimat. Eine australische Bergwerksgesellschaft vermittelte den gebürtigen Ostpreußen als Professor für Bergwerkswesen an die Universität von Sydney. Alfons hatte vorher in Wales geheiratet. Er sprach mit seiner Frau nur englisch. Sie hatte ihren Dialekt aufgegeben, er sein ostpreußisches Deutsch. Beide schufen sich in Australien eine neue Heimat. Alfons baute ein Haus, so wie er sich immer ein neues Haus in Masuren vorgestellt hatte, mit großen Räumen, hohen Decken und großen Fenstern. Drum herum wurde ein Bauerngarten angelegt, so wie er in Masuren üblich war. Selbst Kartoffeln begann er zeitweise im Garten anzubauen, obwohl die, die er in Australien im Großmarkt kaufte, mindestens genauso gut waren. Ottchen überlegte mehrfach, ob er nicht einmal nach Australien reisen sollte und Alfons besuchen. Als es endlich so weit war, bekam er eine kurze Mitteilung auf Englisch. Alfons' Frau schrieb, ihr Mann sei plötzlich einem Herzschlag erlegen.

Einen anderen Lycker besuchte Ottchen. Der lebte in Israel. Ottchen hatte sich mit einem Journalisten angefreundet, der es als seine Lebensaufgabe sah, die Versöhnung mit Israel voranzubringen. Er wurde auf dessen Empfehlung nach Israel eingeladen, in einer Zeit, als deutsche Besucher dort noch eine Seltenheit waren, zur Zehnjahresfeier der Gründung des Staates. Ottchen erhielt von seinem Vater die Adresse von Erich Kellermann, der in Tel Aviv leben sollte. Otsch war mit dessen Vater in eine Klasse gegangen, bis Kellermann 1937 ganz einfach verschwand. Niemand wusste, wohin die Familie gezogen war. In Lyck hatte sie ein Schuhgeschäft, das von einem deutschen Kaufmann übernommen wurde. Die Kellermanns kamen bis Tel Aviv. Von hier erhielt Ottchen die Botschaft: »Herzlich willkommen. Ich freue mich.«

Ottchen flog über Paris in das Land der Bibel. Eine direkte Verbindung von Deutschland nach Israel gab es noch nicht. Erich war im neuen Staat zum Druckereidirektor für die Boulevardzeitung »Mariv« aufgestiegen. Er sprach zum ersten Mal übrigens wieder deutsch nach der Auswanderung, und er bat Ottchen, seinem Vater den Dank der Kellermanns auszurichten. Der hatte sie gezwungen, Lyck schon 1937 zu verlassen. »Wenn er nicht immer insistiert hätte, dass es noch viel schlimmer für die Juden kommen würde, hätten wir die Heimat nicht aufgegeben«, sagte Erich.

Erich lud Ottchen in ein Hafenrestaurant in Jaffa ein, das zehn Jahre nach der Staatsgründung immer noch das alte osmanische Gesicht hatte. Er bestellte Hummer in drei Variationen. »Endlich kann ich Seafood essen. Das ist gläubigen Juden verboten, und meine Zeitung vertritt leider den Standpunkt der Orthodoxen«, sagte er. »Aber wenn ich Gäste habe, dann darf ich das.« Dann musste Ottchen von neun Uhr abends bis drei Uhr in der Nacht zuhören und die Sehnsucht eines erfolgreichen Juden in Israel nach seiner Heimat Masuren, die ihn verstoßen hatte, erleben. Von Israel gesehen, war auch das verregnete, das kalte, das weitab gelegene Masuren so etwas wie der goldene Osten.

Das Gespräch der beiden ging über von der Beschreibung der letzten Lebensjahre auf die Zeit, als sie Schüler waren, was sie gemeinsam oder mit anderen erlebt hatten. Wie schön war es, in den warmen Seen im Sommer zu schwimmen und im Winter auf den gleichen Seen eiszusegeln. Und welche Abenteuer es zu bestehen gab in den Sümpfen im Boreck oder bei den Ruder- und Segelwettkämpfen. Am Lyckfluss wollte jeder mehr Krebse als der andere an einem Abend gefangen haben. »Erinnerst du dich noch an das Sabbat-Essen bei uns, an den wunderbaren Hecht und an die Berge von Walderdbeeren und Blaubeeren, die wir literweise verdrückt haben«, beschloss Ottchen den Abend.

Erich begriff später, dass sein Schulfreund den Journalisten nicht verleugnen konnte, und half beim Organisieren einer Rundreise durch das Land zwischen Rotem, Totem und Mittelmeer. Jerusalem war noch geteilte Stadt. Auf die Via Dolorosa konnte man nur hinabsehen vom Dach eines früheren Klosters, das außerhalb der Mauer lag. Im Süden Israels in Elath wurde das einzige Hotel, das noch keine Klimaanlage hatte, aber dafür Löcher in den Wänden, damit der aus dem Süden kommende Wind hindurchblasen konnte, von Soldaten mit umgehängter Maschinenpistole bewacht. Die Grenze nach Jordanien galt als gefährlich. »Wenn sie mich klauen, bringen sie mich bald wieder zurück«, meinte Ottchen scherzhaft zu einem der patrouillierenden Khakiträgern. Der blieb tierisch ernst und verzog keine Miene. Ottchen folgerte, dass tatsächlich schon Besucher von Elath gekidnappt worden waren.

Etwas abseits vom Hotel gab es ein Zelt mit einer Fischbraterei, die Ottchen empfohlen worden war. Der Koch und Besitzer, ein blonder Jude, ging sofort vom Englischen ins Deutsche über, als er merkte, dass hier endlich einmal ein deutscher Gast erschien. »Wo kommst du her?«, war die erste Frage. Ottchen: »Aus Bonn.« – »Nein, das meine ich nicht«, erklärte der Israeli, »nach deinem Namen bist du doch aus dem Osten.« Ottchen hatte kaum berichtet, dass er in der Hauptstadt Masurens geboren war, als ihm der leicht nach Bratfisch riechende Gastwirt um den Hals fiel. »Ich komme aus Grajewo. Das deutsche Lyck, das war immer ein Traum für uns, die Einkaufsstadt, wo wir hinwollten, meistens auch hinkamen, auch ohne Pass und Visum über die grüne Grenze.«

Ottchen wollte es nicht wahrhaben, dass ausgerechnet das Thema Masuren immer wieder Gesprächsstoff bei seinem Besuch in Israel war. Aber ihm blieb nichts anderes übrig als zu berichten, was er von

Masuren wusste, dass hier jetzt Ukrainer lebten und vertriebene Polen aus dem Osten und dass man da nur mit Sondervisum der Berliner polnischen Militärmission hinkommen könne. Aber in Israel reifte in ihm der Gedanke, doch möglichst bald einmal in die alte Heimat zu fahren. Wenn man einen Deutschen schon in Israel mehr als freundlich aufnahm, dann könne man wohl auch auf die Toleranz in Polen hoffen.

Übrigens wusste Ottchen damals nicht, dass jeder Israelbesucher sehr genau vom Geheimdienst des jungen Staates durchleuchtet wurde. Nur die ganz jungen, die 1933 noch Kinder waren, wurden nicht so unter die Lupe genommen. Das war noch in der Zeit, als das israelische Sinfonieorchester keinen Wagner spielen durfte, der als Antisemit galt. Aus Deutschland stammende Politiker konnten in Israel nur unter Ausschluss der Öffentlichkeit die Muttersprache sprechen.

Nur der israelische Außenhandelsminister begrüßte Ottchen auf Deutsch und mit großem Hallo und dem Lied »Horch, was kommt von draußen rein«. Fritz Naftaly, früher in Deutschland auch Journalist, machte keinen Hehl daraus, dass er sich über den Besuch eines deutschen Kollegen, wenn auch eines jüngeren, freute. Seine Freude galt auch nicht so sehr dem Besucher selbst, sondern dem, was er mitbrachte. Ottchen hatte vor seine Reise seinen älteren Freund Kurt Lachmann aufgesucht, der einer der amerikanischen Berater Konrad Adenauers geworden war, nachdem man ihn 1933 als Jude aus Deutschland vertrieben hatte. Der wiederum wusste, dass sein früherer Kollege von der »Frankfurter Zeitung« in Israel es sich nicht leisten konnte, gute Zigarren zu rauchen. Und so schmuggelte Ottchen für einen ihm noch unbekannten israelischen Minister eine Kiste kubanischer Zigarren, die ein Amerikaner besorgt hatte, dem dies eigentlich wegen des Embargos gegen Kuba verboten war.

»Geschmuggelt wird bei uns alles und warum soll ich das nicht auch genießen. Dabei bin ich sogar für den Außenhandel, wenn auch nicht für den Import, zuständig«, sagte der Minister und lud dann zur Besichtigung einer Apfelsinenversandfabrik ein, in dem die echten Navelorangen für den Export nach Deutschland verpackt wurden. Im Israel der ersten Jahre wurde für einen deutschen Besucher alles zum Abenteuer. Da die Hotels in Tel Aviv, jedenfalls die, die in Hotelführern standen, besetzt waren, erhielt Ottchen ein Zimmer in einer Pension. Ihr Besitzer war offensichtlich ein Berliner. Es dauerte zwei Tage, bis auch der bereit war, deutsch zu sprechen, und das nur deswegen, weil Ottchen an einem Freitagnachmittag fragte, was man von ihm am Abend und am Sabbat erwartete. Ottchen rauchte damals Kette und hatte gehört, der Gebrauch von Feuer war am Sabbat verboten.

»Nebbich, rauchst du auf deinem Zimmer, aber ansonsten lässt du es bleiben«, meinte Jakob, der bis 1935 im Wedding eine Kneipe betrieben hatte. Am Freitagabend wurde Ottchen zum Essen miteingeladen. »Gäste sind heilig, auch wenn sie aus Deutschland kommen.« Und dann erhielt er eine Einführung in jüdische Rituale, in die Essensvorschriften und, wie sollte es bei einem Berliner auch anders sein, auch gleich in alle Probleme, die in diesem modernen Staat vorhanden waren.

»Unser Passagierschiff, die ›Shalom‹, hat zum Beispiel zwei Küchen«, sagte Jakob, »eine koschere und eine andere. Wir brauchen doppelt so viele Besatzungsmitglieder. Deswegen macht das Ding nur Schulden. Und unsere Flugzeuge können wegen Sabbat am Wochenende nicht fliegen, deswegen ist der etwas eigentümliche Flugplan auch nicht gerade geschäftsfördernd. Und dann haben die Orthodoxen bei uns sowieso viel zu viel zu sagen. Heiraten kannst du immer nur beim Rabbi, auch wenn du Christ bist oder Moslem.« Ottchen rauchte der Kopf, aber was es bedeutete, dass hier ein Berliner Jude sich stundenlang Zeit nahm, um ihm Israel zu erklären, begriff er erst, als er ganz offiziell einen alten Freund aus Kassel besuchte, der eine Hühnerfarm hatte.

In Deutschland war dieser Mann bis 1936 Besitzer der größten Lackfabrik gewesen und mindestens Millionär. Jetzt lebte er von einem auf dreitausend Quadratmeter Fläche angesiedelten Hühnerhof, der voll gepackt mit Legebatterien war. Auch hier dauerte es Stunden, bis man vom Englischen ins Deutsche wechselte. Dann musste Ottchen berichten, wie Kassel heute aussah, von den Zerstörungen im Krieg, von den Problemen, die Nordhessen durch die Zonengrenze hatte. »Vielleicht komme ich doch noch einmal nach Deutschland. Meine Kinder sagen, ich sollte fahren, aber bisher hatte ich noch nicht den Mut dazu«, meinte der Freund aus Kassel, der jetzt in Schmargendorf, in Kfar Schmargal bei Jerusalem wohnte. Den deutschen Namen hatte das israelische Dorf bekommen, weil hier fast nur Berliner oder deutsche Professoren wohnten, Einwanderer der ersten Stunde und darum gesellschaftlich besonders angesehen.

Mit journalistischer Kombinationsgabe bekam Ottchen am gleichen Tag heraus, dass hier eine frühere Freundin Konrad Adenauers lebte, mit der dieser als Kölner Oberbürgermeister zeitweise liiert gewesen war. Ottchen war allerdings so klug, darüber nie zu reden und schon gar nicht zu schreiben. Konrad Adenauer hat die Dame übrigens später bei seinem Israel-besuch wiedergesehen. Eine enge Mitarbeiterin von ihm brachte die beiden nach vielen Jahren zusammen, die sich gerührt in die Arme fielen und, wie berichtet wurde, in sentimentalen Erinnerungen an Köln, das Theater damals und die Stadt vor ihrer Zerbombung schwelgten.

Ottchen ist später noch dreimal nach Israel gefahren. Immer wieder besuchte er den polnischen Juden in seiner Fischbraterei in Elath. Aus dem Zeltbetrieb war in der Zwischenzeit ein vornehmes zweistöckiges Restaurant geworden. Jedes Mal wurde Ottchen erkannt und mit dem Ruf »Oh je, der Masure« empfangen, an den Stammtisch gesetzt und herrlich bewirtet.

Sein Vater nahm die Berichte des Juniors mit verhaltenem Interesse entgegen. Für ihn war Israel weiter weg als für seinen Sohn, der die Judenverfolgung in Ostpreußen nur am Rande erlebt hatte. Als er erwachsen wurde, gab es keine Juden mehr in Lyck. Für Otsch war die Hilfe, die er den Kellermanns gegeben hatte, selbstverständlich gewesen. Jetzt freute er sich nur, dass es der nächsten Generation, wenn auch weit weg von der Heimat, gut ging. Als Erich Kellermann nach Jahren doch noch einmal nach Deutschland kam und Otsch besuchte, war auch das normal geworden und weckte außer Erinnerungen kaum noch Emotionen.

Übrigens hatte Ottchen miterlebt, wie Israel sich nach Meinung seiner Bürger verändert hatte. An einem Morgen im Hotel las er in der englischsprachigen Zeitung von Tel Aviv die Schlagzeile »Raubmord in Jaffa«. Der Verbrecher war flüchtig. Die Polizei wurde von den Journalisten unter Druck gesetzt und die Kommentare strotzten vor Empörung. Aber Jakob, der Pensionsbesitzer und frühere Kneipenwirt, meinte: »Endlich sind wir so wie andere Länder und haben auch Verbrecher. Bisher gab es das nicht. Jetzt ist es auch hier wie früher in Berlin.«

Bei der Durchsicht der Adressenliste alter Lycker stieß Otsch, ohne direkt danach gesucht zu haben, auf zwei Lehrer aus dem Gymnasium, die die Flucht überlebt hatten. Naumann, der Musiklehrer, den seine Kollegen nie ganz ernst nahmen, obwohl Naumann es fertig gebracht hatte, in der kleinen Stadt im südöstlichsten Teil Ostpreußens ein Sinfonieorchester aufzubauen und einen Chor, der gefragt war auch im Reichssender Königsberg. Er hatte auch eine Komposition für Chor und Orchester, »Das masurische Jahr«, geschaffen. Er versuchte musikalisch festzuhalten oder zu interpretieren, wie ein solches Jahr mit eisigem Winter und heißem Sommer ablief, in dem es Tage im Frühjahr gab, an denen vom Apfelbaum bis zum Flieder alles zusammen blühte, und Wochen, in denen im Herbst das Land plötzlich erstarrte.

Naumann lebte jetzt in Schleswig-Holstein. Er war wieder Studienrat und natürlich machte er Musik. Aber zu neuen Kompositionen war er nicht wieder gekommen. »Ich weiß nicht, mir fällt ganz einfach zur jetzigen Zeit nichts ein«, schrieb er mit winzig kleiner Schrift auf eine Postkarte an Otsch, die eine Kopie der Noten des »Masurischen Jahres« begleitete. Er hatte es sicher nicht leicht bei seiner Anstellung, denn um seinen Chor und sein Orchester vor der Auflösung zu retten, war er Parteifunktionär geworden, Amtsleiter oder so etwas Ähnliches. Den Chor hatte er offiziell als Hitlerjugend-Chor ausgegeben und das Orchester als Parteiorchester. Dadurch hatte er es im Krieg sogar geschafft, dass die älteren Jungen nicht zum Arbeitsdienst mussten, sondern als Orchestermitglieder ein halbes Jahr länger zu Hause bleiben konnten, bevor sie Soldaten wurden. Den Mädchen ersparte er den unfreiwilligen Arbeitsdienst.

Dafür mussten Chor und Orchester immer mal wieder nach Königsberg zu Aufnahmen beim Rundfunk fahren, und sie mussten musizieren bei allen offiziellen Veranstaltungen der Partei und der Stadt. Dabei war das Standardlied, das der Chor achtstimmig sang, stets »Freiheit, die ich meine« von Ernst Moritz Arndt und »Die Gedanken sind frei« aus dem Zupfgeigenhansl, den keiner der Parteileute kannte. Wer war von denen schon einmal in der Bündischen Jugend gewesen.

Der andere jetzt im Westen lebende Lehrer war eine Generation älter. Zu Otschens Schulzeiten war er Assessor, zu Ottchens Zeiten am Gymnasium Oberstudienrat. Immer hatte er Mathematik unterrichtet, Physik, Chemie, Biologie und war deswegen der Liebling der Brodowskis. Da er bereit war, Nachsicht zu üben, wenn seine Schüler im Winter Schlittschuhlaufen und Eissegeln lieber betrieben als Schularbeiten zu machen und im Sommer das Segeln jeder Schularbeit vorzogen, wurde er rückhaltlos verehrt.

Jetzt lebte der weißhaarige Professor in der Universitätsstadt Marburg, betreut von seiner Schwester. Unterrichten konnte er nicht mehr. Seine Augen waren so schwach geworden, dass er sich sogar die Zeitung vorlesen lassen musste. Aber er war immer noch bereit, seinen früheren Schülern zuzuhören und mit ihnen zu debattieren, wenn es darum ging, welche Zeiten im Schulleben wohl die besseren seien. Die modernen so genannten demokratischen, bei denen weder Disziplin noch Aufmerksamkeit verlangt wurde, oder die alten, zu denen der Professor neigte. Ein Lehrer sollte so etwas wie Gottvater sein, aber auch wie Gottvater für seine Schüler sorgen und sie nie allein lassen.

Und das galt auch jetzt noch im Westen weit weg von der alten Schule, weit weg und das nicht nur räumlich. Dabei wurde die Vergangenheit in der Erinnerung von Tag zu Tag immer glänzender. In fast allen Schulklassen, Jahrgängen wie man früher sagte, fanden sich Organisatoren, die über Otsch Adressen früherer Schulfreunde, Klassenkameraden und -kameradinnen erfragten und sie zu Klassentreffen einluden. Früher einmal wären solche Klassentreffen wohl immer in Lyck gewesen, in Fligges Garten oder auf Stamms Terrassen. Beide Cafés lagen direkt am See, beide waren wohl vertraut, denn hier traf man sich ja, wenn man Gymnasiast war, mit seiner ersten Freundin. Und als Schülerin des Lyzeums oft mit Freundinnen und auch mit dem ersten Freund.

Bei Treffen spielte jetzt die alte Schule, das Ernst-Moritz-Arndt-Gymnasium, oder das Lyzeum, die Goethe-Schule, kaum noch eine Rolle. Die Erlebnisse der Freunde waren wichtiger. Was verband, waren allerdings gemeinsame Erfahrungen in den letzten Kriegsjahren, die alles andere überschatteten: Flucht und Vertreibung, die Suche nach den Familien und das, was Politiker später einmal Neuanfang nannten. Kaum jemand unter den Schülerinnen und Schülern aus Lyck fand den Beruf, den er sich einmal erträumt oder vorgestellt hatte. Der Zufall spielte bei allen eine große Rolle.

Aus einem Beamtensohn wurde ein Knopffabrikant, aus einer Bauerntochter die Chefsekretärin auf einer Vorstandsetage. Und obwohl die meisten Ostpreußen, und damit auch die Masuren, nach Schleswig-Holstein evakuiert worden waren, wiesen die Adressenlisten der einzelnen Schulklassen schon Anfang der fünfziger Jahre fast alle Orte in der Bundesrepublik auf. Die Lycker waren im Übrigen, obwohl aus einer Kleinstadt kommend, in Großstädten gelandet. Otsch war eine Ausnahme. Aber auch sein Sohn Ottchen zeigte keine große Lust, sich endgültig auf einem Dorf oder in einer Kleinstadt im Westen niederzulassen.

Am stärksten hielten die Schulklassen zusammen, deren Mitglieder noch im letzten Kriegsjahr als Flakhelfer nach dem Westen eingezogen worden waren. Sie sollten als Sechzehnjährige den Schulunterricht fortsetzen und dennoch mit Flakgeschützen gefährdete Orte im Ruhrgebiet, in Franken, in Hamburg und München vor Luftangriffen zu schützen versuchen. Von diesen Schülern überlebten weniger als die Hälfte. Als in den letzten Kriegsmonaten auch britische und amerikanische Jagdbomber Flakstellungen direkt angriffen, fielen sie nicht einzeln, sondern in Gruppen, so wie sie die Heimat verlassen hatten. Von den Einsätzen, den Abschusserfolgen ihrer Einheit erzählten die Überlebenden auch auf diesen Treffen nichts. Sie versuchten sich an die schönen Tage zu Hause am Herthasee zu erinnern, an ihre erste Liebe, mit der sie händchenhaltend den so genannten Verlobungsweg über die Seebrücke zum Rennplatz gegangen waren. Viele wussten noch ganz genau, wann und wie sie ihre erste Liebe geküsst hatten.

Für ihre Kinder waren diese Erzählungen unverständlich. Es kam in ihnen nie das Wort Sex vor. Selbst über solche Schulkameradinnen und -kameraden, die sich zeitweilig mehr dem anderen Geschlecht widmeten als der Schule und deswegen schlechte Noten hatten – und alle wussten warum –, wurde kein Wort verloren. Die Rückblende ließ die Jugendzeit in einem silbrigen Nebel erscheinen, wie er über den Flüssen Masurens liegt, wenn die ersten Blätter im Herbst von den Bäumen fallen und das Land still wird, bevor es im Winterfrost erstarrt.

Bei den Treffen der Mädchenklassen ging es meist lauter zu als bei den Jungs. Zu der Diskussion der für die meisten neuen und oft ungeliebten Berufe, der Karriere oder dem Ortswechsel kam bei ihnen die Neugierde nach den Partnern, die sie gefunden hatten, hinzu. Andere als die meisten sich einmal erträumt hatten. Bis auf Anneliese Kurz, die es eigentlich nie mit Jungen hatte, waren sie aber alle verheiratet und einige sogar geschieden. Und dann wurden natürlich die Fotos der Kinder herumgezeigt. Selbst die Mädels, deren Familie noch in keine eigene Wohnung gezogen waren oder die keinen Beruf mit Zukunft gefunden hatten, führten Kinder an der Hand. Nur Großfamilien wollten sie nicht mehr bilden. »Die gedeihen nur in der Weite Masurens und nicht zwischen Asphalt und Beton«, so Grete, die wie viele nur zwei Kinder hatte.

Die Zeit im Jungvolk, in der Hitlerjugend oder im BDM spielte in den Erinnerungen nur insofern eine Rolle, als man hier zusammen war wie in den Schulen, in den Schulklassen, wenn auch mit Freunden, die nicht im Gymnasium waren, sondern in den letzten Klassen der Volksschule. Die waren aber in Masuren nie ausgegrenzt. Schließlich spielte man Fußball zusammen, segelte oder ruderte. Selbst unter den exklusiven Tennisspielern waren mehr Jungen und Mädchen aus der Volksschule als aus dem Gymnasium und dem Lyzeum. Der Dienst in der Hitlerjugend wurde erst in den letzten Kriegsjahren zur Belastung. Fast jedes Wochenende standen Jungen und Mädchen mit Sammelbüchsen auf den Straßen, einmal für das Winterhilfswerk und zum anderen für eine Soldatenhilfe, oder sie machten Dienst im Lazarett, wo die hauptamtlichen Krankenschwestern des Roten Kreuzes sie für alle niederen Arbeiten brauchten.

Und doch, der Abschied jedes Einzelnen von Masuren, der als Soldat eingezogen wurde oder als Arbeitsmaid in den Westen musste, wurde nach bald eingespieltem Ritual vollzogen. Der Chor sang ein Lied, das man sich wünschen durfte. Die Klasse begleitete die Freunde, die mit dem Pappkarton in der Hand Masuren verließen, auf den zugigen Bahnsteig bis in das Zugabteil. Natürlich wurden, wie üblich in Masuren, auch noch Pakete mit Lebensmitteln hineingereicht, selbst wenn das erste Ziel nur Allenstein war oder Korschen, der Eisenbahnknoten mitten in Ostpreußen. Schließlich nahm man auch, wenn man mit der Eisenbahn von Lyck nach Königsberg fuhr, für die zweistündige Reise pro Person mindestens ein halbes gebratenes Huhn, vier gekochte Eier, im Winter einen dicken Streifen Speck und mindestens vier Butterbrote mit. Dazu kam eine Flasche Bier und als Nachtisch drei oder vier Äpfel, die im Winter leicht verschrumpelt waren. Gegen Hunger wurde nämlich in Ostpreußen vorgesorgt. Selten ist ein Masure verhungert, es sei denn, dass er im Winter mit dem Pferdeschlitten auf der Heimfahrt wegen Alkoholgenuss vom Kutschbock kippte, im Straßengraben einschneite und erst nach Tagen gefunden wurde.

Die Mädchen im Arbeitsdienst meldeten sich kaum

einmal zu Hause. Und wenn, dann nur, um mitzuteilen, in welchem Ort sie gelandet seien, ob in Coburg oder in Neumünster in Schleswig-Holstein. Die eingezogenen Soldaten schrieben regelmäßig und seien es nur Postkarten. Auch sie versuchten mitzuteilen, wo sie denn nun gelandet waren. Das war zwar verboten, angeblich wegen möglicher Spionage. Aber die, die weit gereiste Eltern hatten, konnten sich klarer als andere verständlich machen. Nur die wenigen, die in Hauptstädten gelandet waren, wie in Brüssel etwa auf der Kraftfahrtschule der Luftwaffe, schickten Ansichtspostkarten ihrer neuen Residenz.

Als Ottchen seinen Einberufungsbefehl bekommen hatte, lautete der ausgerechnet auf die böhmische Stadt Eger. Aber dieser Sammelplatz sollte sich bald als Durchgangslager herausstellen. Ottchen wurde weiterverschickt nach Perpignan in Südfrankreich. Noch weiter weg von der Heimatstadt. An Südfrankreich erinnerte er sich noch viele Jahre nach dem Krieg. Er hatte das Land als Ersatz für Masuren angenommen und fühlte sich hier fast wie zu Hause, obwohl er die Landessprache nicht verstand. »Da müssen wir unbedingt noch einmal hinfahren«, sagte er später seiner Frau. Aber lange fand er keine Zeit dazu oder keine Gelegenheit oder fuhr einfach vorbei, wenn es mit dem Auto ins Sonnenland Spanien ging.

16

Ottchen hatte höllische Zahnschmerzen. Es war ihm zwar bewusst, dass er selbst daran schuld war. Nicht nur im Krieg, sondern auch in den ersten Jahren danach war er zu feige gewesen, zum Zahnarzt zu gehen. Er betäubte seine Schmerzen mit Aspirin. Jetzt musste er sich drei Zähne ziehen lassen und das tat natürlich hinterher weh. Ottchen flüchtete in sein Stammcafé, in dem er auch zu Mittag aß, solange er in Kassel war. Die Redaktion hatte ihn in die nordhessische Hauptstadt versetzt, und Ottchen war gerne in die Großstadt gegangen, die längst keine – wenn auch nur regionale – Metropole war, obwohl ihre Einwohner das immer noch glaubten. Er fand ungewöhnlich schnell ein möbliertes Zimmer in der zerbombten Stadt. Allerdings mit einem Trick. Die Anzeigenabteilung seiner Zeitung verschaffte ihm Zugang zu den Aufträgen. Er konnte sich um Zimmer schon bemühen, bevor sie im Blatt angeboten wurden.

Als Reporter durch die Stadt zu ziehen, machte ihm Spaß. Vor allem, nachdem er die Vorträge eines amerikanischen Kollegen gehört hatte, der dazu aufforderte, ganz einfach ins Telefonbuch zu sehen, wenn man nicht wisse, worüber man schreiben solle. Da ständen die besten Geschichten drin. Ottchen begann auch, seine Scheu, auf Menschen zuzugehen, abzulegen. Nach einem schweren Verkehrsunfall mit Toten wurde er zu den Angehörigen geschickt und wusste nicht, wie er sich verhalten sollte. Aber die schlossen ihn nicht aus. Er konnte sich der Erzählungen über die Verunglückten kaum erwehren. Er erhielt ganz freiwillig alte Fotos, nach denen er recherchieren sollte und eigentlich nicht wollte. Er stellte später immer wieder fest, dass vom Unglück verfolgte Menschen mit anderen reden wollten, auch oder gerade mit Reportern.

Unbeabsichtigt löste er so das Geheimnis der so genannten Sensationspresse, denn die kam zu ihren Geschichten dadurch, dass Betroffene redeten. Man brauchte sie nicht einmal zu animieren. Sie taten es von alleine. Sie gaben dabei auch Dinge preis, die sie jahrelang für sich behalten hatten.

Ottchen nahm ein Hobby aus Lyck wieder auf, nachdem er dem alten Musikdirektor Halfertz begegnet war. Der leitete in der Nazizeit den Henschel-Werkschor und war so jeder Verfolgung entgangen. Henschel war immerhin ein Rüstungsbetrieb erster Klasse, bei dem die Partei nicht mitreden konnte. Ottchen begann wieder Gesangsstunden zu nehmen. Er hatte nur Mühe, seinem Gesangslehrer beizubringen, dass er keine ganzen Opernpartien studieren, sondern nur jeweils die schönsten Arien singen wollte. Da er ein tiefer Bass war, landete Ottchen auch sehr schnell bei den bekannten Arien von Verdi oder Mozart und den schwierigeren Balladen von Karl Loewe.

In seinem Job entwickelte Ottchen die Begabung, schnell zu schreiben. Damit verschaffte er sich viel freie Zeit, von der die Redaktion nichts wusste. Wer vermutete schon, dass Ottchen privat unterwegs war und nicht für das Blatt recherchierte, wenn er seine Texte vor Redaktionsschluss ablieferte. Kassel war in den fünfziger Jahren immer noch eine schwer vom Krieg getroffene Stadt. Der Schutt in der Innenstadt lag meterhoch und bestand nicht nur aus Ziegeltrümmern. Er bedeckte auch noch Jahre nach dem Krieg die sterblichen Überreste von Hunderten von Bewohner, die in den Bombennächten umgekommen waren. Nur ganz langsam gelang es einer nicht gerade dynamischen Stadtverwaltung, auch die Bürgersteige der Hauptstraßen vollständig freizulegen und ein Baukonzept für die Innenstadt zu entwickeln. Die Kritik der Zeitung mit ihrem Lokalteil spielte die Rolle eines Antreibers.

Ottchen verbündete sich mit seinem Kollegen, Friedel Herbort, der als verhinderter Architekt nach achtjähriger Haft im Konzentrationslager so etwas wie das architektonische Gewissen der Stadt wurde. Friedel propagierte den Nicht-Wiederaufbau wilhelminischer Klötze, die das Stadtbild verunstaltet hatten, das einmal geprägt war von hugenottischen Einwanderern. Aber die Leute in Kassel hingen an den wilhelminischen Bauten, sogar an den Trümmern des Theaters, die die Aussicht in die Weite der Fulda-Auen verstellten. Nur die katholische Gemeinde war einverstanden, dass man die Reste ihrer zerstörten Kirche um einige Meter verschob und sie nicht auf dem früheren Grundriss wieder aufbaute.

Die Diskussion in Kassel um den Wiederaufbau war gleichwertig mit dem Musikleben und dem Schauspiel. Im Bombenhagel war zwar nicht das Theater erhalten geblieben, aber immerhin die Stadthalle, in deren verschiedenen Sälen Theaterexperimente gewagt werden konnten. Ein Opernensemble hatte sich neu organisiert. Sensationen waren immer zu vermelden, wenn Schauspieler aus der Vorkriegszeit oder Sänger sich wieder einfanden, obwohl man zum Beispiel einer Sopranistin nicht verziehen hatte, dass sie 1939 nicht mit dem Intendanten ins Ausland durchgegangen war und ihren Ehemann sitzen ließ, sondern nur mit den Möbeln des Intendanten.

Die Sopranistin Lieselotte Enck, die nach acht Jahren zum ersten Mal wieder in Kassel die Salome sang, tanzte den Tanz der sieben Schleier aus lauter Opposition gegen das Kasseler Bürgertum so, dass sie beim Schlussakkord alle Hüllen von sich wehen ließ. Die

Leute vom Feuilleton waren fast alle schockiert und beauftragten die Reportage-Redaktion mit einem Bericht, weil man über den Auftritt selbst nicht schreiben wollte. Auch über die zeitgenössische Musik von Eduard Erdmann, dem großen Pianisten, wollte man keine Kritik ins Blatt nehmen. Für Kassel war Spohr schon fast zu modern. So lernte Ottchen den revolutionären Schleswig-Holsteiner Erdmann im Interview kennen, ebenso wie später Erna Sack, die aus ihrem südafrikanischen Exil zurückkam und als Sopranistin, deren Stimme drei Oktaven umfasste, an frühere Erfolge anknüpfen wollte.

Kassel war aber vor allem interessant wegen der erhaltenen drei Kinos. Fast alle neuen deutschen Filme erlebten hier Premiere. Gäste waren so der barhäuptige Hans Albers und die junge Sonja Ziemann. Ilse Werner kam zu einer Premiere und alle Jungstars des neuen deutschen Films, der in Göttingen und Hamburg produziert wurde und nicht nur in München und Berlin. Ottchen sah Sonja Ziemann, das Schwarzwaldmädel, nach der Kasseler Premiere übrigens erst viele Jahre später wieder, und das ausgerechnet in Warschau.

Wer nach Kassel kam, besuchte noch bis in die sechziger Jahre eine Stadt, die ihre Kriegswunden präsentierte, die anderswo schon längst beseitigt waren. Und er kam in eine zwiespältige Stadt, die Kaiser Wilhelm nachtrauerte und doch überwiegend sozialdemokratisch wählte. Ihre Bedeutung als Bahnknotenpunkt im Raum zwischen Fulda und Göttingen verblasste erst, als Erfurt ihr nach der Wiedervereinigung den Rang ablief. Für Ottchen wurde Kassel die wichtigste Stadt in seinem Leben. Die Zahnschmerzen brauchten ihre Zeit. So verkroch er sich jeden Mittag im »Café

Däche« in eine Ecke und sagte dem Ober: »Also bitte, etwas ganz Weiches.« Eines Tages setzte dieser Oberkellner, dem man die Menschenkennerschaft ansah, er trat würdiger auf als seine Gäste und vornehmer, ohne damit zu beleidigen, eine junge Frau an den gleichen Tisch mit dem Bemerken: »Sie hat auch Zahnschmerzen, da ist es besser, Sie sitzen zusammen.«

Ottchen zog sich zurück und versuchte Zeitung zu lesen. Aber die Abschottung glückte nicht. Diese junge Frau, bestimmt keine Kasselanerin nach Dialekt und Aussehen, schlug ihn in ihren Bann und ließ ihn zwar nicht sofort, aber dann doch die Zahnschmerzen vergessen. Er wurde in ein unverfängliches Gespräch hineingezogen, das damit endete, dass man Adressen austauschte. Private Telefone hatten beide noch nicht. Beide lebten in möblierten Zimmern. Sie war nur für wenige Monate in die wieder im Aufbau befindliche Kasseler Kunststoff-Industrie entsandt worden als Betriebssoziologin zu einer Untersuchung, die sie für ihre Diplomarbeit nutzen wollte.

Als diese junge Frau, deren Vornamen Elisabeth Ottchen zu Eli verkleinerte, verschwunden war, kamen seine Zahnschmerzen wieder und der Oberkellner kam noch einmal vorbei und sagte: »Die werden Sie heiraten.« Ottchen verschlug es die Stimme. Er konnte erst Minuten später antworten: »Ach, lassen Sie den Blödsinn.« Dann heulte Gott sei Dank draußen auf der Straße eine Polizeisirene. Ottchen musste ans Telefon und fragen, was los sei, und fuhr anschließend mit dem Taxi zu einem Verkehrsunfall. Der Bericht darüber wurde recht nüchtern. Ottchen war mit seinen Gedanken bei Elisabeth geblieben.

Schon beim nächsten Treffen, diesmal hatte Ottchen keine Zahnschmerzen und darum konnte er das

Essen genießen, stellte sich heraus, dass Eli eine echte Bremerin war, selbst wenn in ihrem Pass als Geburtsort Heidelberg stand. »Meine Eltern waren Tabaker.« Die Zigarren aus bremischen Tabaken wurden nun einmal in Heidelberg gemacht. Sie erzählte von einer Jugend in Bremen, von Bombennächten und Schulbesuchen, und dazwischen gab es immer wieder Alarm, von der Kinderlandverschickung und der zwangsweisen Verpflichtung zum Arbeitsdienst. Jetzt lebte ihre Familie in Hannover, dem Engagement des Vaters folgend.

Was Ottchen berichtete, daran hat er sich später nicht erinnern können. Wahrscheinlich von seiner Familie, von Ostpreußen und vielleicht auch von Masuren. Dabei war seine Heimat weit weggerückt im täglichen Denken. Er hat sicher erzählt von seinem Hobby, der Musik, weil er Elisabeth gleich zu einem Konzert einlud, das er mit anderen Gesangsschülern in Kassels Stadthalle gab. Elisabeth saß genau vor ihm in der ersten Reihe, als er sich an den Flügel lehnte, kurz auf den Programmzettel schaute, dem Pianisten das Blickzeichen zum Einsatz gab und sich voll auf die Verdi-Arie konzentrierte, die von allen Bassisten nur Schlaf-Arie genannt wird, obwohl sie alles andere als beruhigend ist. Ottchen sah Elisabeth voll an, als er »Sie hat mich nie geliebt«, den Satz, den Philipp II. wohl nie ausgesprochen hatte, intonierte. Er blieb an ihren Augen hängen, und da war es um ihn geschehen.

Die Verdi-Arie aus Don Carlos blieb beider Lieblingsmelodie, auch wenn sie sie später kein einziges Mal in der Oper hörten, weder auf Französisch noch Italienisch und auch nicht auf Deutsch. Als sie endlich einmal eine Aufführung von Don Carlos besuchten, in Hannover, diskutierten sie sich in der Pause fest, überhörten das Klingelzeichen und wurden erst nach dem Beifall zur Philipp-Arie wieder eingelassen. Ottchen hat sie übrigens später auch nicht mehr gesungen. Der Hauptgrund war, dass er immer weniger Zeit für sein Hobby fand. »Wenn man einmal gut war«, sagte er, »dann will man auch immer gut sein.«

Das Zusammensein mit Eli, die er später nach einem Paris-Besuch auf dem dortigen Flohmarkt Pucechen taufte, wurde in dem langweilig bürgerlichen Kassel zum Abenteuer. Ottchen musste sein möbliertes Zimmer mindestens jeden Monat einmal, wenn nicht sogar jede Woche wechseln, immer dann, wenn die Wirtinnen dahinter gekommen waren, dass er nicht alleine übernachtet hatte. Meist wurden sie darauf aufmerksam, dass, wenn er spät von der Redaktion kam und Eli auf Strümpfen in seine Behausung schlich, beide die jeweiligen Kanonenöfen noch heizten. Zentralheizung gab es nur in wenigen Häusern im alten Kassel. Alleine hätte er den Ofen nie in Gang gesetzt. Was sollte das auch, wenn man im Bett nichts anderes wollte als schlafen.

Der gute Kontakt mit der Anzeigenabteilung seiner Zeitung kam ihm immer wieder gelegen. Da er seine Verbindung zu Eli aber lange Zeit für sich behielt, musste er jeweils eine neue Ausrede für den Wohnungswechsel finden. Einmal war es die am frühen Morgen quietschende Straßenbahn, die ihn aufweckte, zum anderen eine angebliche Intoleranz der Wirtin gegenüber seinem späten Heimkommen. Dann fielen ihm Ausreden ein wie, er dürfe das Badezimmer nicht benutzen oder man nehme Anstoß an seinem Schreibmaschinengeklapper am Wochenende. Einmal behauptete er sogar, die Wirtsleute hätten Anstoß genommen an den Papierbergen, die er immer mitbrachte, um auch noch am Abend Zeitungen zu lesen. Eli wurde von Kassel nach Düsseldorf versetzt. Jetzt wurde das Zusammensein zu einem logistischen Problem. Beide fanden einen Treffpunkt genau auf der Hälfte des Wegen, am Möhnesee in einer Pension, in der man, vielleicht, weil man hier liberaler war als in Kassel, keinen Anstoß daran nahm, dass die beiden ein Zimmer und oft sogar ein Einzelbett benutzten.

Zudem konnten sie auf dem Möhnesee segeln. Eine Sportart, die für eine Bremerin genauso selbstverständlich war wie für einen Masuren. Beide hatten übrigens nie irgendwelche Segelprüfungen gemacht, aber sie waren auf dem Wasser zu Hause. Das bewiesen sie auf dem Stausee mit der gefährlichen Mauer an vielen Wochenenden. Allzu lange waren sie nie auf dem Wasser, bis sie einmal in einen Gewittersturm gerieten und sich nicht anders zu helfen wussten, als sich ins Schilf treiben zu lassen. Ottchen musste außenbords und fast eine halbe Stunde lang stehend das Boot festhalten. Einen Anker gab es bei den Leihbooten auf dem Möhnesee nicht.

Von da ab erhielten sie im Übrigen Rabatte auf die Leihgebühr. Der Eigner hatte festgestellt, dass den beiden das Boot mehr wert war als die eigene Bequemlichkeit und dass sie sogar zu frieren bereit waren für den Erhalt der Jolle, die im Übrigen noch aus uralten deutschen Beständen stammte. Der Möhnesee war noch englisch beherrscht. Der Segelclub diente den Besatzungssoldaten, vor allem den Offizieren als Wochenend-Ausweichquartier. Der deutsche Steuerzahler musste noch viele Jahre lang dafür aufkommen, wenn auch die Engländer nicht ganz so hohe Ansprüche an ihre Freizeitgestaltung stellten wie die Amerikaner, die in den bayerischen Voralpen eine ganze

Serie von Erholungsstätten, zuerst von der bayerischen Staatsregierung und später vom Bund, unterhalten ließen.

Eli und Ottchen störte die englische Nachbarschaft nicht. Für die deutschen Jollen war ohnehin der Teil des Sees vorgesehen, der gefährlicher war. Wenn man zu dicht an die Sperrmauer kam, konnte man leicht vom Sog angezogen auf den Steinwall auflaufen. Man geriet in Gefahr zu kentern. Das Schiff wurde dann nach unten gegen die Mauer gezogen. Mehrere Trümmerreste nach solchen Unfällen waren am Ufer zu besichtigen.

Einen ganzen Sommer lang wurde die Pension an der Talsperre zum Liebesnest. Ottchen fuhr mit seinem 47er-Volkswagen an die Möhne. Eli kam mit der Bahn. Ihre beiden Gehälter gingen für Fahrten fast ganz drauf. »In Masuren«, meinte Ottchen eines Tages, »wären wir schon längst offiziell verlobt und vielleicht sogar verheiratet.« Eli antwortete nicht, außer, dass sie ihn in den Arm nahm und in der nächsten Nacht in eine Ekstase geriet, die man einer Bremerin nicht zutrauen würde. Ein Heiratsantrag oder gar -versprechen war das Ganze aber nicht. Irgendwie hatte Ottchen Scheu vor einer Bindung, trotz des Oberkellner-Urteils und der Selbstverständlichkeit, mit der beide immer wieder zueinander fanden.

Dahinter stand auch die für einen katholischen Masuren bedeutsame Frage, wie denn eine Mischehe funktionieren könne. Dass eine Bremerin nicht zum katholischen Glauben konvertieren würde, war für Ottchen selbstverständlich. Ebenso hatte er erlebt, dass die Ehe seiner Eltern gut gegangen war und immer noch gut ging, obwohl seine Mutter aus einer protestantischen thüringischen Familie stammte. Allerdings war sie bei der Heirat katholisch geworden und später wie die meisten Konvertiten katholischer als manche Alt-Katholiken. Vor allem hielt sie die Kirchengebote genau ein. Am Freitag gab es nie Fleisch. Gefastet wurde nicht nur vor Ostern.

Eingebettet in eine masurische Großfamilie wäre jede andere Lösung unmöglich gewesen. Für Ottchen war das viele Jahre selbstverständlich. Erst als er daran dachte, selbst zu heiraten, befasste er sich mit dem Thema »Mischehe«, wie das damals genannt wurde. Da es die Pille damals noch nicht gab, musste man jedes Mal, wenn man sich in den Arm genommen hatte, überlegen, ob nicht doch eine Heirat fällig würde. Es dauerte mehrere Jahre, bis sich die beiden Familien daran gewöhnt hatten, dass sich eine stockprotestantische Bremerin mit einem katholischen Masuren verbinden wollte. Was weder Eli noch Ottchen realisierten, war auch, dass ein Flüchtling in eine einheimische Familie einheiraten wollte; noch dazu ein windiger Journalist in ein Beamtenumfeld. Die beiden hatten zwar ihre Partner in den Familien vorgestellt, aber nicht gefragt, ob der oder die genehm sein.

Das Hochzeitsfest bestätigte dann das Selbstbewusstsein der im Krieg aufgewachsenen Generation. Besonders deutlich wurde dies, als die Braut gegen jede übliche Etikette sich nach dem ersten Gang des Hochzeitsessens eine Zigarette anzündete. Sie fragte nicht einmal ihre Mutter, ob sie dieses erlaube. Ottchen hatte sich übrigens zum Festakt einen Frack machen lassen, ganz klassisch bei einem tschechischen Schneider, der sich in einem Dorf in der Schwalm niedergelassen hatte. Nur als ihm Vater und Schwiegervater einen Zylinder aufreden wollten, lehnte er ab. »In der Kirche trage ich sowieso keinen und ihn in der Hand halten, das kommt nicht infrage.« Übrigens hätte niemand gewusst, wo man einen Zylinder herbekommen könnte. Später stellte sich heraus, dass es nur noch einen einzigen Zylindermacher in Süddeutschland gab. Doch der kam auf keinen grünen Zweig. Wer trug schon nach 1945 Zylinder, obwohl dieses demokratische Kleidungsstück noch bis in die Mitte der dreißiger Jahre zum festlichen Anzug gehört hatte.

Ottchen begann gleich nach dem »Ja-Sagen« zu ahnen, mit wie viel Überraschungen seine Frau aufwarten könne. Schon am Tag vor der Hochzeit hatte es übrigens den üblichen Krach gegeben, bei dem Ottchens Angebetete ihm in den Armen lag und heulte: »Ich heirate dich nie«, um es dann am nächsten Tag gar nicht wahrhaben zu wollen. Ottchens Freunde hatten ihn vor seiner Frau gewarnt. Als sie hörten, dass die auch noch psychologisch geschult sei, meinten sie einhellig: »Schicke ein Telegramm, wenn du in der Nervenheilanstalt bist, wir kommen sofort.« Aber ein solcher Hilferuf hätte erst der Genehmigung seiner Ehefrau bedurft.

Die Fahrt in die Flitterwochen, die nur drei Flittertage ausmachten, begann mit Frost und Schneegestöber. Dabei sollte es der Start in eine laue Frühlingsnacht sein. Aber wer kann schon im Südhannoverschen oder im Nordhessischen dem Wetter trauen. Der alte Volkswagen von Ottchen war voll gepackt mit allem möglichen Hausrat, den seine Frau bei ihren Eltern deponiert hatte. Der musste mit in die neue Wohnung, die hoffentlich fertig sein würde. Ottchen wollte nach der Hochzeit zuerst irgendwo hin, wo es ruhig war. Er hatte auf Burg Berlepsch, wo zwar nie ein Prinz, aber etliche Raubritter gehaust hatten, ein

Zimmer für den Tag nach der Hochzeit und die Nacht davor bestellt. Nachts um halb zwölf kamen beide auf dem Schloss an. Es schneite, obwohl sie sich immer noch einredeten, in den Frühling zu fahren, und das Licht war gerade mal wieder kaputt im Schlosshotel.

Dafür gab es ein Burgfräulein. Sie trug einen Kerzenleuchter vor den beiden her, ohne sich dabei etwas anderes zu denken, als ihnen heimzuleuchten in ein Galazimmer. Die Tür fiel knarrend ins Schloss und ging wieder auf, weil auch das Schloss kaputt war. Resolut schob Eli den Riegel vor. Dann waren beide endlich allein mit Koffern, dem Brautstrauß und einer Turmuhr, die rasselte und schlug und ihnen ins Bewusstsein rief, dass es genau Mitternacht war. Das Erste, was Eli dann feststellte, war, dass aus dem Warmwasserhahn kaltes Wasser floss und aus dem Kaltwasserhahn nichts. Später versuchte Ottchen vom Bett aus die auf einer wackligen Kommode stehende Kerze auszublasen, sechsmal, dann gab er es auf, während die ihm Angetraute bemerkte: »Nun lass den Quatsch schon.«

Am nächsten Morgen gegen neun Uhr wachten sie auf und stellten fest, dass die Vorhänge nicht zugezogen waren. Ottchen warf einen Blick hinunter in die Tiefe des Schlosshofes. Ein riesiger Bernhardiner lag neben Kunibert, dem Volkswagen, und blinzelte zu den beiden Übernächtigten empor. Sicher war er genauso müde wie die beiden. An der Stoßstange von Kunibert prangte ein Schild »Nicht stören, auf Hochzeitsreise«. Auch das Burgfräulein musste diese Nachricht wahrgenommen haben. Beim Frühstück brachte sie leicht verlegen einen Glückwunsch an. Ottchen erriet zuerst nicht, wozu man ihm gratulierte. Eli aber wusste sofort, dass es ihrem neuen Stand galt. Heiraten scheint für eine Frau ein welterschütterndes Ereignis zu sein wie für Männer zum Beispiel der Kauf eines neues Autos.

Übrigens stellte Ottchen fest, dass Frauen und Schlösser bzw. Burgen wie füreinander geschaffen sind. Bei einem starken Kaffee merkte er, dass man kleinen Mädchen nicht Puppenstuben zum Spielen geben sollte, sondern Burgen mit Zinnen, Rittersälen, Ahnengalerien und Inschriften auf Holzbalken, an denen man stundenlang herumrätseln muss, bis man im gedruckten Burgführer feststellt, dass die Inschrift in Althochdeutsch verfasst ist und außerdem sowieso keinen Sinn ergibt. Auch für Wehrgänge und verschlossene Türen zeigen Frauen mehr als nur wissenschaftliches Interesse. Sogar mit Kanonen und alten Rüstungen wollen sie umgehen und tun es auch, wenn man darunter das respektlose Anfassen und genaue Untersuchen versteht. Männer denken bei Kanonen immer ans Schießen. Frauen manchmal sogar ans Streicheln.

Als beide sich nach dem Frühstück in ihren Wagen hineinpressten – die Koffer schienen sich vergrößert zu haben –, war Ottchen immer noch müde, Eli strotzte vor Unternehmungslust. Das Schild »Nicht stören, auf Hochzeitsreise« hatte sie abmontiert. Nach langsamer Schlitterfahrt landete die Fuhre in einem kleinen Hotel in Hessen an der Schwalm, wo noch heute die Rotkäppchen zu Hause sind. Die Treppen zum Zimmer knarrten, und der Hotelier, früher Besitzer eines Hotels am Kurfürstendamm in Berlin, stiftete drei rote Rosen für das junge Paar.

Am anderen Morgen redete er Eli mit gnädiges Fräulein an und beschwor beinahe ein Donnerwetter auf sein mehr oder minder unschuldiges Haupt herab.

Wie kann man auch eine junge Ehefrau mit Fräulein anreden. Das war nach Ottchens Erfahrung mindestens eine ebenso große Sünde wie wenn man Brigitte Bardot in einem der vielen auf ihren Reisen besuchten Hotels aufgefordert hätte, schnell mal den Frack des Oberkellners auszubürsten. Eli ging später in kein Geschäft mehr, in dem man sie mit Fräulein anredete. Sie machte nur dort Schulden, wo sie gnädige Frau war. Sie zwang Ottchen, sich eine andere Tankstelle zu suchen, nur weil der Tankwart noch nicht daran gewöhnt war, dass Ottchen mittlerweile Eli geheiratet hatte und sie nun in einem neuen Stand lebte. Der Fauxpas des an der Schwalm gelandeten Kurfürstendamm-Hoteliers wurde übrigens nur deswegen gnädig verziehen, weil es immer noch regnete und beide keine Lust zum Weiterfahren hatten.

In Bonn, wo Ottchen schon halbwegs zu Hause war, luden beide dann am Tag darauf Koffer und Kisten aus und auch den Lampenschirm, den sie im Auto mitgenommen hatten. Und das alles noch bei seiner möblierten Wirtin, die von der Redaktion versprochene Wohnung war noch nicht fertig. Das Problem des möblierten Zimmers war übrigens nicht so sehr die Wirtin als vielmehr das Bett, das nur eine einzige Kuhle in der Mitte hatte und so zu allem, aber nur nicht zum Schlafen einlud.

Für die beiden begann der Alltag, als die gemeinsame Wohnung, die letztlich von Ottchens Lastenausgleichskrediten bezahlt worden war – wie das ging, hat er nie begriffen –, endlich fertig wurde. Sie hatten jetzt ein Zuhause, das aber für keinen von beiden Heimat war. Wenn sie dieses Wort benutzten, meinte Eli das Marschland um Bremen, das Künstlerdorf Worpswede, die norddeutsche Tiefebene und Ottchen die Stadt am See im äußersten Südwesten Ostpreußens. Sein Vater hatte übrigens beiden zur Hochzeit das einzige Ölgemälde von der Stadt-Silhouette von Lyck geschenkt, das die Familie gerettet hatte. Ottchen hing es im Arbeitszimmer auf, trotzdem war Masuren weit weggerückt.

Dafür fuhren beide häufig nach Bremen, nutzten jede Gelegenheit, um die alte Hansestadt zu besuchen, gingen dort in den Dom und ins Theater, wobei Eli davon schwärmte, dass der Jugendchor ihrer Schule wohl besser gewesen sei als der Opernchor heute. Sie erlebten den Wiederaufbau der kuriosen Böttcherstraße. Und sie wohnten in Worpswede im »Café Verrückt«, das in den fünfziger Jahren noch kein Museum war. Ottchen ging sogar mit, wenn Eli einen Jugendfreund besuchte, mit dem sie schon zu Schulzeiten gesegelt war. Er fühlte sich wohl in Norddeutschland, auch deswegen, weil Eli nie darauf zu sprechen kam, dass man ja nach Masuren nicht fahren konnte. Es war für beide hinter dem Eisernen Vorhang verschwunden.

Selbst als Ottchen einen Job in Berlin annahm, zur Zeit der Chruschtschow-Krise, und jede Woche am Montag in die alte Reichshauptstadt flog und am Donnerstag wieder zurück, kam ihm nicht ins Bewusstsein, dass er in Berlin fast tausend Kilometer näher an die alte Heimat gerückt war mit seiner Zeitarbeitsstelle. Das änderte sich nicht einmal, als in Bonn die ersten polnischen Journalisten auftauchten. Sie erwarteten von Ottchen, dass er Polnisch konnte, weil er schließlich einen polnischen Namen mit »ski« am Ende trug. Sie waren übrigens wesentlich weniger ideologisch ausgerichtet als ihre Kollegen aus der DDR. Und Marian, einer von ihnen, schwärmte von Masuren, so wie Ottchen es nie getan hatte.

»Das ist das schönste Feriengebiet der Welt«, sagte er immer wieder, und das auch dann, wenn er nicht dem Whisky oder Wodka zugesprochen hatte. Er wolle sich ein Häuschen an einem masurischen See verschaffen. »Als Journalist kann man das. Das kriege ich schon irgendwie hin«, meinte er auf die Frage, wie das denn möglich sei im kommunistischen System. Marian war es auch, der in nächtlichen Gesprächen das Thema Vertreibung, Flucht, die Ermordung von Tausenden nach dem Krieg in Ostpreußen und Danzig ansprach. Für Ottchen war es der Anstoß dafür, mit seinem Vater und seiner Mutter über Vertreibung und Flucht zu reden. Beide hatten über ein Jahrzehnt ihre Kinder damit nicht belasten wollen. Aber Ottchen bekam nicht mehr heraus als die einzelnen Stationen der Flucht, die man auf einer Landkarte festmachen konnte.

Das Wissen, was in dem schrecklichen Winter 1944/45 wirklich in Ostpreußen geschehen war, musste er sich später aus den Protokollen anderer Zeitzeugen verschaffen. Zu denen gehörten auch Russen und in den Jahren nach der politischen Wende polnische Wissenschaftler. Aber was können Wissenschaftler schon festhalten, wenn es neben Hunger und Leid eine viel größere seelische Not gegeben hatte bei Frauen und Kindern und alten Männern? Für keinen gab es Hilfe zum Aufarbeiten. Jeden Schrecken hatten sie allein überwinden müssen, um neu anfangen zu können.

Ottchen und Eli fuhren im Urlaub immer wieder in ein anderes europäisches Land. Selbst für Spanien brauchte man noch ein Visum. Das gab es allerdings in Bonn leichter als in anderen Städten. Für sie war jede Reise ein Abenteuer. Sie begannen, die Provence zu lieben und Südspanien. Für die Holländer, für die sie vor allem Geldbringer waren, entwickelten sie trotz geringer Sprachkenntnisse keine besondere Liebe. Aber ihnen gefiel der Nordseestrand. Sie aalten sich im Sand wie ihre Eltern früher an der Ostsee. Sie buddelten, wenn auch keine Burgen, so doch Wälle gegen den Wind, und sie aßen unheimliche Mengen von holländischem Pudding, der in Flaschen verkauft wurde wie in Deutschland die Milch.

Nachdem die beiden schon in Amerika gewesen waren, in England und Irland, sollten sie sich doch plötzlich in eine andere Himmelsrichtung orientieren. In Posen hatte es den ersten Aufstand gegen den Stalinismus gegeben. Warschau wurde mit einem Mal interessant für alle Redaktionen im Westen. Und ohne dass Ottchen viel überlegte, beantragte er bei der polnischen Militärmission im Frühjahr 1957 für Eli und sich ein Einreisevisum in die Republik hinter Oder und Neiße. Er hatte sich im Übrigen an der Diskussion über die Grenze und die Wiedervereinigung Deutschlands bis zur Memel nicht beteiligt. Er war bei Kriegsende in ein anderes Land gegangen, zwar von Deutschland nach Deutschland, aber doch aus der Weite Ostpreußens ins enge Rheinland, und hatte das bewusst getan. Er hatte nicht Brücken hinter sich abgebrochen, aber sie auch nicht als unbedingt nötig für die Zukunft gesehen.

17

Die Vorbereitungen für die Reise in den Osten behielt Ottchen monatelang für sich. Er sprach nur ein einziges Mal mit seinem Vater darüber, möglichst nüchtern. Dabei betonte er, dass es sich um eine Reportage-Reise handele, vor allem nach Warschau und nicht so sehr nach Ostpreußen. Er wollte seinen Vater schonen. Schließlich war er am Abstimmungskampf 1920 gegen Polen in Masuren mitbeteiligt gewesen. Bei der Schwarzen Reichswehr hatte er die Grenze im gleichen Jahr gegen einfallende polnische Soldateska verteidigt. Die Polen versuchten, nach Ende des Weltkrieges ihrem Staat endgültige Grenzen, und das möglichst auf Kosten des deutschen Gebietes, zu verschaffen.

Otsch widersprach nicht. Er diskutierte nicht einmal mit seinem Sohn. Es erschien ihm selbstverständlich, dass der Junior versuchte, zwölf Jahre nach Kriegsende wieder einmal in die Heimat zu kommen. Otsch gab allerdings auch keine Hinweise, was er denn nun eigentlich in Masuren außer der Stadt Lyck besuchen sollte. »Bitte riskiere nichts. Man weiß auch nach dem Posener Aufstand nicht, wer wirklich in Polen regiert. Und versuche, möglichst Bilder mitzubringen«, sagte er am Tag der Abreise und kramte noch Fotos der zerstörten Masuren-Hauptstadt nach dem Ersten Weltkrieg aus einer Schublade, in der er diese geretteten Erinnerungen zehn Jahre lang verschlossen aufbewahrt hatte.

An Ottchens drittem Hochzeitstag mit Eli kam von der polnischen Militärmission in Berlin der Anruf des Pressechefs: »Sie können Ostern fahren.« Am nächsten Tag brachte der Postbote eine lange Liste mit Zollbestimmungen. Eli erklärte demonstrativ: »Es wird dieses Mal überhaupt nichts geschmuggelt, nicht so wie sonst immer.« Mit »sonst« waren frühere Reisen etwa in die Schweiz, nach Frankreich oder auch nach Dänemark gemeint, bei denen die beiden immer wieder mindestens Zigaretten, aber meist auch Kaffee, Tee und andere Raritäten ohne Abgaben über die Grenzen gebracht hatten.

Ottchen rüstete den Wagen aus. Ersatzteile wie zu einer Saharareise wurden eingepackt. Dazu eine Batterie und Benzinkanister. Man konnte ja nicht wissen, ob es genügend Tankstellen in dem Land hinter dem Eisernen Vorhang gab. Er kaufte Flickzeug für die Reifen und sogar eine Luftpumpe und bemühte die Pressestelle einer Automobilfabrik um Hinweise, wie es denn mit möglichen Ersatzteilen in Polen sei. Die Vorsorge erwies sich später als unnötig. Polnische Kfz-Schlosser waren besser als deutsche. Benzin gab es überall, wenn auch nur bis drei Uhr nachmittags. Und die Reifen hielten fünftausend Kilometer polnische Basalt-, Kies- und Sandstraßen, zwar mit großem Abrieb, aber ohne Panne aus.

Die Fahrt von Bonn nach Berlin war beklemmend. Es gab zwar noch keine Mauer. Die Chruschtschow-Drohungen gegen Berlin wurden erst ein Jahr später ausgesprochen. Aber DDR-Vopos filzten bei Helmstedt das Auto mehr als gründlich, obwohl nur eine Fahrt nach Berlin angesagt war. Ottchen vermutete, dass sie Informationen hatten, dass er in Berlin ein polnisches Visum abholen wollte, dem ein Durchfahrtsvisum durch die DDR folgte, um dann weiter nach dem Osten zu starten. Mit Geheimdiensten hatte Ottchen nie etwas zu tun gehabt. Aber es gab genug Berichte von vertraulichen Informationsdiensten, die darauf hinwiesen, dass die DDR überall ihre Finger, ihre Ohren und ihre Augen hatte.

Ausgerechnet am Karfreitag brachen die beiden von Berlin nach Osten auf. Das heißt, sie mussten auf Anweisung der DDR-Behörden zum westlichen Kontrollpunkt »Drei Linden«, um dann auf der Umgehungsautobahn von Berlin, dem alten Ring, in Richtung Frankfurt an der Oder nach Osten abzubiegen. Die Schlange der auf Osterurlaub nach Westen reisenden Berliner war kilometerlang. Da Ottchen am gleichen Tag noch bis Warschau kommen wollte, musste er überholen. Dabei erlebte er, wie Berliner Autofahrer fluchen können, wenn sie warten müssen und ein anderer Wagen vorbeibraust.

Eli begriff eher als Ottchen, dass Information Not tat. Sie hängte ihren Wuschelkopf aus dem Fenster und brüllte mit höchster Lautstärke jedem, der ihnen die Faust oder den Vogel zeigte, zu: »Nach Warschau.« Viel nutzte das allerdings nicht, bis beide auf den zu der Sowjetzone, also zur DDR gehörenden Autobahnabschnitt, kamen. Ein Vopo-Offizier stand mitten auf der Überholbahn. Eli brüllte auch ihn an: »Nach Warschau.« Ottchen wurde blass. Der Vopo-Offizier war über den Ton so verblüfft, dass er nichts sagte. Vielleicht war er auch nur ans Brüllen gewöhnt. Er machte eine vollendete Verbeugung, grüßte militärisch, setzte sich auf den Kotflügel des Autos und brachte den Wagen samt Insassen mit seiner Autorität, die ein Uniformierter einfach hat, an der Schlange vorbei.

Ein ziemlich überraschtes Gesicht machte derselbe Offizier drei Stunden später, als er Ottchen immer noch an der Zollkontrolle halten sah. Die sowjetzonalen Zöllner, keine Militärs, aber der Stasi untergeben, hatten erneut das Auto total umgekrempelt. Nicht nur die Radkappen mussten abgenommen, sondern auch die Sitze ausgebaut und das Reserverad unter dem Kofferraum hervorgeholt werden. Dabei war die Fahrt nur Transit durch die DDR, beziehungsweise die Sowjetzone. Erst mittags kamen Ottchen und Eli weiter. Als sie hinter Frankfurt auf der anderen Oderseite an der polnischen Grenzstation hielten, meinte Eli ergeben: »Jetzt geht das Ganze noch mal los. Wir brauchen hier noch länger.«

Eli hatte sich geirrt. Der polnische Grenzoffizier grüßte: »Wir freuen uns über Ihren Besuch. Haben Sie etwas zu verzollen?«, fragte er. Als beide verneinten, wurden lediglich die Nummern der Kameras in ein Zollformular eingetragen. Bei der Rückfahrt hat übrigens niemand überprüft, ob Ottchen sie auch wieder mit über die Grenze nahm. Aber das schien nicht nur eine polnische Spezialität zu sein. Auch an anderen Grenzen musste man sich immer wieder fragen, wozu eigentlich der Formularaufwand gut sei.

Ottchen folgte dem Rat des polnischen Beamten und fuhr nicht direkt nach Posen, sondern an der Oder entlang erst nach Schneidemühl. Er registrierte, dass an der gesamten »Friedensgrenze« zwischen Polen und der DDR Panzer der polnischen Armee standen mit nach Westen auf die DDR gerichteten Geschützen. »Das sollten wir wohl sehen«, meinte Ottchen, als sie in Posen im Hotel ankamen, das ihm auch der Offizier empfohlen hatte. Erst wesentlich später übrigens kamen sie zu dem Schluss, dass man nicht nur in der DDR wusste, wohin sie wollten und wer sie waren, sondern noch viel mehr wussten die Nichtkommunisten in Polen Bescheid, einem Land, in dem man sich im Umgang mit Diktatoren, Besatzern und Geheimdiensten auskannte.

Ottchen erlebte als Reporter Warschau, Posen, Tschenstochau und Krakau. Er kam in Lublin mit Professoren zusammen. Und im Sejm mit Politikern, die bestimmt keine gläubigen Kommunisten waren, aber so taten. Was in Polen wirklich zählte, Kommunismus oder Katholische Kirche, erlebte er schon am zweiten Morgen im Orbis-Hotel, das nur auswärtige Gäste beherbergen durfte. Ottchen telefonierte mit dem Redakteur einer kommunistischen Zeitung und war ab da »Persona non grata«, und das immerhin in einem kommunistischen staatlichen Hotel. Die beiden bekamen kein Frühstück, die Betten wurden nicht gemacht, frische Handtücher gab es auch nicht, und wenn sie in der Halle etwas zu trinken bestellen wollten, dann dauerte es endlos, bis ein Kellner kam.

Elis analytischer Verstand durchschaute das Ganze sehr schnell und forderte ein Experiment: »Du, telefonier doch mal mit dem Sekretär des Kardinals und tue so, als ob du vergessen hättest, wann der Interview-Termin sei«, sagte sie. »Und mache das von dem gleichen Telefon wie vorher.« Ottchen tat es. Er verlangte von der Telefonzentrale die Verbindung. Die Vermittler wussten anscheinend, wer unter der Warschauer Nummer zu erreichen war. Sofort veränderte sich die gesamte Stimmung im Hotel ihnen gegenüber. Sie wurden an einem bevorzugten Tisch zum Essen platziert. Ihre Zimmer wurden piekfein aufgeräumt, selbst das Auto konnten sie direkt vor dem Hotel stehen lassen. Der Portier sagte, er würde es bewachen. Sie brauchten nicht um drei Ecken in einen Garagenhof zu fahren. Das gesamte Hotelpersonal grüßte auf Deutsch oder zumindest auf Englisch, wenn sie zu einem Ausflug aufbrachen oder zurückkamen.

Ottchen machte täglich Notizen für eine Fortsetzungsserie, die er nach seiner Rückkehr nach Deutschland schreiben wollte. Im Unterbewusstsein hatte er immer noch die Furcht, dass alles, was er formulierte, immer nur teilweise stimmte. Auch hatte er Angst, dass man ihm Manuskripte an der Grenze bei der Ausreise abnehmen könnte. Dabei öffneten sich ihm Türen, die sonst verschlossen waren. Er interviewte einen allmächtigen Parteisekretär und führte Gespräche mit dem Primas von Polen. Beim Universitätsbesuch in Lublin hatte er einen Dolmetscher, der Karol Wojtyla hieß, der ihm als Letztes mitgab: »Bitte, sagen Sie im Westen, wir haben hier nicht einmal ein komplettes Kanonisches Recht. Wir brauchen alles »neu«.

Dann starteten die beiden endlich zur Fahrt nach Ostpreußen. Eine polnische Landkarte hatten sie aus dem Westen mitgebracht. Sie deckte sich auch in allen Nebenstraßen mit einer in Warschau gekauften Karte. Das Problem war, dass Ottchen nur die deutschen Namen in Ostpreußen in Erinnerung hatte. Er wusste genau, wo Allenstein lag und Lötzen und Treuburg, aber mit den polnischen Namen konnte er nichts anfangen. Erst Jahre später wurde ein Verzeichnis erstellt, dass alte und neue Namen enthielt. Dabei gab es ein zusätzliches Problem. Die Nationalsozialisten hatten in Masuren nach ihrer Machtübernahme eine ganze Reihe von polnisch klingenden deutschen Namen beseitigt, umgetauft, wie zum Beispiel Jucha in Dreimühlen.

Ottchen verstaute das Gepäck. Sie verabschiedeten sich in Warschau von neu gewonnenen polnischen Freunden. Unter ihnen war auch der später berühmte

Dichter Marek Hlasko, der damalige Chefredakteur der bekanntesten polnischen Jugendzeitung. Er heiratete, nachdem er das kommunistische Polen verlassen hatte, Sonja Ziemann. Marek starb aber Jahre danach in Wiesbaden.

»Habt viel Glück!«, wurde Ottchen und Eli in Deutsch und Polnisch nachgerufen, als sie endlich nordwärts in Richtung Weichselbrücke abfuhren. Übrigens waren die drei mitgebrachten Kanister vollgetankt, ein Reifen erneuert. Er hatte seinen Geist aufgegeben, als Ottchen auf einen Hufnagel gefahren war. Auf solche Hindernisse war er nicht vorbereitet gewesen. Wo gab es im Westen schon Pferde, die auf normalen Straßen Zugdienste leisteten? Die Straßen waren leer. Die wenigen Autos, die ihnen begegneten, trugen ausschließlich polnische Nummernschilder. Unter ihnen waren aber auch westliche Modelle. Sie folgten den Wegweisern nach Bialystok, bis sie in Richtung Elk, das frühere Lyck, abbogen. Langsam näherten sie sich der alten deutsch-polnischen Grenze. Ottchen hatte ausgesprochenes Lampenfieber. Wie würde er die Heimat vorfinden?

Was mag er Eli alles über Masuren erzählt haben, was sie jetzt an Ort und Stelle nachprüfen konnte. Er befürchtete, zu viel versprochen zu haben, wenn er immer an die Schönheit des Landes mit mehr als tausend Seen erinnert hatte, wenn er von den Wäldern, Städten und Dörfern erzählt hatte und einem Himmel, der fast im Unendlichen auf die Erde stößt.

Sie fuhren gen Norden nach Ostpreußen hinein. Die Sonne schien, der Frühling kündigte sich im ersten zarten Grün auf den Feldern an. Ottchen ging es zu schnell. Die alte Grenze war klar zu erkennen, nicht nur am Straßenpflaster, sondern auch noch an den

Grenzsteinen. Mit den Häusern entlang der Straße bot Prostken, das jetzt Prostki hieß, das Bild einer deutschen Kleinstadt um die Jahrhundertwende mit eineinhalb- und zweistöckigen Ziegelhäusern. Auf der polnischen Seite standen wenige Holzhäuser oder Katen. Die nächste polnische Stadt hinter der Grenze lag einige Kilometer weiter nach Osten.

Was sind nur fünfzehn Kilometer von der ehemaligen Heimat entfernt? Ottchen musste in Gedanken mehr als vierzehn Jahre überbrücken. Das Ortsschild »Elk« stand weit vor der Stadt. Ottchen hielt an. Dann gab er sich einen Ruck und begann bei der Einfahrt in die Stadt Eli jeden Stein, jeden Baum, jeden Zaun und jedes Haus, das noch stand, zu erklären. Allzu viel war hier im Krieg nicht zerstört worden. Die sowjetischen Truppen waren Mitte Januar 1945 einfach durchmarschiert. Eine Verteidigungslinie an der alten Grenze gab es bei Kriegsende nicht mehr.

Ottchen erinnerte sich an vieles aus seiner Kinderzeit. Er wusste sogar noch, wer wo gewohnt hatte im ersten Dorf vor der Stadt, in Sybba, wo einmal der Dichter Skowronek geschrieben und wohin sein Schulkollege Siegfried Lenz sein zärtliches Suleiken verlagert hatte. Ihm fiel sogar noch ein, dass in diesem Vorort das erste Wasserfahrrad der Welt erfunden worden war. Selbst an den einzigen Dampfer, der den Lycksee befahren durfte, die »Fromme Helene«, erinnerte er sich. Sie war nie pünktlich, weil der Kapitän bei jedem Halt erst einmal eine alkoholische Stärkung zu sich nehmen musste.

Das Lokal mit dem Schild »Hier können Familien Kaffee kochen«, in dem Ottchen viele Sonntagnachmittage mit der Familie verbracht hatte, denn Sybba war das Ausflugsziel für mittellange Spaziergänge am

See entlang, lag in Trümmern. Nur ein Storchenpaar bewohnte den halb eingestürzten Dachfirst. Ob das die Nachkommen der Störche waren, die Ottchen als Junge mit Fröschen und anderem Getier gefüttert hatte? Ottchen war sich sicher, dass sie es seien. Als sie über die Flussbrücke in die Stadt fuhren, vergaß er das Erklären. Nur unbewusst registrierte Ottchen die Trümmer, die stehen gebliebenen Häuser, das alte Kopfsteinpflaster und bemerkte viel zu spät, dass er schon mitten auf dem Marktplatz hielt. Hier stand einmal das Haus seiner Eltern. Es wurde ein halbes Jahr nach Kriegsende von den abziehenden Russen zerstört. Das hatten ihm schon Lycker, die erst 1946 vertrieben worden waren, erzählt. Geblieben war eine Lücke in der Häuserzeile und ein Berg von Ziegeln. Ottchen und Eli blieben schweigend im Wagen sitzen.

»Da gehen wir morgen in Ruhe hin«, sagte sie, bevor sie langsam durch die Stadt zum alten »Kaiserhof«, dem Stadttheater, weiterfuhren. In dessen Künstlergarderobe hatten Journalisten aus Bialystok, die Ottchen von seiner Reise auf Empfehlung von Kollegen in Warschau verständigt hatte, ein Zimmer einrichten lassen. In Lyck gab es damals noch kein Hotel. Die alten Herbergen waren 1945 zerstört worden. Ottchen war müde. Dabei war die Fahrt gar nicht so anstrengend gewesen. Dreieinhalb Stunden hatten sie von Warschau bis hierher gebraucht. Ottchen fragte, wo er den Wagen abstellen könne. Der polnische Kollege aus Bialystok, der eigens nach Lyck gekommen war, riet zur Miliz, der Polizei, oder zum Pfarrhaus. Halbstarke könnten sonst den Wagen nachts demontieren, und das nicht, weil sie gegen westliche Autos etwas hätten. Sie wollten die abmontierten Teile als Trophäe mit nach Hause nehmen.

Ottchen fuhr zum Pfarrhaus, dem alten Pfarrhaus, in dem einst sein Vater mit den Pastoren viele Flaschen Rotwein geleert hatte. Die polnischen Geistlichen freuten sich, wenn schon nicht Ottchen und seine Frau, dann doch wenigstens den Wagen beherbergen zu können. Im Übrigen sei eine Schulfreundin von Ottchens Schwester Haushälterin und Ottchen müsse unbedingt morgen zum Essen kommen.

Die erste Nacht in der Heimatstadt wurde trotz Müdigkeit wie die meisten Nächte auf dieser Reise kurz. Ottchen und Eli diskutierten mit dem polnischen Kollegen und dessen Frau bei Wodka und Tee bis vier Uhr morgens. Beide wollten wissen, wie man im Westen lebe, ob es wirklich ein Wirtschaftswunder in Deutschland gebe, was man im Westen unter Sozialismus verstände und ob die Katholische Kirche ein so zwiespältiges Bild böte, wie sie gehört hätten. In Polen beweise sie dagegen, wie eng sie mit der Bevölkerung zusammenwirke.

Als Ottchen gegen acht Uhr morgens den Wagen abholte, war er frisch gewaschen. Der jüngste Kaplan war früh aufgestanden, um das Auto blitzeblank zu wienern. »Für Wiedersehen mit Heimat«, wie er sagte. Ottchen fuhr erst einmal kreuz und quer durch die Stadt. Sein altes Gymnasium stand noch, auch die Volksschule, die jetzt allerdings Kaserne war. Alle etwas größeren Häuser lagen in Trümmern. Aber Krieg und Russenbesatzung hatten das Gesicht der Stadt nicht zerstören können. Dann standen beide auf den Trümmern von Ottchens elterlichem Haus.

»Hier etwa war mein Zimmer«, erklärte Ottchen seiner Frau und deutete mit den Händen die Mauern des Hauses an. »Hier standen die Fabrikgebäude und hier war der Balkon, wo ich zum Entsetzen aller

Nachbarn weiße Mäuse gezüchtet habe.« Es war schwer, aus einem Trümmerberg, wenn auch nur im Geist, ein Elternhaus wieder erstehen zu lassen. Aber Eli schien doch alles deutlich vor sich zu sehen. Sie rätselte mit, welche Steinplatte einmal wo gelegen haben könnte und welche verkohlten Balken ursprünglich zum Haus gehört hatten. Und dann hatte sie die Idee, einen Ziegelstein einzupacken, um ihn dem Schwiegervater zum Andenken an die Heimat mitzubringen. Was früher nicht möglich war, jetzt konnte man von den Trümmern des Hauses direkt auf den See sehen, auf den Wald dahinter, der immer schon auf Masurisch-Polnisch »Borek« geheißen hatte, und auf noch mindestens sechs andere Seen, deren silberne Flächen in der Mittagssonne glitzerten. »Hier möchte ich leben«, sagte Eli unvermittelt, »sieh einmal das klare Wasser und das Schilf und die Bäume, und da sind auch wieder Störche.«

Dabei war das Wasser grünlich und nicht klar. Der See blühte, so wie er schon in deutscher Zeit durch Überdüngung immer wieder geblüht hatte. Beim Betrachten des Schilfes dachte Ottchen eher an Blutegel, die hier im Gestrüpp zu Hause waren. »Das ist nur die kleine Hälfte des Sees. Hinter der Brücke und den Trümmern vom Schloss ist die große«, sagte er. Eli begriff sofort. Immer wieder hatte Ottchen die Geschichte erzählt, dass er einen Tadel von seinem Mathematik-Professor bekam, weil er mehrfach von der großen und der kleinen Hälfte des Sees gesprochen hatte, meist im Winter, wenn man auf Schlittschuhen übers Eis zur Schule lief. Und das war nur auf der kleinen Hälfte erlaubt, die große wurde vom Lyckfluss durchquert und hatte darum dünne Stellen, durch die man einbrechen konnte.

»Eine große und eine kleine Hälfte gibt es nicht«, hatte der Professor gesagt, »Hälften sind immer gleich.« Und fuhr dann fort: »Aber wenn ihr noch einmal auf der großen Hälfte aufs Eis geht, bevor es dick genug ist, dann bekommt ihr ein paar hinter die Ohren.« Eli meinte nach einer Weile: »Du, so schöne Seen gibt es nirgends wieder.« Übrigens war die Uferpromenade noch genauso wie früher mit Holzbohlen eingefasst. Ihr Untergrund bestand aus den Trümmern der Stadt, die in der Winterschlacht in Masuren 1915 zusammengeschossen worden war. Man hatte sie 1917 einfach in den See gekippt. So ging es von der Promenadenbewährung aus gleich drei bis vier Meter tief hinunter ins Wasser. Das war sehr praktisch, denn man konnte direkt vom Ufer aus mit Kopfsprung schwimmen gehen.

Jetzt saßen am Ufer ein halbes Dutzend Angler. Sie sahen nicht so aus, als täten sie es des Sportes wegen. Angeln war lebensnotwendig, überlebensnotwendig im sozialistischen System Polens, das die ärmsten Landesteile in Masuren immer noch nicht versorgen konnte. Die beiden Besucher fuhren langsam zum Friedhof, zum großen Gemeindefriedhof. Gerüchteweise hatte Ottchen gehört, dass die deutschen Gräber eingeebnet worden seien, nachdem man sie aufgebrochen hatte. Viele würde es gar nicht mehr geben. Aber das stimmte nicht. Er fand das Grab seiner Großmutter, wenn auch nur mit umgekipptem Grabstein, und auch das des Bruders seiner Mutter. Ältere Teile des Gräberfeldes waren allerdings mit polnischen Gräbern belegt. Ottchen brauchte eine Zeit lang, um herauszubekommen, warum das so war. Platz genug gab es ja in Masuren, auch zur Anlage eines neuen Friedhofs. Kommunistische Ideologen hatten dies verhindert. Man wollte durch die polnischen Gräber langsam die deutschen Grabanlagen verschwinden lassen. Übrigens machten sie das mit russischen Gräbern genauso. Es gab in ganz Masuren kaum noch ein einziges russisches Grab aus dem Ersten Weltkrieg nach der polnischen Besetzung. Die deutschen Soldatengräber aber waren in der Regel unversehrt, wenn auch langsam dem Verfall preisgegeben.

Ottchen zog es zum katholischen Friedhof, einem ganz kleinen in der Nähe der ersten katholischen Kirche. Masuren war ein protestantisches Land und die katholischen Kirchengemeinden klein. Ihre Mitglieder waren übrig geblieben, erst einmal aus der Pruzzenzeit, als diese Dickschädel nicht mit dem Deutschen Orden protestantisch geworden waren, oder dann auch von den eingewanderten katholischen Ermländern. Ottchen und Eli brauchten lange, um durch wuchernde Hecken hindurch zu den ersten Gräbern zu gelangen. Die meisten Grabsteine lagen auch hier umgestürzt auf den Hügeln. Eli nahm Ottchen bei der Hand. Vielleicht dachte sie an die Geschichten, die er ihr von seiner Großmutter erzählt hatte, die nach ostpreußischer Sitte die Familie regierte, streng und nur den Enkeln gegenüber herzlich. Eli begann die Gräber in Ordnung zu bringen, Unkraut auszureißen. Sie wischte die Steine ab, bis es Ottchen mit einem Mal klar wurde, dass die Hecke, durch die sie sich hindurchgewunden hatten, nichts anderes war als der ausgewachsene Rosenstock, den er selbst einmal am Kopfende der Großelterngräber gesetzt hatte.

»Lassen wir die Gräber, wie sie sind«, sagte er. Die Dornen hatten sie in der Vergangenheit geschützt, sie würden sie auch weiterhin bewahren, besser als die

Gäste aus dem Westen es konnten. Später erklärte Eli, sie hätte zum ersten Mal das Märchen von Dornröschen begriffen. »Ich hätte nicht geglaubt, dass Geschichten so wahr sein können«, sagte sie. »Rosen schützen die Menschen dieses Landes, auch wenn sie nicht mehr leben.«

»Jetzt will ich aber den Verlobungsweg sehen«, drängte Eli. Ottchen hatte ihr erzählt, dass früher ein junges Paar, das an einem Sonntag auf diesem Weg am See spazieren ging, damit öffentlich seine Verlobung ankündigte. Der Weg lag fast einen Kilometer vor der Stadt, aber er wurde eifrig beobachtet. Jeder in der Kleinstadt wollte genau wissen, wer mit wem gesehen wurde und wann mal wieder eine Hochzeit fällig würde. Kein Paar hätte es gewagt, diese Art von Verlobungsanzeige zu missachten. Ottchens Großvater war mit seiner Freundin schon hier langgegangen und Otsch mit Ottchens Mutter. Der Himmel war bedeckt, als Eli und Ottchen den Weg fanden. Sie kamen am Haus des Fischmeisters vorbei und am alten Ruderclub. Dichte Brombeerbüsche versperrten den Zugang. Vögel flatterten laut schimpfend auf. Sie waren sicher schon lange nicht mehr gestört worden. Dann begann die Allee, die wohl jeder Maler, der einmal hierher verschlagen worden war, festgehalten hatte. Bis fast auf den zugewachsenen Weg hinunter hingen die Zweige von Trauerweiden. Auf dem See neckte sich in Ufernähe ein Taucherpärchen.

Ottchen begann leise zu reden, um sich selbst die Erinnerung an die Zeit zurückzurufen, als er hier als Junge »Räuber und Gendarm« gespielt und am weißen Sandstrand gebadet hatte. Die Jungen waren damals meistens unter sich. Mädchen zählten nicht. Das waren bestenfalls dumme Ziegen und wenn man sie schon mitspielen ließ, dann nur, weil man sie an den Zöpfen ziehen konnte. Viele Geschichten blieben dann unerzählt. Die Sonne kam plötzlich durch die Wolken. Das Schilf überzog sich mit einem matten goldbraunen Hauch, die Wellen blitzten Eli an, und das Weiß der Birken leuchtete wie die Flecken auf jungen Kastanien, die gerade aus ihrer Hülle gesprungen sind. Eli lehnte den Kopf an Ottchens Schulter. Sie spielte zärtlich mit seinem Haar. Weit hinten im Wald rief ein Kuckuck und ein anderer antwortete.

Beide gingen langsam zurück. Als sie um das letzte Gebüsch herum auf die Straße einbogen, zog Eli Ottchen zur Seite. Ein polnisches Paar kam ihnen entgegen. Er und sie wesentlich jünger als die beiden Westdeutschen. Der junge Pole sah schüchtern erst Ottchen, dann Eli an. Als sich die Augen der beiden Frauen trafen, neigten beide den Kopf. Ottchen begriff diesen Gruß erst wesentlich später. Die beiden Frauen lächelten den Männern über die Schultern zu, als sie schon zwanzig Schritte auseinander waren.

Abends folgten Eli und Ottchen der Einladung zum Essen ins Pfarrhaus. Es gab Rote-Beete-Suppe, eine masurische Spezialität, die nicht viel mit Borschtsch gemeinsam hat, aber doch im Westen meist mit dem russischen Namen bezeichnet wurde. Es gab gebratenen Hecht, einen riesigen Rinderbraten und viele, viele gebratene Eier. Wie lange die Gastgeber nach diesem Mahl selbst fasten mussten, wagte Ottchen nicht zu fragen. Er hatte schon in Warschau erfahren, wie viele Opfer Gastgeber in Polen auf sich nahmen, um Gäste zu bewirten.

Eli konnte schon nach dem zweiten Gang nicht mehr mithalten. Sie sagte das leider auch. Jetzt legte der Gastgeber, der dienstälteste Pfarrer, ihr höchstpersönlich von jedem neuen Gang das schönste und größte Stück vor. »Muss ich essen?«, fragte sie leise. »Du musst«, sagte Ottchen, »sonst gelten wir als unhöflich. Hier herrschen ostpreußische Sitten.« In einer Pause flüsterte Eli Ottchen zu: »Jetzt weiß ich erst, woher du die Fresssucht hast. Ich werde dir nie mehr Spiegeleier abschlagen.« An der großen Tafel fühlte Ottchen sich nicht nur wegen des Essens sonderbar heimisch. Das war doch alles so wie früher zu Hause. Warum nur. Plötzlich wusste Ottchen es. »Was hast du«, fragte Eli, die ihn beobachtete.

Ottchen stand auf, ohne auf die Tischgesellschaft zu achten, ging zum Büfett und sah sich die Schnitzereien an den Eichenmöbeln an. Ja, das war das Esszimmer seiner Großmutter. Diese Möbel hatten schon die Hochzeitsfeier seiner Eltern gesehen, der Tisch war Mittelpunkt bei Ottchens Taufe gewesen. Ottchen hatte auf seiner Platte seine erste Eisenbahn aufgebaut. Zuletzt hatte er als Soldat im Urlaub 1944 seine Füße unter ihn gesteckt. Der Pastor sah Ottchen erstaunt an. Als der seine Beobachtungen mit wenigen Worten schilderte, kam der polnische Gastgeber auf ihn zu, hob sein Glas und stieß, ohne ein Wort zu sagen, mit Ottchen noch einmal an. Dann begannen beide zu rätseln, wie dieses Wohnzimmer ins Pfarrhaus gekommen sei, ohne eine Lösung zu finden. Mit einem Mal sagte der polnische Pfarrer: »Wir haben in der Kirche auch noch eine Standuhr, die zu dieser Einrichtung passt.«

Die alte Standuhr, dass es sie noch gab. Ottchens Großmutter hatte sich schon zu Lebzeiten von ihr getrennt, weil sie sich immer über die langen Predigten des Dekans geärgert hatte. Eines Tages ließ sie das Monstrum von Standuhr in die Kirche bringen. Es wurde gegenüber der Kanzel aufgestellt. Die Uhr schlug alle Viertelstunde mit lautem Klirren, und das noch auf »Fis«. Das Schlagwerk hatte beim Transport gelitten und war dadurch verstimmt. Der alte Pfarrer konnte sich gegen die Uhr nicht wehren. Ottchens Großmutter beherrschte nicht nur ihre vierköpfige Familie, sondern auch die Kirchengemeinde. Diese Uhr hatte Krieg, Russenherrschaft – die Kirche war damals Pferdestall – und Stalinismus überstanden. Sie schlug noch immer unharmonisch und tyrannisierte jetzt den polnischen Pfarrer. Ottchen und er tranken viele Gläser auf die Standuhr, das Esszimmer und Ottchens Großmutter. Dann sprach Eli einen Toast aus auf den Pfarrer, der alles erhalten und lieb gewonnen hatte, ohne dass er die Geschichte von Uhr und Möbeln kannte. Übrigens löste sich das Rätsel, wie die Möbeln in das Pfarrhaus gekommen waren, später auf. Großmutter hatte sie per Testament der Pfarrei vermacht. Ihre Kinder hatten eigene Möbel und waren auf die schweren eichenen Stücke nicht angewiesen.

Ein Wiedersehen feierte Ottchen auch mit seinem alten Segelclub. Polnische Sportler segelten die reparaturbedürftigen Boote. Sie hatten das Clubheim in Ordnung gebracht, so weit das ging, ohne Dachpappe und andere Hilfsmittel. Auch der Regattaturm war in alter Größe wieder aufgebaut. Eli stand lange davor. Dann sah sie Ottchen ein wenig von unten herauf an. »Du hast mir doch immer erzählt, ihr seid hier vom Zehnmeterturm ins Wasser gesprungen, der ist aber nur drei Meter hoch.« So geht es einem, dachte Ottchen, wenn man flunkert. Ein polnischer Segler bemerkte seine Verlegenheit. Ottchen war ihm dankbar dafür, dass er kollegial in die Bresche sprang.

»Vielleicht war der Turm früher höher. Wer weiß.« Aber Eli hatte Ottchen und seinen polnischen Seglerfreund durchschaut. Nur aus Höflichkeit konnte sie jetzt nicht widersprechen.

Der polnische Sportler zeigte den beiden ein forsches Anlegemanöver mit dem Motorrettungsboot des Clubs. Ottchens Flunkergehilfe fiel dabei ins eiskalte Wasser. Eli jubelte. »Das kommt davon, wenn man die Lügen meines Mannes unterstützt.« Dann wurden Ottchen und Eli zu einer Motorbootfahrt über den See eingeladen. Allerdings erst nach einer langen Erklärung, dass das eigentlich verboten sei. Man habe einen polnischen Fischmeister. Der erlaube das Motorbootfahren nicht, weil die Fische gestört würden. Aber der Gäste wegen würde er vielleicht eine Ausnahme machen. »Und wenn er eine Strafe verhängt?«, fragte Ottchen. »Deine Frau hat so schöne Augen. Wir müssen vielleicht nicht bezahlen«, sagte der polnische Sportsfreund.

Schallendes Gelächter begleitete Ottchens wahrheitsgetreuen Bericht, dass zu seiner Zeit über den See auch ein preußischer Fischmeister regiert hatte, der nicht nur das Motorbootfahren, sondern auch das Angeln verboten hatte. »Beamte sind überall gleich«, bemerkte der Vorsitzende des polnischen Segelclubs. Der jüngste Moses fügte mühsam deutsch radebrechend hinzu: »Gleich dümmlich, nichts verstehen von Sport und Freundschaft.«

Bei der Fahrt über den See saßen Eli und Ottchen Hand in Hand am Heck des Bootes. Die polnischen Freunde starrten krampfhaft geradeaus nach vorne. Über den Rückspiegel hatten sie ein Handtuch geworfen. Ottchen und Eli waren allein mit Wasser, Wellen und Gedanken, die Ottchen nicht aussprach und

Eli doch als Erinnerungen verstand, als beide Ottchens Heimat vom Wasser aus sahen. Die Stadt, in der er aufgewachsen war und mit der er heute mehr denn je sich verwachsen fühlte aus neuer, alter Perspektive. Noch einmal hob der Bootsführer die Hand. »Da, guck mal, die einzige deutsche Inschrift. Man sieht sie nur vom Wasser aus.« Auch jetzt drehte er sich nicht um. Auf dem Haus von Ottchens Onkel stand noch der Name seiner Gärtnerei, die hier seit Generationen Rosen für alle Familienfeiern geliefert hatte. Eli nahm Ottchen mehrfach in den Arm auf dieser Reise. Ganz scheu gab sie ihm immer mal wieder einen Kuss auf die Wange. Etwas über ihre Gefühle sagen konnte sie nicht oder sie wollte es auch nicht, denn jedes Wort konnte jetzt zu viel sein.

Ottchen begann sich von Tag zu Tag mehr daran zu erinnern, wie seine Heimat, die Stadt einmal gewesen war, in der er ja immerhin fast siebzehn Jahre gelebt hatte. Er entdeckte auf der Straße zum See ein Loch im Pflaster, das es auch schon 1945 gegeben hatte, und ein Pumpenrohr unter der Wasseroberfläche, das er selbst noch in den See gelegt hatte. Es war durch das glasklare Wasser deutlich zu erkennen, es war nicht verrostet, nur mit Algen bewachsen. Den hohen Himmel mit den großen weißen Sommerwolken sah er nicht. Er war für ihn selbstverständlich. Nur Eli schaute immer wieder in die Höhe. Ottchen registrierte viel eher, dass ein großer Teil der Bäume am Seeufer nicht mehr vorhanden waren, zu Brennholz verarbeitet in den Kältewintern 1945/46 und 1947, wie ihm später einer der neuen Freunde aus dem Seglerclub erzählte.

Erst nach zwei Tagen wollte Ottchen die Kirche besuchen, die im Übrigen gerade einmal sechzig Jahre alt war. Sein Großvater hatte sie gebaut, weil er zur Taufe seines ersten Sohnes im November eine heizbare Kirche haben wollte. Die Holzkirche der Gemeinde war so kalt, dass der Pfarrer unter den Kelch mit Wein eine brennende Kerze stellen musste, damit er nicht einfror. Ottchen hatte einen Teil des Ausbaues dieser Adalbert-Kirche miterlebt. Vor allem erinnerte er sich noch, dass sein Vater eine Warmluftheizung einbauen ließ und danach die Schleifladenorgel nur noch falsche Töne von sich gab oder gar keine, wenn sie total ausgetrocknet war. So musste Ottchen in jedem Winter eimerweise Schnee in die Heißluftöffnung schütten, damit die Luft feuchter wurde, und das möglichst eine Stunde bevor der Gottesdienst begann. Den Schnee konnte man nicht direkt vom Weg neben der Kirche in die Eimer füllen, dort war er zu schmutzig. Es musste ein ganzes Stück weiter weg am Flussufer geschehen. So ist Ottchen dann mehrfach in der Kirche eingeschlafen, wenn der Gottesdienst begann. Schneeschippen macht müde.

Der Besuch der Kirche begann im Pfarrhaus, das Krieg und Russeneinmarsch überstanden hatte, weil der deutsche Pfarrer im Ort geblieben war. Der alte Dekan Fox war dem Befehl von Gauleiter Erich Koch nicht gefolgt, sondern bei seiner Gemeinde geblieben, auch wenn die nur noch aus ganz wenigen Deutschen bestand. Es war eine Hand voll, wie Ottchen berichtet wurde, und dazu kamen polnische Zwangsarbeiter und Kriegsgefangene, die auf den Einmarsch der Roten Armee warteten. Der Dekan, ein Schlesier, der gut Polnisch und auch etwas Russisch sprach, überlebte, als die Sowjettruppen einmarschierten, obwohl ihn Soldaten immer wieder einmal zum Erschießen an die Wand gestellt hatten, weil er nicht verraten wollte, wo die Messgeräte und die wertvolle Monstranz versteckt waren.

Er wurde dann später ausgewiesen in einen kleinen Ort, dreißig Kilometer weiter in den »Juchaer Bergen«, die alles andere als Berge waren, keiner mehr als zweihundert Meter hoch. Ein polnischer Arbeiter requirierte Pferd und Wagen für den Pfarrer, und der nahm die Uhr von Ottchens Großmutter mit in die neue Kirche, die eine der ältesten Kirchen in Masuren überhaupt war und aus dem 16. Jahrhundert stammte. Ottchen fuhr, als er das gehört hatte, später auch nach Jucha. Direkt an der Hauptstraße fand er einen übermannshohen Granitstein, der an den Dechanten aus Lyck erinnerte. Der war Anfang der fünfziger Jahre an einer nie richtig diagnostizierten Krankheit gestorben. Auf dem Grab lagen, als Ottchen kam, Blumen. Da niemand wusste, dass Besuch aus dem Ausland erwartet wurde, ging Ottchen davon aus, dass die polnischen Dorfbewohner immer und immer wieder Blumen auf dieses Grab legten.

In der Pfarrkirche in Lyck wurden die Besucher aus dem Westen vom polnischen Pfarrer begrüßt, der nicht nur Kaffee gekocht, sondern auch mehrere alte Kirchenbücher bereitgelegt hatte. »Sie können damit vielleicht etwas anfangen«, sagte er. »Nehmen Sie sie mit und geben Sie sie einer amtlichen Stelle. Von denen, die hier drinstehen, lebt keiner mehr in Masuren.« Mit dem Pfarrer gingen Ottchen und Eli dann in die Kirche. Der Pfarrer zeigte am Altar auf die Stifter-Inschrift von Ottchens Großvater, die zu früheren Zeiten nie zu sehen gewesen war, weil Ottchens Großmutter eine große Altardecke gestiftet hatte, die die Inschrift verdeckte. Auch am Taufstein und an der Kanzel waren die alten deutschen Inschriften restauriert, obwohl in der Kirche nur noch in polnischer Sprache gebetet wurde.

Ottchen kletterte die Treppe zur Orgelempore hinauf. Er hatte Eli allein gelassen in der Kirchenbank, die noch die verblichenen Namensschilder der Familie trug. Ottchen setzte sich auf die abgewetzte Orgelbank. Es war hier noch alles so wie früher. Einige Register klemmten, die Notenlampe wackelte. Ottchen erinnerte sich daran, dass er an gleicher Stelle einmal dem alten Dekan eine Predigt verdorben hatte. Ottchen pflegte, wenn er aushilfsweise Orgel spielen musste, während der Predigt nicht hinzuhören. Der alte Dekan hatte nur fünf Standardpredigten, und Ottchen kannte sie alle auswendig. Als der Geistliche wieder zu einer solchen Predigt angesetzt hatte, sagte er schon nach den ersten Sätzen »Amen«. Ottchen schreckte auf, mit vollen Akkorden ließ er die Orgel einsetzen. Nach dem Gottesdienst musste er sich in der Sakristei verantworten. »Was hast du wieder angestellt? Ich wollte doch das Wort Amen erklären. Die ganze Predigt hast du mir versaut.«

Während Ottchen sich an diese Szene erinnerte, griff er in den Notenschrank neben der Orgelbank und dort, wo es immer gelegen hatte, lag auch jetzt noch sein altes Orgelbuch. Unsicher, mit feuchten Fingern schlug er es auf, sein eigenes Notenzeichen fiel heraus. Es lag bei »Großer Gott, wir loben Dich«. Ohne dass es Ottchen bewusst war, was er tat, zog er einige Register, ließ den Blasebalg anlaufen. Die Luft fuhr leise rauschend in den Spieltisch, und Ottchen spielte so schlecht wie sicher nie zuvor, aber auf seiner alten Orgel, das Tedeum Laudamus.

Der letzte Akkord mit vollem Werk verhallte erst, als Ottchen schon lange die Finger von den Tasten gehoben hatte. Es schwang sich im Kirchenschiff von Säule zu Säule und kam dann zur Empore zurück. Ottchen klappte das Orgelbuch zu und legte es sorgfältig wieder auf seinen Platz in den Schrank. Eli hatte rot geweinte Augen, als sie Ottchen entgegenkam. »Ich habe dich lieb«, sagte sie leise und gab ihm jetzt einen richtigen zärtlichen Kuss. Ottchen wusste, dass sie nicht ihn meinte, sondern das Land, in dem Gottes Zauberer noch immer zu Hause waren.

Zu diesem Land gehörte früher nicht nur eine Stadt. Das wurde Ottchen bewusst, als er von seinem Ausflug nach Jucha zurückgekommen war. Er wollte jetzt unbedingt auch noch nach Pravizisken, wo sein engster Schulfreund gelebt hatte. Über verschlammte und überwachsene Wege, durch Dörfer mit holprigem Kopfsteinpflaster abseits der großen Straßen erreichte Ottchen das Dorf an der früheren deutsch-polnischen Grenze. Er wusste, dass die Mutter seines Freundes Alfons noch in Ostpreußen lebte, wahrscheinlich in Allenstein. Eli und Ottchen fanden sie später, und Alfons besuchte beide dann kurz darauf in Bonn. In dem Dorf lebte nur noch eine einzige Deutsch sprechende Frau. Neue polnische Einwohner gab es noch nicht. Die meisten Polen oder aus dem Osten vertriebenen Ukrainer blieben in den ersten Jahren in den Städten oder größeren Dörfern. Erst nach und nach wurde Masuren ganzräumlich besiedelt. Es war fast so wie in den Jahren nach der Pest im 19. Jahrhundert.

Dann musste Ottchen unbedingt auch noch Kalinoven besuchen, die Stadt des Zauberer Gottes, Michael Pogorczelski, dem Paul Fechter in einem Theaterstück als Zauberer Gottes ein Denkmal gesetzt hatte. Dieser masurische Pfarrer, Protestant und doch

Marienanhänger, Geistlicher, der doch an den Zauber zumindest der Landschaft glaubte, hatte in der Steinkirche in Kalinoven gepredigt und hier gelebt und war hier gestorben. Sein Grab lag an der Außenwand der Kirche. Eine Inschrift erinnert heute noch an ihn.

Ottchen wollte mit Eli, wenn möglich, den ganzen südlichen Teil Ostpreußens bereisen, bis hin zur Marienburg, die die Polen wieder aufgebaut hatten, nachdem sie durch eine SS-Einheit beinahe total vernichtet worden war. Aber sie kamen nur bis Frauenburg, der Stadt, in der Kopernikus gelebt hatte. Ottchen hatte sich mehrere Nächte lang mit polnischen Journalisten darüber gestritten, ob Kopernikus Pole oder Deutscher gewesen sei. Schließlich mussten die polnischen Kollegen zugeben, dass es zu Kopernikus Zeiten noch keine Nationalstaaten gegeben hatte. Der Ostpreuße Herder, einer der Begründer des nationalstaatlichen Denkens, hatte erst wesentlich später gelebt.

Eli und Ottchen standen am Ufer des Frischen Haffs. Und jetzt kamen beiden einzelne Sätze aus dem Bericht von Ottchens Vater wieder in Erinnerung. Er hatte geschildert, wie der Fluchtwinter 1945 wirklich gewesen war. Mit Pferdewagen und Schlitten fuhren die Flüchtlinge bei zwanzig Grad minus über die Eisfläche des Haffs. Immer bedroht von russischen Jagdbombern, deren Bomben vor ihnen die Eisfläche zerfetzten. Zu Hunderten stürzten Pferde und Wagen in das Eiswasser des Haffs und gingen dort unter. Als Ottchen auf den Strand sah, fand er Reste dieses Untergangs, Teile von Pferdegeschirr, Radspeichen und sogar eine Schlittenkufe, die das Wasser an Land gespült hatte.

Hier wurde Ottchen bewusst, wie viel Glück er gehabt hatte, dass er nicht in diese letzten Schlachten des

Krieges hineingezogen worden war. Der Westen war nicht so grausam, auch wenn dort der Winter im Januar 1945 allein durch die Kälte und die amerikanischen Angriffe kaum zu ertragen war. Aber es gab immer die Möglichkeit, sich den Amerikanern oder Engländern zu ergeben, was Soldaten an der Front in Ostpreußen unter gar keinen Umständen wollten, um nicht ermordet zu werden.

Auf der Fahrt nach Marienburg holte Ottchen sein Beruf wieder ein. Er wurde zu einer Reportage ins polnische Kloster Tschenstochau gebeten. Beide fuhren über Warschau nach Süden Richtung Krakau. Sie erhielten ohne Probleme die Verlängerung ihrer Visa, etwas, was andere ausländische Kollegen für unmöglich hielten. Aber Ottchen befand sich nach seinem Besuch bei dem polnischen Primas immer noch in den Händen der Katholischen Kirche und die konnte sogar bei nichtgläubigen Kommunisten eine ganze Menge tun.

Die beiden erlebten die Millionenwallfahrt am 3. Mai, dem früheren polnischen Nationalfeiertag in Tschenstochau und die erste Rede des wieder in Freiheit befindlichen Kardinals Wyszynski. Von dort fuhren sie nach Oberschlesien und zuletzt nach Breslau. Hier waren sie beim Erzbischof Kominek angemeldet, von dem man im Westen nur wusste, dass er immer wieder antideutsche Predigten gehalten hatte. Als die beiden mehrere Stunden verspätet vor dem Palais vorfuhren, empfing sie schon am Tor der geistliche Oberhirte ganz Schlesiens. »Wo bleibt ihr nur so lange. Der Gänsebraten ist völlig verbrutzelt, den wir für euch gemacht haben. Wir warten und warten und warten.« Ottchen entschuldigte sich, er sei erst noch im Hotel gewesen. »Ihr wohnt nicht dort. Ihr wohnt hier bei uns.« Und dann stellte er seinen Begleiter vor: »Dies ist der evangelische Pfarrer von Breslau, der ebenfalls im Palais zu Hause ist.«

Das war die wohl größte Überraschung. Der evangelische Pfarrer Gast des polnischen Erzbischofs. Er war für die noch intakten Gemeinden in Niederschlesien tätig. In Lyck hatte Ottchen erlebt, dass der katholische Pfarrer für neue Fensterscheiben der evangelischen Kirche öffentlich gesammelt hatte. Hier sah er die Bestätigung einer ganz praktischen christlichen Gemeinschaft im kommunistischen Umfeld.

»Jetzt gehen wir noch gemeinsam in den Dom. Die heilige Hedwig ist ja schließlich deutsche und polnische Heilige. Und dann habe ich noch eine Überraschung für Sie. Sie haben doch in Lyck Orgel gespielt.« Ottchen sah den Erzbischof verdutzt an. »Woher wissen Sie das?« – »Na ja«, meinte Kominek, »man weiß schon.« Und als die drei in den Dom kamen, erklang die damals größte Orgel Europas, zusammengesetzt aus der alten Domorgel und der Orgel der Jahrhunderthalle, zu einem glanzvollen Händel-Konzert, das im Halleluja endete. Kominek hatte den Domorganisten bestellt und der hatte auch die lange Zeit gewartet, bis die Gäste aus dem Westen kamen.

Bevor Eli und Ottchen in Richtung Prag weiterfuhren, für das sie ein Durchreisevisum von drei Tagen hatten, nahm Kominek Ottchen noch in dem Garten des erzbischöflichen Palais, wo man nicht abgehört werden konnte, beiseite. »Also, ich muss ab und an auch einmal antideutsche Predigten halten. Da komme ich nicht drumrum«, sagte der Erzbischof, der die ganze Zeit lang nur deutsch sprach. »Machen wir doch einen Code aus. Ich schicke Ihnen jeweils offene Postkarten. Die kommen bestimmt bei Ihnen an, umgekehrt ja auch. Und immer wenn ich mit »Gott segne Sie« unterschreibe, nehmen Sie bitte die nächste Predigt ernst, da steckt etwas drin. Und wenn ich mit »Vielen Grüßen« unterschreibe, heißt das, ich muss mal wieder auf kommunistischen Druck hin etwas Antideutsches von mir geben.«

Der geistliche Oberhirte, der kurz darauf Kardinal wurde, erläuterte noch einmal deutlich, sodass Ottchen es nicht missverstehen konnte. Die Kommunisten benutzten die antideutsche Propaganda, um die Verschiebung Polens nach Westen den polnischen Vertriebenen aus dem Osten erträglich zu machen. Nur der Antifaschismus sichere ihnen nach kommunistischer Propaganda ein Dach über dem Kopf und, so weit es ging, genügend zum Essen. Dieser so genannte Antifaschismus durchzog die gesamte Propaganda des Landes. Wer sich dieser Propaganda widersetzte, konnte andere Aufgaben, auch die der Seelsorge, nicht mehr wahrnehmen. »Im Übrigen«, fuhr das geistliche Oberhaupt der Schlesier, der sich als Priester den Deutschen und den Polen verpflichtet fühlte, fort, »muss man immer berücksichtigen, auch wenn das im Westen nicht verstanden wird, dass die Kommunisten mit allen Mitteln selbst bis hin zur Erpressung, bis zur Folterung und zum Verschwindenlassen von Menschen gegen ihre Gegner vorgehen. Aber ihr seht, wir leben immer noch. Wir beten und wir segnen. Nur der Gänsebraten hat eure Verspätung nicht überstanden.«

»Du, wir haben eine ganze Menge Botschaften in Bonn zu überbringen«, sagte Eli, als die beiden am nächsten Tag in den Wagen in Richtung Westen stiegen. »Aber bitte nicht aufschreiben. Wer weiß, was die an der Grenze wieder anstellen. Die Tschechoslowakei ist weit kommunistischer als Polen.« Eli hatte Recht. An der Grenze untersuchte ein polnischer Grenzbeamter das Auto von vorne bis hinten. Er fand jede Menge belichteter Filme, auch mit laufenden Bildern, die später einmal in der deutschen Wochenschau gezeigt werden sollten. Dieser Beamte hatte anscheinend keine Verbindungen zur Katholischen Kirche Polens.

Übrigens hatte Ottchen vorher seine polnischen Zlotys in einer Kirche deponiert. Da die Opferstöcke zu klein waren, gab er auch noch einem Geistlichen, der ihm auf dem Fahrrad entgegenkam, eine ganze Hand voll Zlotys. Ottchen hatte genügend Geld in Polen. War doch die erste Frage des Kardinals gewesen: »Haben Sie auch genug Geld?« Und zum anderen hatte er genügend schwarze Dollars mit, um sie zu wechseln.

Der Zollbeamte insistierte, man dürfe keine belichteten Filme mitnehmen. Sie müssten alle vorher entwickelt werden. Das wollte Ottchen unter gar keinen Umständen zulassen, nicht weil er irgendwelche geheimen oder als geheim bezeichneten Dinge fotografiert hatte. Aber die Aufnahmen wären sicher zerstört worden. Er hatte sehr moderne westliche Filme mitgenommen und wusste nicht, ob man in Polen auch die richtigen Entwicklerflüssigkeiten hatte. Außerdem – sein Visum lief ab, und er musste raus aus Polen.

Was war zu tun? Ottchen stellte sich auf den Standpunkt, er dürfe Filme unentwickelt in den Westen mitnehmen. Er hatte eine Idee. »Hier haben Sie eine Telefonnummer«, sagte er dem Uniformierten »das ist die Geheimnummer von Parteisekretär Gomulka, den ich interviewt habe. Rufen Sie ihn an, er hat mir gesagt, ich könne alles Material in den Westen mitnehmen, was ich bei mir hätte.« Der Mann in der grünen Uniform schaute Ottchen verdutzt an, schrieb dann die Telefonnummer auf einen Zettel, ging in die Grenzstation und kam sofort mit einem zweiten Beamten wieder. »Gute Reise, Sie haben sicher Recht«, sagte er. Entweder wusste der zweite Beamte etwas von der Beschützerfunktion der polnischen Kirche über diesen Reisenden, oder er hatte seinem Kollegen klar gemacht, dass es gefährlich sein könne, an einem Wort des Generalsekretärs der KPD Polens zu zweifeln und dessen Büro anzurufen.

Eli und Ottchen stiegen in den Wagen und fuhren dann durch Orte, die früher einmal Pardubitz und Königgrätz geheißen hatten, auf Prag zu. So wie sie vorher nie in Warschau gewesen waren, hatten sie auch Prag nicht besucht. Sie hatten nur von Warschau aus ein Hotel gebucht. Diese Dienstleistung funktionierte auch im kommunistischen Bereich. Sie wurden erwartet, allerdings nicht sehr gastfreundlich. Der Portier wahrte höflichen Abstand. Dabei war sein Hotel ansprechender als die in Warschau oder in Allenstein. Selbst die Fahrstühle funktionierten einwandfrei, und die Handtücher waren nicht nur so groß wie Servietten.

Als Eli und Ottchen ihren ersten Rundgang durch Prag machen wollten, bemerkte Eli, dass ihnen immer ein oder zwei auffällig unauffällige Zivilisten folgten. Sie waren in einem stalinistisch geprägten Land. »Die Tschechen folgen eben jeder Neuentwicklung immer erst wesentlich später. Sie haben ja auch im Krieg erst dann ihren Widerstand entdeckt, als die Amerikaner und Russen schon in ihr Land einmarschierten«, sagte Eli, die das Beobachtetwerden mehr störte als Ottchen. Sie begannen, sich nur noch schriftlich mit Zetteln zu verständigen, und das sogar im Zimmer. Ottchen hatte etwas probiert, das ihnen hätte gefährlich werden können. Er hatte, bevor sie einschliefen, ganz laut gesagt: »So, jetzt können Sie auch mit dem Abhören aufhören, jetzt schlafen wir.« Als beide am nächsten Morgen zum Frühstück herunterkamen, wurden sie so kühl abgefertigt wie vorher nie. Das heißt, man hatte sie abgehört und war ärgerlich darüber, dass diese Aktion von den Westbesuchern bemerkt worden war.

In Prag gab es keine westliche Zeitung. In Warschau hatte man sie, wenn auch mit einigen Schwierigkeiten, kaufen können. In Prag kamen keine Diskussionen zustande. Tschechische Journalisten fanden sich nicht ein, ganz anders als in Warschau oder sonst in Polen. Nachdem Eli und Ottchen als Touristen die Prager Burg besichtigt hatten und von einer deutschen offiziellen Fremdenführerin betreut worden waren, gaben sie auf. Sie beschlossen, die drei Tage in der tschechisch-slowakischen Hauptstadt nicht wahrzunehmen, sondern sofort nach Westen weiterzufahren. Das, was ihnen die tschechische Kommunistin über die Geschichte der Burg zu vermitteln versuchte, entsprach nicht der Historie. Beide bekamen den Unterschied zwischen Polen und der Tschechoslowakei so deutlich zu spüren, dass sie es nicht aushielten, in der »Goldenen Stadt« zu bleiben.

Am nächsten Mittag waren sie an der westdeutschen Grenzstation. »Wir fahren auch nicht ein bisschen vom Wege ab wie in Polen, denn hier in den Erläuterungen zum Visum steht, dass wir nur die Durchgangsstraße benutzen dürfen«, hatte Ottchen gesagt. Weder Eger noch eine andere Stadt konnten sie sich ansehen. Sicher würde ihnen das Ottchens Vater später verübeln, der sie eigens darauf hingewiesen hatte, dass er einmal als Student ein paar Wochen in Prag und Eger verbracht hatte, und wissen wollte, wie es dort heute aussah.

Da die tschechischen Zollbeamten an der polnischen Grenze den Kofferraum des Autos mit allen Filmen und dem nicht zum Übernachten benötigten Gepäck versiegelt hatten, war die Grenzkontrolle bei der Ausreise aus der Tschechoslowakei einfach. Die Beamten machten noch nicht einmal das Siegel ab, sondern winkten, nachdem sie die Pässe kontrolliert hatten, durch zur deutschen Seite. Erst hier fiel der Druck der Reise durch die Tschechoslowakei von ihnen ab. Ottchen fragte, ob er telefonieren dürfe. »Aber selbstverständlich«, sagten die Grenzschützer, die der bayrischen Grenzpolizei angehörten und für die Reisenden aus dem Osten damals noch eine Seltenheit waren. Aber sie schienen einige Erfahrungen zu haben, denn sie zogen sich aus ihrem Büro zurück, als Ottchen telefonierte und zu Hause bei seinen Eltern sagte, dass sie nun auf der Heimfahrt seien. Von Warschau hatten sie ihnen keine Nachricht geben können, dass sie ein verlängertes Visum in Polen hätten. Allerdings glaubte auch keiner zu Hause, dass sie verschollen seien.

Dann beschlossen Eli und Ottchen, zuerst nach München zu fahren, um dort ein paar Redaktionen zu besuchen, vor allem aber auch, um sich zu regenerieren. Ottchen bestellte im Hotel ein Zimmer mit großem Bad. Was sie abwaschen wollten, war weniger der Reisestaub von Polen und Masuren als die kurzen Eindrücke, die sie in der stalinistischen Tschechoslowakei gehabt hatten. Damals ahnten sie noch nicht, dass sie in München einmal einen polnischen Partner wieder sehen würden. In Lublin, in der dortigen einzigen freien Universität Polens, hatte ihre Gespräche ein Professor der Ethik gedolmetscht, der Karol Wojtyla hieß. Dieser Karol Wojtyla lud dann, als er zum ersten Mal als polnischer Papst Deutschland besuchte, die beiden nach München ein. Und wie es der Zufall manchmal ergibt, sie wohnten bei dieser späteren München-Reise im gleichen Hotel und im gleichen Zimmer.

18

Nur ganz allmählich begann die Gegenwart die Reise in die Vergangenheit einzuholen. Eli und Ottchen verschanzten sich jeder hinter seiner Schreibmaschine. Sie versuchten, das, was sie erlebt hatten, festzuhalten. So entstand eine Serie von Berichten, die sofort von den Zeitungen aufgegriffen wurden. Ein Artikel sollte Berühmtheit erlangen, allerdings erst viele Jahre später. Er trug die einfache Überschrift »Polen und Europa«. Er gipfelte in den Sätzen: »Geistig wird dieses Land so oder so zu Westeuropa gehören. Es wird wie bisher um die kulturelle und religiöse Freiheit kämpfen. Und es wird im tiefsten Herzen unglücklich sein, wenn ihm der Weg in ein geeintes Europa verschlossen bleibt. Der Traum, einmal dazuzugehören, wird aber bestehen bleiben. Und Träume sind auch in der Politik manchmal realer als die so genannten Wirklichkeiten der physischen Macht.«

Vater Otsch hielt sich in seinen Kommentaren zurück. Für ihn waren die Polen immer noch die, die ihn vertrieben, die ihn aus der Heimat verjagt hatten. Vielleicht dachte er sogar an die Überfälle polnischer Gruppen nach dem Ersten Weltkrieg, die noch vor der Volksabstimmung 1920 versucht hatten, dieses Land an sich zu reißen. Er sprach zwar nicht von Polacken, aber die Polen war ein Wort, das er negativ gebrauchte.

Elma äußerte sich überhaupt nicht. Sie hatte der Familie ein neues Nest geschaffen. Wenn sie es auch nicht Heimat nannte, so war es doch ein Zuhause. Sie versuchte, so oft wie möglich ihren Sohn und dessen Frau zum Kaffeetrinken und oft auch zum Essen bei sich zu haben. Dabei tolerierte sie Otschens Heimatgefühle. Er schrieb sich mit vielen Lyckern. Er half ihnen bei der Bestätigung ihres Vermögens. Er erinnerte sich an fast jedes Haus in der Stadt. Und doch schienen diese Erinnerungen lückenhaft, jedenfalls kam er nie darauf zurück, dass man ihn aus allen Ehrenämtern entlassen hatte und dass sogar die eigene Familie daran beteiligt gewesen war. Sein jüngerer Bruder Paul, damals Anführer der Nationalsozialisten, hatte in seinen Augen ohnehin alle seine Taten aus der Zeit abgebüßt. »Fünf Jahre russische Gefangenschaft sind genug«, sagte Otsch einmal so ganz nebenbei. Mehr als einen Briefkontakt zu ihm hatte Otsch aber nicht, vielleicht weil er sich für mehr nicht stark genug fühlte.

Für Ottchen begann ein Jahr der Vortragsreisen. Er hatte aus seinen Fotos eine Diaschau zusammengestellt und berichtete über das Land hinter dem Eisernen Vorhang, das Land hinter Oder und Neiße, Ostpreußen. Er schilderte, was er gesehen hatte, und endete in der Regel mit der Feststellung, dass man diesem Land heute helfen müsse, weil es in Not sei.

Das aber kam bei vielen nicht an. Die Vertriebenen spürten zwar Ottchens Engagement, hatten aber doch unzählige Vorbehalte. Die Einheimischen waren uninteressiert. Und den Politikern passte es gar nicht, dass hier ein Zeitzeuge auftauchte, der manches anders darstellte, als sie es gewohnt waren.

Eli fuhr mit auf diese Vortragstourneen. Sie saß immer im Zuschauerraum, auch wenn es drei-, manchmal sogar viermal am Tag war. Sie hörte immer denselben Vortrag, der, wie sie meinte, von Mal zu Mal besser wurde. Bis Marian, ein gefürchteter polnischer Journalist, sich einmal unter die Zuhörer gemischt hatte. »Das ist von vorn bis hinten alles richtig«, sagte er zu Elis Überraschung hinterher und machte noch zahlreiche Ergänzungen. »Natürlich hast du das Recht, Tränen zu vergießen«, sagte er Ottchen. »Schließlich hast du die Heimat ebenso verloren wie die Polen, die jetzt in Ostpreußen leben.« Und er fügte hinzu: »Aber das hat mit Sozialismus überhaupt nichts zu tun. Darüber können wir uns ein anderes Mal streiten.«

Eli nahm er ganz einfach beim Arm und zeigte auf ein Monogramm in ihrem Tischtuch: »Da musst du jetzt eine Krone reinmachen, überall eine Krone mit sieben Zacken«, sagte Marian und erläuterte, dass der polnische Name mit »ski« am Ende so etwas wie ein Adelstitel sei. »Nein, also von Adel sind wir nicht«, sagte Ottchen, »und werden es auch niemals sein. Jetzt gelten alte Titel in Polen sowieso nicht mehr.« Marian widersprach, Ottchen erinnerte sich, dass sie wiederholt auf der Reise gerade von polnischen Offizieren besonders freundlich behandelt worden waren. Ob das etwa mit dem Namen zusammenhing?

Über die Vorträge erschien in der polnischen Presse gar nichts. Auch die anderen polnischen Korrespondenten, die darauf aufmerksam wurden, berichteten nichts darüber. Dabei hätten sie allen Grund gehabt. Die Heimatverbundenheit von Ottchen, seine Trauer war immer zu spüren. Und doch sprach er nicht ein einziges Mal von einer erneuten Verschiebung der Grenze etwa nach Osten hin. Erst viele Jahre später wurde ihm klar, dass er sich schon damals von dem alten Begriff Heimat getrennt hatte. Nicht in dem Sinn, dass er sie verleugnete, sondern dass er sie als Basis nahm für einen Weg in die Welt, der aus jeder möglichen Enge hinausführen sollte, dass er ein Zurück nicht wahrhaben wollte. Ottchen legte im Übrigen mit dieser Reise den Grundstein für eine selbstständige journalistische Tätigkeit. Er verdiente an den Vorträgen so viel, dass er später ein Haus bauen konnte und relativ unabhängig war und blieb, auch wenn man versuchte, ihn für anderer Leute Ziele einzuspannen.

Eli hatte jahrelang keine Kinder bekommen. Sie war von Arzt zu Arzt gegangen. Schließlich hatten sie sich eingeredet, dass sie keine Kinder bekommen könnten. Ottchen wollte das zuerst nicht wahrhaben, gewöhnte sich aber langsam daran. Als Eli anfing, darüber laut nachzudenken, ob man nicht doch ein Kind adoptieren könne, war auch er einverstanden. Vielleicht sollten sie beide keine Kinder haben. Dann endete mit ihnen eben eine ostpreußische Familie. Eli bekam dann aber doch noch ein Mädchen – nach fünf Jahren – und später ein zweites. Es geschah so unverhofft, dass die ersten Wochen der Schwangerschaft gar nicht bemerkt wurden. Bis Eli sich dann regelmäßig am Morgen übergab. Es sollte also doch eine neue

Generation heranwachsen, geboren in Bonn, ohne Belastung aus früherer Zeit und ohne Bezug zu Masuren. Allerdings blieb das nicht immer so. Auch hier holte das Land die Familie ein.

Aber es dauerte noch eine ganze Zeit. Ottchen dachte zwar immer mal wieder an das Land an der Krutinna und am Lycksee. Er las alles, was es an Aktuellem zu lesen gab. Nur war es nicht sehr viel, außer, dass es einen Briefwechsel zwischen den deutschen und den polnischen Bischöfen gab. Ottchen fühlte sich dabei involviert, nur – jetzt in den sechziger Jahren hatte er gar keinen Einfluss mehr, weder auf die polnischen Bischöfe noch auf die deutschen. Die Aussöhnung begrüßte er, aber auch nicht mehr. Dabei hatte er immer wieder betont, dass es eine deutsche Wiedervereinigung erst dann geben könne, wenn der Kommunismus zusammenbräche, und das würde im Zweifelsfall von Polen ausgehen. Er blieb damit ein einsamer Rufer und ließ mit der Zeit diese These fallen, weil er die nicht immer wieder diskutieren wollte.

Ottchen orientierte sich mit der Familie ganz nach Westen. Auch das geschah durch Zufall. Auf einer Jungfernreise der alten »Hanseatic« einmal rund um Helgoland stand er gegen Mitternacht auf dem Peildeck, Eli neben ihm. Neben ihnen fröstelte ein anderes Paar. »Wissen Sie eigentlich, wo wir sind«, fragte Ottchen. Und der Mann antwortete: »Keine Ahnung, aber sehen Sie einmal, wie schön die Sterne sind.« Jetzt mischte sich Eli ein und meinte, sie seien wohl so etwa nördlich Helgoland, denn die Sterne zeigten das ganz deutlich. Sie wies auf die Venus hin und den großen Wagen und sprach über den Saturn und sonst einige unbekannte Sternbilder. Sehr bald war sie mit

Wyn in ein Gespräch vertieft, dem Partner an ihrer Seite. Und auch Andrea, dessen Frau, mischte sich ein.

Vorgestellt hatten sich die beiden übrigens nicht. Sie nahmen ganz einfach an, dass Ottchen und Eli sie auf der Bühne im Saal gesehen hätten. Damals waren sie noch ein bekanntes Sängerpaar. Eli und Ottchen hatten schon sehr früh die Party im Schiffsinneren verlassen. Sie wollten etwas von der See haben und sich den Wind durch die Haare blasen lassen. Mit Wyn und Andrea blieben die beiden dann im Gespräch. Es endete mit einer Einladung zum Segeln auf der Elbe, der aber nur Eli nachkommen konnte. Ottchen holte der Alltag wieder ein. Die Segelpartie endete mit einem grandiosen Reinfall. Wyn kenterte mit seiner Jolle, und Eli fuhr klatschnass im Kunibert, dem Uralt-VW der beiden, zurück nach Bonn.

Kurz darauf half Andrea ihr, ein Problem zu lösen. Eli hatte in der Zwischenzeit ihr zweites Kind bekommen, und das erste sollte im nächsten Jahr eingeschult werden. »Und was machen wir in den Sommerferien«, fragte Eli schon im Januar. Bisher war man immer nach Domburg in Holland gefahren, im späten Herbst außerhalb der Ferien, wenn es ruhig war und bestenfalls nur wenige Familien den breiten Sandstrand bevölkerten. Aber im nächsten Jahr drohte die Hollandreise in die Ferien zu fallen. Und dann wäre es Schluss gewesen mit Ruhe, langen Spaziergängen am Meer und natürlich auch mit einer preiswerten Unterkunft.

Anja und Kathi, die Kinder, waren genauso versessen aufs Meer wie ihre Eltern. Ferien ohne Wasser waren für sie undenkbar, und Sand und Buddeln gehörten dazu. Die beiden dachten natürlich nicht daran, dass man den Ort jetzt wechseln müsste. Aber

Eli sprach über das Dilemma, als Andrea sie das nächste Mal besuchte. Übrigens waren die Ferien nie ganz ohne Abenteuer abgegangen. Einmal hatte man sogar Kathi stundenlang suchen müssen, verzweifelt suchen. Sie war verschwunden und niemand wusste, wohin. Eli und Ottchen gingen den ganzen Strand ab, erst zusammen in eine Richtung, dann trennten sie sich. Dann endlich fanden sie Kathi heulend an der Hand eines jungen Mannes und das Ganze fast drei Kilometer entfernt von ihrem Strandhäuschen. Kathi war vor sich hin spielend ganz einfach mit dem Wind gelaufen. Sie hatte gar nicht gemerkt, wie weit es war und wie weit weg sie war, bis sie die Eltern nicht mehr sah. Und da ein Strandhäuschen genauso aussah wie das andere, fand sie auch nicht allein zurück. Ottchen und Eli kamen sich vor wie Rabeneltern. Dabei hatten auch sie weder den Wind noch die Entfernung, die ihre Tochter laufen konnte, mit in ihre Überlegungen einbezogen. Der Schreck war allerdings so groß und nachhaltig, dass sie schon unisono riefen: »Hier komm her, komm, komm«, wenn eine der Töchter sich auch nur wenige Meter vom Strandhäuschen entfernte.

»Wir haben ein Ferienhaus in Spanien«, sagte Andrea, als das Ferienproblem erörtert wurde. »Und das in einer Ecke, wo es keine Touristen gibt. Es liegt ziemlich abseits. Man muss nach Alicante fliegen und von dort noch vier Stunden mit dem Auto fahren.« Eli wurde hellhörig. Sie ließ sich Fotos zeigen von einem Haus, das ganz alleine auf einem Felsen stand mit Sandstrand an der Seite und keinem einzigen Haus in der Nähe. Es dauerte einige Zeit, bis sich bei Eli und Ottchen die Idee verfestigte, dort die nächsten Ferien zu verbringen.

Kurz und gut. Der erste Flug nach Alicante wurde gebucht, noch auf einer DC-4. Der Flughafen, auf dem man ankam, war ein Gartenrestaurant mit Landebahn. Aber man konnte ein Auto mieten. Dieses taten Eli und Ottchen auch. Die Kinder wurden verstaut. Dann ging es auf die lange Fahrtstrecke nach Süden, eigentlich aber nach Westen, weil hier Spanien schon einen Knick machte. Aguilas lag schräg gegenüber von Afrika. Es war abenteuerlich, zu dem Haus hinzukommen. Vor allem führte nur ein einfacher Sandweg von der Kleinstadt nach Calabardina. Der winzige Ort mit dem Haus von Wyn und Andrea bestand tatsächlich nur aus sechs Wochenendhäusern und drei Fischerhütten.

Ottchen verliebte sich sofort in den Ort. Die Stadt Aguilas mit etwa sechzehntausend Einwohnern wurde so etwas wie ein Lyck-Ersatz. Er begann schon am zweiten Tag vieles hier mit Ostpreußen zu vergleichen. Neu war nur, dass hier immer die Sonne schien und das Leben mehr als in Masuren auf der Straße stattfand. Aber eins war gleich. Man ging mittags auf den Marktplatz, setzte sich vor ein Café und dann traf man alle Leute, die man treffen musste, denn ein Telefon gab es ja noch nicht oder die Anschlüsse waren so selten, dass nur die wichtigsten Leute eins hatten. Man traf hier den Maurermeister, der eine Treppe ausbessern musste, und den Tischler, der die Treppen reparieren sollte. Und man traf natürlich den einzigen Kaufmann aus Calabardina, der von einer Bank zur anderen ging, um Wechsel querschreiben zu lassen, und ebenso auch den Elektriker.

Der war übrigens immer mal wieder gefragt. Es gab zwar Strom, aber die Sicherungen brannten sofort durch, wenn auch nur ein kleiner Heizkörper oder eine Kaffeemaschine angeschlossen wurde. Das Dorf hatte kurz davor erst eine Wasserleitung bekommen. Bis dahin gab es ein großes Deposito, das von einem Wasserwagen versorgt wurde, aus dem man wiederum das Nass in ein kleines Deposito oberhalb eines Turmes pumpte. Das war jetzt allerdings nicht mehr nötig. Dafür versagte die Wasserleitung jeden dritten Tag. Mit einem Fernglas konnte man sehen, dass auf dem Berg gegenüber irgendein Rohr geplatzt war. Wie gesagt, dies passierte in jeder Woche mindestens einmal. Dann musste das kleine Deposito immer voll sein. Und wenn das Wasser einmal ein paar Tage nicht aus der Leitung lief, dann musste man aus dem Meer Eimer für Eimer nach oben schleppen für die Wasserspülung, zum Abwaschen und zum Saubermachen.

Dafür hatte man aber das Meer vor der Tür und ein traumhaftes Baderevier im Blick. Und wenn Ottchen in die Stadt fuhr, kam er immer mit dem Satz zurück: »Das ist wie in Lyck.« Dabei war die Stadt in Masuren keine Hafenstadt. Sie hatte keine Fischerboote, kannte keine Dürre, denn es regnet in dieser Gegend Spaniens so gut wie überhaupt nicht. Jahr um Jahr fuhren Ottchen, Eli und die Kinder immer nach Calabardina. Sie waren sogar dort, als Wyn und Andrea das Haus umbauten, um es winterfest zu machen. Sie legten nicht nur eine Garage an, sondern stellten auch einen Fiat 600 hinein, den dann Ottchen mitbenutzen konnte.

Später wurde das Auto am Flughafen abgestellt. Und es war schon ein Anblick für Genießer, wenn die Familie mit vier Personen in das Autochen kletterte, auf dem Dach auch noch zwei Riesenkoffer deponierte und dann mit sechzig Stundenkilometer Geschwindigkeit gen Süden fuhr. Das Haus bekam übrigens den Spitznamen Casa Cantante.

Wyn redete zwar ab und an davon, dass er das Haus verkaufen wollte. Aber ernst nehmen konnte man das nicht, auch wenn die Besitzer hier immer seltener Urlaub machten. Sie waren Segler durch und durch und hatten vor, sich eine Yacht zu kaufen. Ottchen hatte auf die Sprüche vom Hausverkauf nur immer wieder gesagt: »Dann bietet es uns zuerst an. Vielleicht können wir es kaufen.« Und doch waren sie jedes Mal mit Angst nach Südspanien gefahren, dass Wyn es doch einmal wahr machen und das Haus abgeben würde. Da es in der ersten Reihe zum Wasser stand, in der Zwischenzeit waren einige Häuser dahinter gebaut worden, wurde ein Verkauf immer wahrscheinlicher.

Ottchen saß am Schreibtisch zu Hause, dachte nicht an Ferien und schon gar nicht an das Haus in Spanien. Er ahnte auch nichts, als Eli ins Arbeitszimmer kam und sagte: »Du, ich muss einmal mit dir in Ruhe etwas besprechen.« Wyn wollte nun doch das Haus verkaufen. Das war kurz zusammengefasst Elis Botschaft. Aber sie sagte dann gleich weiter: »Wir haben so etwas wie ein Vorkaufsrecht.« Ottchen ließ den Kaffee stehen, den Eli vorsorglich bereitet hatte, und begab sich ans Telefon. Er telefonierte mit seiner Bank, mit der Bausparkasse, und er fing an zu rechnen und kam zu der Überlegung, dass man, wenn man das Wohnhaus bis unters Dach belastete, sich das Haus in Spanien leisten könne.

Warum er das Haus haben wollte, war ihm nur vage klar. Die Kinder hatten sich an das Haus gewöhnt. Es war mehr als ein Ferienhaus geworden. Sie hatten in Cala Freunde gefunden. Und dann, dort schien immer die Sonne. Es spielte sicher auch eine Rolle, dass Aguilas eine Stadt war wie Lyck. Dass die Gegend völlig anders aussah, war kein Hindernis. Die Menschen ähnelten denen in Masuren. Sie waren bedächtig, konsequent und präzise, ohne sehr genau zu sein. Man konnte sich auf sie verlassen, wenn man ihnen sagte, warum man sie brauchte. Als Beispiel erzählte Ottchen häufig die Geschichte mit dem Heißwasserboiler, der kaputtgegangen war. Als er den Klempner bestellte, sagte der nur »Manana« und kam und kam nicht. Dann traf Ottchen ihn auf dem Platz mitten im Dorf. »Paco, ich habe zu Hause drei Frauen, die täglich Haare waschen wollen und nicht können«, sagte Ottchen. Paco war eine Stunde später zur Stelle und reparierte den Boiler.

Wie ein Blitz schlug die Nachricht bei den Töchtern ein, dass Wyn das Haus in Cala verkaufen wollte. Beide waren still, wagten kaum einen Fuß vor den anderen zu setzen, als sie das hörten. Ein langjähriger Ferientraum sollte zu Ende gehen. Bis Eli endlich sagte: »Papi kauft das Haus. Und wir fahren schon Weihnachten hin.« Die beiden fielen den Eltern um den Hals, tobten durch den Garten, und Anja sang nur in einem fort: »Die Casa Cantante, sie steht noch.« Daran dachte Ottchen noch lange. Als die Kinder sich beruhigt hatten, war er gerade fertig mit seinen Transaktionen. Er hatte Wyn angerufen und ihm gesagt, dass er das Haus übernehmen wolle. Dabei hatte er das Gefühl, dass Wyn ganz froh war, einen deutschen Käufer zu finden und keinen spanischen.

Der Ferienhauskauf fiel zusammen mit dem gesundheitlichen Zusammenbruch von Otsch. Er hatte sich noch beim achtzigsten Geburtstag feiern lassen. Den Betrieb hatte er lange schon gegen eine Leibrente an einen Konkurrenten verkauft. In das viel zu große

Wohnhaus war in den ersten Stock eine junge Familie eingezogen, die kostenlos hier wohnen sollte, nur gegen die Auflage, im Notfall auf Otsch und Elma aufzupassen. Der erste Notfall trat ein, als es nicht Elma, die immer wieder einmal Herzanfälle bekam und ins Krankenhaus musste, sondern Otsch sehr schlecht ging. Von einem Tag zum anderen hatte er Wasser in der Lunge. Er musste punktiert werden. Da sein Verstand sehr klar arbeitete, nahm er dies als erstes Anzeichen für die allerletzte Phase seines Lebens. Seine Mutter war mit den gleichen Symptomen gestorben.

Für Ottchen begann eine anstrengende Zeit, weil er oder Eli abwechselnd an jedem Wochenende die Lahntalstrecke hinunterfuhren, um wenigstens eineinhalb oder zwei Tage in der Woche bei Otsch am Krankenbett zu sein. Elma musste ja auch noch betreut werden. Sie begann langsam, ihr Leben umzustellen, sich auf sich selbst zu konzentrieren, was etwas ganz Neues für sie war. Sehr diszipliniert kochte sie regelmäßig für sich. Sie sorgte für den Garten und sie ging jeden Tag ins Krankenhaus. Sie begann auch wieder Bücher zu lesen, selbst wenn sie immer wieder darüber einschlief. Und sie begann immer mehr von früher zu erzählen.

Früher, das war das Leben in Masuren, dabei verblasste die Erinnerung an Reisen und Feste. Es wuchs immer stärker der Rückblick auf die Schlittenfahrten im Winter, wo hinter dem großen Pferdeschlitten noch mindestens zehn kleine angebunden waren. Hervor traten die Erinnerungen an die langen hellen Nächte, den hohen Himmel und die großen weißen Sommerwolken. Elma erinnerte sich daran, wie sie als Mädchen Himbeeren gepflückt hatte und von einer Kreuzotter gebissen worden war. Und sie fing an, ihre Mutter zu verstehen, die ihr im Haus alle Arbeit abgenommen hatte, damit sie selbst im Betrieb mitwirken konnte.

Otsch ging es körperlich sehr schlecht, dabei war er geistig völlig klar. Er las jeden Tag die Zeitung und erläuterte sie den beiden mit ihm auf einem Zimmer liegenden alten Herren, wovon einer Polizeibeamter und der andere Vorarbeiter einer Schokoladenfabrik war. Otsch erklärte vor allem Adenauers Politik, denn er hatte den alten Herrn ja kennen gelernt und meinte genau zu wissen, was der dachte. Und er erinnerte sich immer wieder daran, dass der Kanzler auf einer Wahlreise in der Nähe Station gemacht hatte. Mit Otsch hatte er bei Kaffee und Cognac über die Mitbestimmung ebenso wie über die Oder-Neiße-Linie debattiert. Es war Otsch, der in Adenauer eine verwandte Seele sah. »Wiederbekommen werden wir das alles nicht mehr. Aber einen Preis müssen wir aushandeln, einen guten«, sagte er nach diesem Treffen.

Weder Elma noch Ottchen machten sich etwas vor, wenn sie am Krankenbett des Vaters saßen. Er musste immer häufiger punktiert werden, das Herz spielte nicht mehr mit, nur der Kopf war noch der alte. Otsch konnte nicht mehr aufstehen, als Ottchen ihm vom Hauskauf in Spanien erzählte. Er tat es mit schlechtem Gewissen, denn sein Vater würde ja dieses Haus nicht mehr sehen können. Außerdem hatte er sich massiv verschuldet, und Schulden durfte man eben nur dann machen, wenn das Geld für eine Investition gebraucht wurde, und nicht zum Erwerb eines Ferienhauses. Aber Otsch reagierte anders. Er sah seinen Sohn groß an und meinte dann: »Das hast du richtig gemacht. Ihr werdet nicht immer in der Großstadt leben wollen und warum nicht Spanien, wo es zumindest wärmer ist als hier.« Und dann meinte er noch, nachdem Ottchen ihm einiges über den kleinen Ort erzählt hatte, über die Menschen, die dort lebten, und dass er selbst eben kein Tourist sei, sondern anerkannt von den Einheimischen: »Vielleicht ist es wie Lyck. Und das wäre schön.« Ottchen fiel ein Stein vom Herzen. Er fuhr beseelt von diesem Krankenbesuch heim, übrigens immer viel schneller, als auf der Lahntalstrecke erlaubt war. Er erzählte Eli von diesem Gespräch. Auch sie war erleichtert, denn ein wenig hatte auch sie ein schlechtes Gewissen, dass man sich so verschuldet und sich auf Spanien festgelegt hatte.

Otschens Tod beendete einen Lebensabschnitt, auch für den Sohn. Der war nun plötzlich das Familienoberhaupt. Er hatte niemanden mehr vor sich, den er fragen konnte, wie es früher war oder was man später tun sollte. Er spürte, dass ihm eine endgültige Stellung zuwuchs. Jetzt stand er allein da. Er konnte auf niemanden mehr zurückgreifen. Das sagte er auch Eli, die das Gleiche ja schon einmal erlebt hatte, als ihr Vater starb, lange nach ihrer Mutter. Auch sie hatte gespürt, dass sie plötzlich niemanden mehr zum Anlehnen besaß. Aber sie hatte ja noch Ottchen. Vielleicht war es ihr nicht ganz so bewusst geworden, wie allein gelassen man sein kann, wenn die Eltern sterben.

Doch der Verlust des Vaters war für einen Mann vielleicht noch etwas anderes als für eine Frau. Nur sprechen konnte man darüber nicht. Jedenfalls Ottchen konnte es nicht. Er blieb mit seinen Gedanken allein, selbst dann, wenn er mit Eli darüber sprach. »In Lyck hätte es sicher eine Riesenbeerdigung gegeben«, sagte Ottchen etwa vier Wochen, nachdem er alles geregelt hatte, um seiner Mutter ein ruhiges Leben im Haus zu ermöglichen. Sie wollte in dem Haus bleiben, das Otsch und sie gebaut hatten. Sie räumte nichts um, außer dass sie ein Gästezimmer einrichtete, in dem Eli und Ottchen mindestens einmal im Monat übernachteten. Sie hatte auch kein Bedürfnis, nach Spanien in das Haus der Kinder zu fahren. Nur die Enkelkinder mussten möglichst häufig zu Besuch kommen. Ja, sie ließ sich sogar die Augen operieren.

Elma litt an grauem Star, und jetzt endlich wollte sie künstliche Linsen. Sie blieb nur wenige Tage im Krankenhaus. Als sie nach Hause kam, sah sie zum ersten Mal in ihrem Leben alles scharf. Zum Nahsehen brauchte sie noch eine Brille, aber in der Ferne konnte sie zum ersten Mal alles ohne sie erkennen. Und sie sah die Farben der Blumen, der Blätter, Gesichter erkannte sie auch. Auch wenn sie manchmal zweimal hinsehen musste.

Früher hatte sie ja nur Schemen gesehen. Als sie zum ersten Mal ein Foto von Otsch vor sich hatte, setzte sie die Brille sofort wieder ab. »Dass er so alt geworden ist«, meinte sie und hat das Foto nie mehr sehen wollen. Sie wollte Otsch so in der Erinnerung behalten, wie er jung gewesen war. Das muss ihr bis an das Lebensende geglückt sein.

Der spanische Hauskauf mit aller Bürokratie zog sich länger hin, als Ottchen gedacht hatte, aber er kam noch im gleichen Jahr zustande, und zwar so, dass ihm und Eli das Haus schon Weihnachten gehörte. »Jetzt fahren wir auch Weihnachten nach Spanien«, erklärte Ottchen. Da es keine Flugkarten mehr gab und man ja auch noch einiges von zu Hause mitnehmen musste, was dann in Spanien bleiben sollte, wurde es eine Reise mit dem Auto. Spanien im Winter, das war nun doch etwas Neues. Bis Lyon war das Wetter ähnlich wie in Bonn, dann aber begann es wärmer zu werden und die Autobahn voller. Die Hotels waren übrigens leer wie im Sommer nie. Und da sich die beiden mit dem Fahren abwechselten, war die Reise auch nicht zu anstrengend.

Die Stadt Aguilas machte einen völlig neuen Eindruck. Keine Touristen, auch keine spanischen. Dafür aber eine ganze Reihe von Onkeln und Tanten und anderen Verwandten von Spaniern, die aus Deutschland gekommen waren. Es arbeiteten, auch das hatten sie noch nie bemerkt, zahlreiche Spanier in der Gegend von Stuttgart. In den Weihnachtsferien kam man eben nach Hause. Das Haus schien auch ganz neu zu sein. Jetzt gehörte es ja ihnen. Man brauchte keine Angst mehr zu haben, Teppiche zu verschmutzen oder Kratzer in der Tischplatte zu hinterlassen. Ottchen begann auch gleich mit den ersten Reparaturarbeiten. Die elektrische Anlage hatte es ihm angetan, nachdem er einen Schlag bekommen hatte, als er den Kühlschrank öffnete.

Wyn hatte spanische und deutsche Teile kombiniert. Das konnte nicht gut gehen. Ließ sich aber nach einigem Nachdenken in Ordnung bringen. Im Wesentlichen mussten die deutschen Teile heraus und spanische hinein. Dafür war es notwendig, den Strom ganz abzuschalten und einen neuen Stromzähler einzubauen. Ottchen bestellte den Elektriker, und der wiederum sagte, da müsste einer von der Stromversorgung her, und der kam auch. Ein junger Mann kletterte auf eine Leiter und schnitt ganz einfach den Zähler ab. Die Leitungen überbrückte er und sagte: »So, jetzt geht's.« Auf die Frage, ob er denn den Zähler so einfach wegnehmen dürfe, meinte er nur: »Mein

Onkel ist Chef des E-Werkes, und für die paar Tage erlaubt er das.« Aus den paar Tagen wurden ein paar Wochen, ja sogar einige Monate. Auch hier schien das »Prinzip Amigo« alle Probleme zu lösen.

Das Weihnachtsfest wurde dann zum ersten Mal ohne Tannenbaum gefeiert. Ottchen hatte eine Weihnachtspyramide mitgebracht aus dem Erzgebirge. Sie drehte sich, als die Kerzen angezündet waren, echte Weihnachtsstimmung kam aber nicht auf. Bis die ganze Familie zur Mitternachtsmesse ging. Die Kirche war bis auf den letzten Platz besetzt. Nur hin und wieder sah man vom Bürgermeister bis zum Fischer einzelne Bewohner der Stadt herauskommen. Sie wollten zwischendurch eine Zigarette rauchen. Das tat man während der Predigt oder auch danach.

Auf dem Marktplatz schräg gegenüber gab es ein Krippenspiel. Das war nun echt weihnachtlich. Hier spielten richtige Schafe und Ziegen mit und sogar ein Kamel. Dazu ertönten die neuesten Schlager aus »Jesus Christ Superstar«. Das Spiel begann schon, während die Mitternachtsmesse noch gehalten wurde, und endete dann in einem großen Spektakel, an dem fast der ganze Ort teilnahm. Es wurde getrunken, gefeiert, im Vorgriff auf das Dreikönigsfest, das das eigentliche Weihnachtsfest der Spanier ist.

Das hatte Ottchen im Übrigen schon früher erfahren, als er eine ältere deutsche Dame betreute, die Flugangst hatte. Sie hatte ihm erzählt, dass ihre Tochter mit einem spanischen Professor verheiratet sei und dass sie deswegen Weihnachten immer zweimal feiern müsste. Einmal deutsche Weihnachten für ihre Enkelkinder mit Geschenken und allem, was dazugehörte, am 24. Dezember und dann wieder mit neuen Geschenken am Dreikönigstag. Das ist dann wiederum spanische Tradition. So kamen die Enkel aus dieser gemischten Familie zu einem doppelten Geschenksegen, an den sie sich mit der Zeit gewöhnten.

Heilige Drei Könige war dann ein richtiges Sommerfest, an dem am Abend die Könige mit Ross und Reiter in die Stadt einzogen, begleitet von der Banda Musica und erwartet von den Kindern. Die Heiligen Drei Könige nahmen Platz auf einem Podest, die Kinder kamen zu ihnen, um mit ihnen fotografiert zu werden. Der Dorffotograf kam kaum nach mit dem Filmewechseln. Spanien hatte damals noch einen hohen Geburtenüberschuss.

Das war nun ein ganz anderes Weihnachtsfest als das, was man zu Hause feierte. Vor allem die Weihnachtslieder klangen nicht nur fremdartig spanisch. Sie hatten auch einen ganz anderen Rhythmus. Man feierte Weihnachten im Dreivierteltakt, fröhlich, laut und überhaupt nicht besinnlich. Später stellte Ottchen fest, dass sogar das Lied »Ich hab' einen Kameraden« kein Trauerlied war, sondern in Spanien als Marschlied fröhlich, dynamisch gespielt und gesungen wurde. Übrigens kaufte Eli sehr schnell einen Ofen, einen rollbaren Apparat mit einer Gasflasche darin, der nach vorne Wärme in jeder Menge abstrahlte. Spanier brauchten so etwas nicht. Da es doch am Abend weniger als fünfzehn Grad warm blieb, auch wenn man am Tag in der Sonne im Badeanzug sitzen konnte, war ein Heizkörper ganz angenehm.

Nur das Boot, das Ottchen und Eli mit übernommen hatten, brachten sie bei diesem ersten Besuch noch nicht zu Wasser. Es blieb in der Garage. Die Segel nahmen sie allerdings mit nach Hause. Sie waren sehr ausgeleiert. Trotz Geldmangel hatten die beiden beschlossen, es müssten neue Segel her, damit im Sommer die Jolle zu Wasser gebracht werden könne. Übrigens blieb in dem Haus alles so, wie es Wyn und Andrea hinterlassen hatten. Man diskutierte zwar in jeden Ferien, ob man nicht doch andere Möbel anschaffen oder wenigstens andere Bilder aufhängen wolle, aber Eli meinte immer wieder: »Es passt doch alles so gut zusammen. Lassen wir es. Warum muss es so perfekt sein.« Nur den Teppichboden im Schlafzimmer, den ließen sie schon beim ersten Besuch herausnehmen und dafür Fliesen legen.

Mit den Jahren wurde das Haus Stückchen für Stückchen erneuert, auch wenn es nie erweitert werden durfte. Die Spanier hatten ein Gesetz beschlossen, dass in Häusern, die in der Zona Maritima standen, das heißt direkt am Wasser, nichts mehr geändert werden durfte. Und dicht am Wasser stand das Haus ja nun. Es durfte gerade mal frisch gestrichen werden. Den abgefallenen Putz konnte man gerade noch erneuern, aber mehr auch nicht. Gemacht war das Gesetz im Übrigen nicht wegen der kleinen Häuser, sondern wegen der großen Hotels, die in anderen Orten direkt ans Ufer gebaut waren und dazu geführt hatten, dass die Spanier sich selbst ihre Küste in vielen Teilen verschandelt hatten. Das fiel erst auf, als es schon zu spät war. Und die Spanier fanden trotz Gesetz auch immer wieder Wege, um diese bestehenden Gebäude zu erhalten.

Eli, Ottchen und die Kinder eroberten sich allmählich die ganze Gegend. Sie blieben nicht am Strand, sondern fuhren ins Land hinein. Sie besuchten Granada und Marbella. Sie kamen nach Cadiz und gingen auch stundenlang durch die Alhambra spazieren, was später gar nicht mehr möglich war. Und immer wieder fanden sie neue Freunde, meist über die Kinder.

Kurzum, Aguilas wurde Lyck immer ähnlicher, wurde immer mehr ein Zuhause, wurde so etwas wie ein Stück Heimat.

Ottchen fand sogar einen Großmutterersatz in »Oma«, der Mutter einer spanischen Großfamilie, die nicht nur die älteste Bar am Hafen besaß, sondern zu deren Söhnen auch ein Klempner gehörte. Ganz zuletzt sogar der Bürgermeister. Mit »Oma« klönte Ottchen stundenlang, selbst wenn das mit dem Spanischen nicht so richtig lief. Sprachbegabt war er ja nie. Aber mit Händen und Füßen konnte er reden, und wenn er genau hinhörte, verstand er doch sehr viel. Das Gleiche war ihm übrigens auch in Polen passiert, als er ein langes Gespräch mit Prominenten führte. Er hatte dabei alles genau und sehr richtig verstanden, auch wenn er die Sprache nicht beherrschte. Und selbst in Irland war es ihm so gegangen. Ob das am Hinhören lag oder daran, dass er sich voll auf seinen Gesprächspartner einstellte?

Der Abstand zu Ostpreußen, zu Masuren, wurde immer größer. Ottchen bekam zwar immer mal wieder eine Einladung nach Warschau, die er aber nicht wahrnahm. Es reizte ihn nicht, in ein kommunistisches Land zu fahren, selbst wenn es dort nur wenige gläubige Kommunisten gab. Außerdem hatte er ja genug zu tun. Er schrieb Artikel und sogar Bücher und nahm den Tag so, wie er war. Spanien hatte dazu beigetragen, dass er sich jetzt immer mehr auf den Süden Europas konzentrierte. Eli und die Kinder waren ohnehin ganz auf das Land mit den wunderschönen Sonnenuntergängen eingestimmt. Sie wollten am liebsten drei- oder viermal im Jahr nach Spanien fahren, was sich Ottchen zeitlich nicht leisten konnte.

Genau mit der Wende und der Wiedervereinigung bekam er den Bescheid seiner Versicherung, dass er nun Rentner sei. Zu arbeiten hörte er allerdings nicht auf. Nur begann er jetzt seine Erfahrungen Jüngeren weiterzugeben. Das machte sogar Spaß, auch wenn er eigentlich viel umherreisen musste. Am 30. Dezember 1989 aber packte ihn ganz plötzlich das Reisefieber. »Hier in Bonn sieht man überhaupt nicht, was los ist. Da geht die Mauer auf, und die Menschen kommen rüber, und hier merkt man nichts«, sagte er zu Eli. Er nutzte alle seine Beziehungen und erreichte es, ein winziges Hotelzimmer in Berlin zu bekommen. Dann flogen sie beide zu Sylvester nach Berlin, in die alte Hauptstadt..

Und dieses Erlebnis brachte ihm jetzt den Osten wieder näher. Die beiden gingen am Brandenburger Tor über die niedergetretenen Sperren, bummelten durch den Osten, ohne genau zu wissen, wo sie waren, denn zuletzt hatte Ottchen Berlin vor dem Krieg gesehen. Und da gab es keine Stalinallee und keinen Kulturpalast. Es war schon eigenartig, dieses Gefühl, jetzt plötzlich auf preußischem Boden zu stehen. Das Standbild Friedrichs des Großen erhob sich »Unter den Linden« und vor den alten Wachtposten in Habt-Acht-Stellung. Erschütternd war die Gruft der deutschen Kaiser im Dom. Verstaubt, verdreckt, aber zugänglich. Auch wenn man nicht recht wusste, ob der Zerberus an der Tür zur Stasi gehörte oder zur Kirchenverwaltung. Der Dom selbst war nur zum Teil geöffnet. Der vom Westen bezahlte Wiederaufbau hatte gerade mal das Dach erneuern können und einen Teil des Chores. Aus anderen Kirchen hatte man Museen gemacht. Sie wirkten so kalt und so nüchtern, wie nun einmal Museen sind.

Die Menschen, die man hier traf, waren vor allem Westler. »Wissen Sie denn, wo es nach Guben geht?«, fragte ein Autofahrer Ottchen. Der konnte nur den Kopf schütteln und sagen: »Ich bin auch aus dem Westen.« Er bekam zurück: »Es sind aber wirklich nur alle aus dem Westen hier. Die aus dem Osten sind drüben.« Und so war es wirklich. Auf dem Ku'damm kam man kaum voran.

Allerdings traf Ottchen auch hier Freunde in großer Zahl. Alte Berliner waren in diesen Tagen in ihre Stadt gekommen. Sie wollten dabei sein, wenn eine neue Zeit beginnt. Es hatte sie weder in Essen noch in München, noch in Hamburg gehalten. Und das »Du auch hier« wurde zum geflügelten Wort in diesen Tagen. An die zerbröckelte Mauer des Brandenburger Tors waren dazu noch Hunderte, ja Tausende aus allen Teilen Europas gefahren. Schweizer vergaßen den erhobenen Zeigefinger à la Pestalozzi, und Briten klatschten begeistert, als die Europafahne auf dem Brandenburger Tor hochging. »Das würde unsere Premierministerin aber gar nicht freuen«, meinte einer von ihnen.

Die Polizei hatte es fertig bekommen, die Autos zu kanalisieren. Den Berlinern sagte man, sie könnten mit der U-Bahn fahren. So standen auf der Ost-West-Achse Wagen mit Kennzeichen, die man vorher in Berlin noch nicht gesehen hatte. »Wie schnell darf man eigentlich auf der Autobahn nach Berlin fahren?«, fragte ein Franzose Ottchen. Als der sagte: »Ja, hundert Stundenkilometer«, lachte der nur: »Wir sind einhundertsechzig gefahren. Aufgehalten hat uns keiner.« Und auf die Rückfrage, ob sie denn glatt durchgekommen seien an der Grenze, erhielten sie die Antwort: »Wir haben keine Polizei bemerkt.«

Ottchen hatte noch lange ein ungutes Gefühl, wenn er mit Eli nach Ostberlin fuhr. Es waren nicht die Jahrzehnte, die zwischen ihren Besuchen lagen, in denen er nicht mehr Unter den Linden spazieren gehen konnte, sondern Überbleibsel der Diktatur. Er erinnerte sich an die Kontrollen, als sie nach Polen fuhren, an die Chruschtschow-Krise, als die Sowjets die Stadt vereinnahmen wollten, und an die Warnung eines Politikers: »Also, wenn Sie nach Berlin fahren, fliegen Sie. Ihretwegen führen wir keinen Krieg.« Sie kamen sich zeitweise vor wie Amerikaner in der ersten Nachkriegszeit. Ottchen und Eli hatten DM-West. Darum wurden sie auch ohne irgendwelche Probleme zum Kaffeetrinken ins Grandhotel gelassen, wo Ostberliner nicht gern gesehen wurden. Sie hatten dennoch ein schlechtes Gewissen. Für die DM-West konnten sie ja nichts. Man sah ihnen die Westler an. Warum, konnte Ottchen auf Anhieb nicht sagen. Aber es war ein wenig wie bei der Polenreise. Allein der Pelzmantel fiel auf, auch wenn es nur ein Schafspelz war.

Nach diesem Berlin-Besuch begannen Ottchen und Eli sich wieder für Polen zu interessieren. Es hatte dort in der Zwischenzeit das Kriegsrecht gegeben. Der Aufbruch in Polen war viel früher erfolgt als in der DDR. Er hatte sogar den deutschen Bundeskanzler überrascht, der allerdings die Gelegenheit nutzte, um die Oder-Neiße-Linie voll anzuerkennen. Hatte Ottchen noch geglaubt, das würde einmal schmerzlich werden, so war das jetzt etwas ganz Normales, die Anerkennung der Gegebenheiten. Es gab gar keine Frage mehr, ob Polen bis Stettin reichte und bis zur Oder. Und Ostpreußen, das war weit hinter die Grenze gerückt. Und doch wurde es gerade dadurch wieder in den Lebensbereich der Brodowskis einbezogen.

19

Ottchen fuhr nicht gleich nach Polen, auch wenn es ihn wieder dort hinzog. Er nutzte das erste halbe Jahr nach der Wende, um die DDR zu bereisen. Er fuhr nach Dresden und nach Leipzig, nach Eisenach und in den Norden. Es gab noch eine DDR-Regierung. Dass sie nicht mehr viel zu bestellen hatte, war offensichtlich, und doch regierten vor allen Dingen im Norden der DDR immer noch die alten Kader.

Ottchen nahm Eli mit, allein schon deswegen, weil sie die Klügere war und in der Regel Probleme schneller erkannte als er. Das wurde in Rostock besonders deutlich. Nicht nur, dass hier immer noch Schilder an Restaurants hingen, die bekundeten, dass Einzelne mit Genehmigung der Behörden Ferien machten, und bei anderen, dass man die Plätze nicht frei wählen dürfe. In den Hotels war es für Einheimische noch verboten, im Café mit ihren westlichen Freunden zusammenzutreffen.

Als Ottchen das bemerkte, schaltete er auf stur. »Ich lade den ein, den ich will. Und wenn Sie Probleme haben, dann lassen Sie es mich wissen«, fuhr er den Geschäftsführer des besten Hauses am Platze an. Und einmal wurde er sogar bedroht von einem Funktionär, der es sich als Gewerkschaftler hatte gut sein lassen und Jahre davon gezehrt hatte, in seinem Staatshotel Kaviar und Austern kostenlos zu verzehren. Er glaubte, immer noch befehlen zu können. Dass er dann völlig in der Versenkung verschwand, später sogar vor ein Gericht kam, ist nur am Rande zu vermerken. Ottchen fand viele Freunde in der DDR. Es waren vor allem Journalisten, die jetzt in größere Schwierigkeiten gekommen waren, nachdem sie sich vorher jahrelang mit Nischenberichterstattung über Wasser gehalten hatten. So fand er einen, der immer über die Schlösser von Sanssouci schrieb, deren Ritzen mit Zeitungspapier abgedichtet worden waren und deren Gärten langsam verfielen. Ein anderer hatte sich eine christliche Schiene gesucht und schrieb für westliche Kirchenblätter. Übrigens beschwerte sich der Kollege aus Sanssouci Jahre später, dass der Westen nicht nur das Zeitungspapier in den Ritzen ersetzt hatte, sondern es sogar fertig bekommen hatte, Friedrich den Großen wieder in seiner alten Grabstätte beizusetzen, den Alten Fritz zurückzuholen.

Dann aber zog es Ottchen doch nach Masuren. Es wurde Sommer. Ottchen dachte an die Johannis-Feiern mit brennenden Feuerstößen, mit der Beleuchtung des Seeufers am Lycksee, den Booten, die in den weißen Nächten über das gleißende Wasser glitten. Ottchen und Eli kamen in ein ganz neues Land. Masuren war bei der ersten Reise noch ein besetztes Land, in dem Fremde wohnten, ein Land, das zerstört war vom Krieg, in vielen Teilen menschenleer, denn die Neueinwanderer zogen zuerst in die Städte und ließen die Dörfer verkommen. Jetzt war vieles anders. Ottchen und Eli flogen nach Warschau, mieteten ganz normal ein Auto. Als sie den Großstadtverkehr von Warschau hinter sich hatten, öffnete sich das Land links und rechts von der Straße nach Augustowo. Der Narew, den Ottchen früher nie gesehen hatte, obwohl der Lyckfluss in ihn mündete, spiegelte die Sonne wider. Wasservögel stoben in Scharen auf, und dann ließ sich sogar der erste Storch sehen. Dass sie später Störche gar nicht mehr bemerken würden, weil es so viele gab, wussten sie noch nicht.

Auf der Straße überholten sie immer wieder deutsche Autos, das heißt Lastwagen mit deutschen Inschriften. Sie kamen nicht aus Deutschland, und sie fuhren auch nicht nach Deutschland. Sie hatten litauische und estländische Nummern. Es waren Gebrauchtwagen, in Deutschland gekauft, die man nicht umgespritzt hatte. An Privatwagen sah man nur sehr große Mercedes, auch ein paar BMWs, aber dann immer den Polzki Fiat, das in Polen gebaute Kleinauto, das oft Jahrzehnte seinen Dienst tat. Und da fast jedes Auto mit mehr als vier Personen besetzt war, musste Ottchen immer wieder überholen, manchmal winkten im sogar die Insassen zu.

Die Straßenschilder zeigten immer noch nach Augustowo. Ottchen versuchte sich zu erinnern, wie es denn vor dreißig Jahren gewesen war auf der Fahrt nach Masuren. Aber die Städte hatten sich so verändert und selbst die Dörfer, dass er keinen Anhaltspunkt für eine Erinnerung fand. Plattenbauten umgaben die Innenstädte und selbst die Bürgersteige waren jetzt zu erkennen. Und dann gab es sogar eine Umgehungsstraße. Der Autoboom in Polen hatte gerade begonnen. Die Kreuzung, an der die Straße von Grajewo nach Lyck und weiter nach Augustowo führte, war besser ausgeschildert als manche Straße in Mitteleuropa. Ottchen kam es jetzt auch gar nicht mehr so vor, als ob er in Kürze über eine alte deutsche Grenze zwischen Grajewo und Lyck fahren würde. Beides gehörte irgendwie zusammen und gerade, als er darauf hinweisen wollte, dass hier in Prostken wohl irgendwo die Grenze gewesen sein musste, war er auch schon vorbei. Die Straße war durchgehend geteert und der alte Grenzstein verschwunden.

Als sie nach Lyck hineinfuhren, kamen sie in eine neue Stadt. Autowaschen am See, das ging nicht mehr, und die alten Dorfkulissen von Sybba waren auch nicht mehr da. Hier stand jetzt eine Plattenbaustadt für sechzigtausend Menschen. Die Straßen waren vierspurig angelegt. Und wenn es die Seepromenade nicht gegeben hätte und die Kirchen, die auch die Russen nicht hatten zerstören können, man hätte Lyck kaum wiedererkannt. Sie fuhren jetzt durch ein Land, das alte Heimat war und doch ein Land mit einem anderen Gesicht.

So war es zum Beispiel an der Krutinna still wie in einer Kirche am Sonntagmorgen. Nur von Zeit zu Zeit perlten von dem Stakruder, das das Boot vorantreibt, ein paar Wassertropfen in den Fluss. Im glasklaren Wasser trieben Algen abwärts, eine Schar kleiner Fische spielte mit dem durch den Blätterwald fallenden Sonnenstrahl. Das Boot glitt von Biegung zu Biegung gegen den Strom der Krutinna an. Weit weg am Ufer hörte man ein verhaltenes Lachen und dann wieder diese andächtige Stille. Baumstämme ragten ins Wasser, herabfallende Äste, dick bemoost. Dahinter stand ein Reiher. Aufmerksam betrachtete er die Wasserfläche, aber er schien satt zu sein. Er stieß nicht zu, obwohl die Fische nicht vor ihm wegschwammen.

Auf der Spitze des Bootes hatten sich zwei blaue Libellen niedergelassen, eine weitere spielte mit dem Ruderblatt. Sie flogen mit dem Boot und blieben stehen wie Hubschrauber, die sich nicht entfernen wollen, wie Kolibris vor einer Blüte. Und hinter der nächsten Biegung paddelte eine Schar Enten. Ganz ruhig und ohne Eile gründelten sie und streiften ihre Schnäbel ab an den Ästen der Bäume, die ins Wasser ragten. Auch ein Schwanenpaar tauchte auf. Sechs graue kleine Schwäne zogen in Linie hinter der Mutter her, während Vater Schwan argwöhnisch das Boot betrachtete. Die beiden Brodowskis machten keine Geräusche. Sie glitten auf diesem fast hundert Kilometer langen Fluss dahin, der noch jeden bezauberte, der bis hierher in Ostpreußen gekommen war. Der Indian River auf Domenica in der Karibik ist sicher wilder, aber man kann ihn nur zwei Kilometer weit befahren. Die Krutinna fließt dagegen endlos unter einem dichten Dach von Blättern und Blüten, die sich im Wasser spiegeln.

Eine Fahrt durch Ostpreußen machte jetzt keine Mühe mehr, seit Karol Wojtyla, Walesa und andere Polen wieder in die europäische Völkerfamilie zurückgeführt haben. Für beide Brodowskis war das wie eine Offenbarung. Sie fuhren durch ein Land, in dem sie sich zu Hause fühlten, obwohl sie schon seit langem hier nicht mehr lebten.

Alle masurischen Seen sind mit Kanälen verbunden. Der Mauersee mit dem Spirdingsee, der Laschmiadensee mit dem Lycksee und viele andere mehr. Die alten Motorboote fuhren jetzt polnische und deutsche Besucher durch die Kanäle mit ihren Schleusen und Brücken, vorbei an Wäldern, in denen die Blaubeeren in dicken Büschen stehen. Es gibt hier Elche und Biber, Wildpferde und Wisente, und wenn man tagelang Zeit hat, auf sie zu warten, wird man sie auch sehen. Selbst die ausgewiesenen Orte des Fremdenverkehrs begannen in neuer Schönheit zu leuchten. Um Heiligenlinde, das Barock-Monasterium der Jesuiten, herrschte zwar der übliche Touristen-Basar, in dem man gestickte Decken aus China, dann aber auch wieder polnische Kunst und die üblichen Devotionalien erstehen konnte. Aber im Innern der Marien-Basilika war wieder alles anders.

Ein heiteres Gotteshaus empfing die Besucher, und Jesuiten waren bereit, auf Deutsch und in vielen anderen Sprachen zu erklären, wie Heiligenlinde überlebt hat und was es bedeutete, dass hier noch eine Monstranz aus Köln stand. Dann gab die großartige Orgel ein Konzert, das auch die Augen erfreute. Die großen Figuren der Verkündigung Mariens bewegten sich. Die Engel tanzten, die Musizi schlugen die Trommel und bliesen die Fanfaren, und Maria neigte demütig ihr Haupt. »Das könnte Kitsch sein«, sagte Eli. »Ist es aber nicht. Vielleicht auch nur, weil diese Orgel aus dem 17. Jahrhundert stammt.« – »Vielleicht auch nur, weil sich hier immer Menschen zusammengefunden haben, die beteten und zuhörten und zuschauten und sich freuten«, ergänzte ihr Mann. »Dies ist das Land der Zauberer«, sagte Eli beim Hinausgehen und zitierte damit den alten Lycker Dekan und den protestantischen Pfarrer Pogorczelski.

Verzaubert fühlten beide sich an jedem Tag. Jeder Morgen begann mit einem strahlenden Sonnenaufgang, der das Morgenrot zum Gold verwandelte und dann zu gleißendem Sonnenlicht. Und da die Sonne sehr früh aufgeht in Ostpreußen, war es auch noch kühl und man konnte das Farbenspiel genießen. Dann wurde es heißer, mittags immer schwüler, bis am frühen Nachmittag das übliche masurische Sommergewitter losbrach. Und es kam in Minuten. Die Wolken ballten sich zusammen zu hohen Türmen. Es blitzte und donnerte, und dann rauschte der Regen über Straßen und Landschaft, sodass die Wege schon nach Minuten Bäche waren und die Bäume ihre Blätter nur noch schützend nach der windabgewandten Seite drehen konnten. Es folgte in der Regel ein Gewittersturm und dann eine unheimliche Ruhe. In diese Ruhe hinein strahlte wieder die Sonne. Sie blieb am Himmel, bis sie am späten Abend wieder glutrot unterging.

»Das ist jeden Tag hier so«, meinte Ottchen. »Und wenn es mal kein Gewitter gibt, dann ist es einfach die Ausnahme. Am Abend nach einem solchen Gewitter stießen sie auf das alte Schloss der Dohnas in Slobiten. Es war nicht einfach zu finden. Der Ort liegt ein ganzes Stück von der Hauptstraße ab. Dann gibt es nur holprig gepflasterte Straßen und ein Dorf, in dem Kinder spielen, für die das Schloss im früheren Park nur noch ein Abenteuerspielplatz ist. Aber die gewaltige Anlage ist noch zu erkennen, auch wenn sie kein Dach mehr hat und die Mauern zusammenfallen. Nur die uralte und jetzt denkmalgeschützte Buche im Schlossgarten ist noch vorhanden. Und aus der Wand, der halb zerstörten, ragt ein Wasserrohr hervor. »Das müsst ihr sehen, das Schloss hatte schon eine Wasserleitung. Das Dorf hat immer noch keine«, sagten zwei Jungs, die die beiden Brodowskis durch die Ruine führten. Der Schlossteich war voll Wasser, zugewachsen mit Algen. Die früher einmal eindrucksvollen Statuen auf der Schlossbrücke sind verschwunden, so wie die Familie auch, die dieses Anwesen einst mit Leben erfüllt hatte. Selbst die Stallungen waren verfallen, von den Russen nach dem Einmarsch zerstört. Nur ein Insthaus ist noch erhalten, jetzt von ukrainischen Vertriebenen bewohnt.

Eine andere ukrainische Familie trafen sie bei Bartenstein. An der Straße sah Ottchen plötzlich einen Wegweiser mit einem Ortsnamen, der ihn irgendwie an früher erinnerte. »Lass uns da einmal hinfahren«, meinte er. Dann standen sie vor dem Tor des Hofes seiner Tante. Hier hatte er in den Sommerferien bei der Ernte geholfen, war auf den hohen Leiterwagen zu den Feldern gefahren, barfuß über die Stoppeln gelaufen, hatte die Störche aufgescheucht, die hinter der Mähmaschine herstolzierten. Sie fuhren durch das offene Tor und standen vor einer Baumgruppe und einem Blumenbeet. Die Bauersfrau kam heraus, stellte sich daneben, ohne ein Wort zu sagen, bis Ottchen sich vorstellte. Er habe hier als Junge immer wunderschöne Ferien verlebt. »Oh, dann seid ihr Verwandte der Besitzer«, sagte die Ukrainerin in holprigem Polnisch. »Ihr steht vor ihrem Grab.« Da erst bemerkte Ottchen, dass das Blumenbeet ein Grabhügel war.

»Das waren die Besitzer hier«, erklärte die neue Bewohnerin des Hofes. »Die Russen haben sie erschlagen. Wir haben verhindert, dass sie auf den allgemeinen Friedhof kamen. Sie wollten auf ihrem Hof und ihrem Land bleiben. Da sind sie nun.« Ottchen standen die Tränen in den Augen, aber er ließ sich nicht viel anmerken. Dann wurde er mit Eli ins Haus gebeten zu Kaffee und Kuchen. Die neuen Bewohner brachten ein Buch herbei, ein sehr altes Fotoalbum. »Das ist von Ihrer Tante und Ihrem Onkel. Wir haben es aufbewahrt.« Erst Stunden später konnte Ottchen das ganze Gespräch rekonstruieren. Die Frau hatte erklärt, die neue Besitzerfamilie sei aus Kiew gekommen, auch heimatvertrieben. Es sei ihr sehr schwer gefallen, sich zurechtzufinden in Ostpreußen, aber nun, ihre Kinder seien hier geboren, und an die früheren Besitzer erinnerte nur noch das Grab, und das bepflanze sie in jedem Jahr neu.

»Die haben es sicher nicht leicht gehabt«, meinte Ottchen. »Hier war der Boden nicht sehr gut. Zuckerrüben gab es nur mehr in der Mitte Ostpreußens und nicht am Rande. Selbst für Weizen und Roggen gab das Land nicht sehr viel her. Aber sie können sicher gut leben hier und das sollen sie auch.« Dann standen die beiden vor der Marienburg. Auf dem rechten Nogat-Ufer war ein Haus mit deutscher Inschrift erhalten, »Zur Nogatbrücke«. Auf der anderen Seite des Flusses erhob sich in alter majestätischer Schönheit die Marienburg. Nur das große Marienmosaik, das man früher sah, wenn man durch den polnischen Korridor gefahren war und auf der Eisenbahnbrücke weiter südlich über die Nogat fuhr, war verschwunden. Aber sonst war der Burg nichts mehr anzusehen von der Schlacht, die um sie geführt worden war. Diese Ordensburg wollte Hitler unbedingt verteidigt haben. Es war auch nichts mehr davon zu sehen, dass die Burg nach dem Krieg noch einmal abgebrannt war, nachdem polnische Fachleute sie schon im Ganzen restauriert hatten. Ein Kurzschluss hatte das Feuer ausgelöst.

Besucher aus aller Welt waren jetzt in der Burg, um die Burg herum. Der große Versammlungssaal konnte in seiner ganzen Schönheit wieder besichtigt werden. Selbst die kunstvollen Heizungsschächte waren restauriert und fast alle Inschriften und Gemälde. Teil der alten Marienkapelle waren noch nicht wieder für die Besucher freigegeben, aber die Gräber der Ordensoberen luden zum Besuch ein. Die Burg des Deutschen Ordens war wiedererstanden, anders als das Schloss in Königsberg, das noch zu Breschnews Zeiten dem Erdboden gleichgemacht wurde. Nur in Allenstein war die Zweitausführung dieses Schlosses erhalten geblieben.

Als Ottchen und Eli dann durch die frühere ermländische Hauptstadt fuhren, stellten sie fest, dass dieses Schloss auch, ähnlich wie die Marienburg, vollständig restauriert war. Es beherbergte eine polnische Bücherei und gehörte der staatlichen Museumsverwaltung. Den Bürgern von Allenstein aber gehörte der Marktplatz mit seinen Arkaden. Und hier saßen hintereinander wie früher Frauen, die Pilze und Beeren anboten. Blaubeeren in Litergefäßen, schön aufgehäufelt, denn die Hohlräume mussten ja ausgeglichen werden. Und auch Erdbeeren gab es, Walderdbeeren, kleine, dunkelrote, die süß schmecken, ganz anders als die Gartenerdbeeren, an die man im Westen gewöhnt ist.

Die Pilze konnte Ottchen nicht alle auseinander halten. Er kannte nur die gelben kleinen Pfifferlinge und die großen dunklen Steinpilze. Sie kosteten ein Zehntel von dem, was sie auf deutschen Märkten einbrachten. Eli kaufte einen Liter Erdbeeren, um sie mitzunehmen ins Hotel. Und Ottchen erinnerte sich, dass zu Hause in der Wohnung seiner Eltern um diese Jahreszeit immer eine große Kristallschale mit Erdbeeren stand, wie gesagt Walderdbeeren, und eine zweite mit Blaubeeren. Himbeeren waren etwas seltener in Masuren, dafür gab es Brombeeren in jeder Menge.

Die beiden besuchten dann die über das Land fahrenden Schiffe im Oberland. Die einmalige Kanalanlage war wieder in Betrieb. Die Schiffe wurden nicht durch Schleusen bergan gehoben, sondern auf einer schiefen Ebene mit Wagen hochgefahren. Den Antrieb besorgte ein kunstvoll angelegtes Wasserrad, das vom Kanal mitbetrieben wurde. Gemütlich drehte es sich, knarrend, bewegte zwei große Zahnräder und das Drahtseil, das die Schiffe auf Wagen zog. Der polnische Maschinenmeister ging mit einer Ölkanne von Lager zu Lager und sorgte im Wesentlichen nur dafür, dass niemand in Versuchung geriet, zu nahe an das Wasserrad zu kommen. »Das hat schon einmal jemanden erschlagen«, meinte er.

Am Ufer des Oberland-Kanals blühten kleine blaue und weiße Blumen, Pferde grasten, und weit hinten sah man wieder Störche, die durch die Wiesen stakten. Die Häuser waren neu gestrichen. Die Wiesengatter sahen aus wie gerade erst neu gezimmert. Durch unendliche Alleen fuhren die beiden dann zurück nach Masuren zum Spirdingsee und zum Mauersee. Die Bäume vereinigten sich zu einem festen Dach über der Straße, durch das nur ab und an einmal ein Sonnenstrahl aufblitzte. Die Luft war träge und trocken und sommerwarm. Und nur alle zehn Minuten kam ihnen ein Auto entgegen und alle halbe Stunde einmal ein Pferdewagen. »Hier ist sogar noch ein Sommerweg«, bemerkte Ottchen und erklärte Eli, dass früher nur die halbe Straße gepflastert war und die andere Hälfte für die unbeschlagenen Pferde, die einen weichen Untergrund brauchten, offen blieb. Jetzt war das für Autos hinderlich. Aber sie fuhren ja auch nicht auf Hauptstraßen.

Am Ende der Allee sahen sie ein großes Feld mit Klatschmohn, so groß, dass es bis zum Horizont zu reichen schien. Es war strahlend rot und nur, wenn man näher herankam, stellte man fest, dass hier ja gar nicht Klatschmohn angesät war. Der Mohn hatte sich unter den abgeernteten Gräsern ausgesät und stand jetzt in schönster Blüte. Dann folgte ein Wald mit einem Teppich von weißen Windröschen, so dicht, als hätte es geschneit. Eli rief: »Halt!« Und dann tat sie etwas, was sie seit dieser Zeit immer wieder tut, sie begann einen Blumenstrauß zu pflücken. Dabei ging sie ganz vorsichtig in den Wald hinein, um den Blumenteppich nicht zu zerstören. Sie setzte sich auf einen Baumstamm und um sie war wieder einmal die große Stille im Halbdunkel der Kiefern, der Brombeeren und des Kadikgestrüpps.

Sie hielten an einem See, einem der unzähligen Seen, dessen Namen sie nicht kannten. Sie fuhren durch ein Dorf, das nur aus wenigen Häusern bestand. Sie kamen an eine freie Stelle am Wasser zwischen den Schilfinseln. Das Wasser war glasklar und sauber, dabei war es warm. Eine Schwanenfamilie kam näher. Sie hatte die beiden entdeckt und war der Meinung, man müsse sie füttern. Aber sie verschwand gleich wieder, als die Besucher nur still am Ufer sitzen blieben. Nach einiger Zeit sahen sie einen Fischer mitten auf dem See. Er hatte zwei Angeln ausgeworfen. Er blieb fast wie ein Denkmal sitzen, rührte sich nicht, kam gar nicht auf die Idee, die Angeln herauszuziehen, um sie neu auszuwerfen. Er ließ sie einfach treiben. Und das schien Erfolg zu haben. Bald zog er tatsächlich einen größeren Fisch aus dem Wasser, einen Barsch, der zwar sehr gut schmecken würde, aber doch sehr viel Gräten hat.

Die Straße führte auf einer Landbrücke zum nächsten See und dann zum übernächsten, und dann stießen sie wieder auf eine Storchenkolonie. Das war ein Zeichen dafür, dass bald wieder ein Dorf folgen würde, denn Störche gehören zu menschlichen Ansiedlungen, obwohl sie in Masuren nicht nur auf Hausdächern oder auf Scheunen nisteten, sondern auch auf Strommasten und Schornsteinen.

Als schönsten See aber empfanden Eli und Ottchen den Lycksee, zu dem sich die Stadt wieder bekannt hatte. »Man wollte eine Industrie-Ansiedlung an dieser Stelle machen, wollte den See völlig vergessen«, berichtete der Stadtpräsident, den sie besuchten. »Wir haben das jetzt umgedreht. Wir sehen wieder auf den See und meinen, dass er nicht am Rande, sondern mitten in der Stadt liegt.« Am Ufer trafen sie auf einen Jungen, der mit einer Schlinge Krebse fing. Er hatte schon ein ganzes Dutzend der Krabbeltiere an Land gezogen. Mit Geduld angelte er aber weiter, wenn man dieses Krebsefangen Angeln nennen konnte. Für Ottchen war es das Zeichen, dass der See wieder sehr sauber war, denn Krebse hatte es zwar in seiner Jugend gegeben, dann aber im Krieg nicht mehr.

Ottchen sagte jetzt nicht mehr: »So war es früher.« Für ihn war Masuren Heute geworden und nicht Vergangenheit, kein Land wie jedes andere, aber ein Land mit Zukunft und nicht mit Vergangenheit. Und das nächste Gewitter, das sich an dem hohen masurischen Himmel mit riesigen Wolkentürmen zusammenbraute, auch das war Regen für morgen.

»Wir müssen einmal Berliner Segler zur Regatta auf dem Lycksee einladen«, sagte er, und er tat es dann auch. Die Berliner sagten zu. Und als er auf ein deutsch-polnisches Ehepaar traf, er aus Wuppertal und sie aus Lyck, die nicht weit von der Stadt ein Ausflugsziel aufgemacht hatten mit Restaurant und kleinem Hotel, war das für ihn auch Zukunft. Der junge Ehemann war einfach in Masuren geblieben. Auf einer Urlaubsfahrt hatte er seine Frau kennen gelernt, hatte sich verliebt und war hier geblieben. »Der östlichste Teil Europas«, sagte er, als man ihn fragte, wie er denn seine neue Heimat bezeichnen würde. Bei Kaffee und Streuselkuchen entwickelte er dann eine Tourismus-Konzeption für die nächsten zehn Jahre.

Ottchen erlebte noch einen anderen Höhepunkt. Bei einer späteren Reise nahm er auf Einladung des

Stadtpräsidenten an einem Festessen zu Ehren einer deutschen Delegation teil. Das war an dem Tag, an dem Polen in Washington in die Nato aufgenommen wurde. Ottchen sah auf die Uhr und stellte fest, dass dies geschehen sein musste. Er stand auf, hob sein Glas und trank darauf, dass ab jetzt deutsche Enkel und polnische Söhne gemeinsam die Freiheit Polens verteidigen würden.

Es war ihm an diesem Abend noch nicht bewusst, was das alles bedeutete. In jedem Fall aber war es Zukunft. Und wenn Heimat als Brücke zur Welt verstanden wird, mit der Chance zur Begegnung, und nicht als Instrument zur Abwehr anderer, sondern zur Gemeinsamkeit, dann war Masuren jetzt neu Heimat geworden. Ein Land, in dem alle Herrlichkeit auf Erden zu Hause ist, wie seine Dichter schrieben, und es gab viele, die Masuren besungen haben.